仮面

伊岡 瞬

序　パン店経営：宮崎璃名子

夫の母親、永子《えいこ》は、もう三十分も熱心に厨房《ちゅうぼう》の片付けをしている。

「お義母《かあ》さん、ちょっと配達に行ってきます」

宮崎璃名子《みやざきりなこ》は、その背中に声をかけた。

「あら、こんな時間から？　めずらしいわね」

永子が手を休め、腰を伸ばしながらこちらを見た。深い意味があって訊《き》いたわけではないだろう。時刻は午後四時になろうとしている。普段の配達は午前中に済ませるのだ。

「一軒連絡があって、明日《あした》のモーニングの分がぜんぜんないんですって。淳史《あつし》さんも今夜は帰らないし、それにお得意さんだから」

「あらそうなの。ご苦労様」

永子はそう言うと、ステンレス製の焼き型やスケッパーなどを片付ける作業を再開した。ついでのように続ける。

「そのあと、友達に会う約束もあるので、少し遅くなるかもしれません。ええと、淳史さんには言ってあります。すみませんが、お夕飯は……」

永子は作業の手を止めずに応じる。

「いいのよ、そんなに気を遣わなくて。淳史がいないときぐらい、羽を伸ばしてきなさいよ。でも、気をつけてね」

「ありがとうございます」

礼を言い、運搬用のクリーム色のプラケースを持つ。

実はこの中には、食パンが二斤しか入っていない。さすがに空ではまずいかと思い、形ばかり入れてみた。永子が盗み見ている様子はないが、念のためもう少し詰まっていそうに持ち、店名がペイントされたドアを開ける。

再度、永子が「気をつけて」と声をかけてきた。はいと答えて外に出る。

「うう、寒い」

お腹の芯《しん》のほうが、きゅっと引き締まるような感触があった。

昨日から四月だというのに、最高気温が十度そこそこらしい。花冷えというのだろうか。

璃名子は、夫の淳史、そして先日古希を迎えた義母の永子との三人で、『パン工房しぇるぶーる』を営んでいる。

子どもはまだなく、義父は二年前に病死した。

宮崎一家の住居を兼ねた店舗は、西武《せいぶ》鉄道 東村山《ひがしむらやま》駅からバスで十分ほどの、典型的な住宅地区の中の、ちょっとした商店街にある。

璃名子は、五年前、ちょうど十歳年上の淳史と結婚した。

璃名子が派遣社員として、日本橋にある医療関係のコンサルティング会社に勤めていたころ、お気に入りだったカフェを兼ねたパン屋があった。数年前に改築されたばかりのお洒落《しゃれ》な商業ビルの地上一階にあって、テラス席もあり、しばしば雑誌や著名人のSNSなどでも取り上げられる有名店だった。

実際、パンはもちろん、ランチや夕食時に出すちょっとした料理も美味《おい》しい。店内の雰囲気もいい。その割に値段も手ごろ。そして何より、日本橋にある話題の店で気軽に昼食をとっている自分、という情景が気に入っていた。

この店が似合う素敵な相手を早く見つけたい、とも願っていた。

淳史はその店で、作り手の職人として働いていた。

あとから知ったのだが、厨房から店内の見通しがきくので、璃名子が通うようになってほどなく、淳史が見初めたらしい。璃名子のほうでも、何度も足を運ぶうちに、厨房の奥から自分に向けられている視線に気づいた。しかし、ただそれだけのことで、特に何かの感情を抱いたことはなかった。

璃名子の好みのタイプではなかったからだ。

通常、パン職人の朝は早い。のちに淳史が冗談半分に語ったところによれば「駆け出しのころは、終電が出勤電車だった」そうだ。

あるとき、璃名子が一時間ほど残業をこなし、午後六時半過ぎに勤務先の入ったビルから出ると、歩道に見覚えのある顔が立っていた。それが淳史だった。すでに通い始めて二年近く経っていたので、店で目が合えば会釈をするぐらいの間柄にはなっていた。

当時璃名子は二十六歳、淳史は三十六歳だった。

淳史は、身長は百七十五センチを少し超え、腹は出ていない。体形的にはまあまあだが、それ以外はあまりぱっとしない外見、というのが正直な印象だった。食べ物を扱うせいで、髪を短く刈ってさっぱりしていること自体は悪くないが、それが、はれぼったい一重のまぶたや低くどっしりとした鼻などとセットになると、田舎臭い雰囲気をにじませていた。

この歩道上での出会いは、もちろん偶然ではなかった。淳史はこの日、中番勤務だったが、それでも一時間近く歩道に立って璃名子を待っていたのだ。

時期は十一月も半ばで、最初は体が冷え切っているように見えたが、璃名子を前にして顔を真っ赤に染め、額やこめかみにうっすら汗を浮かべて、言葉につかえながら食事に誘った。

当時、璃名子にはすでに十人ほど男性経験があった。スタートは二十歳《はたち》のときで、時期こそ友人の何人かに後れをとったが、ユニークさでは負けていないと思っている。

その最初の相手は、学生時代にアメリカに短期留学したときに、現地で知り合った、同世代の白人系アメリカ人だった。半ば卒業を諦《あきら》めたような、かといって勉学以外の何かに打ち込んでいるわけでもない、中身の薄そうな二十五歳の学生だった。ただ、顔だけは美男子《handsome》だった。

彼の古い車でドライブし、結局二回モーテルに入ったが、それきりになった。約束の時間は守らず、金銭にだらしなく、ホットドッグ代もモーテルの料金も璃名子に出させたからだ。

もともと、深く付き合うつもりもなく「留学先で現地の男子と——」と語れる経験が欲しかっただけなので、ほとんど後悔もない。帰国後も一切連絡をとりあっていない。

初体験が、打算で選んだような相手だったせいか、その後も、仕事や生活を犠牲にするほど恋愛にのめりこむことはなかった。同時に複数の相手と交際している時期もあったし、派遣先の妻子ある男性と、お決まりのような火遊びをしたこともある。

正直なところ、十歳も年上の垢《あか》ぬけない淳史に胸のときめきなど感じなかったが、その純朴な態度と、食事に誘われた先が丸の内にあるこれも有名なフレンチの店だったため、ひとまず了解した。一度食事をごちそうになるぐらいはいいかもしれない。

けちらずに、一番高いコースで予約してあったので、その次の誘いも受けた。この二度目のときにホテルに入った。当時いわゆる〝空き家〟だったせいもある。

しかし、淳史は外見の雰囲気そのままに、付き合いかたも定型だった。流行《はや》っている映画を見に行き、食事してからホテル、水族館に話題のペンギンショーを見に行き、買い物をして飲んでからホテル、という流れだ。

肉体関係を持ってから三か月ほどでプロポーズされた。

悩んだ。すごく気を遣ってくれるので、一緒にいて不快ではない。さすがに多少の愛着も湧いてきた。しかし、ふたつ返事で受けるほどの熱情も、打算で割り切るほどの資産もない。何より、かつての、あるいは今後の知人友人に「夫です」と紹介できるか、そこに引っかかった。

悩みに答えが出る前に、さらに断るほうへ気持ちが傾く出来事があった。

淳史がいまの日本橋の店を辞めて、実家を改築し、自分の店を持つと告白したのだ。その場所は東村山市だという。松戸《まつど》市出身の璃名子は、名だけは聞いたことがあったが、どこにあるのかさえ知らなかった。

店を構えたら、もうその土地から抜け出せない。完全に都心とは縁がなくなる——。

そんな未練が振り払えない。

母親に相談した。今までずっと淳史のことを「よさそうな人じゃないの」と言っていたくせに、自分で商売を始めるらしいと話したとたんに、手のひらを返したように発言の中身が変わった。

「だめだめ、絶対に反対。商売はあんたなんかが思ってるより、ずっと大変なのよ」

昔から、璃名子のすることにはなんでも反対する母親だった。進学先を決めるときも、大学に入ってアメリカに語学短期留学したいと言ったときも、母は一も二もなく反対した。

どちらの場合も、普段は寡黙な父がめずらしく強く賛成してくれたので、思いがかなったといってもいい。

璃名子のよき理解者であったその父は、璃名子が大学を卒業するのを待っていたかのように、脳溢血《のういっけつ》で急死してしまった。まだ五十二歳の若さだった。

皮肉なことに、結婚を決意させたのは、この母親の反対だった。いってみればあてつけだ。

接客はしない、商売を手伝うにしても事務系の仕事、そして週に最低二日は完全オフの自分の時間をもらう。

決裂を覚悟で出した条件を、淳史があっさり受け入れた。店と住居の改装を待って、二十八歳の誕生日に結婚した。

越してきてみれば、住みやすい街だった。商店街の人たちも優しい。このままそこそこに幸せな人生を送るのだろうと思っていた。

淳史の旧友と出会うまでは——。

来客用の駐車場に停めた、ＳＵＶタイプの赤いボルボの運転席に身を入れる。

りとなる。

少し前にエンジンをかけ、暖房を入れてあったので、車内は暖かい。鼻の奥がじんわ

普段の配達は、淳史がデザインした店のロゴと電話番号が横腹にペイントされた、ミニバンタイプの軽自動車を使っていた。しかし二週間前に妊娠がわかってからは、「安全」のために、まだ新車の香りが残っているボルボを使わせてもらっている。たまたま妊娠が判明する前に購入した自家用だ。

「この車に買い替えといてよかったわね」

「そうだね」

それが最近の、義母と淳史のお決まりの会話だ。璃名子はあまり車に詳しくないが、安全性能ではトップクラスなのだそうだ。

さっき出がけに永子が二度も「気をつけて」と言ったのは、「お腹の子に――」という意味だ。ひがむつもりはない。初めての孫だ。心配なのはわかる。

『しぇるぶーる』は、店頭での売り上げだけでやりくりできているわけではない。業務用に仕入れてくれる、商店客の存在抜きにはやっていけない。現在、のべにすると二十軒ほどの納品先がある。定期的に配達するのはその半分ほどだが、納めて回るのは原則として璃名子の仕事だ。これは自分から申し出た。

店の手伝いはあまりしたくないと、結婚前に璃名子が出した条件を律儀に守っている淳史に、なんとなく申し訳ない気持ちが湧いたのも事実だ。しかし、本音をいえば気晴

らしの意味が大きかった。

そして今、気晴らしの域を越えた楽しみを見つけた。納品に向かう車のハンドルを握ったときから、夫とも義母ともうまくいき、お腹には子どももできて、幸せで健全な妻、という仮面は脱ぐ。

これから向かうのは、『うさぎの金時計』という名の喫茶店だ。

この店は同じ市内にあって、『しぇるぶーる』から車で十分とかからない。

四十代半ばの店主がひとりで切り盛りしており、ネルのフィルターでじっくり淹《い》れるコーヒーが香り高いと評判だ。その店内で出す、サンドイッチ用の食パンや、デニッシュ、シナモンロールなどの甘いパンを、『しぇるぶーる』から仕入れてくれている。

パンはあまり日持ちしないので、一回の納品量はそれほど多くないが、週に三度ほど、注文が来る。適量で安定的な発注は一番ありがたい。

店主の高岡智弘《たかおかともひろ》は、淳史の高校時代からの友人だ。向こうも商売でやっている以上、贔屓《ひいき》にしてくれるのは単にそんな縁からだけでなく、『しぇるぶーる』の味を評価しているからだろう。しかし、注文の頻度が増えたのは、あきらかに璃名子が配達に行くようになってからだ。そのことに淳史が気づいている様子はない。

璃名子が二度目に配達に行ったとき、いきなり高岡に背後から抱きすくめられた。あごをぐいとねじられ、口を押しつけられた。煙草の臭いがした。さからわなかった。そのまま、店のカウンターに手をついた姿勢で関係を持った。

「会った瞬間から、そういうタイプだと思ったよ」

終わったあとで、高岡は笑いまじりにそう言った。


いつもと同じように、『うさぎの金時計』の駐車スペースに車を停め、《CLOSED》の札がかかったドアを手で押し開ける。あまり好きになれないカウベルが、甲高い音で鳴った。

「まいどどうもー」

車から降ろした、二斤だけ食パンの入ったケースを持ち込む。店内に客の姿はない。今日は本来の休業日ではないのだが、午後の早めに店を閉めたのだ。もちろん、璃名子が配達に来て、しかもひさしぶりに時間がとれるからだ。

「ああ、ご苦労さん。そこのテーブルに置いて」

カウンターの中で作業をしていた高岡が声をかけてきた。低く静かに響く声が、璃名子は前から好きだ。ちょっとしたモデルぐらいなら務まりそうな、そのルックスや体つきも好みだ。

「ここね」

奥まったテーブル席に、パンの入ったケースを載せる。

「そろそろだと思って、コーヒー淹れといたよ」

店のドアを開けたときから気づいていた。ローストされたいい香りが漂っている。

「ありがとう。夕飯までには戻らないといけないから、あんまりゆっくりできないんだけど、コーヒーはいただこうかな。高岡さんの淹れるコーヒーは美味しいから」

これは世辞ではない。

「そりゃそうだろう。仕入れ値でグラム二千円の豆だからね。——はいどうぞ。きみが飲んでるあいだに、車を裏に回しておくよ」

「サンキュー」

璃名子が投げたキーを、高岡が慣れたしぐさでキャッチした。

高岡家の敷地は、このあたりの平均的な一戸建ての二軒分ほどの面積があり、店舗と住居用の母屋がつながっている。何度か改築を重ねたが、もともとの築は古いそうだ。店の正面側は、センターラインもある道路だが、母屋の玄関は裏手の路地に面している。そちらには立派な構えの門もあり、敷地内には、乗用車なら三台ほど停められそうな駐車スペースもある。

そこに車を停め、古い木製の門を閉めれば、外からはほとんど見えない。

カーテンを閉め切った薄暗い寝室に、璃名子のあたりはばからない声が響いている。オイルヒーターを使っているので、室内にはエアコンの音すら聞こえない。

璃名子の両もものあいだに顔をうずめている、高岡のくせっ毛に指先を突っ込み、爪は立てないように、しかしぐちゃぐちゃにかき回す。

最初のころは後ろめたさもあって、歯を食いしばったり、枕カバーのはしを嚙《か》んだりして声を抑えていたが、考えてみれば聞かれる相手もいない。それに、高岡がわざと声が出るように攻めるので、それならばと、いつしか我慢するのはやめた。やめたとたん、タガが外れたようになった。重力から解放されて、体が浮遊するような感覚を初めて知った。

「あはーっ」

あたりをはばからずに声を出す。ブレーキをかけずに自転車で坂道を下っていくような解放感が癖になる。自分がこれほどこの行為が好きだったのかと、あらためて驚く。いままでは男運がなかったのかという思いすら湧く。

ここは住宅街だ。こうしているあいだにも、どこからかバラエティ番組のような歓声が聞こえてくる。だとすれば、こちらの声も聞こえているのではないかと思うが、高岡の執拗《しつよう》な攻めに、すでにあらがえなくなっている。

「ねえ」

「なんだよ」

顔を上げた高岡は、わかっていながらじらす。

「いいから、早く」

「まったく、しょうがねえ好きもんだな。旦那《だんな》ともそうなのか」

「あの人のことは言わないでよ」

「そんなに欲しいか」

最近の前戯のひとつになった、ぞんざいな言葉をぶつけてから、高岡がのしかかってくる。

「でもこの前みたいに乱暴にしないで」

「なんだよ。そういうのが好きなんだろう」

「でも、いまは赤ちゃんがびっくりするから」

高岡が鼻で笑った。

「へっ。そしたら挨拶《あいさつ》するさ。パパですよー、ってな。いいからもっと開けよ、ほら」

尻《しり》を叩《たた》かれ、命じられるとおりにする。高岡が割入ってくる瞬間、断末魔の獣のような低い声が、璃名子の喉《のど》の奥から漏れた。


「もう六時近いから、そろそろ支度しないと」

口ではそう言うが、固まり損ねた豆腐のように、体はだらしなく重たい。二人の汗やそのほかいくつもの臭いが密室に満ちている。

「いっそ、急に泊まることになったとか言えよ」

煙草の煙を噴き上げながら、高岡が言う。行為のあとは、さらに声が低くなる。その響きを聞きながら、寝てしまいたくなる。

「だめに決まってるでしょ」

「どうして。旦那は帰ってこないんだろ」

「お義母さんがいるもん」

「言い訳に使った『女友達』ってのには、口裏合わせを頼んでるんだろ」

「それは夕方までだから効くのよ。もし、夜になって固定電話にでも電話されて、旦那さんが出たら一発アウトでしょ。『いいえ、来てませんけど』なんて」

「そしたら離婚しろよ。好きなときに堂々とできるぜ」

「別れたら結婚してくれるの」

「それはない」

「ほらね」高岡のわき腹をつねる。

「それに、あれがあるから無理」

「あれって、赤ん坊か？」

「そう」

「ほんとにあいつの子か？」

「あんまり自信がない」

高岡が煙を噴き出し、むせこんだ。

「おいおいまじかよ。あいつにばれたらどうする？　冗談抜きで殺されるぞ」

言うこととは裏腹に、にやにや笑っている。しかし、高岡の軽口もまんざら大げさだとばかりも言えない。淳史は無口で粘り強いタイプの人間によくあるように、執念深い。

そして表には出さないが相当に嫉妬《しっと》深い。

「大丈夫よ。うまくごまかしてるし。それに、血液型はあなたと同じA型だし、まさかDNA鑑定まではしないでしょ」

「でも、おれとあいつとじゃ、顔つきがぜんぜん違うぞ」

「あなたに似たほうが、子どもも幸せでしょ。特に、女の子だったら」

「ま、それもそうか」

馬鹿笑いする高岡につられて笑ったら、少し腹がひきつるような感触があった。なんとなく、赤ん坊が怒っているような気がした。

実は、赤ん坊の父親は、高岡ですらない可能性もある。そのことは高岡にも話していない。この先も言うつもりはない。

「そういえばさ、おまえ、英語得意だろ」

「英語？　ぜんぜんできないけど」

「なんだよ。昔、留学したとか自慢してたじゃないか」

ぷっと噴いた。

「留学っていったって、たった二週間だよ。観光旅行みたいなもん。そんなんで、身につくわけないじゃん。どうしたの、急に？」

「やっぱりそうか。——近所にさ、外国人の夫婦が越してきて、なんだか英語で話しかけられるんだよ。通訳してもらおうと思ったのに」

「ムリムリ」

　また少し笑ったが、今度は何も感じなかった。

　シャワーを浴び、身支度をし、冷蔵庫から勝手に出したミネラルウォーターのボトルに口をつけてから、玄関に立った。

「それじゃ」

　靴を履き、キーを持った手を振る。

「こんどはいつ来る？」

　上は前をはだけたシャツ、下はスウェットパンツという恰好《かっこう》の高岡が、廊下に突っ立ったまま訊いた。いつものように「また近いうちに」という返事を期待しているのはわかった。

　璃名子は、ずっと言い出しかねていた言葉を口にする前に、口紅を塗りなおしたばかりの唇を舌先で舐《な》めた。

「どうした」

　いつもと違う雰囲気を感じとったようだ。

「しばらく、やめようかと思う」

　高岡は、口もとに薄笑いを残したまま、眉間《みけん》に皺《しわ》を寄せた。

「やめるって何を？」

「少し、頭冷やそうかなって思って」

改装してあるというが、やはり基本的な古い構造はどうにもならないのか、玄関に立っていると足もとからじんわり冷えるような感じだ。赤ん坊によくないかもしれない。

「もう、やめるってことか」

「そこまでわからないけど、ほら、そろそろ子どものこととか考えないといけないし。いつまでもあの人のこと裏切り続けるのもなんとなく、心苦しいし……」

高岡が少し大げさなぐらいに、ぷっと噴き出した。

「どの口が言ってんだよ。さっきまで……」

「やめてよ、そういう言いかた」

「そっちこそ、おれのこと、都合のいい玩具《おもちゃ》ぐらいに思ってんじゃないか」高岡の目が細くなった。「——あのさ、おれの勘だけどさ。おまえ、もう一人か二人、別な男がいるだろ」

「なによそれ」

高岡の細くなった目が笑った。

「やっぱり図星か。とんだ好きもんだな。だとしたら、そいつの子……」

「ああ、めんどくさい。男って、別れ際に本性が出るっていうけど、本当ね」

言い争いは唐突に終わって、冷めた笑いだけが残った。

「それじゃ」もう一度手を振り、ドアに手をかけた。

「また電話するよ」

「さよなら」

ノブを握ったまま、最後に振り返る。

高岡が、くわえた煙草に火をつけるところだった。


予定より遅れているが、まっすぐ帰る気分になれなかった。少し寄り道をして、大型スーパーに寄った。イートインスペースで、ハンバーガーショップのコーヒーをブラックのまま飲んだ。カフェインの摂りすぎは良くないと言われたが、いらいらが静まらない。もう一杯ぐらいいいだろう。

夕食の支度は、義母がやって、すでに食べ始めているだろうが、手ぶらというわけにもいかない。副菜になりそうな中華風の惣菜《そうざい》パックをふたつと、和菓子の土産を買った。季節がら、桜餅《さくらもち》が美味しそうだ。

二十分ほどで買い物を済ませ、車に戻って運転席に乗り込んだ。ほとんど同時に、助手席に青い人間が滑り込んできた。もちろん、青く見えたのは着ている服のせいだ。璃名子自身の影が反対側から入ってきたかのように、音もなくなめらかな動きだった。

あまりに一瞬のことだったので、そしてこんな場所で会うとは想像もしていなかったので、相手を認識するまで、ひと呼吸遅れた。

「びっくりした――」

強盗の類《たぐ》いでないことにはほっとしたが、別の緊張に身を硬くする。

「どうしてここに？」

男は抑揚のない口調で「とりあえず、車を出して」と言った。

1　秘書：菊井早紀

フロアに置かれた出演者用モニターの画面が、外のカメラに切り替わった。

菊井早紀《きくいさき》は、そのまま画面を注視し続ける。

今日は、夕方の人気情報番組『イブニングエル』に、初めて呼ばれた。もっとも、呼ばれたのは早紀ではないのだが、だからこそ余計に粗相があってはならないと思うと、肩に力が入ってしまう。

モニターの中では、傾きかけた夕日を受けて、飾り気のない警察署の建物が映っている。それを背景に、男性アナウンサーがマイクを手に立っている。この事件への社会の関心の高さを物語るように、周囲にも大勢の報道関係者の姿が見える。画面越しにも感じる緊迫した雰囲気の中、雪のようにゆっくり白く舞っているのは、散り際の桜だろう。

画面の下部に、太いオレンジ色の文字で《小坂浩之容疑者（28歳）が収容されている、東池袋署》と字幕《テロップ》が出た。これを伝えるべきか一瞬迷ったが、すぐにアナウンサーが報告を始めたので様子を見る。

〈えー、こちらは、現在も小坂浩之《こさかひろゆき》容疑者の取り調べが続いております、豊島《としま》区東池《ひがしいけ》袋《ぶくろ》署前です。今回の事件は、出会い系サイトで出会った女性ばかりを、少なくとも五人、性的暴行を加えた上に殺害して、その遺体を山中に埋めるという、犯罪史上希《まれ》に見る残虐な犯行です。その動機はなんなのか。どのようにして行われたのか。ご覧いただいておりますように、こうして多くの報道陣が集まっていますが、果たして、その全容があきらかになるのは、いつでしょうか――〉

まだリポーターが話している途中だったが、スタジオフロアの、中央カメラ脇に立つアシスタントディレクター《AD》が、手にしたクロッキーブックを胸のあたりに掲げた。

早紀は、すかさずそちらに視線を移す。

極太のマーカーペンを使った手書きの文字で《まもなくスタジオに切り替わります》と記してある。俗に「カンペ」と呼ばれる指示書だ。特に決まりはないのだろうが、どこの番組でも、似たような市販のクロッキーブックを使っている。ばらける心配がないし、定番の指示は、ぱらりとめくるだけで何度も使い回しができるからだ。

早紀は、軽く前かがみになり、左前に座る三条公彦《さんじょうきみひこ》の耳元に口を寄せた。

三条も、ほぼ同時に上半身を反らせ、右耳をわずかに早紀のほうへ傾ける。最近、ようやくこの呼吸が合ってきたなと思いながら、声を出す。

「まもなくスタジオに切り替わります」

カメラに映らないように口もとを手で隠し、カンペの内容を三条に告げる。

文面をそのまま読むときもあるし、要約するときもある。そのとっさの判断が、意外に難しい。文面以外の「——だそうです」だとか「——と書いてあります」などは、もちろん省く。

これが、「通訳」と呼んでいる作業だ。「秘書」という名目で採用された早紀に課せられた、実質的にもっとも重要な役割だ。

簡潔にして的確、早口になりすぎず、小声ながら明瞭《めいりょう》でなければならない。何より、指示の意図を間違えてはならない。

なぜそんな作業が必要かといえば、三条公彦は、ほとんど文字が読めないからだ。

正確にいえば、文字が読めないのではなく、認識できないのだそうだ。一般的には、読字障害《ディスレクシア》という名称で知られているが、どこまで正確に認知されているかは疑問だ。早紀も、この仕事に就くまで「知っている」という程度だった。

いや、過去形ではない。これほど近くにいて、いまだに学ぶことばかりだ。

早紀の「通訳」を聞いた三条は、早紀にだけわかる程度に小さくうなずいて、顔の向きを正面に戻した。一方の早紀は、「通訳」が終わるとすぐにスタジオの壁際に置かれたモニターに視線を戻さなければならない。番組進行は待ってくれない。

モニターの中では、まだ桜の花びらが春の風に吹かれ、舞い続けている。

〈――以上、東池袋署前からお伝えいたしました〉

「はい。北森《きたもり》アナ、ありがとうございました。また何か進展がありましたら、お伝えください」

三条の左隣――視聴者から見て右側――に座る、『イブニングエル』の花形メインキャスター、富永《とみなが》さゆりが、硬い口調で礼を言う。同時に、モニターの画面右上にワイプ画像で映っていた北森アナの顔が消えた。

切り替わったカメラは、スタジオ内真正面のものだ。アングルは水平よりわずかに上、若干引き気味で、出演者たちのひざ下あたりまで映っている。この番組のテーブルは下が素通しになっていて、下半身も映るのだ。

モニターを見る限り、富永さゆりキャスターのトレードマークである、ミニスカートの中はぎりぎりテーブルに隠れて見えない。もちろん、この〝ぎりぎり感〟は偶然ではない。本番前に、くどいぐらいにモニター越しに、カメラの位置や角度を確認しているのを、早紀も見ていた。きっと毎回のことなのだろう。

きりっとした目とふっくらした唇のギャップが人気の富永さゆりも、このニュースではさすがに硬い表情を崩さず、テーブルの上で両手の指を組んだまま、カメラに正面から視線を向けている。

「今のリポートにもありましたように、小坂浩之容疑者は犯行を大筋で認めているようですから、あとは具体的な手口と、動機の解明ということになるのでしょうか。下は十八歳から上は三十九歳まで、言葉巧みに女性を誘い、部屋に呼んでは暴行し殺《あや》めていた、この残虐な犯行。単なる欲望の発露なのか、それとも社会全体に対する復讐《ふくしゅう》のような意味があるのか――」

場合によって、番組によって、こういったコメントまで放送作家が書いた台本を読むということもあるらしいが、少なくとも富永は自分の言葉でしゃべっているのが、早紀のところからもよくわかった。

富永はそこで一旦《いったん》言葉を区切り、体をやや右に向けた。

もちろん、右隣に座っている、今日のゲストコメンテーターである三条公彦に話題を振るためだ。早紀の位置からも、富永のきれいに手入れされた横顔が見えた。

一方、青系の色が好きな三条は、今日も爽《さわ》やかな印象のブルーのスーツ姿だ。

「三条さん。いったいどんな理由があれば、これほど残酷な犯行に手を染められるのでしょうか。そのあたりの心理について、三条さんはどう思われますか」

「そうですね」

三条が、まずはほとんど聞き取れないほどの軽い咳《せき》払いをし、いつもと変わらぬ落ち着いた口調で、富永キャスターの質問に返す。三条はゆっくりと間をとりながら語るが、滑舌が悪いという印象はまったくない。あるいは、コメントを考えながら話している、という印象もない。三条は、文字を認識することは苦手だが、口頭でのやり取りは、驚くほど的確だ。

ゆっくりした口調は、あくまで視聴者が理解しやすいように、ということだろう。そしてそれを嫌みなく感じさせるから、人気なのだ。

今の富永の発言に対して、番組側のカンペ指示はなし。画面に出たテロップも、最近お決まりになった三条の簡潔な紹介だ。

《作家。社会福祉評論家。読字障害を乗り越えて執筆活動を行う。米カリフォルニア大学バークレー校卒》

ここで早紀の出番はない。

「――わたしは、犯罪心理学というものを系統立てて学んだことはありませんので、断定的なことは言えませんが、これは明らかに快楽のための犯行だと思います。ただ、さきほど富永さんがおっしゃったような『社会に対する恨み』という要素も、否定はできないと思います。日頃のうっぷんが溜《た》まり、暴力行為に走る。特に、疎外感――いわゆる〝仲間外れ〟にされているという感情のもとでは、被害妄想が起きやすいですから」

「では、復讐心という要因も大きかったと？」

「一件目はある程度そうかもしれませんが、二件目以降は、犯行そのものが目的になった可能性が高いと、わたしは考えます」

富永は、ほう、と形のいい唇を尖《とが》らせて、わずかに上半身を反らせた。少し意外です、のポーズか。

「一件目と二件目で、動機が異なるというのが三条さんの説ですね」

「説というほどでもありませんが――」

語尾をややあいまいにしたのは、その少し前に断定的なことは言えないと発言したことの整合性だろう。三条はこのあたりの計算がすごく速くてうまい。自分自身、ジャーナリストの世界に魅力を感じている早紀としては、参考になる。

富永は、もう少し具体的な発言を引き出そうとする。

「その犯行動機の変化というのは、具体的にはどんなことを指しますか？」

「たとえば、人生初めてのお酒を無理に飲まされたとします。最初はとても嫌です。しかし、不味《まず》いがその後なんとなく気分がよくなることがわかった。二度目は、そのよい気分が味わってみたくて、警戒しながらも自発的に飲んでみる。三度目からは飲まずにいられなくなる」

富永がうなずき、自説を披露する。

「さきほどお伝えした報道の中にもありましたが、この小坂容疑者の近所の住人の証言によれば、道ですれ違うときにいきなり『こっち見てんじゃねえよ。ぶっ殺すぞ』と怒鳴られた、とても怖かった、とのことです。また、ご覧いただいたインタビューにもありましたが、高校時代の友人によれば『もごもごとしたしゃべりかたを、クラスでからかわれていた』ということでした。さらに、小坂容疑者とSNSで何度かやりとりしつつも、結局は会わなかったために無事だった女性に番組が取材しました。『とても穏やかで紳士的な人だと思った』との証言を得ています。複数の顔を持っていたようです。

これはいわゆる多重人格の一種でしょうか。小坂容疑者も何かしらの障害を抱えていたとお考えですか」

早紀は、自分の顔が火照るのを感じた。もちろん、怒りでだ。

三条に質問しておきながら、その返答を無視したことよりも、その言いかたに対して腹が立った。

視聴者を含め、第三者は気にもとめなかっただろう。しかし早紀は、そしてほぼ間違いなく三条も、耳に引っかかったはずだ。「も」とはどういう意味なのか？　悪意があるとしか思えない。

しかし、三条はあくまで平静に答える。

「わたしは心理学者でもありませんので、犯行内容からどういう種類の心理なのかまで断定できません。憶測は控えます。ただ、いわゆる多重人格とは少し違う気がしますが」

「では、いわゆるサイコパスですか？」

三条の、富永からは見えない側の口角がわずかに持ち上がるのを、早紀は見た。三条にしてはめずらしく、本番中に笑ったのだ。

早紀は、三条が語る内容を聞き洩《も》らさないように注意するのはもちろん、その口調や表情までも、目をこらしてモニター越しに観察する。

三条は再び、小さく咳払いしてから答えた。

「可能性はないとはいえませんが、それもまた軽々に判断はできないと思います。最近は凶悪犯罪者を安易に『サイコパス』と呼ぶ傾向がありますが、これは、自分には理解できないものをひとくくりに類別して、心の平安を保とうとする――」

やった。やり返した――。

少し胸がすっとした。

モニターに映った富永の顔が、アップになった瞬間、強張《こわば》るのを見た。三条にあっさり否定され、しかも軽く笑われたのを感じ取ったのだろう。自分が放った矢が自分に戻ってきたのだ。

しかし、富永の変化はほんの一瞬で、すぐにいつもの冷静な顔に戻った。三条の発言の腰を折る。

「あ、三条さん。すみません、せっかくお話の途中なのですが、その続きは、よろしければ特集コーナーでお願いできますか」

この番組を仕切るのは自分だという宣言をしたのだ。

そして、CMに切り替わった。

平日午後六時台の情報番組は、各社とも視聴率を上げることに血眼になっている。放送局のひとつの顔でもあるし、この時間帯に少しでも多くの視聴者をつかんでおけば、局の看板番組が並ぶゴールデンタイム、あるいはプライムタイムへと引っ張ることができるからだ。

そして、情報番組はドラマなどに比べて、いわゆるタイムシフト視聴率――録画しておいてあとから観る割合――が低いのが一般的だ。つまり、リアルタイム勝負なのだ。

今のところ、全国ネットキー局のひとつである『NBT《エヌビーティー》』――正式名称 Nihon Broadcasting Televisionsystem――の『イブニングエル』が頭ひとつリードしている。

それは、富永さゆり人気に負うところが大きいと、自他ともに認めているようだ。

ただ、常に新味を出さないとすぐにライバルに追い抜かれることも宿命だ。

その新味のため、三条は今日呼ばれた――。

早紀はそう理解しているし、おそらく当たっているだろう。いや、みなもそう思っているはずだ。

ここ一年あまり、十代から年配者まで幅広い層の女性を中心に、人気が急上昇中の「三条公彦」の文字がテレビ番組表に出れば、確実に視聴率の上乗せになる。それを見越してゲストに呼んだのだ。平穏無事に終わったのでは、話題性がない。少しぐらい荒れたほうが面白い。整った顔の三条が強引な質問への返答に窮する、できれば反撃に転じるようなシーンが欲しいのだろう。

早紀は、そう広くないスタジオの奥へ目を向けた。周囲に人のいない隅のほうから、マネージャー役の久保川《くぼかわ》克典《かつのり》がこちらを見ている。いや、三条だけを見守っている。

久保川は、三条に気を遣う。まるで硝子《ガラス》細工のように扱う。

久保川が、手にしたトランシーバーに向かって短く何かしゃべった。

通常は、生放送中のスタジオでの無線機器の使用は、禁止されているらしい。しかし久保川が交渉し、例外的に認められている周波数での使用を特別に許可してもらったと聞いた。局側が三条の特性へ配慮した形だ。

今はどんな会話――ほぼ一方通行だが――がなされたのだろうか。その音声は、本番中三条がつけている骨伝導イヤホンから聞こえたはずだが、三条は表情を変えない。うなずいたり、まして返事をすることもない。どんなアドバイスが飛んだのか。三条はそれに納得したのか。あるいは無視したのか。早紀には一切わからない。この仕事で疎外感を感じる瞬間だ。

ただ、普段の二人の会話から、およその想像はつく。その調子です、いいですね、というようなことを言って、三条の気分を盛り上げているに違いない。

CMのあいだも、出演者たちに向けて置かれたモニターからは、無音の映像が流れている。この間、富永はさきほどまでの愛想は捨て、三条のことすらまったく無視して、原稿をチェックしたり、ディレクターに進行上の確認をしている。

早紀は、生の富永とは今日が初対面だった。

本番前の打ち合わせのときに、三条のそばにいたら、富永が「よろしくね」と声をかけてくれた。彼女の素の表情というものを知らないが、悪い人ではないと思った。だが、いまのやりとりを見ていると、まるきりの善人というわけではなさそうだ。それはそうだろう。キャスターでなくとも、表裏のない人間など存在するはずもない。

しょせん人は、他人の前では――いや、ときには自分自身に対しても、仮面をかぶっている。この世界の仕事をするようになって、より強くそれを感じている。

CMから番組に戻る前の、カウントダウンが終わる。無表情だった富永の顔に、ぱっと笑みが戻る。

「さて、このあとはお天気情報に続きまして、いよいよ今日の特集です。すでにコメントもいただいていますが、本日のゲストにお招きしていますのは、作家で政治評論家、社会福祉評論家の三条公彦さんです。三条さんに、『LD』――いわゆる学習障害について、特にその中でも、もっとも多くの割合を占めると言われている読字障害、ディスレクシアという、一部の方にとっては耳慣れない名称のハンディについて、みなさまとともに考えていきたいと思います。その前に明日のお天気です。スタジオ前の近藤《こんどう》さん――」

「先生。不愉快なときは、もう少しはっきりと態度に出したほうがいいと思いますよ」

NBTの地下駐車場で、白いハリアーに乗り込むなり、久保川が言った。久保川にはめずらしく、不機嫌を隠さない。もっとも、腹を立てているのは三条に対してではなく、富永さゆりに対してだ。

時刻は午後七時十分過ぎ、なんとか無事に『イブニングエル』が終わり、主だった関係者に軽く挨拶を済ませて出てきたところだ。今日はこれで、外の仕事の予定は終わりだ。

車内の席の配置はいつもどおり、運転席に早紀、その後ろに三条、助手席側の後部に久保川が座る。厳密なビジネスマナーからすると少し違うのかもしれないが、早紀の任務は安全に運転することだ。余計な口出しはしない。

『オフィス三条』名義の、白のハイブリッド型ハリアーで二人を運ぶのも、早紀の重要な仕事のひとつだ。

三条は、久保川の助言にすぐには答えず、こちらまでつられてしまいそうな大きなあくびをした。

三条は、テレビ出演したり写真撮影を受けたりしているとき以外は、ほとんどいつも薄い色のサングラスをかけている。夜の車の中でもだ。レンズの透過率は高そうだが、なぜか不思議に、視線の動きが見えにくくなる。もしかすると、何か特殊なレンズなのかもしれない。

そして、表情も変わる。無愛想というよりは、無表情という表現が近いかもしれない。まるで、一枚薄い仮面を脱いだようだ。口調もそれに合わせて変わる。

地下駐車場のゆるくカーブを描くスロープを、早紀の運転する白いハリアーが上っていく。

これから西五軒町にある彼らが住むマンションまで、二十分ほど緊張のハンドルを握ることになる。マンションがあるのは住居表示的には新宿区《しんじゅく》だが、ほとんど東のはずれに位置し、文京区《ぶんきょう》と接している。駅でいえば神楽坂《かぐらざか》と飯田橋《いいだばし》と江戸川橋《えどがわばし》、ちょうどその中間あたりだ。

車は警備員のいるゲートを抜けて、公道の流れに乗る。ぴかぴかに磨いた白いボンネットの上をなめるようにして、広告の電飾や街灯の光が流れていく。

早紀は、運転はわりと好きなほうだが、大型のＳＵＶもハイブリッド車も初めてだ。しかし、見晴らしはいいし運転はしやすい。ついスピードを上げそうになる自分に気づき、アクセルを弱める。自分ひとりではない。他人を乗せているのだから、慎重にならなければならない。三条は著名人だ。事故でも起こせば、まして怪我人でも出せば、マイナスイメージのニュースになってしまう。

救いなのは、外の景色を眺めるのが好きな三条が、いわゆる裏道を嫌うことだ。

多少混むことがわかっていても、工事や事故などの渋滞情報がない限り、主要道路を走るよう指示されている。気分屋の三条にしてはめずらしく、そうとうなノロノロでも、いらいらしたり、急《せ》かしたりしないので運転に専念できる。もしかすると、昔のあの事故が理由かもしれない。

「不愉快って、どういう意味？」

感情のこもらない口調で、ようやく三条が訊き返した。

「どういう意味って、先生も感じてらしたでしょ。あの女の失礼な態度のことですよ」

　ほかに人がいようといまいと、久保川の三条に対する言葉遣いは丁寧だ。あくまでも「先生」とたてる。年齢は久保川のほうが若干上だと聞いているが、この世界にそれは関係ないだろう。

「そうだったかな。べつに、腹は立てていないよ」

　窓の外を流れる夜景に目を向けながら、三条が気のなさそうな返事をする。聞き耳を立てるつもりはないが、狭い車の中だからほとんどの会話は聞こえてしまう。もちろん彼らもそれを承知で話している。

　どうやら、さきほどの『イブニングエル』内での、富永さゆりの三条に対する扱いについて、意見が割れているようだ。久保川が腹を立て、三条は気にしていない、というところか。

「腹が立たないなら、ポーズでもいいから立てたふりをしてください」

「どうして」

「その理由は、もう何度も説明したはずです」

「でもなあ、立たないものは立たないし――って、レディの前で失礼だったかな。ね、菊井さん」

　三条の口調のせいか、それがいわゆる〝下ネタ〟であることに気づくまで、少し時間がかかってしまった。女性ファンが聞いたらちょっとした騒ぎになりそうだ。

「あ、いえ」

口ごもりながら、ルームミラーにちらりと視線を向けると、久保川と目が合った。久保川は、聞き流してくれ、とでも言いたそうに苦笑し、やんわりと反論する。

「いいですか、先生。気を悪くしないでいただきたいのですが、馬鹿にされていることに気づかないのは馬鹿です。世間の連中は総じて愚かですが、妙に鋭いところがあります。先生のその謙虚さが……」

「ちょっと待って、なんだって？」

「謙虚と言ったんです」

「そうか、謙虚か、ぼくって謙虚に見えているのか」

声が満足そうだ。それもまた、最近聞き分けられるようになってきた。三条の謙虚さというのは、公然の〝売り〟になっているから、もう一度はっきり聞きたかったのだろう。

「その先生のトレードマークでもある謙虚さが、本来的な性格から来るのか、作り物なのか、あるいはただの愚鈍なのか、彼らは嗅《か》ぎ分けます。そして一度嫌い始めたら、とことん徹底的につぶすまで叩く。それが大衆です。大衆を構成する個人個人は私生活では温厚ですが、ネット上の匿名という仮面を被《かぶ》ると、人格まで変わるんです」

久保川にしてはめずらしく興奮している。早紀にはその気持ちがよくわかった。たしかに――。

ファーン。

いくら煽《あお》っても制限速度を守る早紀の運転に腹を立てたのか、長めのクラクションを鳴らしながら、黒光りするベンツが追い越していった。三条が鼻先で軽く笑い、冷たく言い放つ。

「なんだあいつ。黒塗り高級車がステイタスなのかね」

三条は乱暴な運転に嫌悪感を示す。それこそ、少年期の事故が『外傷後ストレス障害《PTSD》』になっているのかもしれない。

左手に赤坂《あかさか》御用地の見上げるような樹木の黒い影、右手にホテルニューオータニの窓の灯《あか》りを見ながら、紀伊国坂《きのくにざか》を上っていく。この短いドライブのあいだ、三条の視線はほぼ窓の外に向いている。

「彼女、そんなにぼくのことを馬鹿にしていた？」

話題を引き戻した三条に、久保川が、少しわざとらしいため息をつくのが聞こえた。

「馬鹿にするというより、敵愾《てきがい》心をむき出しにして、先生を貶《おとし》めようとしていたじゃないですか」

「そうかな。気づかなかった」

「菊井さんだって気づいたよね」

また、急に話を振られた。

「え、はい、あの」

あわててアクセルを踏み込みそうになる。これは返答に困る。どう答えるかの前に、返事をすれば、そもそも二人の会話を聞いていたと認めることになる。

早紀は日頃から、意見を求められない限り、二人のやりとりに口を挟まない。いや、挟めない。それどころか、うっかりうなずいたりもしないように、気を遣っている。いまこの場も「運転に集中して聞いていませんでした」と答えるのが正解かもしれない。

しかし今回ばかりは、賛同したい気分だ。

早紀の目から見ても、今夜の『イブニングエル』での富永さゆりの態度は、あまりフェアとは思えなかった。

例の連続女性暴行殺人事件に限らず、ひとつひとつの話題について、いちいち「障害」とか「ハンディキャップ」という単語を引っ張り出し、まずその地平に立った上で、三条のコメントを求めようとしていた。つまり「健常者のわたしにはちょっとわからない心理ですが、三条さんには理解できますか」とでも言いたげに。

失礼だと思った。腹を立てる立てないという話ではなく、正式に抗議を申し込むレベルだと感じた。

早紀にもわかるほど露骨だったのだから、鵜《う》の目鷹《たか》の目の視聴者なら、なおさら感じ取ったはずだ。ちょっとした失言で、叩かれまくる世相である。どうして賢い彼女がそんなことをしたのか、早紀にはわからない。わざわざ好感度を下げるようなものではないか。それとも〝炎上〟狙いの誰かの指示なのか——。

しかし結局、その意見は言わないことに決めた。

「わたしは緊張していて気づきませんでした」

「べつにあなたが緊張する必要はないでしょう」

三条が笑うとほぼ同時に、久保川の手もとから機械音声が流れた。久保川が、三条とのコミュニケーション手段のひとつにしている、タブレットPCからだ。

音声読み上げ機能を使って、メールの内容やネット上の記事などを音声にして聞かせている。

〈きょうの――とみながさゆりのいんしょう――さいあく〉

〈今日の、富永さゆりの印象、最悪〉

SNS上の〝つぶやき〟だ。

この端末には、有料ではあるが高性能な音声読み上げソフトがインストールされていて、メールの文章だろうとSNSへの投稿だろうと、指定した範囲の日本語と英語を読み上げてくれる。流暢《りゅうちょう》とはいいがたいが、何を言っているのかは聞き取れる。早紀も、この仕事に就く以前から、読み上げソフトがあるのは知っていたが、使ってみたことはない。久保川が、「無料のやつは誤読が多いんでね」とこぼしていたのを覚えている。

〈なんだかちしきをひけらかしているかんじ〉

〈なんだか知識をひけらかしている感じ〉

〈さすが――きょうだいりがくぶはすごいね〉

〈さすが、京大理学部はすごいね〉

〈さんじょうさんはよゆうでかわしているようにみえた——やくしゃがうえだね〉

〈三条さんは余裕でかわしているように見えた。役者が上だね〉

久保川が再生を止める。

「こんな感じです」

「へえ、そうなんだ。世間の受けは」

三条の機嫌は悪くなさそうだ。久保川はさらに重ねる。

「だって、富永の態度は露骨でしたよ。『三条さんはとても穏やかに見えて、内に一士《いっし》諤諤《がくがく》の気概をお持ちだからこそ、政治ブレーンとして成功された』なんて、わざわざ下調べしてきたような熟語を使っちゃって、先生がとまどうところを見ようとしたのがみえみえです」

わがことのように腹を立てている。

早紀もあのとき「イッシガクガク」の意味がわからず、つい癖で、スマートフォンを取り出しかけ、テレビ本番中だから持っていないことに気づいた。

三条が、かすかに嫌みを含ませた口調で言う。

「久保川さんのおかげで、助かりましたけどね」

ということは、やはり久保川が、とっさにトランシーバーで意味を教えたのか。また少し驚く。久保川は、いつもスタジオの隅の人目につかない場所に立っているので、早紀の位置からは見えにくい。それにしても、本人は謙遜《けんそん》しているが、久保川も三条に負けず劣らず博識だ。

「でも、それなら逆に訊きたいけど、どうして彼女がぼくに敵愾心を抱くの？　ほとんど初対面でしょ」

久保川が、ふうっとため息をついた。

「いまの投稿にもありましたが、ご存じのように富永さゆりは京都大学理学部出身で、才色兼備を売りにしています。しかし彼女の経歴は〝純国産〟で、留学経験がありません。だから、カリフォルニア大学バークレー校出身の先生に、ライバル心を燃やしてるんですよ。ぜんぜん異世界の人間なら関心はないでしょうが、先生は今、富永の領域を侵そうとしている。しかも強敵なんです。だから今のうちにつぶしておこうと、多少の危険を承知でマウンティングしようとしたんです」

三条は、マウンティングかあ、と興味なさそうにうなずいた。

「難しいことを考えるんだね」

「そんなもんです。彼女、頭がいいわりにはことの本質に気づいていないようですが、留学経験の有無なんかより、恵まれすぎている点こそが、彼女のハンディキャップだと思いますよ。美貌《びぼう》と頭脳、実家はかつて高額納税者リストの常連だった資産家です。お付き合いの噂があるのは、大企業の後継者。その上、名声まで得ようとしている。傷がなさすぎる。――世間は、先生に好意的です」

「つまり、どん底から傷だらけで這《は》い上がった元貧乏人にね」

「そうです」

自分はいま、すごい会話を聞いているなと、早紀は緊張する思いだった。

もともと、ジャーナリズムの世界に身を置きたいとは思っていた。だが、世界の紛争地帯に取材に行ったり、政界のフィクサーに挑んだり、というのとは少し違った。たとえば、ITやAIといった華やかな世界を駆けるトップランナーたちとは別世界で、ひっそりと日陰や吹きだまりのような場所に身を置かざるを得ない、弱き人たちに焦点を当てたいと思う。

だが、どうすればいいのかわからない。もともと、大手のマスコミに潜り込めるほどの学力も才能もあるとは思っていなかった。そこで、過労死や貧困に関するノンフィクション系の本を出している中堅の出版社になんとか就職した。しかし、まずは雑用からスタートし、営業や業務の仕事が主で、本作りに直接は関われない。あたりまえだが、書くのはライターや作家で、自分で取材したり何かを訴えたりはできない。

ふと「このままでいいのか」と自問することが増えた。

そんな折、去年の夏のことだ。あまり深い期待もなく流し見していた転職サイトで、三条公彦の個人事務所である『オフィス三条』の募集記事を見た。これは天啓だと思った。三条の名は以前から知っていたし、その著書を読み、共感し、尊敬していた。

まずは無理だろうと諦めつつ応募すると、意外にも書類選考を通り、一般常識的な筆記試験を経て面接になった。百倍近いと聞かされた競争を勝ち抜いて、採用の知らせを受けたときは、まさに天にも昇る気持ちだった。一も二もなく世話になることに決めた。最初は、総勢わずか三名の会社かと思ったが、厳密には三条と久保川は「雇う側」なので、従業員は早紀一人きりという超のつく零細企業だ。勤務は不規則だし、給与はむしろ下がった。それでも、やりがいを感じて、この半年あまりがんばってきた。

それが今、本心をいえば揺らいでいる。

勤務時間や給与の不満は我慢できる。もともと、安定終身雇用のつもりで来てはいない。問題はこの世界の内実だ。

三条たちは、書籍出版を足がかりにテレビ界へも進出し、さらにそこで顔を売ってから有料動画サイトなどへの展開も視野に入れているらしい。だが、すんなり計画どおりにいくほど甘い世界でないことは、新参者の早紀にも痛いほどよくわかる。自分が生き残るためには、誰かを引きずり下ろし、蹴落とさなければならない。いや、一人が勝ち残る陰に、その数百、数千、数万倍の敗者がいるのだ。

労働の苦労よりも、そのプレッシャーに自分はなじめないかもしれないと思う機会が、最近増えた。

「なんだか、進まないね」

久保川が、早紀に話しかけている。渋滞のことだ。あわてて答える。

「報告しようと思ったんですが、お話し中だったので。事故があったみたいです」

「事故？」と言いながら、三条が窓を開け、わずかに顔をのぞかせた。

「この先の交差点あたりのようです」

市谷八幡町《いちがやはちまんちょう》を過ぎたあたりから、いつになく混んでいるとは思っていた。今は、緊急車両の赤色灯がいくつか回転しているのがはっきり見える。おそらく交通事故だろう。

「あの台数だと、死亡事故じゃないな」

三条が窓を閉めた。

「迂回路《うかいろ》を探しますか？」

「いや、いいよ。今夜はもう帰って寝るだけだし」

やはり狭い道が嫌いなのかもしれない。

久保川が話を戻す。まだ言い足りないようだ。

「こっちも難解な四字熟語を使ってやり返す手はありましたが、それじゃ大人げない。泥仕合になる。さっきも言いましたが、視聴者は発言の中身は理解できなくとも、知識のひけらかし合いをしている、ということはわかる。だから、言い返す必要はない。しかし、にやにやしている必要もありません」

「べつに、にやついてはいなかったと思うけど。ねえ、菊井さん」

「あ、はい。ええと」

まごつく早紀を三条が笑った。

「いいな、好きだな、そういううぶなとこ」

久保川が、先生いいですか、と繰り返す。

「もう一度言います。すぐにカリカリする必要はありません。安っぽく映ります。ただし、怒るときは怒る。『普段はとても穏やかだが、あの人の中には触れてはいけない箇所がある。心の奥底に、決して他人にはのぞかせない秘密の部屋がある。そのドアに触れ、中をのぞくとき、三条公彦は峻烈な一面を見せる』、そう知らしめる必要がありま す。カリスマの第一条件は神秘性と……」

「わかった。わかった。わかりました」

三条が、両手をひらひらさせるのが、ルームミラーに映った。

正直なところ、ほっとした。おそらくこの話は、少なくとも今夜は終わりだろう。生々しすぎて、興味はあるが聞いていて疲れる。しかも、生放送番組にメインゲストとして出演してきたばかりだ。さすがに二人も話し疲れたのか、黙ってしまった。

渋滞を抜けると、順調に動きだした。沈黙を破ったのは早紀だ。

「もうすぐ着きますが、まっすぐマンションに帰りますか？」

すでに午後八時近い。夕食はどうするのだろう。

「そうしてください」

久保川の口調は冷静さを取り戻している。ほっとする。

「では、マンション前につけます」

三条も久保川も、外での食事はあまり好きではないようだ。その理由を、人嫌いだからと聞いているが、顔を見られて騒がれるのが嫌、というのもあるかもしれない。ほとんどの場合は、弁当や惣菜を買い、部屋で食べるらしい。

この二人は、同じマンション内にそれぞれの部屋を借りている。

採用になった直後にそのことを聞いて、二人の関係についてあれこれ邪推もしたのだが、どうやら考えすぎのようだった。単に、仕事の利便性を優先してのことらしい。

それでもときおり、仕事のパートナー以上の結びつきを感じることもあるが、それは留学時代から一緒に苦労したからだろう。性格はまったく違うのに、そしてよく口論――というより、三条が一方的に独特の理屈を言い張るのだが、結局のところ仲がいい。友情や愛情などと簡単に色付けできない、絆《きずな》を感じている。

いつもどおり、エントランス前の狭いスペースに車を停めた。だが、降りる気配がない。なんだろう、探し物だろうかとルームミラーに目をやると、こちらを見ていた三条と視線が合った。

「あの――」緊張する。「なにか」

「疲れているところ悪いけど、ちょっといいかな」

「はい」ドアに手をかける。

「いや、降りなくていいよ。わざわざ場所を変えるほどのことでもないんだ。久保川さんはどうする？　先に事務所に戻ってる？」

事務所といっても、つまりこのマンションだ。法人登記の住所は久保川の部屋になっている。

「いえ、おじゃまでなければここで待ちます」

三条は、それじゃ、と前置きして。

「菊井さんは、たしかジャーナリストになりたかったんだよね」

「はい。──そうです」

「報道？　それともチョジュツのほう？」

「チョジュツ」が「著述」のことだと理解するまでに、少しだけ間があいた。

「──必要に応じてどちらでも、と考えています」

「ならば結論を言うけど、もう少しテレビ映りを意識したほうがいいね」

こんどこそ、意味が理解できなかった。化粧が下手だと言いたいのだろうか。着ている服のセンスだろうか。顔の造りのことなのか。あるいは、それら全部か。

「申し訳ありません。でも、それはどういう意味でしょうか」

答える前に、三条が小さく鼻を鳴らした。笑いをこらえたように感じた。自分でもよくわからない理由で顔が火照った。

「言葉どおりの意味ですよ。たとえばさっきの富永さんの番組、なんだかんだ言ったって視聴率はせいぜい十パーセント程度でしょう。それでも、全国ネットだから千万単位の人が見てる。そこで顔を売らなくて、いつ売る気？」

「顔を、売るんですか？」

こんどははっきりと鼻先で笑われた。

「あたりまえでしょう。街を歩いていて『あ、菊井さんだ』と指を差されるぐらいにならなきゃ」

顔を売ると言われても、どうしたらいいのだろう。現実の問題として、早紀は発言する機会すらないではないか。いや、そもそも、早紀が目指している仕事に、顔を売る必要があるのか。

返答のしかたを考えていると、三条が諭すように続けた。

「たとえば、この前も言ったけど、そんな就活生みたいな地味な恰好は論外。上はもう少し胸元が開いて、下が透けそうで透けないぐらいの白いシャツか、逆にぴったり貼りついたようなニット。それにスーツのパンツじゃなく、スカート。それも、長いのじゃだめ。要は座ったときにぎりぎり見えそうで見えないのが理想かな。テレビの向こうの視聴者が、ついモニターの下を覗《のぞ》き込んでしまうぐらいがいいと思いますよ」

ため息をつきたくなったが、仮にも雇用主だ。

今日は、カメラアングルが低いことで有名な富永さゆりの番組だったので、自分なりに考え、あえてパンツにしたつもりだ。もっとも、ほかの番組でもほとんど変わらない恰好なのだが。

久保川が、三条の肩を持つ。

「三条さんの言いかたはストレートだけど、そういうものなんですよ。菊井さんも見たでしょ。富永さゆりのスカート。画面を見ているこっちがハラハラする。たぶんミリ単位で計算してると思うな。ああして生き残っていく。いや、勝ち残っていく」

久保川に対してなら、多少は物が言える。

「おっしゃりたいことはわかります。わたしももう二十八歳ですから。ですが、それはまさにいま問題になっている、女性を〝観賞物〟として扱う行為を、みずから肯定することになって……」

途中で三条にさえぎられた。

「それこそ、菊井さんの『おっしゃりたいこと』はよくわかります。ぼくたちもこういう仕事をしているからね」

さっきとは別の意味で顔が火照った。

三条の声はやや低めで柔らかく、音楽でいうならチェロの演奏を聞いているように、聞く人間を落ち着かせる。三条に「人間は幸せになるために生まれてきた」と言われると、そうとしか思えなくなる。テレビ番組に二度ほどゲストで呼ばれたのをきっかけに、人気に火がついたのもよくわかる。

しかしその中身は、時に、いやしばしば辛辣《しんらつ》だ。

「でもね、それがテレビなんだよ。高校の放送クラブじゃないんだ。どれだけ存在感を示せるか、それがすべてであり正義なの。フリーの人たちは明日も生き残るために、局アナたちは少しでもいいポジションにつくために、みんな必死だ。あの富永という女性だって、いまは作戦上ぎりぎり見せていないけど、プロデューサーに下着を見せろと言われたら、翌日にはちらりと見せると思うよ。ハプニングを装って」

ますます反論したかったが、ここで議論してもしかたがない。彼がボスだということもあるが、何より、あの三条が、この自分ひとりのために、成功の心得を説いてくれているのだ。その中身はともかくとして。

「考えておきます」

しかし、三条はまだ続ける。

「実はね、二冊目の本を出すとき、担当してくれた編集者に言われたんだ。『悲惨な話、痛々しい話、腹の立つ話、そういうものだけ書いてください。できれば少し誇張して。逆に、どんな音楽が好きかとか、手料理が得意だとか、そんなものは不要です。普段の生活や趣味に興味を持ってもらえるほど、あなたはまだ売れてもいないし、存在感もないですから』って。カチンときたけど、たしかにそのとおりだと思った。そして、そのように書いた結果こうなった……」

久保川が「そろそろ行きましょうか」と割り込んで、スライドドアを開けた。もしかすると、助け舟かもしれないと思った。反論できない相手からのお説教は疲れる。

この機を逃さず、早紀も素早く運転席から降りる。もちろん、見送るためだが、会話を終わりにできる。

「明日またよろしくお願いしますね。帰りは気をつけて」

久保川が愛想よく言い、手を挙げて挨拶してくれた。

三条もサングラスのまま、微笑みかけてきた。

「もうひとつ言い忘れた。菊井さんは目つきがきつい」

「目つき、ですか？」

「そう。テロップやカンペを読むときの目が、親の敵を睨《にら》むみたいにきついよ。――それじゃ」

それは、思い当たるところがあった。

「気をつけます」

頭を下げ、二人がマンションの中に消えるのを見送る。久保川が歩きながら「もう少し言いかたに気を遣って」などと諭すのが、かすかに聞こえてきた。

そのまま首を上げ、マンションをさっと見回す。富永さゆりがやや皮肉っぽく褒めた「飛ぶ鳥を落とす勢い」の三条のオフィスを兼ねた居城にしては地味だ。

三条たちが、この場所にマンションを借りたのは、最初に書いた手記が売れ始め、しかしまだ『ミッドナイトＪ』への曜日レギュラー出演が決まる前のことだと聞いている。

『ミッドナイトJ』は、NBTの深夜帯に放送されている報道番組だ。これに週三回――月、水、金の曜日レギュラー出演するようになって、三条人気も本物になった感がある。

ブレイクする前は、豊島区の賃貸マンションにいたらしい。いろいろなことに饒舌《じょうぜつ》な久保川が、豊島区時代のことはほとんど話そうとしないので、手記に書いてある以上に困窮していたのかもしれない。

その著書を読み込んでも、留学時代までのことと、帰国してから出版デビューするまでの期間は、なんとなく霞《かすみ》がかかったように輪郭がはっきりしない印象だ。

それはともかく、久保川に聞いたところでは、この場所を選んだ理由は、利便性、特に地下鉄駅に囲まれた立地からだという。たとえば、近くを通る有楽町《ゆうらくちょう》線は、その沿線に多くの大手出版社が並ぶ。さらには、永田町《ながたちょう》や銀座《ぎんざ》にも一本で出られる。

そして久保川は、こんな本音も漏らした。

「やっぱり、初対面の人に、ざっと場所を説明するときに『神楽坂』っていうのは、ステイタスがあるでしょ。ほら、三条先生もなんだかんだいって地方出身だから、そういうあこがれがあるわけ。全国区の知名度の割に、じっくり選べば、意外に家賃はリーズナブルだったんです」

そう言っていたずらっぽく笑い、でもねと続けた。

「最近、テレビの仕事が増えてきたでしょ。三条先生とは『そろそろ臨海のほうに移ろうか』とか話すんです。タワマンとかね」

たしかに、高層マンションの大きな窓から夜の海を見下ろす、三条の姿は絵になるだろう。

二人を無事送り届けたあとも、まだやるべき作業が残っている。早い話が、帰宅だ。

まずは、マンション裏手にある契約駐車場にハリアーを停める。後部ハッチを開けて、朝に放り込んでおいたジャンパーを取り出す。ドアをロックし、同じマンションの駐輪場から原付バイクを引っ張り出す。もちろん、きちんと契約してあるし、料金は三条サイドに払ってもらっている。バイクは、だいぶ使用感のある赤いスクーターで、早紀個人の持ち物だ。

このスクーターは、今回の仕事が決まったのをきっかけに、四万円の中古を買った。収納ボックスから、ボディとおそろいの赤いフルフェイスタイプのヘルメットを引っ張り出し、自宅までバイクを走らせる。

一応はマンションと名のついた、築三十年近い集合住宅には、前職の会社員時代から住んでいる。もともとそれほど家賃の高い地区ではない上に、探しに探しただけあって、家賃はかなり安い。一度友人に話して「トイレはあるの?」と驚かれたこともある。

立地的には、小《こ》石川《いしかわ》植物園の北西側にあり、最寄りの駅の茗荷谷《みょうがだに》まで歩いて十分弱だ。三条たちの住むマンションから、実走で二キロ強、どんなにゆっくりでも十分とかからない。しかし、電車を使うとかなり遠回りになる。だから終電前であっても、普通にバイク通勤させてもらっている。雨の日はカッパを着る。

今日はまだ午後八時を少し回ったところで、ほとんど宵の口だ。『ミッドナイトJ』に出演の日なら、これから局に向かう時刻だ。

夜の賑《にぎ》わいのある道を避け、バイクを駆る。フルフェイスのヘルメットの中で、三条に言われたことの意味を、もう一度考えていた。

＊＊＊

「悪いね、本番前の忙しいときに呼び出したりして」

細身の黒縁眼鏡の奥で、堤彰久《つつみあきひさ》の二重の目が笑った。桜の花もほとんど散ったというのに、黒に見まがうほど濃い紺色のジャケットを着ている。ただ、生地は上質そうだ。

「いえ、そんなことはありませんが、どんなご用件でしょうか」

つい身構えてしまうのはしかたない。堤は深夜報道番組『ミッドナイトJ』の、チーフプロデューサー《CP》だ。

『ミッドナイトJ』は月曜から金曜までの平日に、午後十一時から約一時間、東京港《みなと》区にあるNBTをキー局にして、事実上の全国ネットで放送されている。局内での略称は、シンプルに『J』だ。

そして三条は、この『J』の月曜、水曜、金曜のレギュラーコメンテーターを務めている。昨日の富永の番組は、その隙間を縫ってのゲスト出演だった。

堤の肩書きであるCPという役職は、いってみれば番組の総責任者だ。もちろん会社の組織図的には、その上に局長やさらなる重役などもいるが、事実上、現場の全権を握っているといえる。企画、予算から、スタッフや出演者、制作外注先の選定まで、ほとんど彼の意のままになるらしい。

そんなキーマンに、それも本番前の貴重な時間に、ミーティングルームと資材置き場しかない二階の、セルフ式喫茶コーナーに呼ばれた真意が気になる。ちらちらと表情をうかがうが、そう簡単に内心を読ませる男でもない。

昨夜の三条の指摘を受けて、久しぶりにはいた膝丈《ひざ》のスカートの下が、なんとなく涼しい。テレビ映りにどうにか耐えられそうなのは、この一着しかなかった。さすがにミニは無理だ。

用件を問う早紀に、堤CPは弁解する子どものような笑みを浮かべた。

「それなんだけどね、どうだった？　昨日の『エル』は」

堤CPは、あまり味も香りもないブラックコーヒーを、かすかに音をたててすすった。『エル』というのはもちろん、昨日、三条がゲスト出演した番組『イブニングエル』の略称だ。

「はい。おかげさまで、無事に終わりました」

自分が出演したわけではないので、妙に謙遜したり批評的な発言をするのは変だ。ここはごく月並みに答え、頭を軽く下げておく。それが無難だ。

堤は、まだ四十代で民放キー局の、それも報道局管轄番組のCPを務めるだけあって、相当なやり手だと聞いている。

たしかに、人当たりは柔らかいが、その身のこなしや言葉遣いは、たとえていえば哺《ほ》乳《にゅう》類よりも爬虫類《はちゅうるい》、それも蛇を連想させる。暗色系の少してかりのある服が好みなのも、余計その印象を強くさせる。微笑みの似合う蛇だ。

「おれはちょっと別件があって見られなかったんだけど、三条先生、そつなくこなしたみたいじゃない」

そうか、やはり三条が傷物にされないかと、それが気になっていたのだ。

堤には、録画をすべて見返す暇はないだろう。部下からは、失態を犯したりマイナスポイントはなかったと、ひとまずは報告を受けたはずだ。その上で、なんでも本当のことをしゃべってくれそうな早紀に、念のため直接確かめてみたかったというところか。

「三条先生は、いつも自然体で素敵です」

「だよね。だけどさ、富ちゃんはああ見えてかなりきついから。どうなるかと心配してたんだ」

同意を求めるように、片方の眉《まゆ》を軽く上げた。これは返答に困る。うっかり、そうですよね、とも言えない。

「いえいえ、富永さんはとても優しい方でした」

『エル』は、『ミッドナイトJ』と並んで、NBTの二大「情報・報道」番組だ。放送時間帯も視聴者層もまったく異なるが、何かにつけて比較されるのは宿命だ。

視聴者の側からすればほとんど関心のないことだろうが、どの番組をどの部署が制作し管理監督するかについては、いわば〝縄張り〟がある。

放送局ごとに事情は異なるが、ＮＴＢの場合は、「情報番組」と呼ぶバラエティ系の番組は「情報制作局」が、「報道番組」と称するニュース主体の番組は「報道局」が、それぞれ統括する。久保川の言葉を借りるなら『エル』は〝ワイドショー的なネタから硬いニュースまで幅広く扱う〟というのがウリで、『Ｊ』は〝正統派報道番組がグルメの話題にも切り込む〟というスタンスなわけ」だ。

早紀も組織図的な理解はできたが、それがどんな意味を持つのかはやはりよくわからない。ただ、局内でもライバル意識があるらしいということは感じる。略称ひとつ取っても『Ｊ』と『エル』、英字とカタカナ。そんなところにも微妙な差別化の意識があるのかもしれない。

さらに、『エル』のＣＰは、堤よりも三期上で、堤と並んで将来の重役候補とみなされている、志賀《しが》誠二《せいじ》だ。志賀と堤は、表面上はともかく、局の関係者で知らぬものがないほどの犬猿の仲だという。

読字障害を乗り越えて手記を出版し、中程度のヒットにはなったが、世間的な知名度はいまひとつだった三条公彦に目をつけ、番組に呼び、次の改編期に曜日レギュラーに抜擢《ばってき》したのは堤だ。局内では、三条本人の資質以上に、それを開花させた堤に称賛が集まっている。

そのいわば秘蔵っ子の三条を、ライバルの志賀のもとへ〝レンタル〟したのは、何かの不祥事で断れない借りができたから、との噂だ。どこまで本当なのかわからないが、堤が銀座のバーの若い女の子を妊娠させてしまい、その店のママが大騒ぎしそうだったところを、古い馴染《なじ》み客である志賀が口をきいて収まった、という説が有力だそうだ。

もちろん、早紀の耳に直接そんな噂は入ってこない。ほとんどは、本番待ちのあいだに、内緒話のように久保川が教えてくれたことだ。

『エル』に出張出演の打診――事実上の指示――があった日も、久保川は「女遊びの不始末の代償、というのは腹立たしいけど、先生の露出が増えること自体は悪い話じゃないね」と本音を漏らした。下半身にまったく節操がなかろうと、堤は三条や久保川にとって頭が上がらない存在なのだ。

堤はまだ探りを入れて来る。

「でもね、おれが聞いた話だと、富ちゃんは三条先生にけっこうきつくあたったらしいじゃない」

いくら三条のこととはいえ、堤がこれほど気にするのは初めてだ。何か裏の事情でもあるのだろうか。

「だけど、富ちゃんのいつもの切れ味がなかったって聞いたよ。三条先生のほうが上手《うわて》だったとか」

「さあ、わたしにはよくわかりません」

堤は、ふふっと笑って、グラスの水で喉を湿した。その視線の先が、早紀の膝のあたりに、ちらちらと向く。

「まあいいか。――あれはね、富ちゃんのコンプレックスなんだ」

「どういう意味でしょうか」

「彼女って、あまりにすべてを持ってるだろう」

久保川も似たようなことを言っていた。黙って続きを待つ。

「そのことが、逆に自分で腹立たしいんだよ。若いころ苦労して、不幸な事故にも遭い、ハンディを克服した三条先生がうらやましいんだ」

うらやましい――？

「よくわかりません」

堤は視線をやや上方に泳がせて説明した。

「たとえばさ、子どものころから一流料理人が作った完璧《かんぺき》な料理ばかりを食わされて育った子どもは、一度でいいから『牛丼大盛りツユダク温玉のせ紅ショウガてんこ盛り』が食ってみたくなるんだよ。ほら、どこかの国のジョークにもあるじゃない。問題『なんでも持ってる王様が、どうしても手に入れることができないものはなーんだ？』。何だと思う？」

急に振られて答えに窮する。

「ええと――」

「それはね『欲しいもの』だよ」

はあ、とうなずき、カップに残ったコーヒーをすすった。

「だから、富ちゃんのしたことは一種のいじめだな。セレブが、けなげに這い上がろうとしている庶民に嫉妬してるんだよ」

やはりその論調は、昨夜の車の中で、久保川が主張していたことそのままだ。

富永さゆりは、対一般視聴者、というフィルターをかけるなら、三条よりもはるかに知名度は高い。

京大理学部在籍中に「準ミス日本」になり、卒業後は財務省に入った。しかし本人曰《いわ》く「この旧態依然とした男くさい社会で、今後数十年も我慢できない」と感じ、わずか三年で退職した。直後からマルチな才能を発揮し、現在も大学講師や社会評論家などいくつか肩書はあるが、やはりなんといってもブレイクのきっかけは『エル』でのキャスター成功だ。

この富永の起用に関しては「CPの志賀に、あるいはそのさらに上の人物に、そしてまたあるいは複数に、セルフプロモーション――言葉を変えればハニートラップを仕掛けた」という噂も根強いと、これも久保川情報だ。

あまり興味はない。法に触れない限り、どういう生き方を選択するのかは、その人の価値観による。

ところでと、堤はいきなり話題を変えた。

「余談が長すぎた。今日の用件はそんなことじゃないんだ。――どうだ。きみも、出てみないか」

「出る、というのは？」

堤の目が眼鏡の奥で細くなる。笑ったのか睨んだのかも判断がつかない。

「もちろん、番組にだよ。きみみたいなキャラに『通訳』だけじゃもったいない、という意見があってね。まあ、いきなりスタジオに席のあるキャスター、というわけにはいかないだろうから、たとえばまずは食リポとか」

またしても「は？」と訊き返してしまった。気づけば、さっきから間の抜けた返事ばかり繰り返している。

「食リポだよ。見たことない？」

「見たことはありますが——」

「あれは、正式にはなんていうんだろうね。とにかくほら、マイク片手に下町の商店街とかを歩いてさ、『オシドリ夫婦が五十年前からやってる、下町の洋食屋さんです』みたいな小汚い店に行って、どこにでもあるようなたいして美味《うま》くもないオムライスとかほおばって、大げさにホッコホッコ言いながら『うーん。夫婦愛が染みこんだ味ですぅ』とか言うやつさ」

堤が、めずらしく自分の冗談に受けたらしく、くすくすと笑っている。

「すみません。つまり、わたしがあれを？」

「興味ない？　いけると思うんだよね。きみ、画面映りがいいって評判だよ。特に、鼻から口にかけてのあたりに、上品な色気がある。あ、これセクハラじゃないからね。食リポには、大事な要素なんだよ。口もとや歯並びっていうのはね。それね、スポンサー的にも重要なのよ。実は、スポンサーの重役に菊井ちゃんのファンがいてね。全面的に応援するって。こんなこと、めったに言ってもらえないよ」

いつのまにか「菊井ちゃん」になっている。口調も楽しそうだ。それよりも、スポンサーの中で「歯」が関係するということは、『J』のメインクライアントでもある、日用品や衛生用品メーカーの超大手『ヘスティア』社のことだろうか。あの会社の重役がわたしを？

「わたしには無理じゃないでしょうか」

「どうして？　菊井ちゃんみたいにクールな子のほうが、本当っぽくていいと思うけどな。ぼくの目に狂いはないよ」

「なんというか、わたしは黒衣《くろご》ですから」

「またそれか。だからこそ表舞台に出なよ、っていう話さ」

「できません。無理です」

「取りつく島もないな。そんなに難しく考えることないって。それだけじゃないよ。もう少し売れたら『インテリタレントクイズ』のアシスタントなんかどうかと思ってる」

これもまた、ゴールデンタイムの超がつく人気番組だ。今のアシスタント役は、最近水着写真集を出して話題になった、フリーの女子アナウンサーだ。

水着姿の自分が、ちらりと頭に浮かんだ。やはり断ろうと思った。自信とか勇気とか、そういう問題ではない。

「無理というのは、才能的にという意味もありますが、それより、三条先生の秘書をしなければならないからです」

きっぱり、のつもりだったが、目は伏せ、口調も遠慮がちになってしまった。

「秘書ったって、一日中へばりついているわけじゃないだろ。——あのさ、まだ言ってなかったけど、食リポやるのは、同じ『J』の中だぜ。三条先生とセットだ」

思わず、ほんとですか、と訊き返しながら顔を上げた。満足そうに笑う堤の顔があった。

「ほらな、興味が湧いただろ。もちろん、ナマじゃない。V《ブイ》ってやつだ。昼間の空いた時間に収録しておいて、それを五分くらいのコーナーにまとめて、生放送中に流す。で、それを見ながら三条さんにコメントを求める。そのすぐ後ろで、照れて少し顔を赤らめつつ、きみが三条先生に字幕の解説をする。

これウケるだろう。『すっかりご満悦の菊井リポーター』とか、『ケチャップつけて、美人が台無し』と書いてあります、ってきみが読み上げるんだ。で、三条さんが『うん、可愛いね』とか答えるのよ。どうよ、これ。萌《も》えるだろ。視聴者に受けないわけがないだろ。三条さんの曜日の視聴率、ぐんと上がるぜ。スポンサーも喜ぶ。なんだかんだ言って、テレビはスポンサーあっての話だからね。もちろん、三条先生の了解は得るよ」

どこまで本気なのか。それに、要所の部分で『J』と呼ばず「三条先生の番組」と言うところがいやらしい。そして、もう一枚隠し持っていた切り札をそっと見せるように、堤が低い声で続けた。

「ここだけの話だけどさ。今『J』のメインキャスターやってる川上《かわかみ》の爺《じい》さん、いるよね」

「はい――」

この業界の「超」がつく大物司会者、川上天伸《てんしん》のことだ。

「あの人には、そろそろご勇退願おうかと思ってる」

えっと声を立てそうになって、あわてて手で口をふさいだ。さっきから驚く話ばかりだ。堤が面白そうにうなずく。

「あの爺さん、最近かなり滑舌が悪いし、菊井ちゃんも気づいてると思うけど、たまに酒臭いだろ。それに、だいたい見てくれがあまりよくないよ。爺さんに夜中はもう無理だ。そろそろ若返らせたいと思ってる。その後釜《あとがま》に誰を考えてるかわかるだろう」

「もしかして、三条先生ですか」

堤が、あたりまえだろう、という顔でうなずく。

「それだけじゃない。美男美女のダブルメインという線も考えてる。そこまで言えば、『美女』のほうも誰だかわかるよね。しかし、いきなりってわけにはいかない。ものには順序がある。だから、まずは食リポでもやってもらって、顔を売っておこうって話だよ。どうだい。この深慮遠謀がわかったかな」

「はあ」

返事なのかため息なのか、自分でもよくわからなかった。堤は「いけね、もうこんな時間だ」と立ち上がった。

「ま、即答でなくてもいいけど、前向きに考えといてね。きみひとりの問題じゃないってことで。またこんどゆっくり」

そう言いながら、早紀の肩をぽんぽんと軽く叩き、軽い足取りで去って行く。

その背中を見送っていると、視界のすみに、少し先の通路の角へ消える、別の人影が見えた。一瞬のことで誰だかわからなかったが、見慣れた人の後ろ姿に見えた。

2　主婦：新田文菜

インターフォンが鳴った。

窓から景色を眺めていた新田文菜《にったあやな》は、壁掛けの電波時計を見る。午後一時十五分、約束の時刻にはまだ少し早い。たぶん配達関係者だろう。仕事熱心なのかもしれないが、それがかえって鬱陶《うっとう》しく感じることもある。

あくびを放ちながら、ゆっくりその場を離れ、念のためにモニターを見れば、やはりいつもの宅食サービス業者だった。オートロックのエントランスからだ。本来は、事前に取り決めたエントランスの宅配ボックス脇に、保冷ケースごと置くことになっている。ただ、サービスの意味で到着をインターフォンで知らせる配送員もいる。

これに応じて「玄関までお願いします」とロックを解除すると、部屋のドアまで持ってきてくれたりもする。

そのシステムを、何度か利用した。一階まで取りに行くのが面倒だったからだ。しかしあるとき、薬を飲んだあとで少しぼうっとしていたせいもあって、下着もつけずに薄いシャツ一枚で応対したことがあった。

二十代ぐらいの若い配送員が、見るからに赤い顔で、しどろもどろに伝票を差し出した。その後、洗面所に入って鏡を見て、理由がわかった。両胸の色付いた部分が透けて見えていた。

それ以来、何度も「エントランスに置いて。連絡はいらない」と断ったのだが、いまだにインターフォンを鳴らす。

「食材ですので、早いほうがいいかと思いまして」

そうは言うが、魂胆はみえみえだ。今日こそは玄関まで行けるかと、そしてまた薄着で応対してくれないかと、そわそわしているのが表情に出ている。

そんなにおっぱいが見たいのかとあきれる。もったいぶるほどのものでもないし、もう少し清潔感のある可愛い子だったら、毎回見せてもいい。だが、彼はだめだ。生理的に無理だ。変なあごひげを生やしているし、息が煙草臭い。

それに、少し怖いということもある。つい最近、学生時代からの知り合いが遺体で見つかった。それも、白骨化していたそうだ。行方がわからなくなったと聞いたのは去年の四月ごろだったから、あの直後には死んでいたのかもしれない。

家は東村山市だが、遺体は隣接した埼玉県所沢《ところざわ》市にある、自然林の中で見つかった。近くにドーム球場もあるのだが、森に囲まれた場所らしい。それもそのはずで「武蔵野《むさしの》の自然をそのまま残そう」という運動の対象地域だったため、あまり人が入り込まず遺体の発見が遅れたというのだから、少し皮肉な気もする。

それはともかく、自殺か事故か事件かもまだわからないらしい。

彼女とは、学生時代に一緒に留学をしたこともあり、就職先が都内で近かったこともあって、親友というほどではないが、そこそこの交流は続いていた。

五年、いや六年ほど前に結婚し、夫の実家がある東村山市でパン屋を開業した。開店当時、お祝いを兼ねて遊びに行ったこともある。大きくはないが、雰囲気のいい店で、夫が都心の有名パン店で修業したとかで、味も良かった。幸せそうに見えた。

まだ未祐《みゆ》が生まれる前で、当然ながら、文菜の一家を見舞うことになるあの悲劇のことなど、毛ほども予想していなかった。

彼女の行方がわからなくなったあと、その夫にも一度会った。知りうる限りの友人知人をあたっているとかで、わざわざ訪ねてきたのだ。お腹に赤ん坊ができたのがわかったばかりで、家出する理由などないと、彼は憔悴《しょうすい》しきった様子だった。

だが、文菜は彼女から内緒の話を聞いている。実は、夫以外に付き合っている男性がいるのだと言っていた。相手が誰か、はっきり口にしなかったが、夫の友人のようだった。「そのスリルがね」と笑っていた。

どんなふうな死に方だったのか、あまり詳しくは知らない。遺体の身元が判明したというニュース番組は途中で切ってしまったし、それ以来、テレビにも新聞にも触れないようにしている。文菜の夫の洋行《ひろゆき》が帰宅して、深夜のニュースを見ることがあるが、そのときは寝室へ行っている。

気軽に玄関のドアを開けなくなったのは、彼女の一件があってからだ。付き合う相手は選ばないと怖い。死ぬのが怖いのではない。赤ん坊に会えなくなるのが怖いのだ。誰にも知られることなく、暗い森の中で朽ちてゆくのが怖いのだ。

配送の男は、チャイムを二回無視したら、諦めて置いて帰った。あとでこの宅食サービス業者には契約解除の電話を入れることにした。

今日も晴れている。南西を向いた窓からは、荒川《あらかわ》とその河川敷が見える。

文菜たちが住む部屋は、十六階建てマンションの十四階にある。この窓から川まで、視界を遮るものはない。

堤防沿いにぽつぽつと植わっている桜の花が散ってしまったので、色味が少なくなった。草や木の葉の緑がだんだん濃くなっていくが、ずっと見ているとなんとなく息苦しくなる。特に新緑の季節はそうだ。〝命〟を感じさせるからだろうか。

しかたなく、人間の姿に目をやる。

河川敷に設けられた平坦《へいたん》なゴルフ場で、何組かラウンドしている。その手前の空き地や公園で、十人ほどでサッカーの練習をやっているのは大学生だろうか。蛍光色のウエアを着て、小高くなった堤防の道を走るランナーの姿も見える。犬を散歩させている途中で立ち話に興じる年寄りも何組かいる。のどかな風景だ。

のどかなだけで、何も感じない。彼らの会話も聞こえない。彼らのほうから、文菜の姿も見えていないだろう。つまりは、ボリュームを絞ったテレビ画面を見ているのと変わらない。

彼らは本当に生きているのだろうか。最近流行りの、よくできたバーチャル・リアリティ映像ではないのか。

もし本物だとすれば、みな何が楽しくて生きているのだろう。ゴルフだのサッカーだのジョギングだの犬の散歩だの。毎日毎日同じことを繰り返して、いったい何が楽しいのかわからない。いまこの瞬間に死んでしまいたいと思っている人間は、いないのか。

少なくともあの中にはいないだろう。そんなことは思わないから、ああしてのんびりした顔のまま生きているのだ。顔の表情までは見えないが、みんなそうに決まっている――。

いけない。あのこと、があるので、昨日から薬の量を少なめにしている。ものごとをいちいち否定的に考えてしまうのは、そのせいかも知れない。

ここは賃貸型マンションだが、そのうちの十部屋ほどを会社が一括で借りて、社宅代わりに使っている。文菜の夫、洋行の勤務先はＪＲさいたま新都心駅近くの高層ビルの中にある。大手証券会社のさいたま支社だ。

文菜は洋行と結婚するまで、株というものにまったく興味がなかった。もちろん、知識として株式のシステムは知っている。大儲《おおもう》けする人もいれば、破産して夜逃げしたり、場合によっては自殺したりもするらしい。別世界の出来事だ。

もっとも、結婚後も夫とはそんな具体的な話はしない。特に最近は、夫は「死ぬ」とか「破滅」という話題を、あきらかに避けている。避けるというのはつまり逃げることで、向き合ってくれるわけではない。別段、向き合ってほしいとも思わなくなったが。

いまは、バブルと呼ばれた時期の前後のように、あるいはリーマンショックがあったころのように、激動の時代ではないらしい。ただ、全体の流れとしては上昇傾向にあって、それはそれで忙しく大変なようだ。

窓の外の時間は緩やかに流れている。

平日なので、堤の上を散歩しているのは、定年退職後の夫婦だとか、母子連れだったりする。いまその一組の親子の、幼い子が駆け出して転んだ。女の子のようだ。大げさに天を仰いで泣いている。ベビーカーを押していた母親があわてて駆け寄る。ベビーカーの中には赤ん坊もいるようだ。

もしも自分が映画に出てくるようなスナイパーだったら、ここから狙撃《そげき》することもできるのにと、つい空想してしまう。あの母親は、突然降りかかった災禍に、驚き、悲しみ、絶望するだろう。

未祐のときがそうだった。

未祐は黒目がちで、まるでキャッチライトを入れたように、その瞳《ひとみ》はいつもきらきらしていた。見るものを幸せにする笑顔だった。親の欲目を差し引いても、愛くるしい子だった。間違いなく、世界で一番可愛かった。

将来、一緒におそろいの洋服を買いに行ったり、クレープをほおばりながら繁華街を歩いたりする姿を、何度夢見ただろう。

一歳になってよちよち歩きを始め、二歳になってかたことの会話ができるようになった。日を追うごとにどんどん愛情が深まっていき、このままでは愛《いと》しさのあまり死んでしまうのではないかとさえ思った。

しかし、運命が奪ったのは文菜ではなく、未祐の命だった。

当時住んでいたマンションの近くに買い物に出かけた帰りだった。日頃からよく使う生活道路は、その道幅のわりに交通量が多く、怖いと感じていた。だから、近所の奥さんがたのように、自転車は使わなかった。荷物を載せたり、途中でぐずったときのために、ベビーカーを押して買い物に出かけた。

自宅へ戻る途中、顔見知りの主婦に会った。ごく普通の挨拶を交わした。たしか、次回の資源ごみの日はいつだったかと訊かれたような気がする。

ただそれだけだった。時間にして、十秒か、二十秒か。道の反対側に子猫を見つけた未祐が、文菜の手を振り切って道路に飛び出した。あっという間もなかった。未祐の小さな体は、ちょうど通りかかった大型のミニバンに五メートル以上もはね飛ばされた。即死だった。

あまりにあっけない終わりだった。

死にたいというより、未祐と一緒にお棺に入りたかった。一緒に燃やされてやりたかった。しかし、事故の直後は自殺する気力もなく、気づいたときには、葬儀は終わっていた。

葬儀の一週間後、悲劇の原因を作った、ごみの日を訊いた主婦と行き会ったので、道路に突き飛ばした。ちょっとすりむいただけなのに、訴えられて逮捕された。不起訴になったが、夫が「ここにはいられない」と言って引っ越した。

昨日のことのように記憶は新鮮だが、未祐が灰になってから、早くも三年が経つ。

この三年間の毎日、腐りかけた魚のような臭いを、自分の体から嗅いだ。夫は気のせいだというが、たしかに臭う。

積極的に自殺行為に走ることはなかったが、生きようという気持ちもなかった。ろくに食事もとらない日が続き、ある日病院に担ぎ込まれた。検査や注射や点滴を受けた。

目覚めたとき、ベッドわきに未祐の笑った写真が立ててあった。

「わたしが置いたの」

　ベッドわきに座って、ずっと付き添っていてくれたらしい母が、タオルケットを軽く叩いて言った。その隣に父親も無言で座っていた。地元で、分院を含めると三か所の整骨院を営む、普段は押しの強い父親が、数日間餌にありついていない野良猫のように、しょぼくれて元気がなかった。

「お願いだから、わたしたちより先に逝かないで」

　母のそのことばを聞いて、点滴で入れた液体がすべて流れ出たのではないかと思うほど泣いた。

　退院し、もとの生活に近い日々が戻ったが、すべてに意欲がわかない点は、あまり改善されなかった。ほどなく、夫の異動が決まり、二年ほど前にいまのマンションに引っ越してきた。

　両親の見舞いを機に、積極的に自死という選択肢をとる考えはなくなった。しかしはたから見ると、あまり生に執着はないような印象を与えるのかもしれない。

　過ぎ去った、そしてとりとめもないことを考えていたら、またあくびが出た。薬を控え目にしたから、昨夜はよく眠れなかった。

　時刻は午後の二時だ。そろそろだなと思い、テーブルの上に広げてあった女性雑誌を手に取る。

この人、最近ますます人気が出てきたわね――。

三条公彦の爽やかな笑顔のアップを見てそう思う。

彼の名を最初に教えてくれたのは、宮崎璃名子だった。白骨死体で見つかった、あの友人だ。

あれは、彼女が失踪する三か月ほど前のことだったろうか。真冬だった記憶がある。店休日にこのマンションへ遊びに来て、たまたま開いてあった新聞の大きな書籍広告を見て、璃名子は少し自慢げに言った。

「この三条さんとは、ちょっとだけ連絡したりしてるんだ」

「ええっ、この人と?」

三条という名前は、どこかで聞いたか見たかしたような気もするが、記憶にない。だが、こうして大きく宣伝されているということは、有名なのだろう。

驚いていると、璃名子はべつにたいしたことでもない、という顔でうなずいた。

「ちょっとだけだけどね」

璃名子は、文菜に比べれば男性関係が奔放で、文菜が知っているだけで、結婚前に四人の〝彼氏〟がいた。そしてそのことを自慢げに聞かされていた。だから、このときの思わせぶりな笑みを見て、すぐに男女の関係を連想した。だが、そんなことがあるのだろうか。どんな接点があったのだろう。

その疑問が顔に出たらしく、訊きもしないのに璃名子が説明した。

「ほらわたしたち、学生のとき留学したでしょ。三条さんはちょうど同じ時期に、UCBにいたらしいのよ。それで、ちょっと連絡してみたのがきっかけかな」

なるほど、そういうことなのか。

新聞広告には、著者である三条公彦の顔写真も載っていた。あらためてよく見ると、たしかに、璃名子好みの〝イケメン〟だ。もし、同時期に留学したというつながりだけで連絡をとったのが本当なら、感心すべき行動力だ。

そのときの話題はそれで終わって、深く関心を持たなかったのだが、文菜も三条と〝再会〟する機会があった。ふと訪れた書店で、彼の本を見つけたのだ。

未祐の事故以来、あらゆることに関心がなくなっていたが、定期的に読書だけはしていた。ただ、昔とは違って、虚構の物語は受けつけなくなった。最近手にするのは、いわゆるノンフィクション系ばかりだ。

三条の本は、やはり売れているようで、目立つ場所に平積みにされていた。タイトルは、『読字障害《ディスレクシア》の僕が、カリフォルニア州知事選挙のブレーンになれた理由《わけ》』という長ったらしいものだった。

そして表紙は、三条の上半身をアップにした写真だった。

正直なところ、読字障害に関心はなかったし、ましてアメリカの州知事選挙になどまったく興味はない。ただこの三条という男の、なんとなく優しそうな表情が、障害を乗り越えたゆえなのかと思うと、興味を引かれた。

手にとってぱらぱらとめくってみた。こんな文章が目に飛び込んだ。

《あなたが生まれてきたことにも、生きていることにも、意味がある》

心臓を温かい素手で触られたような気がした。そのまま手にとって、レジに持っていった。

読み終えて、期待したとおりの感銘を受けた。成功譚《たん》としてではなく、その底辺に流れている悲しさを感じたからだ。

璃名子に紹介してもらうのは、なんとなく気が引けて、直接手紙を書いた。

《これほど成功されたのに、どこか満たされていないという思いを感じるのは、なぜでしょうか》

すると、三条の代理人と名乗る、桑村朔美《くわむらさくみ》という女から連絡が来た——。

今日はなんだかとりとめのないことばかり浮かんでくる。

今日ですでに八回目になるが、あのことの前だから気が昂《たか》ぶっているのだろうか。

性的な欲求はほとんどないのに、初対面の男とセックスをし、避妊具を着けずに最後まで受け入れ、しかもこちらから金を払う。夫や双方の両親たちが聞いたら、怒りを通り越して腰を抜かすかもしれない。

インターフォンが鳴った。

こんどは、エントランスからではなく、ドアの外からだ。モニターを見る。思ったとおり、桑村朔美だ。いつもどおりに答える。

「鍵《かぎ》は開いています」

〈了解ですー〉

桑村朔美が軽く答えて、すぐにドアが開く音が聞こえた。桑村がリビングに入ってくるまで、その場に突っ立ってぼんやりと待つ。頭の隅で「昔は、このあいだにお茶の用意ぐらいはしたのに」と思うのだが、きびきびと動けないのだからしかたない。

「こんにちはー」

いちいち語尾を伸ばすしゃべりかたをするが、彼女は文菜より少なくとも十歳は年上だろう。正確には知らない。一度遠まわしに訊いたことがあるが、はぐらかされたので、それ以来訊かないように注意している。

「どう？　調子は」

桑村が、屈託のない笑顔で訊いてくれる。はっきりと、口先だけの社交辞令とわかるので、むしろ気は楽だ。体調など気遣ってはいない。もし、少しでもこちらの腹の中を探ろうとか、表情の裏を読もうなどという気配が感じられたら、これほど心を許しはしなかっただろう。

「まあまあです」

「あ、これ持ってきたよ」

桑村がかかげて見せたのは、さっき宅食業者が置いていった、保冷ケース入りの食材だ。

「ありがとう。よくわかりましたね」

礼を言い、冷蔵庫の脇に置く。

「何言ってんのよ。まいどのことじゃない」

「そうですね」

「ねえ、遠慮してないで、こっち来なさいよ」

桑村が玄関に向かって声をかけると、はい、という若い男の声が聞こえた。

今日の相手はずいぶん若そうだ。若いと不潔感がないし早く済むのでいいが、あまりしつこくされるのは困る。以前、やはり二十代の男で四回というのがいた。さすがに終盤では痛くなった。

それに、肉体的欲求が主目的ではないから、長時間だと飽きてくる。もっとも、この前の中年の医師のように、さっさと始めずに、あれをしろこれをしろと偉そうにされるのは、もっと嫌だ。

部屋に入ってきたのは、たしかに若い、そして筋肉質の男だった。身長は百八十一センチだと聞いている。夫の洋行よりわずかに高いだけだ。体つき、特に身長も、必須《ひっす》ではないが考慮の要素だ。生まれてきた子が、夫とあまりに似ていなければ疑心を生む。

「こんにちは」

若い男は、窓の外の陽光をそのまま切り取ってきたような、明るい笑顔で挨拶した。ほんの少し前までこの部屋に満ちていた自分の発した臭気が、強力な消臭スプレーを噴射したあとのように、一瞬にして蹴《け》散らされたような気がする。

「はじめまして」

文菜も、精いっぱいの愛想を込めて会釈する。桑村が、新商品でも紹介するようなしぐさで説明した。

「こちら、神保《じんぼ》真悟《しんご》さん。概要は先日お伝えしたとおりだけど、恵明《けいめい》医科大学の四年生、二十二歳——」

がっしりとした体軀《たいく》、特に上半身の筋肉は服の上からでもそれとわかるほど発達している。ボート部だと聞いた。文菜からすると、ボート競技に関することは、水の上で行うというぐらいしか知らないが、金がかかりそうだということだけは想像がつく。

着ている服も、それほどのハイブランドには見えないが、仕立てはよさそうだ。紺のスラックスに、同系色のポロシャツ、ほとんど白に近いぐらいの淡いブルーの上着をはおっている。すべてニット生地なのは、やはり筋肉質の体を包むのに楽なのだろうと想像する。

「何かご質問は」

桑村は、愛嬌《あいきょう》を見せたつもりか、口角を上げ、目を少し見開いて訊いた。文菜も、紹介を受けた若者も、何も言わないので、桑村がそのまま続けた。

「じゃあ、おじゃま虫はさっさと消えますから」

お決まりの古い冗談を口にして、桑村は帰っていく。文菜の相手をここへ連れてくるだけの仕事だ。

来訪者が部屋に入るまで桑村に付き添ってもらうのは、カムフラージュの意味合いもある。もともとほかの住人と顔を合わせる機会の少ないマンションだが、仮に見られたとしても、まさか浮気相手が白昼堂々、しかも女性同伴でやってくるとは思わないだろう。

それでも念のため、管理人にはたまに菓子折りなどを渡して、「出版社の人が訪ねてくるのでよろしく」と伝えてある。雑誌などに「主婦目線での料理や収納法に関するコラム」を提供していることになっている。それならば、毎回来訪者の顔ぶれが変わるのも、彼らの風体があまりセールスマン風でないことにも、理由がたちそうだ。桑村の本業は、出版関係のエージェントとかいうものらしいから、まんざら嘘というわけでもない。

それはともかく、本当は適当なホテル――もちろんラブホテルではなくシティホテル――で会うという選択肢もある。事実、最初の二回ほどはなんとかそうした。しかし、三度目のとき、でかける直前になって眩暈《めまい》がひどくなり、結局キャンセルする羽目になった。

ただ、妊娠したいという衝動は抑えられない。

それで、現在の口実を考え、多少のリスクは承知で、マンションで会うようになった。身元もわかっていて、なおかつ桑村に同行してもらってこの部屋で会うなら、それほど危険はないだろう。

「どうぞ、お座りください」

神保真悟をダイニングテーブルセットに誘うと、神保は軽く礼を言って腰を下ろした。ダイニング用の椅子が窮屈そうだ。リビングには座り心地のいいソファもあるのだが、あまりゆったりしてもらっても困る。

「何かお飲みになります？ コーヒーでも紅茶でも、ビールもあります。もし、大丈夫なら」

真面目に訊いたつもりだが、神保は冗談と受け取ったようだ。微笑みながら「ビールでもたぶん大丈夫だと思いますが」と断って「でも、コーヒーをお願いします」と結んだ。

深く気分が落ち込んだ日は、こういった事前の儀式もなく、いきなり事務的に始めてしまうこともある。事実、ほんの先刻までは今日もそうしようと思っていたのだが、神保の明るい笑顔に触れて、少し気が変わった。

コーヒーサーバーをセットしてから、届いていた食材を冷蔵庫にしまう。自分ですることは味付け済みの肉を焼く程度で、ほぼ手間をかけずに完成する。夫はたぶん手作りだと思っている。いや、そもそも気にしてはいないだろう。

コーヒーが落ちるまでの残りの時間、シンクのはしに腰を当てて、神保に目を合わせる。およその人柄は目の感触でわかる。

「神保さん。もしお時間がないようなら、すぐに始めてもいいんですけど、よかったら少しだけお話をしましょうか」

神保の目の光がぎらついていなかったので、そんなことを口にした。神保は真面目な顔で答えた。

「はい。時間なら大丈夫です。今日は講義もありませんし、特に予定もありませんから」

軽くうなずいてから、ふと頭に浮かんだ疑問を口に出す。

「部活動は大丈夫なの？」

神保は少し考えて、ああ、と微笑んだ。

「ボート部ですね。大丈夫です。練習に厳しくなくて、おかげで万年弱小部です」

「あらそうなの」

嘘かもしれない、と直感した。文菜のための優しい嘘だ。桑村から大まかな目的を聞いて、文菜があせらなくていいように気遣ってくれた可能性はある。ひと回り近くも年下の男を前にして、そんなことを考える。

前回の医師は、映画の演出でもするように、あれこれ注文ばかりつけていて、文菜があまり反応しないことに腹を立てた。帰り支度をしながら「楽しくないならどうしてこんなことしてるんだ」と吐き捨てた。

まあそんなことはいい。いずれにしても、あの男の遺伝子とは縁がなかったのだから。

「お砂糖とミルクは？」

「ブラックでいただきます」

ダークロースト風味にブレンドした豆から淹れたコーヒーを、白磁のカップに落として提供する。何も入れずにひとくちすすった神保は「ああ、うまい」と声を上げた。もう少しだけ質問を重ねる。

「あまり根ほり葉ほり訊くつもりはないけど、ご実家から通ってらっしゃるの？」

「はいそうです。親父は家とは別の雑居ビルで、開業医をやってます」

「あら、じゃあ跡を継ぐのね」

「そんな大それたものじゃないです。医院の物件もテナントですし」

「ご実家はどちら？」

「杉並《すぎなみ》区です」

あら同じねと、つい口に出しそうになったが、あやういところで飲み込んだ。このマンションに住んでいるという事実と名前以外の個人情報は出さないことに決めている。

「医学部だと、日頃の勉強も大変でしょ？」

神保はカップを皿にもどし、照れたように頭を掻《か》いた。

「正直、少し苦戦しています」

「でも、恵明医大なんてすごいじゃない」

「親父がＯＢなんです。ＯＢやＯＧの子弟で、付属中高から入ったやつは、そこそこ真面目に出席さえしていれば、あとは寄付金次第で上がれるんです。ただ国家試験はそういきませんから、いまになって苦労してます」

笑いながら額の汗を拭《ぬぐ》った。

「もし暑かったら、どうぞ脱いで」

神保は柔らかそうな生地のジャケットを脱いだ。空いた椅子の背もたれにそれを掛けるのをじっと見る。上腕の筋肉が盛り上がっている。あの腕で首を絞めてもらったら一瞬で終止符を打てそうだ。しかし、今日はまだそのつもりはない。

おかしな考えが膨張してしまわないうちに、水を向けることにした。

「じゃあ、そろそろいいかしら」

「はい」

神保は素直にうなずき、立ち上がった。

「先にシャワーを浴びてもらってもいいかしら。わたし、少し潔癖症なところがあって」

「もちろんです」

「念のためもう一度確認だけど、血液型は？」

「Ａ型ＲＨ陽性です」

「もうひとつ、一番大事なこと。たとえこれで妊娠しても、あなたは父親を名乗らない。未来永劫《えいごう》に。それを約束してください」

「わかりました」

明るく柔らかい笑顔を見せた。

＊＊＊

紹介者の桑村朔美には、一回につき五万円を支払う約束になっている。行為の相手への謝礼は、いわば〝時価〟だ。相手の事情によって多寡があり、交渉結果の金額だけを桑村が伝えてくる。無償のときもある。

目的は妊娠のためだ。相手の男への礼儀として、多少感じている演技をすることもあるが、そしてときにそれが演技でなくなることがあるが、性欲の解消が目的ではない。

未祐の代わりが欲しいのに、夫が指すら触れようとしないからだ。

「もう少し、気持ちの整理がつくまで待とうよ」

どんな整理がつくというのだろう。未祐を失ったという事実に対してなら、一生整理などつかない。むしろ、生まれてくる子には申し訳ないが、新しい育児で忘れようとしているのだ。

子を喪失した夫婦について書かれた本も読んだが、この夫婦間の感情は、一般的には逆のようだ。夫が「次の子をつくろう」と言い、妻が「あの子の代わりなどない」と拒絶する。自分たちはやはり少し変わっているのかもしれないと思う。あるいは、子に対する執着心の強さの差だろうか。

だから、代わりの精子提供者を求めることにした。

血液型の一致は大原則だ。それに、やはり賢い子が欲しいので、偏差値の高い大学を出た男を探してもらう。偏差値が高いから賢いとは限らないのだが、気休めにはなる。

前回の、最悪の印象だった医師との相性はやはり良くなかったようで、幸い身籠《みごも》らなかった。あんな傲慢《ごうまん》な性格の子が生まれては困る。そんな視点でばかり考えているせいか、最近では、しだいに夫の代替ではなく、むしろ夫以外の子が欲しくなっている。

「こんどは、若い子にしようか。体つきは一人前だけど、うぶで可愛いわよ」

桑村がそう言ったときは、少しときめいたほどだ。

神保は、その体つきのわりに細い指をしており、力ずくというタイプではなかった。女性の扱いは、さすがに手馴《てな》れているというほどではない。むしろぎこちなく、一生懸命さが感じられて、そこに好感を持った。

しかし、ただ遺伝子《ゲノム》を半分分けてもらうだけ、と自分にいいきかせていたため、肉体の反応は無理に抑えた。

それを勘違いしたらしく、神保は何度か、申し訳なさそうに訊いた。

「感じていますか」

「感じてる。とてもいい」と半分ほど嘘をついた。自信喪失につながってはかわいそうだ。

本当は、抑えたい気分とは裏腹に、体は独自の意思があるかのように、神保に反応しているのがわかった。

「そろそろ。いいわ」

タイミングをつかみかねている様子がうかがえたので、きっかけを作ってやった。神保がその筋肉質の体で、思い切り抱きついてきたときは、さすがに苦しくなり、今回初めてうめき声を上げた。

約束どおり、二度行った。それもまた、事前に桑村朔美を通して、話してもらっていたことだ。「できれば、確度を上げるために二度お願いします」と。もっとも、そうでなくとも——つまりこちらから求めなくとも——神保はそのぐらいの若さを内に持っていた。

ベッドの上にいたのは、それでも一時間もなかっただろう。皺が寄ったシーツと湿った臭いの中で、文菜はけだるい体を横たえている。

「神保さんはどうぞ支度をしてね。ごめんなさい。わたしはしばらく横になっているので」

「もちろんです。そのほうが着床しやすいといいますからね。一緒に横にいなくて大丈夫ですか」

「大丈夫。ありがとう」

した。


「うまくいくといいですね」

　大きな手のひらで文菜の髪をなでてから、シャワーを浴びに行った。これまで相手をした中で、もっとも紳士的であるかもしれない。彼の子であればいいなと思った。

　神保がシャワーを浴び、衣類を整えるころ、文菜は起き上がってコーヒーを淹れて出した。

　行為の相手に、事後にコーヒーを出したのは初めてだ。そしてすぐ、二・五人掛けのソファに寝そべる。

「ありがとうございます。せっかくなので遠慮なくいただきます」

　身だしなみを整えた神保は、ダイニングセットの椅子に腰を下ろし、来客用のカップに淹れたコーヒーを、ブラックですすった。

「こんな恰好でごめんなさい」

「どうぞお気になさらず。それにしても、この歳で父親になる可能性があると思うと、不思議な気持ちです」

「桑村さんに聞いたと思うけど、仮に妊娠しても連絡はしません。というより、もう会うことはないと思います。くどいようだけど、忘れてください」

「事情は理解しましたし、約束を破るつもりはありませんが、忘れるのはつらいですね」

「ありがとう。お世辞だとしても。——わたしからも、ちょっと質問してもいい？」

「なんですか」

「深くお付き合いしている彼女はいる？」

神保は、これは意外だというような、ちょっと困ったというような、くしゃっとした表情を浮かべた。

「ごめんなさいね。そういうの、ルール違反なのは知ってるけど、この先にする質問のための予備質問なの」

神保は頭を軽く掻いて苦笑した。

「そうですか。まあべつに隠すほどのことでもないですから。いま、交際している女性はいません」

「じゃあ、『仮に』の話になるんだけど、もしもぜひ結婚したいと思っている彼女がいたとして、今日のことで妊娠して気が変わったわたしが、あなたにしつこく結婚を迫ったら、わたしを殺す？」

「ええっ」

神保は今日一番の困った顔をして、まるで答えを探すかのように、コーヒーカップの底を覗いた。

「いきなり『殺す』ですか」

「そう、殺す。交渉するでも脅すでもなく、殺す」

「――かなり現実味の薄い話なので、返答が難しいですが、たぶん、殺しはしないと思います」

「どうして？　しつこいかもよ」

「ぼくは、お見かけどおりの単純な人間です。複雑なことは苦手です。考えてみても、人を殺す以上に複雑な人間関係はないと思いますから、殺しません。それと、何より血を見るのが怖いので」

「医者の卵なのに？」

「医者の卵なのに」

〝行為〟のあとに笑うのは、久しぶりだった。

「明快な回答をありがとう」

「どうして急にそんなことを？」

「わたしの学生時代からの友人が死んだの」

神保が、本当ですかと目を見開く。

「さっきから驚いてばかりです。――それはつまりここまでの会話の流れからいくと、結婚を迫って殺されたということですか？」

「わからない。ただね、浮気はしていたみたい。しばらく行方不明になって、遺体で見つかった。自殺かもしれないし、事件かもしれない」

だいぶぼやかして説明したが、ニュースを見ていればどの事件のことかわかるかもしれない。埼玉のドーム球場近くの自然林で発見された白骨死体として、数日間はトップクラスのニュースだったから。

だが、まさかそんな有名な一件とは結びつかなかったようだ。

「では、いずれにしても、その不倫の清算で自殺したか、事件に巻き込まれたか、の可能性があるわけですね」

「そうね」

神保は少し困ったような顔で続ける。

「さっきの質問の意図ですが、もしも今、文菜さんが不審死したら、ぼくが疑われるという意味ですか」

「違うわよ、そうじゃないの」あわてて手をひらひらと振る。部屋着がわりにしていたローブの肩がずり落ちて、片方の乳房があらわになった。ゆっくり隠す。「脅すつもりで言ったんじゃないの。ごめんなさいね。それよりその彼女、ご主人の話だと行方不明になったとき、妊娠してたんですって。どっちの子かしらね」

「そういうのって調べないんですか。いま、簡単にDNA検査ができますよね」

妊娠初期に死亡して白骨化するほど経過したら、胎児の形跡も残るのだろうか。医者の卵に訊いてみたい気もするが、話をはぐらかした。

「可能なら血液型ぐらいは調べるかもしれないけど、死んだ人のお腹にいた赤ちゃんでしょ。日本はそういうことはまだ禁忌の範囲じゃないかしら。それに、赤ん坊の父親が犯人だっていう証拠にはならないし」

「たしかにそうですね。だとすると、むしろその旦那さんが犯人ということはないですか」

「あり得るわね。警察もそう考えているかもしれない」

「今は、防犯カメラとかあちこちにあって、すぐに足取りがつかめそうな気もしますが」

そういえば、車がどこか離れた場所で見つかったという話を聞いた気もするが、もうどうでも良くなった。少し疲れてきた。そろそろきりあげることにした。

「今日はありがとう。玄関のドアは、ノブの下にあるボタンを押せばオートロックになる。わからなかったら開けたままでもいい。悪いけどこのままの恰好で失礼するわね」

「わかりました。お元気で」

神保が空いたカップを置き、お辞儀をして出ていった。ほどなく、玄関ドアの閉まる音が聞こえてきた。

3　菊井早紀

「――ここまで、昨年四月から行方がわからなくなっていた、東村山市で家族とパン店を経営する宮崎璃名子さんが、一か月ほど前に埼玉県所沢市郊外の森の中で白骨化した遺体で見つかり、いまだに犯人の目処《めど》もたっていないというニュースを、特集してお伝えしました」

不定期ミニ特集の『未解決事件を追う』コーナーが終わった。それを伝える的場梢《まとばこずえ》アナウンサーの声は、さきほどまでの『絶品！お取り寄せスイーツ特集』のときとは別人のように硬く聞こえた。

無理もない。遺体発見から二週間ほどが経って、ようやく警察は「事件」の可能性が高いと発表した。毎日のニュースに登場する回数も時間も、発見直後のピーク時よりはだいぶ減ったが、やはり、すぐ近くにドーム球場や遊園地、さらには都民の貯水池などがある場所に、一年近くも死体が放置されていたという事件は衝撃的だ。にやにやしながらカメラに映れば、たちまちクレームの嵐だろう。

テーブルの中央にメインキャスターの川上天伸、視聴者側から見て左隣に今夜のコメンテーター三条公彦、右隣が的場梢アナだ。的場アナは、NBTのいわゆる局アナで、『ミッドナイトJ』のサブキャスターを務めている。ことし二十八歳で、早紀と同い歳だ。

早紀の印象では、的場アナはかなりしっかりした芯を持っていそうで、川上からしばしば発せられるセクハラもどきの冗談も、笑ってかわしている。

堤の話が本当なら、将来あの席にわたしが座る可能性がある――。

ついそんなことを考えそうになって、あわてて頭から振り払った。

川上天伸が、いつものおきまりのポーズ――「まいったね」とでも言いたげに右の眉を上げて腕組みをし、椅子に背をあずけた。

「あのへんは、ぼくも以前ゴルフで行ったことがあるから、ちょっと知ってるんだけど。狭山《さやま》丘陵といってね、狭山湖から見る夕日は見事だし、保護林なんかもまわりにあって、自然が残るいいところなんだよね。それにしても、早く解決してくれないと、怖いよね。――さて、それではお知らせに続いて、いよいよ当番組でも曜日コメンテーターを務めていただいている、三条公彦さんの特集です」

川上のせりふが終わる。カメラが三条の冷静な顔をアップで捉《とら》え、そこに「ミッドナイトジェイ」と、耳元でささやくようなハスキーな女性の声が重なる。「ジングル」と呼ばれる、番組のサウンドロゴだ。

画面はCMに切り替わった。三条はほとんど「カメラ目線」というものをしたことがない。そこにカメラなど存在しないかのようにふるまう。早紀が感じている視聴者の反応は、「お高くとまっている」と「クールでかっこいい」が、二対八ぐらいの比率で好意的だ。

CM中は、スタッフの動きがあわただしくなる。次のコーナー用のパネルやフリップを用意したり、調子が悪い機材を素早くチェックしたりする。

出演者は、基本的に座っていればよいが、立ち上がって歩き回ったり、背筋を伸ばしたりするゲストも少なくない。トイレに行く人はあまり見ないが、どうしても我慢できないときは、この時間に急いで行く。ほとんどの場合は、メイクをさっと直してもらったり、マネージャーが差し出すペットボトルで喉を潤したりする。

早紀には、専用のメイク担当がいないので、さっと手鏡でチェックする。もっとも、手直しが必要なほど濃い化粧はしていない。むしろ、三条に「目つきがきつい」と指摘されてからは、目の周囲は緩めにしているぐらいだ。

メイン特集前なので、少し長めの二分三十秒のCMタイムなのだが、あっという間に終わりに近づく。

「はい、本番戻りまーす。十秒前、五秒前、四、三」

二と一は無言で指だけで数え、スタジオに切り替わり、出演者全員が映る構図になる。

メインキャスターの川上天伸がセンターのカメラに視線を向ける。整髪料できれいになでつけた銀髪がライトを受けて光る。ことし七十五歳だというが、ほとんど地肌が見えないぐらい髪は豊かだ。百パーセント自分の髪だというのが自慢らしい。

早紀はいつもと同じように、三条公彦の右後方に位置取りしている。何かあればすぐに耳打ちできる距離だ。三条に説教されて以来ずっとはいている、座ると膝が出るスカートにもだいぶ慣れてきた。番組は必ず録画し、翌日には自分の部屋でチェックしているが、映ってはいけない角度だったことはない。

川上の声が響く。

「さてみなさん。いよいよお待ちかね、今夜の特集は、三条公彦さんご自身のことをうかがおうと思います。すでに番組でも何度か紹介しましたが、三条さんは『読字障害』という特性――この番組ではあえて『障害』ではなく『特性』と呼ばせていただきますが、それをお持ちです」

最近の川上にしては、途中で言いよどむこともなく、なめらかに紹介してくれた。

一旦言葉を区切り、川上は自分の右隣に座る三条のほうへ顔を向けた。バトンを渡した形になる。すぐさまカメラが切り替わり、三条をアップで捉える。

三条は、落ち着いた声で、まずは「はい」と答え、続ける。

「それではわたしも『特性』と呼ばせていただきます。ひとくちに『ディスレクシア』と称することが多いですが、その人が抱える『特性』にはいろいろな種類があります。まずは、その代表的な例について簡単に説明させていただきます」

「お願いします」

ほかの二人が軽く頭を下げる。

読字障害については、この番組の中だけでも、これまでに何度か小出しに話題になった。だから、川上たちもおおよその知識は持っているはずだが、視聴者のためにあえておさらいするのだろう。

三条もそのあたりは承知で、まるでこれが初めてのように説明する。

「まずは、文字そのものを文字として認識できないケースです。極端な例を挙げれば、たとえばシマウマの模様に意味があると言われても、どこがどう違うのか、見分けがつかないし、覚えられませんよね」

「まあ、よほどシマウマ好きでないと見分けはつきませんな」

川上の冗談に、スタジオのスタッフや、的場からも小さな笑いが起きる。三条も微笑みながらうなずき、先を続ける。

「次に、文字の形は認識できるけど、意味とつながらない場合ですね。――ちょっと菊井さん、『電車』って書いてみて」

CM中に受け取っておいた、予備のカンペ用クロッキーブックとマーカーペンを、いきなりふりかえって早紀に渡そうとする。

「えっ、わたしですか」

「うん。書けますよね。デンシャ」

「あっ、はいなんとか」

事前に言っておいてほしかったと思うが、これが三条の好きなやり方だ。恰好良く言えば、なれあいを嫌っている。それに、視聴者はこういうハプニング的な展開を喜ぶ。ということは番組スタッフも喜ぶ。それを三条がどこまで計算しているかは、早紀には読めない。

早紀は、話を振られた瞬間こそあわてたが、素直に一式を受け取る。否《いや》も応もない。「そんな」とか「下手なので」などと、もったいぶることが許されるのは、ゲストのタレントだけだ。

スタジオ内の視線が集まるのを感じながら、クロッキーブックに大きく《電車》と書いて、三条に戻す。

「ありがとう」

「すみません。下手な字で」

本番中とわかっていても、やはり小声で謝ってしまう。

「そんなことないよ。きれいな字だよ。そういううういしいところが、人気のもとだろうね。最近人気あるらしいもんね。『レディＫ』だっけ？」

すかさず川上が大きな声で割り込み、さっきよりも大きな笑いが起きた。顔が赤らむ。

「いえ、そんな」とマイクが拾わないぐらいに小さな声で漏らした。

「川上さん、いまは三条さんのお話です。脱線しないでください」

的場が軽く睨んで諫《いさ》める。川上は「ああ、すまんすまん。怒られちゃった」と頭を掻く。すっかり見慣れたやりとりだ。

しかし、早紀のほおの火照りはすぐには消えない。カメラの向こうの視聴者の存在が、急に現実味を帯びてしまった。いつも意識しないように集中しているのに。

『レディＫ』とは、早紀につけられたニックネームだ。最近、ネットなどを中心にそう呼ばれているらしい。初め、まったく知らなかったのだが、久保川がにこにこしながら教えてくれた。

「うちから、もうひとりスターが出そうだね」

それであわてて検索してみた。ＳＮＳを中心に、一部で話題の対象になっているらしいと知った。

「K」は当然菊井のイニシャルだが、「レディ」の部分は、画面に映る早紀の印象から自然発生的に定着したらしい。自分ではそんなつもりはないのだが、どこか取り澄ましたように見えるのだそうだ。もともとクールな印象の三条とちょうどよいコンビに映るらしい。

三条が、川上と的場のお定まりのやりとりを、聞き流すようにして続ける。

「さてこれが、いま書いてもらった『電車』ですが、これは普通の方にとっては特別難しい字ではありませんね」

「まあ、いまどきの大学生でも、なんとか読めるでしょう」

また川上が茶化して、お約束のように的場アナに睨まれる。

「しかし、一部の人にとってはこれは意外に難しい字なのです。縦棒横棒が複雑に絡み合って、なんだか模様みたいです。ひとつひとつをしっかり見つめて、はいこれが『電』の字、こちらが『車』という字、と教われば、ぎりぎりその場面ぐらいは覚えていられますが、すぐに意味がわからなくなってしまいます。この線でできた模様が、あの通勤に使う鉄の箱のイメージとつながらないのです。ぼくの場合はこのケースです。――ちょっと記憶を頼りに書いてみますね」

三条が紙にペンで書いてゆく、きゅっきゅっという音が、静かなスタジオ内に響く。

「こんな感じです」

テレビカメラに向ける。ほかの出演者はモニターを見る。早紀も見る。

「はあ、なるほど」

川上が、どうとでもとれる感想を漏らした。

モニターに映ったものを早紀も見る。そこに書かれたのは、《電車》という文字をロゴ風に意匠化したように見えた。横棒の長さのバランスが悪すぎたり、一本多かったり、少なかったり。

「つまり、どうにか図形として記憶し、再現することになるわけです」

「ほう、なるほど」

川上の反応はそのままにして、説明を続ける。

「さらには、文字が脳内でばらばらになってしまう人、鏡に映したようにすべて反転して見える人、飴《あめ》細工をひねったみたいにねじれて見える人、いろいろあると言われています。ただ、わたし自身はそのように見えませんし、あくまでさきほどのシマウマの例のように『たとえていえば』ということだと思います。どういうふうにわからないのか、を説明することは、難しいことなのです」

「簡単にひとくくりにはできない、ということですね」

「先天性のものと、わたしのように後天的なものでは、また違うのかもしれません」

「なるほど」

なにもかも、いま初めて聞いたように川上がうなずく。それがわかっていても、あまり嫌みな印象はない。そのあたりの技術が好感度キャスターの秘訣《ひけつ》なのだろう。

的場アナが、すました声と顔で割り込んだ。

「さて、それではここで、三条さんがこれまで歩んでこられた道を再現ドラマ風にまとめたものを、ご覧ください」

画面がVTRに切り替わった。


明るい教室で、元気に学ぶ制服姿の中学生が映る。友人たちと明るく談笑しながら、下校するシーンなどにかぶせて、ナレーションが入り、情況を説明する字幕が出る。

早紀は、三条の著書はすべて読んでいるし、テレビや公演での話も聞いているので、このあたりのエピソードは、すっかり覚えてしまった。しかし、映像になるとまた新鮮味があり、つい見入ってしまう。

落ち着いた女性の声でナレーションが続く。

〈三条公彦の父祖をたどると、平安期に興隆した藤原《ふじわら》氏四家のひとつ、藤原北家の末裔《まつえい》にたどり着く。応仁《おうにん》の乱の混乱期に陸奥《むつ》の国に落ち、この地に根づいて興隆した。戦前までは広い農地や広大な山林を所有する名家だったが、戦中戦後の政策や不運が重なって没落した〉

画面下に、この内容を要約したテロップが入る。それを読み上げようと、三条の耳元に口をよせたら、軽く「不要」の合図をされた。読めずとも意味がわかるということだろう。あるいは、集中して映像を見たいのかもしれない。

どこにでもありそうな田舎の風景のあと、幼子が両親の亡骸《なきがら》に泣きついている場面が映る。

〈公彦が三歳になる前に、両親はあいついで病死した。母方の伯母《おば》の家にあずけられたが、伯父《おじ》に嫌われ、本人曰く「人にあまり語りたくない」ような仕打ちを受けた。伯母夫婦は「中学を卒業したら働くように」と言っていたが、成績が優秀だったため担任教師の説得もあり、高校進学を「しぶしぶ」認めてもらえた。ただし、学費はアルバイトをして自分で稼ぐという約束だった〉

風景が一転する。夜のように暗く、あたりは深い雪道だ。新聞がぎっしり入ったバッグを、肩から重そうに下げた中学生ほどの少年が、深い雪の中を歩いている。一足ごとに足を持ち上げなければならないほどの積雪で、遅々として前進できない。

〈公彦は、高校進学の費用の足しにしてもらおうと、中学に進学すると同時に、毎朝、登校前に新聞配達をするようになった。雪国では、冬場の配達の仕事は大変だ。もちろん、積雪や路面の凍結のためである。雪道では、配達手段に自転車という選択肢はなく、原付免許も持っていない公彦は、徒歩で配ってまわっていた。たしかにつらいけれど、将来に向かって希望を抱いていた。ところが――〉

ジャーンという効果音が入る。

〈入試を目前にした中学三年生の冬、クリスマスも近い、とある朝のことだった。よく「夜明け前が一番暗くて寒い」と言われる。その朝も、ほおを打つ風は刃物のように鋭く冷たいものだった。前日の昼に少し気温が上がり、そしてまた夜間に急激に冷えこんだため、路面はあちこちで凍結していた。

底に鋲《びょう》を打った雪靴を履いていた公彦も、転倒しないようにかなり気を遣って歩いていた。一軒の郵便受けに新聞を投入し、次の家に向かって、ガードレールもない、いわゆる生活道路を注意深く歩いていた公彦は、後ろから車のライトが近づいてくるのに気づいた〉

ライトを浴び、振り向く公彦。眩《まぶ》しくて、腕を持ち上げ目を覆う。シャーッと雪をはねのけて進むタイヤの音は、チェーンをしていない。雪をはね飛ばし、蛇行しながら向かってくる。その車をよけようと、民家の塀に体を押し付ける公彦。まるで彼を狙うかのように突進してくる車。急ブレーキ、ドスンという人に当たる重たい音がして、雪の上に倒れる公彦。鼻血を出すその顔がアップになり、救急車の赤色回転灯とサイレンの音がそこに重なる。

ああやっぱり、と早紀は得心がいった。こうして映像になるとわかりやすい。三条が裏道、とくに夜の暗い通りを嫌がるのはこの記憶があるからだろう。

画面はホワイトアウトし、一転、病院らしきベッドに横たわる公彦が映る。

〈気がついたとき、公彦は病院のベッドの上にいた。その前日まで集中治療室に入っていたと聞かされたが、まったく覚えがなかった。肉体的なこともあるが、精神的なショックも大きなものだった。何が起きたのか、自分はいまどこにいて何をしているのか。

それらの現実を、なかなか受け入れることができなかった。

幸い内臓にはほとんど損傷がなく、傷ついたのは主に頭部と手足だった。右足と右手にギプスがはめられていることにはすぐ気づいたが、脳が受けたダメージに気づくのには少し時間を要した。

公彦をはねたのは、その近くに住む、自動車修理工場を営む中年の男性だった。朝方までスナックで酒を飲んで、「近くだから」と自分で運転して帰る途中だった。公彦をはね飛ばしたあと、民家の塀に激突して車は停まった。運転していた本人は軽傷だった。

事故のショックがようやく落ち着きだしたころ、公彦を新たな衝撃が襲う――〉

このあと、三条がみずからの読字障害に気づく過程の説明になる。

最初に違和感を抱いたのは、看護師の名札が読めなかったことだ。親切にしてもらったお礼の手紙を書こうと名札を見たら、なんと書いてあるか読めなかった。その後、病院の壁に貼ってあるポスターの文字も、通路に掲示された案内板も、一切読めないことに気づき、パニックになる。最初は、看護師たちも事故のショックからくる一時的な記憶喪失の一種だ、と慰めた。しかし、時間が経過しても特に漢字は読めるようにならない。

同じ病院に心療内科があり、そこで診察を受けた。「とりあえず」の診断が「読字障害」だった。そして、その後この『特性』とずっと付き合うことになる。

薄暗い狭い部屋の中、引きこもっている雰囲気の少年の映像。

〈しばらくは何も考えられない状態が続いた。高校入試は諦めた。学校側が救済措置を提案してくれたが、公彦自身にその意欲がなくなっていた〉

いろいろなアルバイトをする若者の姿が重なっていく。

〈一時は自暴自棄になりかけた。ただ惰性で生きているような、そんな生活が続いたある日、公彦に大きな転機が訪れる。それは、アルバイト先の休憩室でたまたま見た、あるドキュメンタリー番組の内容だった。学習障害に苦しみ、日本の教育制度になじめなかった若者が、アメリカに渡り、本人の意志と実力をもって道を切り開き、最難関の資格と言われる、カリフォルニア州の弁護士資格をとった、というものだった。

ひとつの目標ができた。アルバイトでお金を貯め、アメリカの大学に留学し、福祉のことを学ぶ、というものだ。ようやくアメリカへ渡ったのが十九歳のとき。さらに努力を重ねて、カリフォルニア大学バークレー校、いわゆるUCBの支度金制度を受け、学び始めるようになったのは、その翌年、ちょうど二十歳のときだ〉

アメリカの空港らしきロビーを歩く、希望に満ちた表情の青年が映る。

〈三条は、ここで福祉行政のことを学び、本人曰く、ときに「福祉後進国」とも揶揄される日本を、政治から変えようと思った。ただ、日々の生活という現実もあった。当然、資金の援助などない。生活費もすべて、慣れない異国の地で自分で稼いだ〉

ファストフード店の調理場で、床をデッキブラシで洗う三条らしき若者の姿。

〈ところが、思わぬ運命の転機が待っていた。在学中にボランティアで参加した、カリフォルニア州知事選挙の運動中に、三条はいくつも斬新《ざんしん》なアイデアを出した。これが事務所の責任者に認められることとなった。候補者はみごと当選した。選挙後も、三条はアルバイトの身分ではあったが、事務所スタッフとして残り、その才能を開花させていった。そして四年後の選挙では、選挙運動の主要ブレーンを務めることになる〉

米国人を連想させる若い運動員たちに、手際よく指示を与える三条役の若者の姿。

〈知事はみごと再選を果たす。三条は政策ブレーンとして加わるよう強く慰留されたが、これを辞退、帰国した。日本における福祉に関する意識や制度を、あらためて見つめてみたかったからである。そして、ボランティア活動をしながらまとめた、最初の著書『読字障害《ディスレクシア》の僕が、カリフォルニア州知事選挙のブレーンになれた理由』を、国会で野党議員が取り上げたことなどもあって、世間の注目を浴び、異例のヒットとなる。そして、その後に出す著作が続けて大ヒットを記録し、テレビのコメンテーターや公演などで、多忙な毎日を送っている〉

ナレーションの終わりとともに、三条の顔がアップで映り、だんだんとカメラが引いていき、出演者三人の絵に収まった。川上も、的場も、神妙な顔つきだ。「才能を開花させ」などは、自分ではなかなか書けない表現なので、他者が作るドラマのほうが、演出効果は望めるかもしれない。

「いやあ、波瀾《はらん》万丈の半生ですね」

川上がお定まりの感想を口にする。

「いえいえ。まだ『半生』と呼べるほど生きていないと思いますが。それにこの映像を見たあとではお恥ずかしいのですが、まだまだ意識改革、制度変革には道遠し、という感じです」

的場アナが、あらたまった口調で割り込む。

「ここで、ご著書の一部を引用し読ませていただきます。

――誰一人として、意味もなく生まれてきた人間はいません。すべての人間は、たったひとつの使命を負ってこの世に生を受けます。それは『幸せに生きよ』という使命です。

しかしながら、完璧な人間というものも存在しません。みながそれぞれのハンディキャップを背負っています。皆が羨《うらや》むような肉体を持ちながら、心に深く傷を負った人もいれば、体のどこかに不自由をかかえながらも、希望に満ち溢《あふ》れ、笑顔の絶えない人もいます。長命の人、短命の人、それぞれに、なんぴとにも侵すことのできない使命と権利があると僕は考えます」

読み終えた的場アナが、本を置き、視線をカメラに据える。

誰のコメントも挟まず、スタジオ内はしんとしたまま、「ミッドナイトジェイ」とささやき声のジングルが流れ、CMに切り替わった。

番組は無事終了し、手際よく撤収を始めているスタッフに挨拶し、エレベーターで駐車場のある地下に下りる。どんな大物タレントでも例外なくここを通るという、殺風景で狭い通路を抜け、駐車場に出る。

多めに荷物があるときは、出入り口まで車を寄せることもあるが、ほとんどの場合は、三人で車まで歩く。早紀に気を遣ってくれるというより、そのほうが合理的だからだ。

「すみません。三条さん」

突然声をかけて近づいてくる男がいた。三人同時に身構える。男の恰好を見て、早紀には彼の職業がすぐに想像できた。

「週刊潮流《ちょうりゅう》の者です。ちょっとお話をうかがえませんか」

やはりそうだ。三条は聞こえないふりをし、久保川が顔をしかめる。

「困るんですよねえ」

久保川にしては無愛想な口のききかただ。そうしないと、つきまとわれるからだ。

「ちょっとでいいんです。お時間取らせませんから」

「前回も申し上げました。取材は予約をお願いします」

早紀自身は、こういう場面に遭遇したのは初めてだが、取材は受けないと言われて、週刊誌の記者がはいそうですかと引き下がるとは思えない。

事実、彼は離れようとせず、一緒に白いハリアーのそばまでついてきた。テレビ局の建物内には、許可証がないとなかなか入れないのだが、駐車場は意外に盲点なのかもしれない。

ドアロックを解除する。記者は諦めない。

「アメリカでの、州知事選のブレーン時代についての件です。ぜひ、うちで独占……」

三条と久保川が無視して車に乗り込むので、早紀もならう。

「わたしの知人に、大手の新聞記者がいるんですが……」

「菊井さん。行きましょう」

久保川が促す。

「はい」

エンジンを始動する。

「そいつが当時ロス支局にいましてね、あのときの選挙は、噂だと〝実弾〟が飛び交う激戦だったみたいで、逮捕者……」

三条が後部座席に乗り込み、ドアを勢いよく閉めたので、記者は車の前に回った。

「三条さん、少しでいいですから……」

「行きましょう」

三条が、後部席から早紀に指示する。

「ですが……」

いくら三条の命でも、これは簡単にハイとは言えない。なぜなら、記者の男は車の正面に立ちボンネットに手を載せている。このまま発進したら危険だ。

記者は食い下がる。

「三条さん。何か訊かれたらまずいことでも……」

「かまわないから出して。この状況、ドラレコに残るから、何かあったら弁護士に頼めばいいでしょう」

三条が言い放つ。

「ねえ、そんな事情もあったのであわてて帰国したという噂も……」

「早く」久保川が、身を乗り出して早紀の肩を軽く叩く。

しかし運転をするのは早紀だ。つまり責任をとらされるのも早紀だ。ドライブレコーダーに残るからこそ、無茶はできない。いくら行く手を遮られたからといって、轢《ひ》いていいわけはない。アクセルを踏み込めずにいると、三条がめずらしく声を荒らげた。

「早く出せっ」

その声に体が反応して、アクセルを踏んだ。軽くスリップ音を鳴らしてハリアーがつんのめるように発進した。

記者はよろけたが、転ぶようなこともなかった。ルームミラーに、こちらを睨むようにして立つ、記者の姿が映っていた。

久保川が、ふうっと息を吐いた。それに応じるかのように、急に柔らかい声に戻った三条が他人《ひと》ごとのように言う。

「どんな話か聞いてみてもよかったかな」

そして、ふっと鼻先で笑った。番組内の、ほぼ完璧な紳士である三条と、いまの顔と、どちらが本物なのだろう。どちらも作っている感じはない。ということは、本物とか偽物とかではなく、単に二枚の仮面を付け替えているだけかもしれない。ならば、まだ早紀が見ていない、三枚目、四枚目もあるのだろうか。

久保川が応じる。

「冗談じゃないですよ。週刊潮流あたりじゃ、どうせろくな話じゃないでしょう。現に、アメリカ時代の選挙がどうとか言ってました。多かれ少なかれ、選挙となれば金が動く。それをいちいちほじくりかえして、不正にかかわっていた可能性がある、とか嘘っぱちだらけの記事を書くに決まっていますよ。たぶん、記事はもうできていて、見出しのところに《直撃取材》というひとことを入れたいだけです」

「でも、面白そうだな。あのカスどもが、どんな話をでっちあげたのか」

「先生、言葉が汚いですよ。そういうのは、うっかり出てしまいますから、日頃から気をつけてください。それに、『三条公彦』というブランドにとって、いまがとても大事な時期です。たとえ作り話だとしても、ダークな話題は禁忌です。大衆はスキャンダルを信じやすいですからね」

「そういえば」

短い沈黙のあと、三条が話題を変えた。ようやく、三条お気に入りの紀伊国坂に差しかかる。

「――堤さんに、リポーターにならないかって勧められたらしいね」

早紀は、すぐには、自分に話しかけていると気づかず、返事をしなかった。

「ねえ、菊井さん」

「あっ、わたしのことですか」

「ほかにいないでしょう」

「あの、そのことをどなたから――」

三条が、ふっと鼻で笑う。たしかに、堤本人しかないだろう。

「なるほど。否定はしないわけね。それでその話、受けるんですか？」

「いえ。とんでもないです。お断りしました」

「どうして？　とてもいいステップになると思うけどな。ジャーナリストになりたいんでしょ。まずは名前を売るのにいいチャンスじゃない」

「あの――」

否定の言葉が喉まで出かかったが、飲み込んだ。もしかすると、堤から説得してくれと頼まれたのかもしれない。「川上を追い出して、二人セットでメイン席に座らせるよ」とでも。答えかたに迷っていると、三条が続けた。早紀が、踏ん切りをつけられずにいるのだと受け止めたようだ。

「たとえば、面接のときにあなたが話していた、貧困家庭の問題でもいい、ネグレクトの問題でもいい。何かを取材して手記にする、あるいは小型カメラを持ってVに撮る。だけどそこまでなら単なる自己満足だ。その気になれば誰でもできる。問題はその先だ」

熱がこもってきた。こうして話すときの三条は、テレビでコメントしているときより、よほど情熱的だ。早紀の個人的な好みでいえば、好青年の仮面など最初からかぶらずに、辛口発言のキャラを出したほうがよかったのではないかと思う。

「――いいかな。世間に知らしめてこそのジャーナリズムだ。世に問えない記事や映像は、ただの動画日記だ。SNSに投稿してみるといい。いったい、何人が『いいね』をしてくれるか。ただの『菊井早紀』と『ミッドナイトJのリポーター、レディK』では、世間の受け止めは雲泥の差どころではないはずだ」

三条の言うことは一理あると思った。現実的な正論だと思う。しかし――。

「ちなみに、あなたのメジャーデビューにぼくは反対しないので、そこは気にしないで。というより、同じ番組内で『通訳』が独り立ちしたら、それもまた話題になる」

いつもは冗談めかして助け舟を出してくれる久保川は黙ったままだ。

「わかりました。ちょっと考えます。でも、どういう結論であっても、先に先生や久保川さんにご相談はします。必ずします」

「まあ、そう堅苦しく考えないで」

三条が笑ったとき、神楽坂の裏手、西五軒町に着いた。

二人がマンションに消えるのを見届けて、ハリアーを契約駐車場に停める。

駐輪場から出したスクーターのスタンドを一旦立て、何か連絡が来ていないかスマートフォンをチェックした。

母からメールが届いている。

《番組、見ました。なんだか、今日のスカートは少し短すぎない？》

毎回似たような文面だ。膝が見えるだけでハラハラするらしい。

生放送を見て、同時に録画もして、父と二人であとから何度も観返していると聞いた。「でもさあ、自分の娘がテレビに映ってるって、なんだか変な感じね」などと言いながら、まんざらでもなさそうだ。

ヘルメットをかぶり、愛用のリュックを背負い、赤い中古のスクーターにまたがる。セルボタンを押すと、今夜も機嫌よく一度でかかった。

夜の匂いを感じながら、車道を進む。取り締まりを受けない程度のスピードオーバーで、アクセルを回す。

頭上に首都高を仰ぎながら目白《めじろ》通りを横切り、黒っぽい水面でライトを反射する神田《かんだ》川を渡れば、そこはもう文京区だ。たった数百メートルのことだが、周囲の景色が違って見えるのは気のせいではないだろう。

春日《かすが》通りを越えれば、目的地も近い。出合いがしらの事故に注意を払いながら、路地を曲がる。

ヘルメットの内側で、堤の誘いと三条の反応について考えている。本質的なところであまり仲が良さそうには思えない二人が、同じ意見であることが意外だった。つまり

「今後、何かをなそうと思っているなら、顔を売っておいたほうがいい。たとえ短いコーナーでも、まずは名を覚えてもらえ」という点で。

食リポだから嫌というのではない。たとえば取材の対象が飲食でなくて、芸能やスポーツであれ、観光施設であれ、甘くて楽な仕事などないと思っている。むしろその逆だ。食リポなどという〝激戦区〟で、自分のように取り柄も個性もない人間が、生き残れるはずがない。「名を売る」という面からすれば逆効果だ。

しかし、早紀が躊躇《ちゅうちょ》している理由は、顔が売れるとか売れないとかの問題ではない。方向性の問題なのだ。スポーツでいえば、陸上を取るか、水泳を取るか、格闘技に進むか、射撃系をめざすか、そういうことだ。

世間は、特に著名人に一度抱いた印象は、よほどのことがなければ変えない。自分だって、日頃ほとんど冗談しか口にしない芸能人が、急に防衛費と社会保障費の伸び率についての講評をしはじめても、台本に書いてあるのかな、とつい意地悪く受け止めてしまう。

世間なんてそんなものなのだ。最初の〝色付け〟が重要なのだ。自分という人間を買ってくれるのは嬉《うれ》しいが、スタートは慎重にしたい。するべきだ。名が売れる、売れない、はそのあとに考える。それが結論だ。

自分なりに、小さな迷いにピリオドを打ったとき、小石川植物園の盛り上がった黒い影が見えてきた。

その少し手前の込み合った住宅街の中に、早紀が借りている築三十年近い「マンション」はある。エンジンを切り、マンション駐輪場まで押して歩く。

周囲はかなり下町感が強く残るが、植物園まで歩いて五分、最寄りの地下鉄茗荷谷駅まで十分弱、という立地は気に入っている。夜は比較的静かだが、朝は植物園から聞こえてくる鳥の声に、一度目が覚めることも多い。しかし、四時とか五時とかは、早紀にとっては早すぎる時刻なので、そのまま起きることはありえない。二度寝するだけだ。

部屋に入り、リュックをベッドに放り、洗面所で手を洗い、うがいをした。濡《ぬ》れた口のまわりをタオルで拭《ふ》きながら、鏡を見る。いつもよりやつれて見える自分がいた。

4　刑事：宮下真人

高円寺《こうえんじ》北警察署に帰着するなり、宮下真人《みやしたまさと》巡査長は係長の橋口《はしぐち》警部補に呼ばれた。

「おい、宮下」

「はい」

反射的に返事をし、立ったまま橋口係長の席を見る。こっそり「天敵」と名付けた苦手の上司だ。

気が滅入《めい》る。それでなくとも、一日中歩き回ってようやく戻ってきたところだ。ゴールデンウィークを目前にした気持ちのいい季節だが、さすがに多少は疲れたし、汗もかいた。本音を言えば、ひと息入れたいところだ。

内心のぼやきが顔に出ないよう努力して、指示を待つ。

「小野田《おのだ》もこい」

橋口係長は、机の書類に視線を落としたまま、宮下の相方の名も口にした。見もせずに呼びつけたらしい。いかにも橋口らしい。しかたなく、本人に代わって答える。

「小野田さんは洗面所に寄っています」

そこでようやく顔を上げた橋口が、たしかに小野田静《しずか》巡査部長の姿がないことを確認し、小さく舌打ちする。そのあと、ぼそっとつぶやいたように感じた。

女は何かというとすぐトイレだ——。

つぶやいていないにしても、腹の中で思ったのは間違いない。顔に書いてある。

宮下は相方を待たずに、橋口係長の席へ向かう。

この上、立ったまま説教されるのかと少しうんざりしたが、めずらしく橋口も立ち上がり、誰もいない応接セットのほうへ顎《あご》をしゃくった。あそこで話すという意味だ。小言では済まない内容なのかと、ますます気分が滅入る。

「座れ」

応接セットの、やや擦り切れたソファを指す。

「なんでしょう」

「小野田が戻ったら一緒に話す」

ほどなく小野田巡査部長が戻った。

「すみません。遅くなりました」

宮下と並んで腰を下ろした小野田が、グレーのパンツスーツの足を揃えて、軽く頭を下げる。

要した時間からして、洗面所に寄ったのは本来の目的だけのようだ。もしこれで、化粧を直したり、髪に軽くブラシを入れたりした形跡でも見えたら、まず間違いなく嫌みの攻撃が来るところだ。いや、なくとも来た。

「身だしなみは満足か」

「異常なしです」

小野田がすまし顔で返す。似たやりとりを、そばで何度聞いたかわからない。

小野田は、日頃からほとんどメイクをしない。ただ、刑事という仕事は、人に会うことが重要な要素だ。したがって小野田も、本人が言うように「相手に不愉快な印象を与えない程度に」薄く化粧をしている。日焼け止め代わりのファンデーションとリップクリームぐらいだろうか。

だから、外出から戻ったからといって、すぐにトイレの鏡で化粧を直したりはしない。それでも、特に男の職員たちから勝手に想像され、陰口を叩かれる。いや、正確には面と向かって嫌みを口にするのは橋口係長ぐらいで、ほかのメンバーは無視をすることが多い。

小野田の扱われ方は、捜査活動の相方、という立場を離れて見てもしばしば同情する。かといって、宮下が下手にかばったりすると、一緒くたに火あぶりになるだろう。いってみれば、焚火《たきび》の薪《まき》が増えるだけだ。もちろん、陰ながら励ましてくれる職員もいる。ただし、あくまで陰で遠まわしに。

つまるところ、小中学校のいじめとあまり変わらない。結局は、小野田自身がそうするように、受け流すのが最上の手だと思う。

ただ、最近強く感じるのだが、これは単なるいじめとかパワーハラスメントという単純な構造ではなく、何か裏の事情がありそうだ。しかし、その具体的なことがわからない。「どうしてみんなで小野田さんを毛嫌いするんですか」と、当事者たちに訊くわけにもいかない。

彼らの口調を借りるなら「男のくせに」話し好きな連中もいるが、小野田に関してだけは、みなあまり噂をしない。だからなおさら、村八分にしているように見えるのかもしれない。

確かに、小野田の表情や立ち居振る舞いに、どこかよそよそしさ、もっといえば冷たさを感じることはある。愛想笑いをしたり、上司だから、男だからという理由で、持ち上げたりはしない。反対に、女であることに甘えた姿は、蟻の涙ほども見せたことはない。このかたくなな態度のせいで、より一層対立構造に見えてしまうのだろう。

橋口係長は「お疲れさま」でも「調子はどうだ」でもなく、いきなり「おまえら、今日も成果なしか」と訊いた。下手にねぎらわれるよりはすっきりする。

小野田と軽く目を合わせると、立場上、一階級上の小野田が代表して答えた。

「はい。これといってありません」

「これといおうと、あれといおうと、要するにタコだな」

「はい。そうです」

小野田より先に、宮下が素直に認める。取り決めたわけではないが、謝罪は宮下の役目だ。

ちらりと小野田の表情を盗み見る。目の周囲が赤みを帯びて、いつもの癖が出た。考え事をしたり、いらいらしたときに見せる、髪をなでる仕草だ。

小野田は、いつも髪をポニーテール風に束ねている。おそらく、ほどけば肩より少し長い程度なのだろうが、ほどいたところをただの一度も見たことがない。それも、シュシュを巻くなどのお洒落でするのではなく、ただの黒いゴムで、これから大掃除をするのでまとめました、という雰囲気だ。その髪の左後方のあたりをなでる癖がある。本人も気づいていないようだ。

小野田は、自分に対する扱いには、ある程度の耐性ができているようで、露骨に反論したり、睨み返したりはしない。ただ、黙って自分の髪に触る。理由はわからない。

橋口係長はそんなことには関心も示さず続ける。

「今日はその説教じゃない。なんにもつかんでないならむしろ都合がいい」

宮下はつい、「なるほど」と合いの手を入れてしまい、橋口に睨まれた。

「おまえたちには、いま追ってる、連続ひったくりの事件《ヤマ》からはずれてもらって、別な案件にかかってもらう。明日からだ」

「どの事件でしょう」

小野田が、淡々と訊く。橋口は、手にしていた書類をはらりと、傷だらけのテーブルに投げた。見れば、二、三枚の紙をクリップで留めたものが、一部しかない。

「事件じゃない。――女がひとり行方不明になった」

「行方不明、ですか」

小野田が投げられた資料を手に取り、目を落とす。脇から宮下もさりげなくのぞく。一枚目は「行方不明者届出書」のコピーだ。世間では、いまだに「捜索願」と呼ぶ人もいる。「行方不明者」の欄に、《新田文菜》という文字が読めた。小野田の指が二枚目をめくる。こちらは補足文書のようだ。

素早く小野田の表情をうかがう。目の周囲の怒りは消え、冷静さが戻って見える。本能的に事件の臭いを嗅ぎ取ったのかもしれない。なぜなら、また髪に触ったからだ。

「それを読めばわかるが、杉並区の実家に帰っていた三十代の主婦が行方不明になった。迷惑なことだ」

舌打ちしないだけましかもしれない。宮下が問う。

「つまり、その女性を自分たちが捜すということでしょうか」

「事件の可能性があるのですか」と小野田も訊く。

「わからん」

「要人の家族とか？」

「それは少し当たっている」

さすがに、一問一答を続けては埒《らち》が明かないと思ったのだろう。ソファにふんぞり返るようにしていた橋口が、前かがみになって、しかしあまり気乗りのしない口ぶりで説明し始めた。

「——亭主は大手証券会社のさいたま支社勤務。子どもなし。埼玉県川口《かわぐち》市のマンションに住んでいる。どうせ失踪《しっそう》するなら、そっちでしてくれればよかった」

「届出によれば、二週間ほど前から行方不明ですね」

資料を見ながらの小野田の問いに、橋口が素直に答えた。

「亭主の言い分だけでは鵜のみにできないが、届け出たのは実家の両親だ。まあ、信用できるだろう」

「たとえば誘拐の可能性は？」

そう質問する小野田の視線は、資料に向いたままだ。

「脅迫の事実はない、と家族は否定している」

「親が娘の亭主に電話で訊いたところでは特にないそうだ」

「夫婦喧嘩《げんか》では？」

「又聞きですね」

　宮下の表情を見て、橋口が、おまえたちの言いたいことはわかる、とうなずいた。

「普通、明確な事件性がなければ、成人の失踪はすぐに捜査にかかったりしない。家出にしろ自殺にしろ、こっちの得点にはならないからな。放っておきたいのはやまやまだが、この女は杉並区選出の都議の後援会長の娘だそうだ」

　そこで橋口が小さく舌打ちをした。どうやら今回の不機嫌は、宮下と小野田に向けられたものではなく、余計な仕事が回ってきたことに対する腹立ちのようだ。宮下たちは、そのとばっちりを食ったわけだが、結局現場に出て尻拭いをするのは宮下たちだ。

「とにかく、そんなローカルな政治的事情で、少し調べてくれと圧がかかった」

「具体的には、自分たちはその女性のお宅にうかがって、事情を聞くということですね」

　宮下が確認すると、橋口がそうだとうなずく。

「そして、万が一事件性が出てきても、うちのヤマになるとは限らん。現住所は川口だしな。そういうやりがいのある仕事だ」

　小野田も宮下も返事をためらった一瞬に、橋口が続けた。

「米田《よねだ》さんには了解を得てる」

　そんなことを、あえて口にする必要はない。上司なのだから普通に指示すればよい。

それをあえて口に出すのが橋口の性格だ。刑事課長の米田正晴《まさはる》警部は、宮下をのぞけば刑事課でほとんど唯一、なにかにつけ小野田をかばってくれる存在だ。

橋口自身も、まだ駆け出しだったころ、米田に深く世話になったことがあるらしい。いまだに米田には頭が上がらないようだ。

だが、この高円寺北警察署においては、その米田課長よりも在任期間が長く、「古参」を自任している橋口としては、係長の自分を飛び越えて小野田が目をかけられていることが面白くないのだろう。いってみれば「男のやきもち」だ。一連の子どもじみた嫌みも嫌がらせも、根源のひとつはそこにあると宮下は思っている。

そしてもうひとつは、旧世代に多い「女好きの女嫌い」だ。

風俗店で胸の谷間をのぞくのは好きだが、部下や上司として、女と一緒に仕事はしたくない——。

その感覚も、ひとつの性行として理解できなくもないが、この公的な職場に持ち込まれるとやはり愉快ではない。

「事件性の有無を確認するわけですね」

小野田が、橋口のあてこすりを完全に無視した。

「人間、話を聞いてもらえば満足する」と橋口がにやつく。

宮下は、実際に家族が行方不明なのに、話を聞いてもらって満足するだろうかと思ったが、そんなことは口にしない。二人そろって了解の返事をし、立ち上がろうとしたときだ。橋口が思い出したように付け加えた。

「その書類には書いてないが、女の両親が、単なる家出じゃないんじゃないかと気にしているのには、理由があってな。例のパン屋の女房の一件あるだろう」

「東村山のですか」小野田が訊き返す。

「そうだ。所沢の雑木林で骨になるまで見つからなかった女だ。あの女と、昔からの知り合いらしい。それで『うちの三十過ぎた可愛い娘がそんなことにならないか心配』ってわけだな。どうせどいつもこいつも不倫の清算に決まってる。物盗《と》りならそんな面倒なことはしない。楽しむだけ楽しみやがって、だいたい――」

もはや当たるを幸いといった感のある橋口の悪口は、途中から聞くのをやめた。

ひと月ほど前に、所沢市の雑木林から白骨遺体が見つかった案件は、もちろん宮下も記憶に新しい。ニュースでもかなり取り上げられていた。当初は、事件か事故かはたまた単なる自殺か、それすらわからなかったらしいが、最近ようやく死体遺棄事件として動き出したらしい。となれば、いずれは殺人事件に発展する可能性も大きい。

日本の警察は事件発生地主義だから、とりあえずは遺体の見つかった場所を管轄する、埼玉県警の扱いとなる。だから、事件性ありとの方針決定後も、東村山署に正式な情報や協力要請は来ていないという。合同捜査でもなければ、埼玉県警の手柄になるだけだ。

橋口係長でなくとも、あまり熱が入らないのも無理はないかもしれない。

＊＊＊

宮下は、コピーした資料を持ち帰ることにした。

いまの住居は独身寮だ。以前はあれこれ理由をつけて民間の賃貸マンションを借りていたが、どういうわけか転任が多いので、しばらく官舎住まいで済ませることにした。建物や間取りにあまり不満を言うつもりはないが、周囲のほとんどが同業、という点がなんとなく息苦しく感じるので、まっすぐ部屋に戻らないことが多い。

今夜も最近行きつけの洋食店に寄った。その名は『グルマンもがみ』、名前はそこそこ洒落ているが、ひとことでいえば昔ながらの洋食屋だ。

「いらっしゃい」

厨房の中で店主の最上《もがみ》が、がこんがこんとフライパンを鳴らしながら、宮下に声をかけた。

店はこのがりがりに痩《や》せた店主と、ややふくよかなおかみの二人で切り盛りしている。

「こんばんは」

挨拶を返す。まだ、通いはじめてふた月ほどだが、残業や泊まり込みでないときは、ほぼ毎夜この店に顔を出すので、すでに顔なじみだ。

四人掛けのテーブルが四つと、五人ほど座れるカウンターだけの、小さな店だ。壁にびっしりと、麦茶にひたしたような色に染まった短冊メニューが貼ってある。

「テーブル席でもいいですか」

「どうぞ。今日は空《す》いてるからね」

アルミの盆に水の入ったグラスを載せて現れたおかみが、愛想よく言う。空いてるも何も、ほかに客はいない。

「ミックスフライA定食にエビフライ増しのごはん大盛りで」

「はい。いつものね」

あっさりうなずいて厨房に伝える。最初にこの店を訪れて、いまと同じメニューを注文したときは、じろっとした目で宮下を観察し、そして忠告してくれた。

「お客さん、『ミックスA』って、百グラムちょっとあるハンバーグと、メンチカツと、クリームコロッケですよ。それに、うちのライスはもともとほかの大盛りぐらいあるけど」

「たぶん、大丈夫です」と笑って答えた。

「ならいいですけど」

出てきた大ぶりの皿を見ると、さらに添え物としてナポリタンと目玉焼きとフライドポテトが載っていた。皿に隙間があるのが許せないのか、ちょっとしたコールスローサラダまで添えてあった。

「もし残すなら、持ち帰りのパックありますから」

おかみが、カップに入ったオニオンスープを置きながら、やや無愛想に言った。

「ありがとうございます」

結局、米粒ひとつ残さずに宮下がたいらげると、態度が変わった。

「うちにも、痩せの大食いの見本みたいな人は何人か来るけど、お客さんはかなりだね」

その一回で、顔を覚えてもらった。たまにサービスで、真っ赤なウィンナーが二本ほど載っていたりする。もちろん、それもありがたくいただく。

「コーヒーください」

「はいよ」

定食を食べた客は、プラス百円でコーヒーが飲める。正直、何度も温めなおしているので香りは飛んで苦いばかりだが、それがまた癖になる。

皿を下げてもらって、さっぱりしたテーブルでコーヒーをすすると、ようやく気分が落ち着いた。

もう少し居残らせてもらう。客は宮下一人だし、店じまいしたいときははっきりとそう言ってくれる。

テーブルの上をハンカチで拭き、カバンから資料を出して置いた。

資料といっても、届出書と添付書類、それぞれの複写たった二枚だ。それを自分でコピーし、本体は小野田に渡した。

シャープペンを手にして、書類に目を通す。

新田文菜、三十三歳、無職。既婚（初婚）。子（女）がひとりあったが、三年前に交通事故で亡くしている。享年二歳。細かい経緯は書いていない。

係長は「子どもなし」と言っていたが、正確には事故で亡くしたようだ。それがきっかけで塞《ふさ》ぎがちになり、現在も定期的に心療内科に通っている。簡単な文面なので誰の証言かわからないが、子どもを亡くしてしばらくは、自殺願望のようなものもあったらしい。最近の様子は不詳だ。

書類には写真も添えられている。届出が両親ということだから、写真の提出も両親からのものだろう。証明写真の類いではなく、スナップ写真だ。どこかの公園か庭園のような場所で、咲き誇る紫陽花《あじさい》の脇に立っている。一歳ほどの赤ん坊を抱きかかえて、幸せそうに笑っている。

この写真に写っているのが亡くした娘だとしたら、四年ほど前に撮られたことになる。撮ったのは夫かもしれない。

夫の名は新田洋行、四十歳。大手証券会社の、さいたま新都心駅近くの支店に勤務。夫婦間に特にトラブルなし。特筆すべき地域活動や宗教活動もなし。

再度、住所を確認する。埼玉県川口市本町――。タブレットPCを出し、新田夫妻が暮らすマンションの周囲を検索してみた。詳細な地図が表示される。JR川口駅から徒歩数分の高層マンションだ。この立地で十四階なら、荒川河川敷の公園やゴルフ場が見下ろせただろう。

「すみません。コーヒーのお代わりお願いします」

空いたテーブルの調味料の片付けを始めたおかみに声をかける。

「あら、めずらしいね。あと三十分で閉めますよ」

「すみません」

軽く会釈で返す。これまでの経験からすると、多少長居しても追い出されることはない。

資料の続きを読む。

洋行の残業時間や、本人の趣味嗜好《しこう》などについての細かい記述はない。しかし、証券会社勤務なら、毎日定時上がりというわけにはいかないだろう。新田文菜は、毎日ひとりぼっちで、この十四階の窓から河川敷を見下ろしながら、何を考えていたのか。

早世した娘、高層階でひとりぼっちの毎日——。

家出、という単語が浮かんでくる。

このまま死体でも見つからなければ、捜査に進展する可能性はまずない。係長の口ぶりや態度からすると、行方を確かめろというより、事件性がないことを確認して、さっさと幕引きにしろと言いたそうだった。

情緒不安定、家出、発作的に自殺——。

悲劇だが、めずらしいことではない。事件性も薄いかもしれない。しかし、ひとつだけ引っかかる。そもそも、文菜の両親が心配になって警察に届け出た理由のひとつだ。

あの白骨遺体で見つかった、パン屋の妻――宮崎璃名子の知人だという点だ。

橋口係長は「昔からの知り合い」とだけ言ったが、親がわざわざ引き合いに出したということは、そこそこに親しかった可能性もある。その知人が白骨遺体で見つかって間もないとなれば、身内が心配するのも理解できなくはない。しかし、この書類からだけでは、どの程度の人間関係なのか判読できない。

冷たいようだが、警官の目からすれば、知人だから同じような環境下にあると決めつけるのは早計だ。むしろ加害者の可能性もある。いまはあまりにも情報が少ないが、だからこそ予断は慎まねばならない。

実は、橋口係長から指示を受けたあと、知人の何人かに問い合わせた。

彼らは、警察学校で同期だった者や、配置後の所轄で一緒になった、比較的年齢が近い、それも内勤系の職員たちだ。彼らとは細やかにコミュニケーションをとるようにして、職務規程違反にならない範囲で情報のやりとりをしている。宮下は密《ひそ》かに『F』と名付け、メールなども区分けしている。シンプルにFriendsの頭文字だ。

その結果、短時間だが『F』たちからそこそこの情報が集まった。やはり、世間の耳目を集めた案件だから、この仕事に就いている以上、関心は強いのだろう。

宮崎璃名子の場合、遺族の強い希望もあり、またそれが埼玉県警の捜査方針とも一致したため、ほとんど詳細を公表していない。ようやく最近になって「事件性ありとみて捜査中」とだけ認めた。

収集できた情報によれば、生前に暴力を振るわれた形跡があったらしい。「生前」と断定するには理由がある。切り傷だけでなく、骨折の場合も、それが死亡する前に起きたなら痕跡《こんせき》が残る。生活反応と呼ばれる現象だ。

具体的には、前歯が三本、左奥の下の歯が一本折れていた。折れた歯は胃のあたりから見つかった。単に死後なにかの外因で動いただけかもしれないが、生前に殴られて折れ、飲み込まされた可能性もある。また、左腕の橈骨《とうこつ》と尺骨《しゃっこつ》は二本とも折れ、肋骨《ろっこつ》も左右合わせて四本折れている。正確な場所はわからないが、頭蓋《ずがい》にもひびが入っていた。そして、それらにわずかながら生活反応が見られた。つまり、顔をはじめとして体中を殴られ、あるいは蹴られ、折れた歯を飲み込まされたのも、生きているあいだということになる。

温かいコーヒーを飲んでいるのに、宮下は小さく身震いした。

事件性あり、などという生ぬるい状態ではない――。

この職についてもう何年も経つし、これに劣らない残虐な事件も担当した。初めて見た死体は、いまだにありありと目に浮かぶ。そして、慣れるということはない。

集めた情報が事実なら、単なる殺害ではない。拷問殺人と呼んでもいい犯行だ。そして、仮に新田文菜が加害者の側だとしても、共犯者がいる可能性がある。

性的暴行については不明だ。骨になってしまっては、調べようがない。

夫の証言によれば、財布やスマートフォンもなくなっているらしいが、だからといって、即、金目当てと判断するのはどうか。預金を引き出した形跡はないらしい。殺人だとすれば、怨恨、性的暴行目的、といった可能性が高そうだ。

普通なら、とっくに捜査本部が立ってもおかしくない。

単に、埼玉県警にやる気がない、という判断もできる。しかし、一旦事件性を認めると、またマスコミがうるさいので、今はまだ「事件の可能性あり」程度の発表にとどめ、水面下で動いているのかもしれない。

捜査の常識として考えれば、第一に怪しいのは夫だ。交友関係まで知ることはできていないが、仮に浮気をしていたとすれば、その相手も重要参考人クラスだろう。かなり濃い容疑者が浮かんでいたので、明確な事件性がないのを利用してあえて本部を立てず、秘かに捜査していたという想像もつく。そしてその目論見《もくろみ》が外れた——。

だが、宮下でさえこの程度の情報をあっさり入手できたということは、リークされている可能性もある。すぐに週刊誌あたりが騒ぎ出すかもしれない。

ふっと小野田静の無表情な顔が浮かんだ。彼女はどう思っているのだろう。

一般的に女性警官は、女性に対する暴力や性的犯罪により強い反応を見せるらしい。しかし、小野田は良くも悪くも男女に差をつけない。

あのポーカーフェイスぶりは、生来の性格もあるだろうが、やはり過去のあの事故が大きな理由だろうと受け止めている。喜怒哀楽などの感情をあらわにすることに、抵抗を感じるのかもしれない。

実は小野田は、警視庁、いや日本の警察全体から見ても、近年屈指の存在感を示すある事件の当事者だった。もちろん宮下も、事件のことも小野田の名も当時から知っていた。まさか、その女性刑事と組むことになるとは考えもしなかった。

ただし、この組み合わせが偶然だとは思っていない。

これまでに二度、刑事という職だけでなく、人生そのものをも投げ出しているような人物と相方になった。彼らは、「デパ地下」のスイーツのショーケースに間違って置かれた、履き古しの革靴のような特異な存在だった。だが、刑事としては有能だった。あの二人のおかげで自分は成長できたと思っている。

しかしそれは結果論であって、当時の管理職たちが宮下の成長を願ってしたことだとは思えない。むしろその逆で、「扱いに困る革靴は、宮下に履かせろ」という暗黙の申し送り状が、自分の異動に伴ってついてまわっているのではないかと、本気で考えている。

この署へ赴任して、それまで誰も「諾」と答えなかった小野田と組まされることになって、疑念は確信に変わった。

しかし今回も、宮下にとってはむしろ志願したいぐらいの相方だった。なぜなら――。

ふと我に返り、タブレットの時刻表示を見る。しまった。言われていた時刻をとっくに過ぎてしまった。もはや香りなどほとんどない二杯目のコーヒーの残りをすすり、勘定を頼んだ。

＊＊＊

翌朝宮下は、若干の書類仕事を済ませ、早めに小野田と署を出た。

新田文菜の実家での聞き取りを、高円寺北署の職員が受け持つのは、そこが管轄内にあるからだ。

具体的には、杉並区といっても北の端、西武新宿線の井荻《いおぎ》駅に近い。よほど車に空きがあるか緊急性のある案件でもなければ、まして宮下たちのような立場では、覆面パトカー《PC》を使う許可など出ない。いつもどおり公共交通機関を使うことになる。ルートの候補はいくつかあるが、小野田と話し合い、野方《のがた》駅までバスで出てそこから電車を使うことにした。

文菜の両親宅を訪問する約束は午前十時、余裕を見ても一時間もあれば充分だろう。幸い、署のすぐ前がバス停になっている。『高円寺北警察署前』だ。このあたりは、道路の混雑もあまりなく、発着時刻がほぼ正確なのもありがたい。ぎりぎりに署を出れば間に合う。

署の正面自動ドアを抜けると、青い空が眩しかった。このところ急に初夏めいた気候になってきた。明日から飛び石ではあるが、世間一般的には「ゴールデンウィーク」が始まる。もっとも宮下たちにとっては、ほとんど無関係な話題なのだが。

ゆうべは『グルマンもがみ』を出たあと、小さな団地風のたたずまいの独身用官舎に戻り、シャワーを浴びてから、あらためてあれこれと仮説、空想を広げたので、若干寝不足気味だ。

おっと——。

気づけば小野田はだいぶ先に行っている。宮下より十センチほど背が低いのに、ほとんどの場合、宮下よりも歩くのが速い。小走りになって、ようやくバス停近くで追いついた。

「今日は、季節外れの暑さになるらしいですね」

天気予報によれば、最高気温は二十五度超えの夏日になるらしい。

小野田は、相変わらず、化粧気のほとんどない横顔を見せたまま、ただ「うん」とうなずいた。いつものことで、気にはならない。相手は四歳も年上だし、階級もひとつ上の巡査部長で、署における役職は主任だ。ついでに言えば、柔道も剣道も宮下より上段だ。そしておそらく逮捕術も。

危険な場面に遭遇したら、自分が先に飛び込んでいく覚悟はあるが、いざとなれば彼女に救われるシーンもないとはいえない。客観的にその可能性を受け入れている。

宮下から見て小野田は、「女性にしては」などという修辞をつけるのが、とんでもなく失礼にあたるほどに優秀だ。

そもそも、彼女——正確には彼女とその同期たち——が、刑事に任命されたときのことを、つい思い出してしまう。

四年前、当時の政府・官邸が掲げていた「まずは公務員およびそれに準ずるセクションが率先垂範し、スピード感を持って女性活躍社会の実現を目指す」というスローガンの実践として、公務員枠の中で〝改革〟が行われた。

女性刑事の一斉任命もその一環だった。もちろん、これまでも単発的になくはなかったが、その年だけで、警視庁管内に十名を超える女性刑事が誕生した。一部のマスコミも取り上げた。しかし、この四年で三分の二が退職ないし配置換えになっている事実は報道されていない。

「なにか?」

小野田に乾いた視線を向けられ、我に返った。

「あ、いえ、なんでも――」

あわてて取り繕う。最近、ふと気づくと小野田の横顔をじっと見ていることがある。何か言い訳を探そうとしているところに、タイミングよくバスが来た。

三分の一ほども埋まっていない車内の、後方の席に座るなり、控えめな声で切り出す。

「先方に着く前に、ひとつだけ聞かせてください」

小野田が、黙って宮下の目を見返す。つい視線を逸《そ》らしてしまう。刑事になりたてのころ、まともに人の目を見られなかった自分を思い出す。

「今回の件、ただの家出だと思いますか」

小野田は、まったく感情の読めない視線を向けたままだ。「おまえは中学生か」と言われたような気がした。あわてて補足する。

「いえ、その、率直に勘としてどうかと。宮崎璃名子という友人の存在が少し引っかかりまして」

「さあね。それだけじゃ何とも言えない。先入観は持ちたくないし」

小野田にしては長めの発言だった。

「まあ、そうですよね」

それきりほとんど会話のないまま、ほぼ約束の時刻に竹村《たけむら》家の玄関前に着いた。

5　菊井早紀

本番前のばたばたしているときに、『ミッドナイトJ』のチーフプロデューサー《CP》堤彰久に、またも呼ばれた。

「菊井さん、ちょっといいかな」

「はい」

少々うんざりしている気分を隠して、とっさに三条と久保川に視線を向ける。

二人は、早紀から数メートル離れたスタジオの隅で、ときおりスタッフを交えながら最終打ち合わせをしている。いつも本番直前はこうだ。早紀の出番はない。ひがむつもりはない。自分は単なるスタッフ、黒衣、引き立て役だ。

早紀が堤に声をかけられたことに気づいたらしく、二人はちらりとこちらを見たが、あまり気にとめる様子もなく、会話を続けている。

スタジオ内は本番前独特の、少し大げさにいうなら殺気だった忙しさに満ちている。

「はーい、そこ、もうちょい右に寄って。ばーかそっちは左だろ。カメラから見て右だよ」

「おい、ナオちゃん。そこの椅子ちょっとどけて。──はいサンキュー」

「おまえな、同じことを何度も言わすなよ」

頭にヘッドセットをつけ、工事現場かと思うほどベルト周りにいろいろな工具や粘着テープや袋をぶらさげたスタッフたちが、小走りに右へ左へ飛びまわる。

うかうかしているとはね飛ばされそうだ。実は彼らの大半が、テレビ局の社員ではなく、プロダクションだとか制作会社と呼ばれる、外部のスタッフらしい。番組が始まる何時間も前から準備を進め、徹夜のような作業もこなすと聞いた。その支えの上に三条のような花が咲く。

テレビ局内のスタジオは、いくつもの番組が兼用で使う。皮肉なことに、『エル』チームが撤収した直後に入るのが、主要スタッフがお互いにライバル視している『J』だ。

いつもは抑え気味に話す堤が、騒音に負けないよう、やや声を大きくした。

「ここは騒々しいから、また喫茶コーナーにでも行こうか」

「はい、ですが――」

救いを求めるように再び三条と久保川を見る。ほぼ同時に向こうの二人もこちらを見た。堤が軽く手を挙げて挨拶すると、三条も久保川も微笑みながら軽く会釈して返した。早紀の知らないところで話が進んでいるようだ。


「ここのコーヒーは薄いけど、静かなのがいいね」

前回と同じく、二階の資材置き場近くのセルフ式喫茶コーナーで、堤と向かい合った。そうですね、と答える。

「久しぶりだね。明日からゴールデンウィークか。以前、ここで話したのはいつだっけ？」

「はい。たしか二十日ぐらい前です」

正確には十九日前だが、そんなふうに答えると、指折り数えて待っていたと誤解されそうな気がした。

「そんなに経つか。ここのところ、ちょっと海外に行ったりしててね――」

視線をやや上に向け何か回想しているようにも見えるが、とりたてて深いことを考えてはいないのかもしれないと最近気づいた。視線を早紀に戻してきた。

「――ところで、この前の話、考えてくれた？」

トレードマークの細身の黒縁眼鏡は、一見どれも似ているが、実は何本も持っているらしい。よく見ると、テンプルのデザインや、レンズに微妙に色がついていたりいなかったりと、たしかにいつも違っている。

「自分のコーナーを持たせていただけるということでしょうか」

「そうそう、なんだっけ。そうだ、たしかグルメリポとかって言ったけどさ、実はなんでもいいんだ」

堤はそういって、なんの愛想もない白いカップに入ったコーヒーを、音を立ててすすった。

「飲食がいやなら、観光でもいいよ。たとえば、首都圏の御朱印めぐりとかさ。有名どころの神社仏閣で御朱印もらって、境内で団子食ったり、甘酒飲んだりするの。あ、それもやっぱり食いもんか。でもさ、早紀ちゃんだったら、何やっても絵になると思うんだよね」

すっかり「早紀ちゃん」が定着してしまった。

「でも……」

「神社や寺の数から考えて、週一企画としても半年はもつだろう。夏場なんかは、山奥の寺の近くで、水着で滝に打たれるとかもいいかもね。冬は露天風呂とか」

堤は軽そうな声を立てて笑ったが、目はあまり笑っていなかった。

「どうよ、早紀ちゃん」

名の呼び方だけでなく、口調そのものが急になれなれしくなったことに少し抵抗を感じるが、もちろん顔には出さない。ここは自分の仕事場ではない。あくまで三条の付き人なのだ。

「っていうかさ、きみ最近『レディK』って呼ばれてるの知ってるよね？」

またそれか――。触れられたくない話題だった。以前、番組内で川上天伸にひやかされたころは、まだそれほど認知されていなかった。しかし、川上の発言やそれに対する早紀の照れた様子がインターネットなどで拡散され、一気に広まった感じだ。

本番中、川上に「秘書の菊井さんは、バレンタインのチョコは三条さんにあげたの？」などと個人的な話題を振られても、微笑んであいまいにうなずくだけで済ませる。もちろん、お高くとまっているわけではなくて、自分が出しゃばる場ではないと思っているからだ。そして緊張しきっているからだ。

一見無愛想なしぐさも、テレビカメラに映されているから余計なことはしない、という単純な理由からなのだが、視聴者には違って見えるらしい。

堤は、その痛痒《いたがゆ》い話題を突いてきた。

「もうさ、ブレイクの下地はできてるね。あとはプロモとプレゼンだ」

返答に困っていると、堤がやや上半身を寄せた。エステに通っているのか、肌は女性タレントに負けず劣らず艶《つや》やかだし、髭《ひげ》もきれいに当たっている。それに、もともとの造形が――三条とは別な路線だが――整っている。香水系はほんのり香る程度で、外形的なことでいえば生理的な不快感は少ない。

だが、この人と一緒に仕事はできないだろうという感覚は抑えられない。

「この前はさ、三条さんが次の改編期にメインになるのと、早紀ちゃんが引き受けてくれるのとを、バーターみたいに言ったけど、それはフェアじゃないかな。――正直いうと、三条さんはもう放っておいても売れる。おれはね、早紀ちゃんを売り出したい」

堤の話には、安堵《あんど》する点とますます警戒したくなる点の両方があった。ほっとしたのは、自分の態度次第で、三条のような人物の起用が左右されるわけがない、そう思っていたことが裏付けられたからだ。怪しいと思うのは、堤がそんな本音を素直に言うはずがないことだ。

堤は眼鏡をはずし、ポケットから出した派手なペイズリー柄の眼鏡拭きで、レンズを拭った。

「なあ早紀ちゃん。おれの顔を立てると思って、首を縦に振ってくれよ」

「わたしが受けると、堤さんの顔が立つんですか」

「立つ、立つ。一生横にならないぐらい立つ。なんだったら、時期を合わせていきなり写真集を出すっていう手もある。タイトルもずばり『レディK』だ」

さらに気持ちは冷めた。堤のこの熱心な勧誘にはどんな理由があるのだろう。もしかすると、という疑惑が湧く。そもそも『レディK』というニックネームも、なんらかの手を使って、堤が広めたのではないかとさえ勘ぐってしまう。

いや、さすがにそんなわけがない。堤ならその気になれば可能だろうが、少なくともいまの自分のような存在に、そこまでの手間はかけないだろう。

「あの、ひとつお訊きしたいんですけど」

「なんでも」

「どうして、わたしなんかに目をかけてくださるんですか」

「ほら、それだよ。『わたしなんか』って。きみが自分の魅力に気づく前に、唾《つば》を付けとかないとね。『レディK』を他局のやつにとられるまえに」

なんとなく、本当に唾を付けられた気がして、手と顔を洗いたくなってきた。

「大変申し訳ありませんが、やはりそのお話、なかったことにしていただけませんか」

十年以上キャリアのあるタレントですらぺこぺこする堤に、こんなことを言って激怒されるかと覚悟したが、堤はほとんど態度を変えなかった。

「キャスターやりたくないってこと？」

「はい。いまの『通訳』だけで精いっぱいですので」

堤の探るような視線を感じつつ、目を伏せてコーヒーカップを見つめる。

「五分やそこらのコーナーじゃ不服ってこと？　だったらスポーツコーナーとかにする？　あれなら尺は長いし、たまに海外ロケとかあるしさ。スポーツ選手と知り合えるよ」

話の中身はやはり軽いが、「海外ロケ」の響きには少し決意が揺らいだ。もちろん、物見遊山で旅行がしたいという動機ではない。ジャーナリストという職業を選ぶなら、異国の文化に触れ、視野を広げることは必須だと思うからだ。三条だって、アメリカへの留学をきっかけに、州知事選に参画したことが、どれだけ今日への糧になったことだろう。

嗅覚《きゅうかく》のするどい堤は、早紀の心の揺れを見逃さなかった。

「お、興味ありそうだね。ならば、コーナースポンサーに話を通しとくよ。いまスポーツの担当やらせてる、あのモデルあがりの子は、ちょっとどんくさくてね」

「申し訳ありませんが、やはり、グルメならだめでスポーツならいいとか、そういう問題ではなく、たとえばひとつの事件や事例をじっくり取材して、特集のように構成するようなお仕事でしたら、たとえ単発でもやらせていただきたいです」

このままではいつまでも平行線だと思い、思い切ったことを口にした。ここまで押し一辺倒だった堤の顔に、初めて困惑の色が浮かんだ。もうこの話はご破算だろうと思った。しかし、三条のためと思って繕った。

「もちろん、そんなことは無理なわがままだと承知していますので、無理にお願いするというわけではありません」

急降下しつつあった堤の機嫌が、なんとか水平飛行ぐらいまで戻った。

「まあ、そのうち気も変わるかもしれないし、考えといて」

早紀の手の甲をぽんぽんと叩いて、去って行った。本番前に洗わないとと思った。

6 宮下真人

新田文菜の実家は、事前に聞いていたとおり、整骨院を営んでいた。

西武新宿線井荻駅から徒歩十分ほどで、『竹村整骨院』の看板を見つけた。竹村は文菜の結婚前の姓だ。

郊外の商店街にありがちな、戸建ての一階部分を改築して客商売をする構えになっている。築は古そうだが、メンテナンスは行き届いている雰囲気だ。玄関わきの鉢植えなどもきちんと手入れがなされているし、道路に打ち水してあるのも気持ちいい。

娘が行方不明にもかかわらず、なのか、娘が行方不明だから、なのか。いまはまだ、どちらの可能性なのかわからない。

《本日都合により、午後から開院いたします》と張り紙がしてある。宮下たちが来るからだろう。

サッシのガラス戸は自動ではなかった。宮下がそれを引き開けると、来訪者を告げるチャイムが鳴った。名乗る前に、はい、という声が奥から聞こえ、白い施術用の制服を着た、小柄な女性が小走りで出てきた。

宮下と小野田が名乗ると、女性は新田文菜の母です、と答えた。

「わざわざ来ていただいて、ありがとうございます。お上がりください」

施術スペースを横切り、普段はカーテンで目隠しされているらしい上がり口から、靴を脱いで上がった。案内されるまま廊下を進んで、奥の洋室に案内された。

ちょっとした来客はここへ上げるようだ。カーペットを敷き、リビングセットが置いてある。柔らかそうなソファに、テーブルはそれほどの高級品ではないかもしれないが、きれいに磨かれていて、いい色合いになっている。話をする前から、宮下はこの家に好感を持った。

その一人掛けソファにはすでに父親がいて、宮下と小野田が入っていくと、立ち上がって頭を下げた。

「お忙しいところありがとうございます。さ、どうぞ」

二人がけソファに並んで座り、再度、簡単な自己紹介をする。向こうの両親の名は、竹村幸三《こうぞう》と恵子《けいこ》だ。

二人の、特に幸三の物腰に、宮下は意外な思いを抱いていた。

都議会議員の後援会長というから、そして、娘が行方不明だといって警官を呼びつけるぐらいだから、もっとアクの強い人物のイメージを抱いていたのだが、予想がはずれた。

たしかに、太い眉やがっしりとした顎の線は意志の強さを物語っているが、居丈高に怒鳴り散らすタイプではなさそうだ。ひとり娘を心配するあまり取った行動のようだ。気の弱さを自覚している宮下としては、内心、ほっとする。

「娘さんと連絡がとれないそうですね」

小野田がいきなり本題に入った。たしかに向こうも、世間話や天候の話などしたくないだろう。

母親の恵子がすぐに席を立ったので、父親の幸三が答える。

「ちょっと顔を見せにと言って、こっちに帰ってきてたんです。そうしたら翌日に、買い物に出たまま帰らなくて」

「電話をかけたときの反応はどうですか」

小野田の問いに、幸三は首を左右に振って答えた。

「携帯にかけてもぜんぜんつながらないし、GPSとかで居場所がわからないか、電話会社に問い合わせてみたんですが、なんだかたらい回しにされて、名義は洋行君になっているらしくて、個人情報だからたとえ親族でもどうだとか、のらりくらり要領を得ないんですわ」

やや顔を赤らめて、一気にしゃべった。おそらく、電話会社とかなりやりあったのだろう。だが警察ですら、手続きを踏まなければ、情報は開示してもらえない。

「それで結局は？」

宮下の質問に、再び首を左右に振った。

「ようやく、ここしばらく電源が入れられた形跡はないとだけ教えてもらえたんですが、それじゃ何もわからないのと一緒です」

重ねて宮下が問う。

「さきほどのお話ですが、文菜さんはご実家にはよく戻られていましたか？」

「そうですね。――だいたい、月に一回ぐらいでしょうか」

「電車ですか」

「ええ、あれ以来、車は運転しませんから」

「あれ」とは、もちろん娘を亡くした事故のことだろう。

見たところ、両親そろってそこそこ元気に働いているようだ。つまり、見舞ったり介護したりの必要はなさそうに見える。

事前に交通ルートを調べたが、川口駅から井荻駅まで、乗り継ぎにもよるが四、五十分ほどかかる。徒歩を入れれば片道約一時間だ。両親ともに健在で働いているのに、既婚の娘が月に一度この距離を帰省するのは、「顔見せ」だけが理由ではない気がする。

こんどは小野田が質問した。

「当時の文菜さんの所持金がどのぐらいか、わかりますか」

そこへ、恵子が日本茶と和菓子を持ってきて並べた。

「どうぞ」

恵子の声に元気がない。幸三が答える。

「これも洋行君に聞いたんですが、口座から引き出してはいないそうです。クレジットカードも使った形跡がないと」

「つまり、手持ちの現金しかない？」

念を押す小野田に、こんどは両親がそろってうなずく。

「たぶん、二万か三万ぐらいではないかと洋行さんが――」

恵子の声はすでに半泣きになっている。

「いつもは、顔を見るたびに少しだけお小遣いをあげてたんですけど、今回は、その前にいなくなっちゃって。――もう二週間も経つのに、お金も持たずに、どこでどうしているのかと思うと、不憫《ふびん》で心配で気になって」

幸三が、ハンカチを鼻に当てる妻をいたわるように、肩に手をまわして、軽く叩いた。

恵子が、これまで溜まっていたものを吐き出すように、鼻声で続ける。

「もとは、明るい子だったんです。それが、未祐ちゃんがあんなことになってから人が変わったみたいになって。わたしが、商売なんかそっちのけで、面倒をみてあげればよかったんです……」

「おい、恵子。今ここでそんなこと言ったたって」

「それが、このごろやっと少し元気になってきたかなって思った矢先に。――こんなことなら、やっぱり離婚させて、こっちで引き取って……」

「おい、恵子っ」

幸三の声がややきつくなったが、人前をはばかってのことで、妻を責めるという雰囲気ではなかった。

「まあ、まだ何かあったと決まったわけでもありませんし」

自分で言いながら、ありきたりの気休めだなと、宮下は内心苦笑した。

小野田は、安否についてはあえて触れず、抑えた口調で質問する。

「それでは、こちらからいくつかおうかがいします。『行方不明者届』を出されたときに、担当官にお話しになったことと重複するかもしれませんが、確認のためですのでご了承ください」

二人が同時にはいとうなずいた。

「それから、録音をご了承ください。メモをとると漏らすことがありますし、ペースを乱したくないので」

「わかりました」

「まず、文菜さんと連絡がとれなくなった前後の状況について、もう一度できるだけ詳しく教えてください。こちらから質問する形をとらせていただきます」

これは小野田がよく用いる手法だ。相手によって使い分けるのだが、脱線が予想される場合は、自発的にしゃべらせず、こちらから質問を重ねる。

いまも、淡々と的確に小野田が質問を重ね、それに二人が、補足しあって答えていく。

その概要は――。

まず、約二週間前の十三日、昼食の少し前ぐらいに事前に連絡もなく、ふらりと文菜が顔を見せた。

以前から愛用している、ショルダータイプにもなるハンドバッグと、下着や化粧品など最低限のものを入れた布製のトートバッグ、という身軽さだった。

両親はそれほど驚かなかったし、深く理由を質《ただ》したりもしなかった。娘の未祐を交通事故で亡くしてからは、こうして突然理由も告げずに里帰りすることがよくあったからだ。頻度は先にも訊いたとおり、月に一度ほど。数日分ほどの着替えなどはここに置いてあるので、もっと軽装で訪ねてくることもあった。

その翌日、「ちょっと買い物に出てくる」と言って外出したまま、夜になっても戻らない。心配はしたが、そのときはまだ深刻に考えていなかった。ふらっとやってくるのと同じように、ふらっと川口へ帰ってしまうことも、よくあることだったからだ。

トートバッグは残してあり、持っていったのはハンドバッグだけのようだった。

夜も更けてから、恵子が念のため文菜のスマートフォンに電話をしてみたが、つながらなかった。これもまためずらしいことではなく、気分で電源を落としていたりする。それで、あまり深く気にしなかった。

ところがその二日後の十六日、夫の洋行から電話があって「文菜はそちらに行っていますか」と訊かれた。洋行の話によれば、十三日の朝に「今日、実家に帰ろうと思う。

ひと晩泊ってくるかもしれない」と告げられ、了解した。それ以来、連絡をとっていなかった。

今日、夏用礼服のしまってある場所を訊こうと、電話やメールをしたが、まったく応答がない。それで電話をしてみたということだった。

それを聞いて両親は急に不安になった。

文菜は娘を亡くして以来、ふさぎがちで、周囲がもっとも心配していたのは、希死念慮なども呼ばれる、死を願望する傾向が見られたことだ。心療内科に通院するなどして、このところはだいぶよくなったと、文菜自身が笑いながら話すようになった矢先だった。

両親は何度も電話をかけ、どうしてもつながらないことを確認し、その日の夜、警察に届けた。

それが顚末《てんまつ》だ。「世間」というフィルター越しに見れば、どこにでも転がっている話だが、家族にとっては夜も寝られぬほど心配な事態であることも理解できる。

今回に限ったことではないが、質問するあいだ、宮下はかなり詳細なメモをとるので、いきおい、質問は小野田にまかせきりのようになる。

小野田は聞き取りの最中、ほぼメモをとらない。いや、まったくとらない。これまでもそうだった。こうした合意の「聞き取り」だけでなく、地取りの聞き込みの際も、相手の許可を得ずほぼ百パーセント録音し、あとで要点だけを誰にも見せないノートに記録する。もちろん、小野田以外の刑事の中にも、メモをとらない人間はいないわけではない。理由は「メモをとる間があくと、相手に考える隙を与えるから」というものが多そうだ。中には「めんどくせえだろ」というのもあるらしい。

相方になって間もないころ、小野田にその理由を訊いたことがある。咎《とが》めるつもりはなく、軽い気持ちでだ。小野田は「聞くことと書くことに注意力を分散させたくない。それに、ペースが乱れるのが嫌だ」と答えた。もちろんこの隠れて録音というのは、証拠として使えないのは当然だし、それ以前に警察官としてのモラルに反するとは思う。しかし宮下は、小野田と同行していて感じる。これは、あまりに純粋に職務を遂行したい気持ちの表れなのだと。だから見て見ぬふりをしている。

さらに、本人の弁によれば録音データは、要点を抽出後に消去しているそうだ。もちろん宮下は、それを信じているし、誰かに報告したりするつもりもない。

「事実関係はわかりました」

小野田が、出されたお茶に手もつけず聞き取りを続ける。

「――次にうかがいたいのは、特に行方がわからなくなる直前に、文菜さんに普段と変わったところはなかったか。訪問客はなかったか。誰かと電話で深刻な話をしている様子はなかったか。そのあたりはいかがでしょう。表情や言葉遣いの変化などでも結構です」

夫婦は顔を見合わせ、またしても同時に首を振る。

「気づいたことはありません」と恵子の答えは短い。

幸三は、それを補うようにもう少し詳しく説明した。

「その点は、二人で何度も話しました。しかし、思い出せることはありません。もっとも、わたしら二人は院のほうにいたので、気づかなかっただけかもしれません」

「なるほど。――では次に、文菜さんの私物はどのぐらいありますか」

恵子が間を置かずに答える。

「昔から文菜が使っている部屋が今もそのままにしてあって、こっちに来たときはそこに泊まります。服とか娘の私物もたくさんあります」

「見せていただくことはできますか」

「もちろんです」

案内され、古びた階段を上る。踏み板は飴色に変色しているが、やはり掃除は行き届いている。

文菜の部屋は洋間の造りだった。整理整頓《せいとん》されている、というのが最初に受けた印象だ。生活感がないというのとは違う。たったいままで部屋の主がいたような雰囲気だが、雑然とした様子がない。

ベッドカバーやシーツ、掛布団などは、淡いブルーで統一されている。壁の一方に机と背の高い本棚がある。ざっと見たところ、並んだ本は数百冊はありそうだ。

宮下は、その人となりを知るには、本棚のチェックが有効だと思っているが、小野田はちらりと見ただけで、まずは机に歩み寄った。宮下も脇に立つ。

机の上もきれいに片付いている。ペンやハサミ、定規などは、ペン立てにきちんと仕分けされていて、そのほかはデスクライトがあるぐらいで、無駄なものはない。

「机の中を拝見しても?」

「もちろんどうぞ」

「では」

小野田は白手袋をはめて、新田文菜のこれもまたずいぶん使い込んで、変色している机の引き出しをあけた。中に並んでいるものを、指先で手際よく確認していく。

宮下は机の〝探索〟は小野田にまかせて、本棚に目を向けた。もしもこれが本当に失踪なら、この蔵書の中にそのヒントがあるかもしれない。

まず全体を眺める。ところどころ引き抜いて「奥付《おくづけ》」と呼ばれる最後のページで、発売時期を確認する。発売直後に買ったものばかりではないだろうが、それでも人生のどの時期にどんな書物に興味を持っていたのか知る参考にはなる。

大まかなところでは、思春期までは古今東西を問わず純文学、大学生あたりから結婚するころまでは、国産のミステリー系エンターテインメントに移行したようだ。いずれにしても「小説」である。

しばらくブランクがあって、ここ数年はノンフィクションばかりだ。この系統だけで、ざっと二十冊ほどはありそうだ。

「そのほかにも、ケースに入れて物置にしまった本がいっぱいあって」

宮下が本棚を熱心に見ている脇から、恵子が声をかけてきた。

「それは、最近の本ですか。昔の本ですか」

恵子は、さあ、と小さく首をかしげた。

「本のことはよくわからなくて。――でも、古い本だったと思いますよ。新しく買っても置く場所がない、とか言ってましたから」

「ありがとうございます。もし、必要がありそうでしたら、そちらも見せていただくかもしれません」

礼を言って、さらに何冊か抜いてみる。

ノンフィクション系が増えだすのは、やはり娘を亡くしたあとだ。発売日の日付がほとんど「事故後」になっている。つまり、事故直後は本など読む気力もなかったのが、やがてなにかの拠《よ》り所が欲しくなったとも考えられる。もしこの本棚に鍵があるとすれば、最近のこの好みの傾向にあるかもしれない。

そのノンフィクションも、さらに大きくふたつに分かれる。

ひとつは、「生きてゆく力が湧く言葉１００」とか「新しい自分を探す」、「あなたは生きていていい」といったような、人生肯定型のタイトルや副題がついた自己啓発系の一群だ。

念のため、それらもぱらぱらとめくってみた。ところどころ折り目がついていたり、鉛筆で控えめにラインが引いてあったりする。《暗い夜が明け、新しい一日が始まれば、昨日のこともすべて過去になる》というような、読むものに対する励ましの言葉が並んでいる。

もうひとつの分類は、はっきりと妊娠に関するものだ。タイトルや副題に、「妊活応援」「妊娠しやすい食事と運動」などと並ぶ。中には「妊娠の9割はセックスの体位で決まる」という露骨なものもある。たしかに、日常生活するマンションには置きたくないかもしれない。

「何かわかりますか」

唐突に恵子に声をかけられ、ぱらぱらめくっていた「体位」の本をあわてて棚に差し込んだ。

「読書家だったんですね」

「むかしから、本ばっかり読む子で」

いけないことのように言う。今は、なんでもマイナスの要素に思えてしまうのだろう。面白いもので、父親は机の調査を覗き込んでいるし、母親は本棚が気になるようだ。

「少々お答えにくいことを伺いますが、文菜さんは、次のお子さんを望まれていたようでしたか」

「それが——そんな話はしたことがなかったんですけど。これを見るとそうだったんですね」

本棚の妊娠コーナーをぼんやりと眺める。

「洋行君のほうは、そうでもなかったみたいだがな」

話が聞こえたらしい幸三が口を挟んだ。口調の端に、わずかに責める気配を感じる。

「夫婦のことだから」

母親は諦観《ていかん》したようにつぶやく。

本棚に視線を戻す。ノンフィクション系の中に、三冊、同一著者のものがあるのに気づいた。ほかはみなばらばらのようだが、この著者だけ複数あるのは、よほど気に入ったのだろうか。

三条公彦――。

どこかで聞いたような気もするが、すぐに思い出せない。

手にとってみる。なぜか、本文ではなくて『著者略歴』のページに付箋《ふせん》が貼ってある。著者近影が載っていて、その顔にもやはり見覚えがある。思い出せそうで思い出せないことが気持ち悪くて、そこに書かれたプロフィールを読む。

アメリカのUCB卒業後、「読字障害《ディスレクシア》」を乗り越えて、本を書いたりテレビのコメンテーターをしたりしているようだ――。なるほど。テレビで見たことがあるから、見覚えがあったのだ。それにしても、読字障害でありながら、UCBに「留学」ではなく「卒業」したというのは、かなり優秀なのだろう。

本文にもさっと目を通したが、きれいな状態で、ページを折ったり書き込みをした箇所はなかった。

「何か不審なことでもありますか」

自分が声をかけられたのかと思い振り返ると、両親ともに小野田の作業を覗き込んでいる。あれでは、あの人は集中できないなと思ったとたん、「申し訳ありませんが」と小野田が顔を上げた。

「専念したいので、しばらく、わたしたち二人だけにしていただけますか」

「あ、はあ」

竹村夫妻は、目をしばたたかせている。小野田の人柄を知らない人間にしてみれば、身も蓋《ふた》もない物言いに聞こえるだろう。だが、ただ純粋に集中したいだけで他意はない。

「もちろん、無断で何かを持ち出したり、毀損《きそん》したりはしません。強制捜査ではありませんから、嫌だとおっしゃるならそれでも結構ですが」

「わかりました。下にいますので、何かあれば声をかけてください」

幸三が答え、二人はお互いに支え合うように階下へ去った。

ドアをそっと閉めて、小野田が事務的に告げる。

「さ、それじゃ本棚は引き続き、きみにまかせる。わたしより本を読んでいそうだし。わたしは、机やクローゼットを見る――それは――」

小野田が、宮下の手にしている本を見て話を中断した。

「三条公彦という人が書いた本です。読字障害を乗り越えて、本を書いたりコメンテーターになったりというお話みたいです。――小野田主任はこの人ご存じですか？」

短い間が空いた。

「名前だけはね」

「この著者だけ、どうして三冊もあるのだろうと思っていたのですが」

小野田は興味なさそうに、クローゼットに向かった。

「ファンだったのかもね。二枚目だから。――さ、続きにかかろう」

小野田にしてはめずらしい発言だったが、「了解です」とだけ答えた。

しばらく無言の作業が続いた。いわゆる「ガサ入れ」のときは、もっと大人数で、騒然とした空気の中、行われる。

令状を取り、取ったからには警察の面子《メンツ》にかけて絶対に収穫する、その使命感で、現場は殺気立つ。場合によって乱暴に扱う。あのぎらぎらした雰囲気が、宮下は苦手だった。

こうしてしんと静まった部屋にたった二人で、じっくり「何か」を探すというのは、悪くない。小野田の息づかいさえ聞こえてくる。

こんなときに、たとえば「今までで、真相が一番意外だった事件はなんですか」などと軽口をたたける性格ならよかった。あるいは「こんど、非番の日をやりくりしてメシでも食いませんか」とでも誘えたらよかった。いや、この状況下で『メシ』はないか――。

これといった発見はなさそうだ。そろそろ切り上げ時かと思い始めたころ、小野田が声をかけてきた。机の引き出しに何か見つけたようだ。

「これ、なんだと思う？」

宮下は、その手にあるものを見た。蓋がついた、無色透明の小さな瓶だ。ビーズだとか海の砂などを入れて飾るようなお洒落な造りではなく、もとは、風邪薬の錠剤でも入っていたようなそっけない小瓶だ。中に、白いものが入っている。薬ではなさそうだ。砂、いや崩れかけた珊瑚《さんご》のようにも見える。

「なんでしょうね」

そう答えはしたが、もちろん想像はついた。口にしたくなかっただけだ。小野田は目の高さに上げて、覗き込みながら事務的に言う。

「たぶん、骨ね。焼いたあとの」

異論はない。そして、焼いた骨だとすれば、誰のものか、考えるまでもない。小野田の言いたいこともわかった。

得た情報からすれば、亡くした子を相当に愛していたようだ。もしも遠くへ行くつもりなら、この骨は持って行くだろう。つまり、本人の意思ではない失踪、という解釈にやや傾いた。

「もう少し、あたってみようか」

「了解です」

中途半端な姿勢を続けていたせいで、本棚のチェックがひと通り終わるころには、腰がかなり強張っていた。

「ううーん」

背中を反らせ、腰のあたりを自分の握りこぶしで叩きながら、本棚の隣に目をやる。

本棚と趣味を揃えて、木目調のシェルフが置いてある。旅先で買ったと思われる小物が飾ってある。土産用の小さな陶器の人形や、グラスなどだ。ただ、どれも古そうだ。結婚してこの家を出たときから、時間が止まっているようだ。

上部は写真コーナーになっている。いくつかのフレームが置いてあって、それぞれに写真が納まっている。顔を近づけてひとつずつ見ていく。

「何か気になるものでも写ってる？」

「あ、ええと、いまのところ、これというものは」

「楽しそうね」

「たしかに」

公園らしきところで、ソフトクリームを嬉しそうに舐めている幼い少女が、おそらく文菜だろう。小学校の運動会、中学のテニスシーンは部活動か。高校の文化祭、大学の友人との旅行、社会人のバーベキューとなって、両親も写ったウエディングドレス姿が時系列でいえば最後の一枚か。

あとで許可を得ることにして、宮下はそれらを一枚ずつ、タブレットPCのカメラで撮影し、映り具合をチェックしていった。

中に一枚だけ、ほかより大きな写真がある。A5ほどの大きさの集合写真だ。公園か美術館の庭のような場所で撮ったもののようだ。背後には、日本ではあまり見かけないような石造りの建物と、端には塔のようなものも写っている。アングルは適当だし、水平も微妙に傾いている。観光地でプロが撮った記念写真ではなく、仲間のひとりか、通りすがりの人に頼んだものだろう。

これもまず、写真に収めてから、さらに顔を寄せて観察する。ポケットから、いつも持ち歩いているビクセンの携帯用ルーペを取り出した。三枚のレンズを組み合わせることによって、最高十五倍まで拡大できる。

なんとなくぼやけた印象を受けるのは、ピンボケかレンズの質に問題があるようだ。その割にドットが見えないのは、携帯電話やデジタルカメラではなく、フィルムカメラで撮ったからだと考えられる。

こちらを向いている被写体は、ざっと三十人ほどだ。ちらほら年配の顔もまじるが、大多数は若者のようだ。ほとんどの者が笑っており、歯が見えるほど大笑いしたり、お決まりのピースサインをしている者も少なくない。

フィルムカメラを使っていること、また写真の退色ぐあい、そして何より若者たちの服装や髪型からして、少なくとも十年は経っていそうだ。

もう一度、全体を見る。この集団以外に写っている人間は、一見して外国人だ。また、背景の建物も日本では見かけない印象だ。加工したような青い空、広々とした芝の雰囲気と合わせ、欧米、それもあまり北方ではない土地の、美術館ないし博物館、あるいは図書館といった雰囲気だ。

一方で、集合した被写体たちの大半が、外見的には日本人、少なくとも東洋系に見える。そこに、ちらほら白人系やアフリカ系の人間がまじっている。総合的に考えれば、海外へ団体観光旅行した邦人の記念写真に、現地のスタッフが何名か一緒に写った、というところだろうか。

宮下がその中から、新田文菜の顔を探していると、小野田が関心を示した。

「本人、いた？」

「まだ見つかりません」

「どこかわかる？」

「外国の、公共施設のように思えます」

「美術館とか？」

「ええ、そんな印象ですが、残念ながら見覚えがありません」

「ご両親に訊くのが早い」

宮下が、自分が行きますと答える前に、小野田はフレームを持って階段を駆け下りて行ってしまった。

腰を伸ばしながら部屋を見回しているうちに、階段を駆け上る足音がして、小野田がフレームを手に戻ってきた。

「わかりましたか？」

「大学生のときに、アメリカへ短期留学をしたらしい。留学といっても、夏休みのあいだの二週間か三週間程度のホームステイだったらしいけど」

「なるほど。ある意味、人生で一番楽しい時期かもしれないですね。――留学先はどこですか？」

「それが、詳しいことは覚えていないと言ってる。短期だったし」

「そんなものかもしれませんね」

「ここに写っているのが彼女らしい」

小野田が飾り気のない指先で、中央やや右よりのひとつの顔を指す。宮下が、覗き込む。

「いた。――たしかにいますね」

大学生の、まだ竹村文菜だった女性が、将来の影を感じさせることもなく、明るく笑っている。

「それと、もしかして、と思って訊いてみた。ほら、例のパン屋の宮崎璃名子について」

「はい。惨殺されて所沢の山林に遺棄されていた」

「そもそも、ここの両親が警察に相談した動機のひとつが、宮崎璃名子の事件だった。

彼女が文菜の友人だから、余計に不安になったと言っていたよね」

「橋口係長が、どうでも良さそうに言っていました」

「今、そのあたりも訊いたんだけど、二人は学生時代からの仲だって。この家にも一度か二度遊びに来たらしい」

宮崎璃名子の名を出した意味に思い当たった。

「もしかして、この留学も一緒にいった？」

「ここにいる」

小野田が指した先に、文菜の隣でピースサインを出している女性がいる。

事前に入手できた生前の宮崎璃名子の写真は、マスコミに流れたかなり古いしかもあまり写りのよくないものだけだった。

だが、そう思って見るせいか、たしかによく似ていた。

7　助手：久保川克典

『オフィス三条』では、専用の事務所を設けていない。

登記的には、克典の部屋が会社の所在地になっている。三条のデビュー作が売れ始めたころ、それまで住んでいた豊島区の狭い賃貸マンションから越してきた。

ほかに事務所を借りていないのは、もちろん設立当初の金銭的な理由からだ。どこにでもある、しかも築二十年近く経つ2DKだ。狭くて打ち合わせスペースなどない、というのも人を呼ばない理由だが、それ以上に三条のイメージが傷ついてしまう。

そろそろ小洒落た事務所を借りる手もあるのだが、別な事情から少し離れた場所に『アトリエ』を借りてしまったので、手が回らずまた少し先延ばしになっている。

打ち合わせなどは、相手のほうへ出向く。向こうの社屋内であれば無料だし、喫茶店に入れば相手方が出す。応接用の維持経費も必要ない。少しぐらい売れたからといって、浪費は慎まねばならない。

ただ、桑村朔美とだけは、当初の縁の延長からか、自宅マンション近くで会うことが多かった。

今日もその桑村と会う予定だ。

久保川克典は、飯田橋駅近くの、雑居ビル二階にある喫茶店に入った。

桑村と会うのはこの店と決めてある。都心にしては、ゆったりとしたフロアで、見通しがいい。先客に顔見知りがいたり、あとから入ってきたりすれば、すぐにわかる。立地のせいもあり、客層のほとんどがビジネスマンであることも気に入っている。打ち合わせか、仕事中の一服か、そんな顔ぶれだ。気が散らない程度の適度なざわめきも、消音効果になってくれる。

しかし、今日は平日にもかかわらず、店内はいつもよりかなり空いている。たまたまか、理由があるのかと考え、すぐに思い当たった。カレンダーとしては〝平日〟だが、実質的に昨日から大型連休が始まっているのだ。もともと、曜日と関係のある職種についたことがないので、実感として湧きにくい。

近づいてきた店員に、待ち合わせなので、と伝えながら店内を見回すと、すぐに見つかった。テーブルについてタブレットPCをいじっていた桑村が、短く切りそろえた髪の顔を上げ、こちらを見ている。

克典が歩み寄って椅子に腰を下ろすやいなや声をかけてきた。

「なんだか景気が良さそうじゃない」

桑村は、ここ最近では顔を合わせるたびに同じ挨拶をする。おそらく、深い意味はないだろう。この女は、今夜にも心中するか夜逃げをするか迷っているような人間に対しても、同じことをさらりと言える性格だ。

「用件はなんでしょう」

水を運んできた店員にブレンドコーヒーを注文し、克典はそう切り出した。近くに寄る用事があるからちょっと会いたいと、連絡してきたのは彼女のほうからだ。

「このあいだの話だけど――」

その話題だろうとは思っていた。つまり三条公彦の新作に関することだ。スケジュール以前の問題として、本を出す版元が決まっていなかった。

本の内容については、桑村はほとんど口出ししない。いつだったか「今の三条さんなら、中身がカレーライスの作り方でも売ってみせる」と豪語していた。付き合ってみて、まんざらはったりでもないと実感している。

桑村はすでに残り少なくなったアイスコーヒーを、ストローの先でからからとかき回した。

「丸佐和《まるさわ》書店にしようと思う」

「へえ、こんどはずいぶん大手ですね」

桑村の目から視線を外さずに、ソファの背もたれに体を預ける。受け答えは慎重にしなければならない。成果の報酬は必ず要求する女だからだ。これを機に手数料の料率を上げてくれ、ぐらいのことは言いだしかねない。

「こっちも、そろそろ売り手を選んで条件を選べるようになってきたからね。——あ、ちょっと」

桑村は、通りかかった店員に、アイスコーヒーのお代わりを頼んだ。

「ガム抜きで、少し濃くして」

桑村朔美と知り合ったのは、五年前だ。向こうから接触してきた。

このときすでに、のちに三条公彦を世に出すことになったデビュー著書『ディスレクシアと僕』の原稿を書き終えて、一年近くが経っていた。ちなみに、これは改題前のタイトルだ。

インターネット上に公表されている三条の人脈に、克典の名はまったく登場しない。当然だ。だが実は克典も、三条と同時期にアメリカにいた。

ただし学生ではなく、アルバイトで食いつないでいる、貧しい若者のひとりだった。コーヒーやホットドッグ、ベーコンエッグパンケーキなどを出すその軽食店では、三条も働いていた。英語の苦手な三条は調理、日常会話程度のできる克典は接客担当だった。

ここのオーナー店長が政治活動に熱心で、あるとき二人に簡単なアルバイトをしないかと誘ってきた。渡米して一年ほど経ったころだ。仕事内容は単純だ。プラカードを持って、みんなと一緒に一時間ほど道路を歩くだけでいいという。もちろん引き受けた。実際には、炎天下をだらだらと二時間近く練り歩いて、たった二十ドルもらっただけだった。

しかし、この安アルバイトが、三条と克典の運命を決めた。

この店長が属し活動していたのが、当時は一州議会議員でしかなかった人物を、州知事に推すという団体だった。地域性なのかもしれないが、日本にいたときからは想像がつかないほど、一般市民の政治への参画意識が高かった。無名に近い人物が、アメリカでも屈指の大きな州の知事になっていく過程を目の前で見て、人生観が変わった。

自分たちも、この国でなら何ものかになれるのではないかという、アメリカンドリームを思い描いているうち、あっというまに四年が過ぎた。この知事は圧勝で再選した。

しかし、三条や克典たちの生活は大きく変わらない。

コネも資金もない自分たちが世に出るには、裏方などしていてはだめだと、三条とも何度も語り合った。ひとまずは帰国しようという点でも意見が一致した。

あまり人には言えない方法で帰国したのはいいが、さてそのあと何をするか。これは結論を出すまでに多少時間がかかった。

金も人脈も知名度もない身では、政治の世界は無理だと真っ先に諦めた。それに、日本の政治家では成功者となっても、気苦労ばかりであまり旨《うま》みがなさそうだ。ならば、なにが売りになるだろうか。

三条の見た目は申し分ない。テレビで人気の〝イケメン〟タレントたちにもひけをとらないだろう。声の耳触りもいい。しかし、三条自身に芸能界に入る気はなかった。人に指示されて芝居をしたり、あるいは歌ったり踊ったり、そんなことはできないと固辞する。たしかに無理だろうと克典も思った。それに、三条以上のルックスで、歌もダンスもできて日の目を見ていない若者が、世の中にどれほどいることか。

ちょうどそのころだ。偏差値38だった高校生が一念発起して、現役で東大に合格したという体験談が、百万部を超すベストセラーになり、著者は一夜にして〝勝ち組〟になった。

これしかない――。

意見は一致した。金銭に不自由のない御曹司がさらに金持ちになっていく話など、誰も読まない。着の身着のまま、夢と情熱だけが全財産の若者が、社会に認められていく姿を描けばいい。

つまり、アメリカでの体験談をまとめればいいのだ。それに、本を書くなら元手はいらない。さすがに手書きは無理だが、格安パソコンとプリンターのセットなら数万円で揃う。

方針は決まったが、出版の世界は克典にとっても未知の分野だ。文章作法のマニュアル書を図書館で借り、書店で立ち読みし、ネットでデビュー方法を探るなど、一から手探りの状態だった。

共同で執筆をすすめ——といっても、ほとんどは克典の作業だったが——どうにか読者の興味を引きそうな内容にまとまりつつあった。完成が見えてきたころ、次のステップ、売り込み活動を始めた。

いわゆる文芸作品の登竜門は数多くあるが、ノンフィクション系のそれは少ない。出版社に企画を持ち込むしかない。

克典は、原稿用紙二百数十枚分の著作と、その十分の一ほどにまとめた梗概《こうがい》をセットにして、ウォーターサーバーの飛び込み営業のように、主として都内にある出版社に、片っ端から連絡を取り、持ち込み、あるいは送りつけて、売り込もうとした。

しかし、具体的な商談どころか、編集者に電話を取り次いでもらえればいいほうで、人気作家のローテーションに忙しい大手や中堅どころの版元は、ほとんどアポイントすらとれなかった。しかたなく、独立系や専門系の、いわゆる弱小の出版社をたずねてまわった。「一発狙い」に付き合ってくれそうなところだ。

ちなみに、三条は一社も訪問していない。本人もその気はなさそうだったし、克典が止めた。

「あとで売れたときに、『おまえが苦しいとき、ウチで面倒見たよな』という借りをつくりたくない。借りをつくるのは助手の役割」

それに、実際に売り込みを始めてみて、どのみち三条には無理なことがわかった。彼に、ときにへりくだり、ときにお世辞を言い、ときには「後悔させませんから」などと押し込むことなど無理だ。

無名の人間の体験記など、プロの編集者は興味を示さない。面談してもらえたとしても「次のアポまで小一時間ほど空いたから、席を抜け出す口実にした」などと露骨に言われたりする。そんな相手は、原稿をぱらぱらめくることすらしない。

「うちでは、ちょっと――」という言い回しを何度聞かされたかわからない。

残る道は自費出版だが、当時はそんな資金はなかった。たとえ工面できたとしても、その道を選ぶつもりはなかった。たとえ当初は印税率などの条件が悪くても、商業出版にかけていた。出版物は、著述家にとって名刺代わりだ。二冊目からは「こういう本を出しています」と実物を提示できる商品にしたかった。

出版してくれる版元は、なかなか見つからなかった。この出版不況下に、何の売りもない、まったく無名の人間の本を商業出版してくれる物好きな出版社など、あるはずがなかった。

覚悟しているつもりだったが、それでもまだ甘かった。しかし、後には引けない。元手のいらない仕事だが、出版社回りには交通費もかかるし、あまりみすぼらしい恰好もできない。そして何より生活費がかかるので、額は多くないが借金もしていた。

さまざまなアルバイトに就いた。正直なところ、きれいごとばかりではない。当時のことはあまり思い出したくない。著書の中でも詳しくは触れていない。三条もインタビューなどで質問されると「〝特性〟のこともあって、いろいろと人に言えない苦労をしました」と答えるのみだ。

世の中のことをすべて自分に都合よく考える三条ですら、さすがに「これは無理なんじゃないか」と口にするようになった。そんなあるとき、どこかで克典の名刺を入手したらしい桑村朔美が、連絡してきた。一度会って話がしたい、という。

面会の約束はしたが、どうせ詐欺かそれに近いものだろうと警戒した。

「本を出してやるから、支度金として百万円拠出しろ」

そんな話に決まっている。百万がないと言えば、五十万でもいいと値切る。それでもだめなら三十万だ。どのみち、一部も刷るつもりはないのだから、いくらでもいい。

初めての対面も、やはり喫茶店でだった。自己紹介によれば、桑村は出版社所属の人間ではなく、フリーランスでブローカーのような仕事をしているという。扱う「商品」は多岐にわたる。

たとえば、今回のような出版物もあれば、資金のない有能な若手起業家と金は余っているが自分では冒険できなくなった老資産家、あるいは特許発案者と製造販売元といった、人間そのものも扱い対象だと。

「要するに、誰かと誰かをくっつける仕事ね。いくらネットの時代になっても、やっぱり生身の紹介者がいるほうが、特に企業は安心する」

克典は話の中身の吟味と同時に、桑村の人間性をも観察していた。親切心か、否。信用できるか、否。金のためなら友人でも裏切るか、然《しか》り。

だが、このままでは船とともに沈んでゆくだけだ。それが鮫の背中とわかっていても、とりあえずはしがみつくしかない。

桑村が探してきた三社ほどの候補の中から、最終的に話が決まったのは、神田《かんだ》の古書店街のほど近くにある、雑居ビルに事務所を構える『赤岩堂《あかいわどう》』という小さな出版社だった。

克典が、インターネットで調べ、ピックアップした、売り込み予定先のリストにも名がなかった。桑村の説明によれば、いわゆる独立系出版社で、音楽や映像でいえば「インディーズ」をイメージすれば当たらずといえども遠からず、ということだった。

その会社にも簡素なホームページがあって、これまでの出版物を見た。『実証済み。必ず出る心霊スポット』だとか『煙草も酒も36時間でやめられる』などという本がほとんどだった。

わがままを言うつもりはないが、この版元に三条の本が合うのか、と質した。

桑村は、「だって、万が一大手なんかに持ち込んだら、よくても十番手、二十番手の扱いでしょ。それも、その月発売分の。まともに書店営業なんてしてくれない。むしろ鶏口《けいこう》となるもなんとかって言うじゃない」と軽い口調で答えた。

そういう意味で訊いたのではなかったが、これを逃すと、再び機会が訪れるかどうかという懸念が勝った。

蓋を開けてみると、提示された条件は覚悟していたよりもさらに悪かった。

一般的に、小説類は十パーセントの印税が相場だ。しかし、エッセイや自己啓発本などは、書き手のネームバリューなどによって大きく変動するということが、売り込み活動の中でわかってきていた。発行部数に応じたスライド制もめずらしくないようだ。

桑村が提示した印税率は、たったの四パーセントだった。

「二万部以上売れたら、倍になる契約」

それでもまだ八パーセントだ。しかも桑村との契約で、そのうちの四分の一は彼女がマージンとして抜く。つまりこちらの取り分は、三パーセントから六パーセント。あまりの低条件に即答できず、持ち帰り、三条に相談した。

「おまかせしますよ」他人ごとのようにあっさり答える。

「しかし、この印税率だと、食っていけない」

克典が顔をしかめると、三条は、軽やかに微笑んでうなずいた。

「バイトを続ければいい。まずはとにかく一冊目を出して、世間に問うのが目的だから。なんの資産もないところから始めるわけだから」

予想したとおりの答えだった。三条は、金銭に無頓着なところがある。正確には、あまり考えないようにしているようだ。若いころ貧しい生活をしたせいなのかもしれない。判断を求めてもほとんどの場合、「まかせます」と答える。

不思議だったのは、桑村の意気込みだった。仮に千円の定価とし、ひとまずの目標である二万部が売れたとしても、彼女の取り分はたったの二十万円だ。

率直に訊いた。あなたの狙いは何ですか、と。

「金鉱だってダイヤモンド鉱山だって、はたから見ればただの地味な山」

桑村はあっさりとそう答えた。

「――わたしの勘だと、あの人は売れる」

結局、桑村による仲介と事実上のプロデュースによって、赤岩堂から出すことになった。中身にも手を入れた。三条の家系が、もとをたどれば藤原四家のひとつ、北家の流れであること、戦前は富豪だったが、ＧＨＱの管理施策によって没落したこと、などを付け加えた。

初版三千部から始まった。三条に入った印税は十万円にも満たない。桑村の取り分に至ってはわずか三万円、手間賃にもならない。

それでも、桑村のつてで図書館に千部ほど買い上げてもらった。やはり桑村の動きで、書評家に週刊誌の書籍コーナーで取り上げてもらった。しかし、動かない。書店の店頭で見かけることはないし、評判になりそうな気配もない。関係者だとはばれないように、SNSのアカウントを複数作って、《生きる希望が湧きました》などと煽ってみたが、まったく効果はない。

さすがに諦めかけたそのとき、三条と克典の運命を変える、ある騒動が持ち上がった。

当時急速に人気上昇中だった、毒舌を売りにしているお笑い芸人が失態を演じた。自身が持ついわゆる〝冠番組〟の中で、後輩の頭をハリセンと呼ばれる古い小道具で叩きながら、こう発言した。

「アホ。おまえは自分の名前もまともに書けんのか。いっぺん幼稚園からやり直せ」

桑村がこれに嚙みついた。

「これは、『読み書き』にハンディを持つ人を蔑視《べっし》する発言である」

桑村は、いつのまに手配したのか、小さいながら会見場を用意し、多少うさん臭い風貌ではあるが、正規の金バッジをつけた弁護士を同席させ、記者会見を開いた。

その主張は、すみやかに番組内で当該発言を謝罪し撤回すべし。さもなければ、訴訟も辞さない、という強硬なものだった。

ちなみにこの会見のとき、桑村の隣に、真っ黒なサングラスをかけた若い女性が座っていた。サングラスの理由を、「目が不自由なためでなく、現在以上の差別を避けるため、顔を隠している」と説明した。さらに「肉体的にはなんの異常もありませんが、自分の名前が書けません」と発言するのに合わせて、サングラスの下から涙が伝った。『読字障害』という単語の知名度が一気に上がった。そして、このサングラスと涙のシーンが、この騒動の象徴的なショットとして、各局で使いまわされた。

当のお笑い芸人はたちまちバッシングの的になった。SNS上に「あいつは許せない」「不愉快だ」「スポンサーは降りろ」「でなければ不買運動を」という書き込みが溢れた。

桑村は無名だったし、サングラスの女性は一般人だったが、この芸人は一年ほど前にも不倫騒動を起こしたばかりだった。話題性は充分だと、マスコミが食いついた。桑村のところにも取材は来た。

いかにも一過性の、しかし嵐のような取材攻勢を受けながら、常にカメラの画角に入るように、桑村が手にしていたのが、三条の顔が大きくデザインされた『ディスレクシアと僕』だった。

世に出るには才能と努力のほかに、運も必要だと言われるが、三条にもそれがあった。

この騒動に合わせたかのように、アイドルグループ出身の人気若手タレントが、読字障害であることの〝カミングアウト〟を行った。情報番組でミニ特集が組まれ、ほかにも超大物のハリウッド俳優だとか、世界的な物理学者などが、この症状であることも知られるようになった。

「みんなとちょっと違う」という特性は、差別の標的にもなりやすいが、畏敬《いけい》の対象になることもある。

にわかに「ディスレクシアブーム」のような風が吹き、そのあと押しもあって、三条のデビュー作は増刷を重ね、一年後には三万部近い売れ行きを示した。これは新人のエッセイ本としても、弱小独立系の出版物としても、異例のヒットと言われた。

「ぜひ、二冊目も当社で」

克典が、宣伝活動のことで赤岩堂へ出向いたとき、酒焼けのせいか、赤黒くて艶がない肌の赤岩社長は、そう言って卑屈に笑った。恩を忘れるなよ、とその目に書いてあった。こんなとき、エージェントがいるのは便利だ。

「渉外やマネジメントは、すべて桑村さんにお願いしていますから」

そのころすでに、桑村を経由して複数の社から執筆依頼が来ていた。「階段は上るためにある」が口癖の桑村は、その中からややステップアップした出版社を選び、契約した。

それを知った赤岩社長は、顔をさらに赤くして「恩知らず」などと桑村を罵倒《ばとう》したらしい。桑村は眉ひとつ動かさなかったか、動かしたとすれば微笑むためだろう。

桑村は、このいざこざを利用して赤岩堂から最初の本の版権も引き揚げ、二作目を出す会社へ移した。

赤岩堂とも形ばかりの契約書を交わしており、その契約期間内だったはずだが、どういう手段を使ったのかわからない。例の弁護士に頼んだのか。ほかに交換条件を出したのか。あるいは赤岩社長の弱みでも握ったのか——。

その後の打ち合わせに、二度ほど桑村のアシスタントとして同席した女性は、どう見ても、例の記者会見のときの黒いサングラスの彼女だった。「読み書きができません」と泣いていた彼女が、眼鏡すらかけずに契約書類を指さして「ここところに割り印を」などと説明している。悪びれる様子もない。

桑村は敵に回さないほうがいい相手だと、このとき学んだ。

版権移動を機に、一冊目の内容も大幅に加筆し、タイトルもそれらしく変えた。『読字障害の僕が、カリフォルニア州知事選挙のブレーンになれた理由』として、三条のアイデアが二度の州知事選で次々とあたったというエピソードを盛り込んだ。

正確には、一度目はただ半日行進に参加しただけだったし、二度目のときに評判になった派手なプラカードも、デザインを考えたのではなく、ペンキの下塗りをする作業の担当だった。青い鳥をイメージしたシンボルキャラクターも提案してはおらず、その着ぐるみを着てショッピングセンター内を歩いただけだった。以前週刊誌の記者が、不正選挙に加担したかのようなことを言っていたが、そもそもそんなことに加担できるような中枢にはいなかった。

とにかく、この本は、さらに売れ、まずは紙媒体のインタビュー取材から始まり、ほどなく地上波の情報番組でミニ特集を組んでもらうことになった。まさかと思った十万部に届くのに、それほど長くはかからなかった。

　その後、二冊目、三冊目と続くが、一冊目の内容を分割し、水増ししたというのが実情だ。二冊目は、少年期の不遇の生活をメインにした感動編『夜よりも長い夢』、アメリカでの活動に主眼を置いた三冊目が『遠き夜空に星は満ち』だ。

　桑村のいいなりでやっていれば、企画の立ち上げから、執筆、校正、刷了まで、三か月ほどしかかからない。三冊合わせた部数は、五十万部を少し超えたところだが、これも桑村のアドバイスで「累計百万部」を謳《うた》っている。

　少しずつテレビでの露出が増え、一年前に『ミッドナイトJ』の曜日レギュラーに抜擢された。

　ようやく認められたと思ったが、それでもまだ世間知らずだった。三条が抜擢された理由をあとから桑村に教えられた。桑村に「どうしてだと思う」と訊かれ、「CPの堤が三条の本に感動したからだ」と答えて大笑いされた。

　事実はこうだ。桑村が堤に、弱小芸能プロダクションの芽の出ない若手タレントを〝紹介〟した見返りだという。そのタレントも、深夜番組で下町の居酒屋をめぐるリポーターに三か月ほど使われたが、最近ではまったく見かけなくなった。

　この事実を三条には話していない。

　現実を思い知らされたことで、ならば割り切って先へ行こうと腹をくくることができた。俗世の駆け引きや汚れ役は、自分が引き受ける。三条には日の当たる坂道を上ってもらう。

四冊目は、テレビ出演後の生活や裏話などを盛り込む予定で、そのために、さらに大手の版元を探していた。

桑村も「いよいよ第二段ロケットの点火」と口癖のように言う。

「今回もまた、今までの版権をまとめて丸佐和に移そうと思ってる」

桑村が二杯目のアイスコーヒーをひとくちすすった。

「また移動？　大丈夫ですか」

相手に与える損失や、担当者の立場を気遣ってのことではない。あまりに不義理をして、その噂が広まってしまい「三条ブランド」に傷がつくことへの危惧《きぐ》だ。

「まかせなさいよ。わたしがへましたことある？」

「まあ、そうですね」

うなずいて、コーヒーを飲みほした。このところ胃が荒れ気味なので、お代わりはしない。

「それはそうと、頼みがあります」

話題にひと区切りついたところで、克典のほうから切り出した。

「なにかしら」

桑村が片方の眉を上げて克典を見返した。動揺も警戒も感じられない。かつて、三条が桑村のことを「あの人は、鎖につながれていないライオンを目の前にしても『あなたの飼育係はどこ？』って訊きそうだね」と評していた。

「菊井君の代わりの『通訳』を探しておいてもらえませんか。前と似たような条件で」

「どうして？　あの子よさそうじゃない」

菊井の前任にあたる初代の「通訳」は、桑村がどこからか探してきた二十九歳の女性だった。『J』への曜日レギュラー出演が決まり、必要に迫られてのことだった。

彼女は、菊井とはまた違ったタイプで、どちらかといえば肉感的な魅力を発散していた。性格は明るく、化粧も過不足なく、画面映りも良かった。ただ、ひとつだけ問題があった。

「独身」という条件で採用したのに、実は既婚者だった。仕事の中身に、未婚既婚は関係ない、克典個人はそう思っている。しかし、三条にとっては大きな意味があった。もっとはっきりいえば、障害物なのだ。

長く雇い続けるわけにはいかない。処遇をどうするかと迷っていた去年の夏ごろ、突然いなくなった。

急場しのぎで克典が「通訳」を何回か代行したが、評判はさんざんだった。三条の登場で堅調だった視聴率が、克典が画面に映った回は露骨に下がった。

至急、後任の「通訳」を探す必要ができて、桑村に頼らず克典が募集をかけた。わずか三日という非常に短い募集期間だったにもかかわらず、百人近い応募があった。

　克典が面接し、いくつかの条件にかなった菊井早紀に決めた。テレビ映りという観点からは、克典の評価では応募者の中で三番手ぐらいだったが、未婚であることと「当分結婚するつもりはない」と断言したのが決め手になった。

　結果は正解だった。媚《こ》びない雰囲気――緊張の表れなのだが――が、世間に受けたようだ。無理に愛嬌を振りまかず、そっけない態度なのに、どこか〝隣のお姉さん〟的な親近感があるというギャップがいいらしい。

「菊井君、たしかにいい子なんですけど、引っこ抜かれそうなんです」

「引っこ抜き？　誰に」

「堤さんに気に入られたみたいで。――正確にいえば、スポンサーに」

　桑村はにやにやしながら「ああそうなんだ」とうなずいた。『ヘスティア』の、例の好色オヤジね」

「菊井君は真面目ですからね。辞めると言い出さないとも限らない」

「でもあの子、芯が強そうだから、やっていけるんじゃない。本人はなんて？」

「なんでもジャーナリストになるのが目標だとかで、今のところバラエティ色のある役どころは断っているみたいです。しかし、この業界にいて、テレビで自分のコーナーを持てると聞かされて、心動かさない人間なんていないと思っていました」

「あら、あなたから『この業界』なんて単語を聞く日がくるとは。それも感慨深いわね。

――でもね、後任を探している理由は、それだけじゃないでしょ」

じっと克典の目を見ている。理由を知っているわよと言いたげだが、ここは気づかないふりをした。

「だってほら、前の子のときで凝りていますから」

桑村はまだ何か疑うような視線を向けていたが、ようやく納得したようにうなずいた。

「ねえ、前から思ってるんだけど、三条さんの次は、あなたの半生記を書いてみたら」

「えっ、ぼくのですか」

「そうよ。面白そうだと思うけど」

「だめですよ。なんの波乱もなし、色気もなし、平々凡々でつまらないです」

「そうかしら。わたしは人を見る目があると思うけど。――まあ、それはいいわ。『秘書』の件はわかりました。ちょっと頭に入れておきます」

「よろしくお願いします」

頭を下げて、それからもうひとつ、と続けた。

「何よ、まだあるの？　これ以上は相談料取るわよ」

「すぐ済みます。――桑村さんが今やっている、売春の斡旋《あっせん》みたいな商売はやめたほうがよくはないですか」

不意をついたつもりだったが、桑村はまったく動じない。

「あなた、とても大切なことを忘れてる。日本で『売春防止法』の対象になってるのは、女子の〝売り〟の勧誘や斡旋なの。新田さんは金を受け取ってない。むしろ払ってる。だから売春じゃない」

「彼女のことだけじゃありません。ほかにもやってるらしいじゃないですか」

「あら、どこでばれたのかしらね」顔色ひとつ変えない。「だってあれ、けっこう割のいい小遣い稼ぎなのよ。みんな口は堅いし、客が客を紹介してくれるし、そもそも人助けに……」

「斡旋は犯罪だと、自分で言ったじゃないですか」

「弁護士さんに相談したら、逃げ道はあるって。なんでも『不特定多数』とか『金銭の授受』とかを立証させなければいいらしい。あの人たち、わたしに紹介料を払うだけで、当人たちは金銭の授受をしてないからね」

「あなたが渡せば同じことだという気もしますが。まあ、桑村さんならそつはないと思いますけど。——ただ、大変失礼ですが、万が一あなたが逮捕されたりトラブルに巻き込まれたりしたときに、三条先生とのつながりが発覚することが怖いのです。その場合は、あなたの裁判の行方がどうかは問題ではありません。発覚した時点でイメージは台無しで、致命傷を負います。わかりますよね」

「誰に向かって言ってるのよ」

「それと、ついでにもうひとつ。そろそろ、自立しようかって、三条先生が言ってました」

「どういう意味」

桑村が、ようやく表情を変えた。今日一番、目つきがきつくなった。

「企画を立てるのも、出版社との交渉も、全部自分たちでやろうって」

「そんなことできないでしょ」

桑村の顔から嘘くさい笑みが消えた。すでに二杯目も氷ばかりになったグラスの底から、ずるずるとすする。

「できないとは、なぜです？」

「久保川さんならわかってるでしょ。もし、縁切りなんてことになったら、わたしはもうあなたがたに義理立てする必要はないし、『三条ブランド』を守る動機付けもない。だったら、あることないことぶちまけて、三条金山《きんざん》から、最後のひと稼ぎをさせてもらうだけね」

「それこそ、そんなことできませんよ」

「今まで、わたしのやり方見てきたでしょ」

「三条先生は、汚れてはいけない人です」

「そうかしらね。だったらやっぱりわたしに見る目がないのかしら」

桑村は、それじゃこのあとも約束があるから、と伝票には目も向けずに出て行った。

8　菊井早紀

まだまだ知らない世界がたくさんあるものだな。

菊井早紀は、オレンジ色に染まりはじめた黄昏《たそがれ》の雲に向かって、自嘲《じちょう》気味に小さく嘆息した。

昨日でゴールデンウィークは終わり、真夏かと勘違いしそうな猛暑も一緒に去って、今日の風は五月本来のそれに戻っている。都心の風でも、吹かれれば心地いい。

目前には、ライフスタイル系の雑誌か、映画のパーティーシーンのような光景が広がっている。いわゆる芸能人、著名人の顔もちらほら見える。今の仕事に就いて、彼らと同じ番組に出演したり、テレビ局内ですれ違ったりするようになったが、こうしてプライベート空間になると、また違った感慨がある。

華やかな集まりだ。

高級マンションの広いルーフバルコニーで、肉や魚介、野菜などを炭火で焼き、ビールやカクテル、あるいはソフトドリンク類で喉を潤している。いわゆるバーベキューパーティーだが、具材の豪華さもさることながら、特筆すべきはここの立地だ。

渋谷《しぶや》区神宮前《じんぐうまえ》、具体的には、渋谷駅と表参道《おもてさんどう》駅、原宿《はらじゅく》駅を結んだ三角形の、ほぼ中間あたりだ。ここへは、三条と久保川を乗せて車で来て、近くの有料パーキングに停めた。周辺の道路は、意外に狭く人通りも少ない。停めてある車に外車率が高いことを除けば、都下の閑静な住宅街と勘違いしそうになる。しかし、まぎれもなく超のつく一等地だ。

実は、今回の話があったのが三日前だ。そのあと、少しだけでも予備知識を得ておこうと、ネットで下調べをしてみた。すると、まさにこのマンションで、売りに出ている部屋があった。仲介業者のサイトでヒットしたのだ。だからそれなりに心の準備をしてきたつもりだったが、来てみれば、部屋の造りがまったく違っていた。

この部屋は、その最上階である八階にあった。この建物も八階建てだ。法規制の関係なのか、周囲に高層マンションは見当たらない。そしてこれも容積率でもからむのか、八階だけが部屋数が少ない。

リビングがとにかく広い。久保川が「三十畳以上はあるらしい。間取りとしては2LDKSらしいが、このほかにベッドルームがふたつとサービスルーム、そのほか水回り、というところで」と教えてくれた。

広いのは部屋だけではない。七階と八階の床面積の差を利用した、ちょっとした家が建ちそうなほど広いルーフバルコニーがついている。とにかくため息しか出ない。

バルコニーに面したリビングルームは、全面が窓といってもいい造りで、調度品の日焼けを避けるためとプライバシー保護のため、ミラータイプのレースのカーテンが引かれている。中から外は見えるが、外から中は見えにくい素材だ。

驚くのはそれだけではない。おそらくバルコニー管理の業者用と思われるが、玄関脇から、室内を通らずに直接ルーフバルコニーへ抜けられる、ベランダタイプの迂回路まである。

この、どこか別世界のような物件の、登記上の所有名義は、国内最大手の日用品化学メーカーである『ヘスティア』という法人だ。そして、実質的な住人は、同社の代表取締役副社長である武藤《むとう》寛《ひろし》という男だ。

さすがにそこまでは、早紀が調べたわけではない。そういった情報は、ほとんど久保川由来だ。

ただ、そんな早紀でも『ヘスティア』が、『ミッドナイトＪ』だけでなく、ＮＢＴ全体にとってもおろそかにできない、屈指の大スポンサーであることはもちろん知っている。とにかく、ＣＭをよく見る。

普通に日本で暮らしていて、『ヘスティア』の名を知らない人はいないだろうし、かりに意識しなくとも、その製品を使ったことのない人もいないだろう。

洗剤、芳香剤、化粧品、サプリメント、オーラル関係、その他もろもろ。スーパーやコンビニの日用品売り場へ行けば、この社の製品を選ばないほうがむずかしい。早紀も、日頃何種類もお世話になっている。

これも久保川情報だが、売上高一兆円超、資本金四百億、社員二万人超、いずれも連結対象の数値だが巨大企業であることは間違いない。

寛の父親は、現会長兼代表取締役社長の武藤周太郎《しゅうたろう》だ。母親は七年前に病死、妹が一人いるが、結婚して家を出ている。その夫は現役の参議院議員だ。寛は武藤家の総領ということになる。

幼稚園から一貫教育の有名私立校に通い、大学在学中には、英国オックスフォード大学に留学した。二週間前に五十八歳になった。独身、離婚歴あり。一男一女あり。ちなみに長男は今年三十歳という若さで、『ヘスティア』の社長室長を務めている。将来を見据え、帝王学を学ぶためだ。

創業者である父親の周太郎も、そろそろ引退が近く、実質的な権力は、すでに寛に移っているらしい。頭はいいのかもしれないが、あまりいいニュアンスでないほうの〝二代目〟の冠が似合いそうだと、早紀は印象を持っている。女好きとの噂もあるらしい。

なにはともあれ、今日は、その武藤寛の二週間遅れの誕生日祝いを兼ねた、バーベキューパーティーが催されている。

こんな豪華マンションのパーティーに、もちろん早紀が正式に招かれたわけではない。三条が招待され、久保川とともにそのスタッフとして同行した。いや、同行させられたというべきか。

いくつかの感情が混じり合ったため息をついたとき、背後から声をかけられた。

「いかがですか」

振り返ると、『ヘスティア』の企業カラーらしい、ブルーの地に白いロゴが入ったスタッフジャンパーを着た若い男女だった。それぞれ、オードブルの小皿とドリンクを載せたトレーを持ってにこやかに立っている。

「あの『レディK』さんですよね」

男のほうがやや緊張した表情で微笑む。違いますともいえずに、はあ、と小さくうなずく。

「あの、そんなふうにも呼んでいただいているみたいですが、べつに……」

「ぼく、ファンなんです。あとでサインしていただいていいですか」

「はい、あのう、そういうのは事務所で禁じられていまして」

もちろん、そんなことは言われていない。サインを求められたこと自体、初体験だ。

「ああ、そうなんですね。失礼しました」

気を悪くした様子もなく、なにかあったら声をかけてくださいと会釈して、二人とも次の客へ向かった。

映画のセットかと勘違いしそうなルーフバルコニーのデザインも、寛本人の趣味らしい。床にはウッドパネルではなく、天然木が敷き詰められ、アンティークレンガで縁取られたグリーンスペースには、本物の土が敷かれ、イングリッシュガーデン風のレイアウトがなされている。今も、都心の夕刻の風に、早紀が名も知らない花が揺れている。

中央部の開けたエリアに、大人ひとりでは持ち運べないような大型のグリルが二台置かれ、燃料は備長炭《びんちょう》だそうだ。それぞれに、二、三名の若手社員が、つきっきりであれこれ焼いている。

三か所に木製の屋外用テーブルと椅子のセットが置かれ、花壇前にはアンティーク風の鉄のベンチなども適当に配置され、総勢三十人ほどいそうなメンバーでも、充分にくつろげる環境になっている。

ここへは、屋内を通らずにベランダタイプの迂回路を通って入った。ただし、洗面所へ行きたい人は、靴を脱いで部屋履きに履き替え、バルコニーに面した大きな窓から自由に出入りしてよいと案内を受けている。すでに、化粧直しに出入りしている女性もいる。

とにかく、どこを切り取っても、初めて見る世界だ。

三条は、堤に連れられて、武藤をはじめ『ヘスティア』の重役たちに挨拶してまわっている。ただ、堤に比べて三条の表情は硬い。こういうパーティーのような場は嫌いなのだ。仕事のためしぶしぶ、といったところだろうか。

しぶしぶといえば、早紀もこのあとのことを考えると気が晴れない。

今日のこの話を切り出したときの、堤のにやにや顔を思い出す。

「パーティー中に、武藤さんに『三条君のことで話がある』と声をかけられるはずだ」

「武藤さん、ご本人にですか？」

「そう、武藤寛御大本人に。――多少、じじいの説教みたいなことを言うかもしれないが、はいはいと素直に聞いていればいい。間違っても失礼があってはいけないよ。三条君が、今後テレビ媒体で生き残りたいなら『ヘスティア』みたいなビッグクライアントに嫌われないようにしないとね」

出会ったころの堤は、本人がいなくとも三条のことを「先生」と呼んでいたが、最近「君」のことが多くなった。

「三条先生ご本人でなく、わたしにどんなお話でしょう？」

およその趣旨は想像がついたが、あえて訊いたのは釘を刺しておく意味だ。堤は困った顔もせず、意味ありげにうなずき、笑った。

「世の中にはいろいろと事情がある」

いつもながら、不快感を感じさせない身だしなみだが、粘液を出す爬虫類――そんなものがいればだが――のように気持ちが悪いと思った。

「とにかく、今回は武藤さんのプライベートなパーティーだから。硬い仕事の話は抜きだ。そして、ここだけの話――」と声をひそめた。「きみにコーナーを持たせろと言ってきたのは、実は武藤さん直々なんだ。武藤さんが『レディK』の大ファンなんだよ。これはすごいことだよ。どう思う」

どう思うと訊かれても、はあ、としか答えようがない。

「あの歳だから、いやらしい意味じゃなくて、アイドル的な意味でのファンだろうけどね。それでもまあ大人の会話だからさ、多少踏み込んだ話題になるかもしれないが、くれぐれも失礼だけはないように。いいね。三条君の今後のことをよく考えて」

発言の内容が矛盾していることに気づいていないのか、理屈などどうでもいいと思っているのか、目つきだけが冷たい笑顔でそんなふうに説得された。

嫌われるよりはましだが、はしゃぐほど嬉しくもない、そんな複雑な気分だ。


またた——。

この会場へ来てから、ときおり視線を感じる。そちらに目を向けると、誰も見ていない。さっき声をかけてきたような人たちかと思ったが、違うようだ。知り合いもいなくはないが、皆、早紀になど無関心だ。

気のせいだとは思うのだが、それが二度三度と重なり、気になり始めている。

「楽しんでますか」

そんなことを考えていたので、背後から声をかけられてびくっと反応してしまった。

「あ、久保川さん」

「どうかしましたか？　なんだか驚かせたみたいですね」

微笑んでいいのか心配していいのか、迷ったような顔をしている。手にしたプレートの上には、料理を盛ったメラミン素材の皿とナイフやフォークが載っている。

「いえ、ちょっとぼうっとしていたもので」

「そう。——あ、これ、よかったらどうぞ。いまそこで、スタッフによそってもらったばかりだから、安心ですよ」

久保川が目で示したあたりでは、さっきまで順番待ちの列ができていたグリルの周辺で、焼き物の供給が追いついたらしく、『ヘスティア』のロゴ入りスタッフジャンパーを着た若手の男女が、料理の載った皿を周囲の人に差し出している。

「ありがとうございます」

礼を言ってプレートごと受け取る。本当はあまり食欲はなかったのだが、せっかくの好意なのでいただくことにする。

近くの小ぶりなハイテーブルに皿を置き、立ったままナイフとフォークで肉を切り、ひと切れ口へ運ぶ。ほとんど抵抗もなくすっと噛めたので驚いた。

「美味しい」お世辞でなく感嘆の声が漏れた。「柔らかくて、溶けてしまいそうですね」

「まあ、見栄《みえ》もあるんでしょうが、最高級素材を使っているそうです。——それにしても豪華なメンバーだ」

久保川が周囲を見回す。

「政財界の大物だらけ。与党の国会議員が、ぼくが知っているだけでも二人いる。あっちにいるのは幹事長の秘書らしいし。——芸能関係も多いですね。ぼくはあまり詳しくないけど、あそこでメイド喫茶のビラ配りみたいな恰好で愛嬌を振りまいているのは、人気急上昇中のアイドルらしいですよ」

早紀は彼女のことを知っていたが、うなずくだけにしておく。

「やっぱり、わたしなんて、場違いな気がします」

「そんなことは――ほら見て。〝主役〟の登場だ」

久保川の視線の先で、ざわめきが起きている。その中心を見て、早紀も驚いた。

富永さゆりだ。驚きの最大の理由は、なぜここにいるのだろう、という点だ。久しぶりにはめた腕時計で確認する。まもなく午後六時四十分、まだ『イブニングエル』は放送中のはずだ。

「彼女、早めの夏休みを取ったらしい」

早紀の疑問に応《こた》えるように、久保川が解説する。富永は今日の夕焼けに映えそうな、深みがあるブルーの、ドレス風ワンピースを着ている。派手さはないが落ち着いた色とデザインで、彼女の知的な美しさを際立たせている。

会場には、テレビで見かけるレベルのタレントがすでに何人かいたにもかかわらず、富永に対してはあきらかに参加者の反応が違った。別格の存在感だ。たちまち、人の輪が彼女の周囲にできる。彼女も、まさにオーラとしか呼びようがない空気をまとっている。

久保川の解説が続く。

「今の時期に休暇を取ったのは、このパーティーだけが理由ではないでしょうけど、主目的であることは間違いないと思います。いま、ひとつの局面に来ていますからね」

「局面、ですか」

「なんだかんだといっても、彼女がいまメインを張るのは『エル』しかない。もしあれを、たとえば『レディK』に奪われたりしたら……」

「ちょっと待ってください」

「はは。冗談ですよ。あんまりムキになると、図星かと思われますよ。――それはともかく、焦っているのは事実です。前にも言いましたが、彼女は完璧すぎる。東洋思想では完璧は不吉だといって、わざと一本だけ柱を逆さまにして建てたりするぐらいです。だからああして『お高くとまって』いませんアピール』をしているわけです」

充分「お高くとまって」見えるが、また突っ込まれるのがいやでうなずく。

「あんなかたでも大変なんですね。わたしなんかから見れば、ため息しか出ないような人なのに」

「それが大衆です。――そこへいくと三条先生は完璧です。完璧でないという点を含めて完璧です」

哲学か禅問答のようなことを言い出したが、言いたいことはなんとなく理解できた。

「あれほどの才能《タレント》はちょっとない。ぼくは三条先生に賭《か》けています。いまはまだ、日が差したりにわか雨がふったりする空模様です。それも、急な山道を登っている途中です。やがて頂が見えてくる。その高みから世界を見渡す日のために、ぼくはすべてをなげうってもかまわないと思っています」

いつになく、熱のこもった口調だった。この豪華なパーティーの雰囲気が気持ちを昂ぶらせるのかもしれない。

「あ、すみません。つい熱くなっちゃって」

久保川が照れ笑いをして、頭を掻いた。ところで、と付け加える。

「堤さんから聞きました？　武藤御大のこと」

「ええ」

気乗りがしないのを隠さなかった。どうして反対してくれなかったのかと、わずかに不満もある。それが顔に出たのだろう、久保川が詫《わ》びた。

「非常に申し訳ないと思っています。ぼくで代われるぐらいなら代わりたいです。だが、菊井さんの魅力は、あなたが自覚する何倍もいま輝いています。なぜいままで埋もれていたのかとよく訊かれますが、ぼくが思うに、テレビに映り多数の視線を浴びることによって、開花したのではないでしょうか」

「久保川さんこそ、思ったより口がお上手ですね」

「本心だからです。——本題に戻りますが、嫌だとは思うけど、武藤御大が熱烈な『レディK』ファンなのは確かだそうです。少しでいいから、相手をしてやってもらえませんか。もちろん、世間話程度でいいんです。大丈夫だとは思うけど、ぼくもすぐ近くにいるようにします。不穏な気配があれば、すぐに踏み込みますから。だから、なんとかお願いします」

両手を合わせて頭を下げた。

ここまで言われて嫌とはいえない。それに、来るからには心の整理はつけてきた。世間話で済まない可能性も考えた。

「わかりました。がんばってみます」

ぱっと上げた久保川の顔が明るく輝いた。

去って行くその背中を見ながら、そうか、と理解した。堤は「武藤寛が話しかけてくる」と説明したが、早紀がいまひとつ気乗りしないのを感じ取って、久保川にも説得させたのかもしれない。

最近人と会話をするたびに、この人はどんな仮面をかぶっているのだろうと勘ぐる癖がついてきた。

ため息が漏れる。

そのとき、客をかき分けるようにして、堤ＣＰがにこにこしながら近づいてくるのが見えた。

9　記者：小松崎真由子

観察対象から視線を外し、小松崎真由子《こまつざきまゆこ》は料理が載った皿を持ったまま、人影の少ないフェンスに寄った。

危ない、危ない。勘の鋭そうな女だ。ちらちら視線を向けていることに気づかれたかと思った。しかし、うまくごまかせたようだ。

しばらくまったく関心のないふりをして、景色でも眺めることにした。

この場の雰囲気には似合わない、かなり使い込んだショルダーバッグを足もとに置く。中には、小型のミラーレス一眼カメラが入っている。手にしたままほとんど口をつけていなかった、泡の消えかけたビールを一気に半分ほどあおった。

「くう、美味い」

残念ながら、西側には視界を遮蔽《しゃへい》するような高いビルがいくつかあって、富士山や奥《おく》多摩《たま》の山並みは望めない。しかし、東側は、高い建物がないわけではないが、首都のランドマークはいくつも見える。東京タワーは手が届きそうなほど近いし、超高層ビル、赤坂御所や皇居の森の一部、多少距離はあるがスカイツリーも上の三分の一ぐらいは見えた。こんな景色を見ながらのビールは最高だ。武藤寛は毎日こんな生活をしているのだろうか。

そんな感慨にひたりながら、再び対象者、菊井早紀を視線で追うと、中年の男と話しこんでいる。いよいよか。緊張しつつ、目をこらして相手を確認する。違う。あれは武藤ではない。

NBTのやり手プロデューサー、堤彰久だ。堤がにこやかに話しかけているのに、菊井の表情は硬いようだ。だとすれば、想定どおりに事態が進んでいることになる。

「菊井早紀さん、期待しているからね」

胸の内で声をかける。

こういってはなんだが、菊井早紀に「多少テレビ映りがいい」ことのほかに、特筆すべき才能があったとも思えない。たまたま三条公彦というスターの秘書に就いただけだ。「たまたま」それだけだ。もし仮に、自分と菊井が最終面接で残れば、少なくとも男の試験官は菊井を選ぶだろう。それは素直に認める。

だが、何かにつけ「麗人秘書」だとか「クールビューティ」などと持ち上げられるほどのものではないだろう。今回の仕事を受けて初めてその番組を見たが、あれは「クール」なのではなく、ただ緊張しているだけだ。雰囲気やネット上での評判が一人歩きしている。

まあいい。そうやっていい気分を味わっていればいい。時間の問題だ。わたしが引きずり下ろしてやる。わたしは、自分の腕で世に出るつもりだ。自分にはガッツがある。最後にモノを言うのは何か、はっきりさせてやる――。

ぶつぶつつぶやいていたら、喉が渇いた。ショルダーバッグを持ち、ドリンクバーでビールが入ったプラコップをもらい、空調の室外機の陰になった部分にたたずんだ。

冷えたビールを一気に半分ほど流し込む。少しすっきりした。だが、このぐらいにしておこう。あまり酔っては、「任務」が果たせなくなる。

そのままフェンスに背をあずけ、名刺入れから一枚抜き出して、見つめた。

名前の肩には、この三年ほど《『Splish』『週刊潮流』専属》と刷られている。専属といっても、基本給をもらっているわけでも、定期契約を結んでいるわけでもない。いってみれば「箔《はく》」だ。早い話が、使い勝手のいい下請けだ。

だが今日は、うまくいけばメイン特集を組めるほどの重要な任務を帯びてここへ来た。

＊＊＊

真由子は、大学を卒業して十一年、ことし三十三歳になる。

大学は、受かりそうなところをいくつか受験し、とりあえず世間の通りがよさそうな学校の社会学部へ入った。

ジャーナリズム論のゼミに入っていたが、本気でその道で食っていこうと考えていたわけでもない。文章を書くことが以前から好きだったのと、「ちょっといいな」と思っていた男子が、そのゼミに入ると聞いたからだ。

しかしその男子にはもともと彼女がいた上に、別の女子学生と二股《ふたまた》をかけて、なんだかもめたりしていた。この男子に対する好意と同時に、ジャーナリズムへの熱も冷めた。

三年生の夏休みに、UCBに短期留学してみたが、人生観を変えるような出来事はなかった。それもそうだ。たった二週間、それを半ば商売にしているような家庭にホームステイして、一日二時間ほど講習を受ける。そんなことで何かが身についたりはしないだろう。

しかも、一緒に参加した同じ学校の女子が一人、留学中に失踪してしまった。突然いなくなって連絡もつかない。自発的失踪なのか、事件に巻き込まれたのかすらわからない。たぶん、後者だと思うが、その女子がステイしていた部屋には、犯罪の痕跡はなかったようだ。

この程度で、現地の警察は本気の捜索などしてくれない。「日本から来た」というので、関係者に「何か知っているか」と訊いてくれただけまだましだったと思う。

同行者たちにとっては、いい迷惑だった。いくつかレクリエーションの企画が中止になった。不快な気分も味わった。名簿を入手したらしく、帰国後にその女子の親からしつこく何度も「心当たりはないか」と連絡が来た。よほど「かなり遊んでたみたいですよ」と言ってやろうかと思った。聞いた噂では、現地で留学仲間とは別の彼氏を作って、羽目を外して「少しやばい遊び」をしていたようだ。自業自得だ。

とにかく、ひとつひとつの局面で、ついていない人生だ。

最初に就職した、健康食品や自然化粧品の製造販売を行っている会社が、とんでもないブラック企業で、半年で辞めた。それ以来いくつ職を変わっただろう。気がつけばフリーのライターになっていた。

おもにタウン誌で、商業施設やグルメ関連の記事などの仕事をこなしてはいたが、食っていくのにやっとだった。そんなあるとき、神田の狭い飲み屋で大手出版社『秋霜《しゅうそう》出版』の社員と知り合い、意気投合した。それが、現在のメインクライアントともいえる『週刊潮流』の副編集長、鹿倉直《しかくらなお》との出会いだった。三年と少し前のことだ。

鹿倉は、見た目はごつい体をしているが、映画鑑賞と観葉植物が趣味の、根は優しそうな独身男だ。ただその口のききかたと人使いは、見た目どおり乱暴だった。

「ためしに」といくつか小さな仕事をもらい、少しずつ量が増えて、特集コーナーの記事を採用されるところまで来た。

いままでの企画の中で一番反響が大きかったのは、「下半身で凋落《ちょうらく》した美女図鑑」だったが、そう何度も似たような特集は組めない。

鹿倉は、同社内で仲のいい『Splish』の編集長にも口をきいてくれて、そちらへも記事を書くようになった。

今日のこのパーティーに真由子を送り込んだのは、その鹿倉だ。

いまから二週間前、秋霜出版内にある、ミーティングルームに呼び出された。

「小松崎、パーティーに行け。セレブどものバーベキューパーティーだから、食ったこともない上等な肉が食えるぞ」

いきなりそう切り出した。そしてそれは、大企業『ヘスティア』を事実上牛耳る、武藤寛の誕生祝いパーティーだと教えられた。

もともとは、秋霜出版の事業部長が誘われたものだ。しかし、欠席するらしいと鹿倉が耳にし、だったらその枠でひとりもぐりこませてくれと、当の事業部長に直談判《じかだんぱん》した。

企画の狙いはひとまずおいて、それほど腕利きでもない真由子に白羽の矢が立った理由を、鹿倉は「面が割れてないこともあるが、雑誌屋特有のぎらぎらさがないから」だと説明した。ジャーナリストのはしくれを自任する身としては、複雑な心境だ。

「取材対象は、武藤寛ですか」

「仕事を受けるなら教える」

「受けます」即答した。

鹿倉にしてはめずらしく声をひそめた。

「武藤とNBT関係者のスキャンダルだ」

「NBTってあのテレビ局の？」

「そうだ」

会場こそ武藤のマンションを使っているが、パーティーの実質的な主催はNBTであることを、このとき知らされた。どういうことかと問う真由子に、鹿倉は説明した。

「武藤寛とNBTのやり手CPの堤彰久は、同じ大学の先輩後輩だ。卒業年度はたしか十年かそこら違うはずだが、あの学校は上流階級の子弟が多く、つながりが強い。親の代も同級生、なんていうのはざらだし、卒業生同士の婚姻もあるし、お互いの姉妹と結婚したなんていう例もある。とにかく、ほかの学校よりは卒業生を結ぶパイプは太い」

そうなると、どうなる？

「裏でもつながる」

鹿倉は、そうだ、とうなずいた。

「内密の関係も多くなる。法に触れるか触れないかはまた別の問題だ」

それで結局、今回の目的は何かといえば、「堤から武藤寛への『人身御供《ごくう》』の事実を暴く」のだという。

「人身御供？」

最後に聞いたのがいつだか思い出せないぐらい古臭い単語を持ち出されて、思わず訊き返してしまった。もっと違う、たとえば企業ぐるみの犯罪だとか、「放送倫理・番組向上機構」いわゆる「BPO」が乗り出してきそうな案件だとかを扱うのかと思った。

真由子の拍子抜けした気分などおかまいなしに、鹿倉はその日一番真剣な表情になった。

「武藤寛の女好きは有名だ。離婚の理由もそれだ。その後、特定の相手と長く交際しなかったり、再婚しない理由もおそらくそれだ。特に若い女が好きで、二十歳以上離れていないと見向きもしないそうだ」

「えっ、まさか、わたしが？」

人身御供になるのか――。

「まさか」鹿倉は言下に否定した。

「でしょうね」苦笑する。

「武藤御大が最近ご執心なのが、菊井早紀とかいう女だそうだ。深夜番組に出て人気上昇中らしい。ニックネームが『レディK』、知ってるか？」

よく知らないと答えた。テレビはあまり見ない。

「だったら、三条公彦は知ってるよな」

さすがにそれは知っていると答えた。

「彼がテレビに出るときに、いつも後ろにぴったりくっついているのが菊井だ。おれも一度見た。字が読めない彼のためにカンペやテロップを読み上げてやっている。たしかに美人だ」

鹿倉に、続けて注意点と心構えを説かれた。この男にしてはめずらしいことだ。よほど期待しているのかもしれない。

そして『ヘスティア』の秘書室から、いくつかの点で釘を刺されているという。

まず大前提として、パーティー会場での撮影や録音は一切禁止だ。見聞きしたことを無断で記事にするのも禁止。どうしても記事にしたい場合は、事前に秘書室でチェックをし、了解したもののみ載せてもかまわない。

そんなことを真に受けていたら「雑誌屋」の名が泣くと思うが、今回は招待だからしかたがない。それに『ヘスティア』は、秋霜出版が発行している複数の雑誌の常連クライアントでもある。たしか『週刊潮流』にも、ほとんど毎号、男性化粧品の広告がカラーで載っている。

ご機嫌を損ねたら大変だ。

「とにかく、気取られるな。何を見ても知らんぷりをしてろ。あたし、ぜんぜん興味ありません、っていう顔をしてるんだ。だから、特別色気もなく、緊張感を漂わせていないあんたを選んだ。相手が警戒を解けば、あんたは無の存在になれる」

失礼であるという以外、意味がよくわからなかった。

「つまり、取材がばれても、わたしが個人的に責めを受けるだけで、御社にご迷惑はかからないと。それが白羽の矢の理由ですか」

「そのとおり。フリーの記者が勝手にやったことだ」

鹿倉はいつも、こうした口のききかたをする。裏がないのがせめてもの救いだ。

「ということは『人身御供』って、まさかその『レディK』ですか」

鹿倉はほとんど表情も変えずに、そのまさかだ、と答えた。

「巷《ちまた》じゃ『枕営業』とか呼んだりもするけどな」

「でも彼女、タレントじゃないんですよね。ということは、三条公彦のために素人が？」

「いまどき、そんなことを無償で受ける献身的な女はいないだろう。なんでも、菊井早紀を単なるカンペ読み上げの黒衣役じゃなくて、一人前のキャスターに抜擢しようという話があるそうだ」

「その対価に体を差し出す――」

「たぶんな。だからそこを暴く」

「そうなんですね」

理由がすぐにはわからないが、腹が立った。

「燃えてきたたな？」

鹿倉の勘は鋭い。

「非常に興味があります」

腹立ちの一方で、ぼんやりと「やっぱり美人は得だな。でも大変だな」とも思った。

「いいか、同性だからって菊井に同情して、ぶち壊しになんかするなよ」

「するわけないですよ」

「とにかく、二人がちちくりあっているところを撮ってこい」

「ちちくり――ですか」

「おれは、その誕生パーティーがXデイだと睨んでいる。何もないときに二人が会えば、人目を引く。もしかすると、菊井がまだ同意していないのかもしれない。しかし、パーティーに三条を呼べばついてくる。マンションは武藤の持ち物だ。いろいろ手も打てるだろう」

「ってことは、無理やりの可能性もあるんですか？」

酒とか、もっと他の手段とか――。

胃のあたりが不快になってきた。

「あのな、小松崎――」

部下でもないのに呼び捨てにされるのを、気にする時期は過ぎた。

「もう一度言う。同情だとか、正義感なんて、持ち出すんじゃないぞ。そんなものは、おまえの部屋に棲みついたゴキブリにでも食わせちまえ」

とうとう「おまえ」になったが、わかりましたとうなずく。

「ならば菊井早紀を見張れ。武藤寛でもいい。どこかで二人の接点がやってくる。おそらく、興が乗って、みんながやがやりだしたころだ。それを逃すな。幸いおまえは地味で目立たない。誰も注意を払わない。一応は女性だから、トイレにもついていける。彼女が建物内に入るときは、絶対マークしろ。もしも――」

鹿倉がめずらしく興奮してきた。

「いいか、もしも武藤寛と菊井早紀が寝室にしけこむようなことがあったら、部屋を問違えたふりでもなんでもして、写真に撮ってこい。最低で下着姿、裸なら最高だ。そして、屋上から飛び降りてもいいから、カメラがだめならメモリカードだけは持って逃げてこい」

「無茶ですよ」

「成果によっちゃ、中途採用の推薦枠を使ってやるぞ」

「まじですか。でも、秋霜さんの大切なスポンサーじゃ……」

「ばかやろう。そんなことは、上の人間が考えればいいんだ。おれたちは、とにかく世間が喜ぶネタを提供する。いいな、これが撮れたらピュリッツァー賞いただきだ」

「がんばります」

さらにいくつかの打ち合わせを済ませ、ひとり暮らしのマンションに帰る途中、「あっちのニンジンはテレビキャスター、こっちのニンジンは中途採用」と自嘲気味に口に出してみた。

鹿倉の発言は無礼すぎて、どこに腹を立てればよいのかもわからなかった。

パーティーが始まって三十分以上が経った。

料理にむらがる人数も落ち着いてきて、アルコールもほどよく回り、あちこちで熱心に話し込むグループができている。このすきに、一度トイレにでも行っておこうかと思った矢先だ。

堤彰久が、するすると菊井早紀に近づくのを見た。周囲に笑顔をふりまきながら、彼女の背に手を当て、耳元で何か小声で言ったようだ。

菊井が堤の顔を見返したが、大きな表情の変化はない。さらに、ふたことみこと堤がささやき、離れていった。菊井は、手にしていたプラ製のコップを近くのテーブルに載せた。決心したような表情で、一人リビングの窓のほうへ向かって歩いて行く。

動き出した――。

とっさに武藤寛の姿を探す。

いない――。

だとすれば、おそらく先に屋内へ入ったのだ。

菊井に視線を戻す。背の高いガラス窓を引き開け、靴を脱ぎ、室内へ足を踏み入れるところだ。

いよいよだ――。

心臓が高鳴る。本当に始まるのだろうか。まるでわがことのように緊張する。

さて、どうする――。

すぐに後を追うのはまずい。最初は向こうの警戒心も、ピークに達しているだろう。少し間をあけるのだ。あわてる必要はない。もし〝何か〟が起きるなら、数分ということはない。しばらくかかるはずだ。

問題はそのあとだ。トイレを探すふりをして、うろうろするところまでは計画している。だが、どの部屋が使われているのか、どうやって確かめればいい？　部屋数はそう多くない。鹿倉が自分で調べたという、小学生の手書きのような間取り図を再確認する。バルコニー側から見て、リビングの右手はホームバー風のダイニングキッチン、バスルームはその奥だ。

　そして、向かって左手が、主な居住空間になる。

来てすぐに、トイレを借りるふりをして確認した。トイレや洗面所――というよりパウダールーム――そしてベッドルームやサービスルームがある。その中のどれかだ。おそらく――。

　喉の粘膜が、からからに渇いていることに気づいた。

　手近のテーブルに載っていた、誰も手をつけていなそうなウーロン茶のカップをあおる。激しく流れ込み、口の端からこぼれ、思い切りむせた。

「げほっ、げほっ」

　腰を折って咳《せ》き込む。周囲の何人かが、何事かとこちらを見ている。目立ってしまった。

「大丈夫ですか」背後から声をかけられた。「取材の方ですか」

　ハンカチで口を押さえながら、相手を確かめる。

「あっ」

　顔を見て、思わず声をあげてしまった。三条公彦本人だ。テレビで見るのと変わらない、いやそれ以上に柔らかい笑顔がすぐ近くにある。

「あ、はい、あのわたし――」

いきなり大失態かとうろたえてしまったが、考えてみれば対象は菊井であって、三条は直接の標的ではない。むしろ、顔を覚えてもらうほうが、今後のために得策かもしれない。これは好機だ。いや、そんな理屈以前に、お近づきになりたい。

「ちょっと失礼します」

足もとからショルダーバッグを拾い、名刺入れを探しながら、素早く視界の端で三条の品定めをする。

明るいブルーのリネンのシャツに、同系色で薄手のジャケットを羽織っている。今回の取材が決まってから、彼の出演する番組を何回分か録画して観たが、青系の服が好みらしい。それはともかく、硬いイメージも似合うが、今日のようなリラックスした姿も悪くはない。

「ええと、小松崎と申します。秋霜出版さんのお仕事なんかをやらせていただいています」

名刺を渡す。

「ああ、秋霜さんの――」

三条は、間違い探しでもするかのようにじっくり見ている。ああそうか、と思いだす。うっかり「読めますか」と訊きそうになり、あわてて飲み込んだ。

「ここに書いてあるのは、雑誌の名前ですよね」

やはり読むのは苦手らしい。それならばと、鹿倉には申し訳ないが『週刊潮流』の名は出さず、著名人には受けのいい『Splish』の名を口にした。

「ああ、それならよく存じ上げていますよ。特集を組んでいただいたこともあります」

よかったと言いかけたが、三条が続けた。

「ただ、秋霜出版といえば、『潮流』さんには悪口を書かれたことがありますね。直接取材なしに」

小細工は無駄だったようだ。冗談めかしてはいるが、相当不愉快な思いをしたのかもしれない。無理もない。この種の週刊誌に、褒める記事はあまり載らない。載るとしたら粗探しだ。ある程度以上の著名人で『週刊潮流』に一度も悪口を書かれていない人間のほうが少ないだろう。

若手芸能人の中には、プライベートを隠し撮りされたということはメジャーになった証《あかし》だと、むしろ喜ぶ者もいるぐらいだ。しかしこちらからそんなことは言えず、とりあえず謝罪する。

「申し訳ありません」

三条は「あなたが書いたわけじゃないでしょ」と笑った。すでにファンになりかけている。

「それより、今日はどんな取材ですか」

「実は正規の取材じゃないんです。うちに限らず今日のこの会場内、撮影も取材も禁止のはずです」

「ああ、それでスマホのレンズが向かないわけか。――それより、勘違いだったら申し訳ない。以前に、どこかでお目にかかったような気がするんですけど。やはり取材だったでしょうか」

「ええっ、ほんとですか。最近では覚えがないんですが。――実は、ずうっと昔なら可能性があります」

「ずっと昔？」

三条が、首を小さくかしげた。

「はい。――たぶん、覚えていらっしゃらないと思いますが」

今日の最大の任務は、武藤寛の女性スキャンダルだが、ついでに三条に関しても何かあればと、鹿倉に言われている。菊井のことも気になるが、せっかくの三条との会話の機会だ。

「十三年前、三条先生が『ＵＣＢ』に留学されていたとき、わたしもあそこにいたんです」

興味を持ったらしく、三条の目が、わずかに光ったように感じた。

「ほう。そうなんですか。バークレーに」

そこで言葉を切って、やや視線を上げ何か思い出そうとしている。

「留学か――」

「あ、もちろん、さっきの見覚え云々《うんぬん》はそんな昔のことじゃないと思います。そもそも、現地では言葉も交わしていないと思いますから」

三条は、おそらくそうでしょうね、とうなずいた。

「それはそれとして、あのころは楽しかったですね。ただ、ぼくは勉強にほとんどのエネルギーを注いでいる、面白みのない学生でした。ご存じのこの『特性』のおかげで、人の何倍も時間をかけないと、本の中身が理解できないんです」

「特性」とは、もちろん『読字障害』のことだろう。

「あのツアー――じゃなくて留学制度は、あの年が最後になっちゃったみたいです。そんなチャンスに三条さんと同じ空気を吸っていたなんて、ラッキーです。自慢できますよね」

「――そうですか、あの年が最後になったんですか」

会話をしていて、小さく何かが引っかかった。ライターの勘だ。留学の話題になると、三条は記憶をたぐろうとするような表情になる。もしかすると、現地で何かあったのかもしれない。悲恋だろうか、あるいはもっと別の――。

「機会をあらためてでも結構ですが、まだ執筆されていないエピソードでも聞かせていただければ嬉しいです」

「これといって、面白い話題は……」

そこへ、声がかかった。

「三条先生」

テレビ局員か出版社の人間らしき数人が、手を振り三条を呼んでいる。

「はい」

三条は軽く手を挙げて答え、真由子を見た。

「それじゃ、後ほどまた」

最後まで、嫌みに感じさせない程度にクールな笑みを見せ、去って行った。

今日はついている。あの三条に挨拶できたし、おそらく顔も覚えてもらえた。次回どこかで会ったら「先日はどうも」と話しかけるきっかけがつかめる。留学時代の、たとえばセレブな人妻との禁じられた恋の話など聞けたら最高だ。それはさすがに妄想が過ぎるか。

さてと——。

それはそれとして、今は目の前の任務に戻らなければならない。

菊井と武藤が室内に消えて、すでに数分経っている。そろそろ、〝交渉〟が始まっているかもしれない。

会場の一角でざわめきが起きた。見れば、有名な男性アイドル歌手が登場したようだ。正直なところ、あちらにものすごく興味がある。しかし今は我慢だ。そしてこれはチャンスだ。しばらくは皆の注目があのアイドルに集まっているだろう。

こんな野暮ったいショルダーバッグを持って室内をうろつきたくはないが、カメラをむき出しにするわけにはいかないし、そもそも撮影してすぐ逃げるなら身に付けていなければならない。なるべく目立たぬよう肩から掛け、脱いだ靴も手に持ち、リビングへの窓に手をかけた。

10　菊井早紀

ほとんど音もなく滑る窓を閉め、リビングのフローリングの床に一歩踏み出す。

これ見よがしのブランドロゴが入った、新品下ろしたてのようなスリッパを履いたとき、控えめなお香の匂いがすることに気づいた。白檀《びゃくだん》の香りだ。

室内を見回す。木の素材を多く取り入れたデザインで、和の雰囲気がする。名のあるデザイナーに依頼したのかもしれない。

調度品もまた別格だ。高級そうだが重厚過ぎない存在感のソファセット、試写会でも開くのかと突っ込みたくなる巨大な液晶モニター、右手奥の壁際には作り付けの棚に洋酒が並び、やはり木が基調のホームバーもしつらえてある。いったい、いくら年収があればこんな生活ができるのだろう。

堤に説明を受けたとおりに進む。

「リビング左奥のドアを抜けると、洗面所や玄関へ続く通路があります。その通路に出て左手最初のドアの中で待っているとのことです。リビング側から入れるドアもあるんだけど、人目につきたくないので、菊井さんには通路側から入ってほしいそうです。武藤さんはその部屋で、なんだか自慢の陶器だか骨董《こっとう》品だかのコレクションを見せたいんだそうです。五分だけ付き合ってやって『うわあ、すごいですね』とか驚いて、適当な理由を見つけて出てきてください」

言葉遣いが普段より少し丁寧なのは、多少後ろめたさがあるからだろうか。

「解放してくれなかったら？」と訊く。

「例のもの、持ちましたね？」と訊き返された。

「ああ。はい」

「なら、安心してください。ぼくは、すぐ近くで様子をうかがっています。少しでも危険な流れになったり、五分経っても出てこなかったら、助けに入ります。強引にでも部屋に押し入ります。それで了解してもらえませんか」

もともと納得して来たことではあるし、堤にここまで言われて、それでも嫌だとは言えなくなった。

わかりました。では五分だけ、と答えた。

11　小松崎真由子

窓を開けて、リビングに入った。

ガラスは二重になっているようで、閉めたとたんに外のざわめきがほとんど聞こえなくなった。

足を入れるのが申し訳ないようなスリッパを履き、足音を殺してリビングを左手方向へ横切る。わざとドアを開け放してあるらしい通路への出入り口に立つ。事前に見た稚拙な間取り図の記憶と重ね合わせる。

通路に面した水回り以外のドアは三枚。右手に一枚、左手に二枚だ。右手のドアはサービスルームだ。左手の玄関に近いほうが予備の部屋、そして一番手前の左側が主寝室だ。「リビング側にもドアがついている」という説明とも一致する。鹿倉の読みでは、この中に彼らはいる。

まずは素早く玄関へ行き、さりげなく靴を置いて戻った。逃げるときのためだ。

ドアに近づき、耳をそばだてる。誰か来てもすぐわかるように、顔はリビングの方向に向けた。全部ではないが、窓のカーテンが見える。誰かが入ってくれば揺れてわかる。

とっさにトイレを探すふりをすればいい。

ドアの中から、ぼそぼそと話し声が聞こえる。男の声だ。脈が速くなる。我慢できず、耳をぴたりとドアに押しつけた。ひんやりとした、木材の質感が耳の皮膚に心地よい。

声の主は、おそらく武藤寛だ。防音効果が高いらしく、何を話しているのか聞き取れない。そして、男の声が一方的に聞こえるだけで、相手の声は聞こえない。だが、相手がいるとすればそれは菊井早紀でしかありえない。

誰か来ないかという不安と、これはもらったぞという興奮で、心臓ははち切れそうだ。

いつ踏み込むか――。

もう少し我慢だ。もう少し事態が進展して、武藤が菊井早紀の服を脱がせかかったあたりが理想だ。目を見張って驚く大企業の権力者、あわてて裸体を隠す「クールビューティ」、文句なしの特ダネだ。あとの始末など気にしない。とにかく決定的瞬間を撮るのが先決だ。

だが、ここに立ったままはまずい。

隣接した予備の部屋のドアに耳を当てる。人の気配はない。ノックはせず、そっと開ける。ライトが消えている。

音を殺してドアを閉める。ビジネスホテルの一室のような殺風景な部屋だ。彼らがいる主寝室の側は壁ではなく、クローゼットになっている。ますます好都合だ。スライド式の扉に手をかけ、ゆっくりと開く。すべるように動いて音がしない。中には武藤寛のものと思われる衣類がかかっている。それをそっと左右に開いて、できたスペースに体を忍び込ませる。

しめた。声を殺してガッツポーズを作る。今日は恐しいほどついている。

このクローゼットは、両側に扉がある。つまり、反対側の扉を開ければ、まさに〝現場〟に踏み込めるのだ。あとは、連写して脱兎《だっと》のごとく逃げればいい。バッグを肩から斜めに掛け、カメラを取り出す。

自分の撮った写真が、スキャンダル暴露の代名詞『週刊潮流』のグラビアページに掲載されるのだ。荒くなりそうな息を整えながらカメラの電源を入れようとしたとき、ぽんと肩を叩かれた。

「小松崎真由子さん」

ひっ——。

どうにか声は抑えたが、心臓が止まりそうなほど驚いた。あまりに夢中になっていて、誰かが入ってきたことにまったく気づかなかった。反射的に振り返る。

三条公彦が唇に指を立てて、微笑んでいる。開きかけた口を、三条のひんやりした手がふさいだ。

12　久保川克典

　昨夜のことだ。『J』本番前の打ち合わせの合間に、三条と克典は堤に呼び出された。堤が内緒の話をするときに好んで使う、二階の喫茶コーナーだ。二人を前に、堤にしてはめずらしく真剣な口調で「明日はなんとしても、進展させたい。悪いようにはしないから、協力して欲しい」という趣旨のことを言われた。

「違法なことはしませんか？　たとえば酒や薬で抵抗できなくするとか」

　三条が事務的に訊き返した。菊井の身を案じているというより、自分が巻き込まれるのを嫌っているのだ。

「あるいは、まさかとは思いますが、シンプルに力ずくとか」

　克典も真面目な口調で訊くと、堤もにやにや笑いをやめた。

「その点は大丈夫だと思いますよ。さすがにあれだけの大企業の副社長ですから。守りたいイメージもあるだろうし、限度はわきまえるでしょう。しかし、いろいろえげつない交換条件は出すでしょうね。『自分から進んで差し出した』ということにするために」

「エロじじい」

三条が吐き捨てるように言ったが、ひと呼吸して、口調が変わった。

「——ま、こちらに火の粉がかからなければ、かまいません」

克典はもう何も言わず、ただ聞いていた。世間が知ったらどう思うだろう。「売上金の一部を、紛争地帯や途上国に学校を作ったり井戸を掘ったりする基金に充てている」などと宣言しているくせに、その陰でこれか——。

だが三条が腹をくくったなら、克典としてはその方向に従うしかない。あきらかな違法行為なら、止めなければならないが、「えげつない交換条件」では、どうにもできない。

堤だけでは色よい返事がもらえないというので、菊井早紀を説得し、なんとか、今日のこのパーティーに連れて来た。

理想の展開としては、武藤に言い寄られた菊井が「わたし、前から武藤さんにあこがれていました」と喜ぶ構図だろうが、それはまずありえないだろう。短期間とはいえ、一緒に仕事をしていてよくわかるが、菊井は絶対に受け入れない。

だからこそ、説得に協力する姿勢を見せたのだ。どうせ武藤は袖《そで》にされる。そのあとで怒った武藤に八つ当たりされないように、保険の意味で協力するふりを見せておくだけだ。

そこまで計算していたのに、想定外の邪魔者が現れた。

「こんなのが来てる」

パーティーが盛り上がりを見せ、このあとの段取りを考えていた克典に三条が名刺を差し出した。それを受け取り、三条が目で示した先を見る。いかにも飲食が目当てで紛れ込んだような、安っぽいスーツ姿の女が立ち、きょろきょろしている。胸の中で小さく舌打ちをする。

名刺の中身を見る。小松崎真由子、《『Splish』『週刊潮流』専属》とある。女性誌はともかく、スキャンダル暴きで悪名高い『週刊潮流』は気にかかる。何を探りに来たのだろう。あれは春先のことだった。収録を終えて帰ろうとしたとき、どうやって忍び込んだのか、地下の駐車場で『週刊潮流』の記者を名乗る男がしつこく迫ってきた。

アメリカ時代のことについて。たしかそんなことを言っていた。例の、三条が著書の中で触れた州知事選で不正疑惑があるとかないとか——。

それが本当に狙いの〝ネタ〟だったのだろうか。いや、やつらの考えは見え透いている。

ひとまず、切り口としては迫りやすい、選挙ネタを持ち出す。こちらは「不正なんてないし、関与していません」と答えるに決まっている。そのあとで「わかりました。ついでにもうひとつ——」と、別件をぶつけてくるつもりだろう。

あの女にこちらから話しかけて、単刀直入に目的を訊きだそうかと踏み出したとき、これまでと違ったざわめきが聞こえてきた。

パーティー会場となっているバルコニーを見渡す。

理由がわかった。『ヘスティア』社のＣＭに出ている、男性アイドルが来たのだ。富永さゆり以上のオーラを放って、注目を一身に浴びている。もちろん偶然ではない。ほかの客の注意が、武藤や菊井のほうに向かないように、タイミングを合わせた〝演出〟だと聞いた。そこまでして菊井を手に入れたいのかとあきれる。

この一瞬を狙ったように、ライターの小松崎が、素早く屋内に入って行くのを見た。洗面所へ行くだけかもしれない。だが、芸能人が大好きなはずの週刊誌の関係者が、人気アイドル登場のこのタイミングで離れるのは怪しい。それに、肩から下げた汚いショルダーバッグには、いかにもカメラが入っていそうだ。

それで確信した。目的は三条ではなく、武藤と菊井のことをどこかで嗅ぎつけて忍び込んだのだ。もしそれが当たっているなら、それもまた面倒だ――。

いや。まだ運は逃げていない。あのアイドルが客の注意を集めている隙に、問題を解決すればいい。

リビングを抜け、そっと通路をのぞく。人の影はない。小松崎はどこへ消えた？　やはり単にトイレだったのか。

注意深く、武藤と菊井が中にいるはずの主寝室の前に立つ。ドアに耳を当てるが、防音仕様の部屋らしく、ぼそぼそとした声しか聞こえない。だが、いることは間違いない。

スマートフォンから三条に、短いメッセージを送った。三条が着けているスマートウォッチにも表示される。

克典は、武藤たちがいる部屋とは、通路を挟んだ向かいにある部屋のドアノブに手をかけた。ノックはせずに、そっとしかし素早く押し開ける。

ここは、このマンションで一番狭い部屋、サービスルームだ。日本風に言えば納戸にあたるが、それでも六畳ほどはある。中身の詰まったコンテナボックスが積まれており、旅行用のキャリーケースが四つ五つ見える。嗜《たしな》まないと公言しながらも、高級そうなゴルフバッグが何セットか置いてある。

窓のカーテンは完全に閉めてあるので、外から見える心配はない。

どこかから引っ張り出したらしいアウトドア用のテーブルがセットされ、その上に小さな機械がいくつか並んでいる。脇に置いたパイプ椅子に座り、ワイヤレスタイプのイヤホンを耳に差しているのは、堤彰久だ。

「ずいぶん早いですね」

ほんの少し前に、バルコニーで菊井を説得していたはずだ。

「まあ、若いころ、スタジオを飛び回って鍛えられたからね」

ちらりと克典を見て、すぐに機材に視線を戻した。

もちろん、武藤本人から、この部屋を利用する許可など得ていないはずだ。何度か来たことがあって、勝手がわかっているのだろう。

堤は再度克典に視線を向け、唇をゆがめて笑い、ポケットから出したものを差し出した。堤がつけているのと同じタイプのイヤホンだ。セットが完了したらしい。

克典がそれを受け取り耳に差すと、まるですぐそばで話しているかのように、会話が明瞭に聞こえた。

〈——しかし、きみもなかなかうんと言わないね〉

武藤寛の声だ。ややこもって聞こえるが、内容は明瞭にわかる。

〈お話が急すぎて〉と答えたのは菊井だ。

〈急すぎるということもないでしょ。ぼくが聞いてる話だと、堤君のほうでずいぶん前からオファーしてるそうじゃない。——まあいいよ。ふたつ返事ですぐに乗ってきたんじゃ、むしろ興醒めだからね。釣りだってそうだ。釣糸を垂れて五分と経たずに食いつくような、釣り堀のすれた魚じゃ面白くもない。釣りあげられる瞬間まで、抵抗してくれないとね。「ツンデレ」とかってやつだ〉

聞いているこちらが恥ずかしくなるような会話だ。

菊井の返事は聞こえない。しかし、かすかに衣擦《きぬ》れのような音と、呼吸音が聞こえる。武藤が手でも握って、それを菊井がふりはらった、といったところか。

この音は、堤が菊井に持たせたマイクが拾っている。簡単にいえば盗聴だ。

克典にはこんなものを聞く趣味はない。しかし、堤が〝安全装置〟として盗聴録音するのだと説明した。克典も、ならば菊井早紀の説得に協力するから、盗聴の場に同席させてくれと頼んだ。

間違いが起きるのを防ぐ、という目的ももちろんある。しかし菊井には申し訳ないが、最優先すべきは三条の名声を守ること、つまりこれもまたいざというときの保険だ。武藤がどうなろうとかまわないが、三条は無傷でいなければならない。菊井自身の判断で受け入れたならいいが「三条先生に言われて断れませんでした」などと証言されては困る。そのくらいなら、体を張ってでも阻止する。

堤が、音量だか音質だかの調整をしている。

克典はこの分野にはあまり詳しくないが、この盗聴機材は特別めずらしいものでもないらしい。というよりも、本来は盗聴目的ではなく、撮影の際に目立たずに録音するためのセットだ。

スマートフォンの充電器ほどの大きさのものが受信機で、同時にイヤホンに電波も飛ばしている。その半分ほどの薄さのものがICレコーダーだろう。大手テレビ局の大物プロデューサーなら、簡単に手に入れられそうだ。

堤は、本当なら画《え》も撮りたいと言っていた。しかしさすがに部屋にカメラを仕掛ける余裕はなかったようだ。

〈――出ていくなら無理に止めない。セクハラと訴えるなら、それもご自由に。しかし、アルバイトの女子学生じゃないんだから、もう少し分別を持ったほうがいいね〉

武藤の口調がやや乱暴になった。

〈どういう意味でしょうか？〉

菊井のはっきりとした発言が、初めて聞こえた。

〈きみひとりの問題じゃないってことだよ。いいかい。きみはまだこの世界をのぞくよ

うになって日が浅いから、実感がないだろうけど、たとえば番組の出演者は最終的に誰が決めるか知ってるかな〉

「御大、けっこう酔ってるな」

堤が苦笑する。たしかに、ややろれつが怪しい。

酒が自制心を緩くした、というのもあるだろう。しかし、これほどの大企業の実質的権力者で、次期社長と目されている男でさえも、好みの女を口説くときは、その辺のつまらない男となにも変わらない、本性をさらけ出すのだ。得心もいくが少なからず失望もする。

そのとき、二人のものとは違う、かすかな咳払いがイヤホンを通して聞こえた。あわてて堤の顔を見る。

「誰か、クローゼットに入ったんだよ」

「いつ？」

「久保川君が来る少し前」

念のため、高性能の盗聴器をクローゼットの中に仕掛けたという。このタイミングであんなところに入るのは、あの小松崎とかいうライター以外に考えられない。それを手短に説明する。

「大丈夫でしょうか」

「いま出ていって、止めるわけにもいかないしね」

堤がどうでもいいことのように肩をすくめて答える。

「というか、そういう流れになったらなったで面白い。こっちは棚ぼたでスキャンダルのネタのおすそ分けがもらえるわけだし」

ふっと笑う。堤にとって武藤は、大学の先輩後輩関係を超えた恩人なのだと思っていたが、違ったようだ。この男、顔つきや物腰からすると育ちがよさそうだが、そして事実よいらしいが、中身はハイエナのような人間だ。

武藤たちは、クローゼット内の小松崎に気づかないらしく、口説きが続いている。

〈――決めるのはね、ディレクターでも、プロデューサーでもない。スポンサーだよ。もちろん、やつらの顔を立てて、ほとんどの企画には首を縦に振るが、本当に最終的な決裁権を持っているのは、金を出す人間だ。資本主義のあたりまえの理屈だ〉

堤と目が合った。腹を立てているかと思ったが、愉快でたまらないというように、肩をゆすって、声をたてずに笑っている。

そのとき、イヤホンから短い悲鳴のようなものが聞こえた。菊井が手を出されたのかと堤の顔を見る。堤が顔を左右に振り、小声でつぶやく。

「たぶん、クローゼットに二人目のお客さんだ。賑やかなもんだ」

大声の言い争いになっていないところからみても、クローゼットに入ってきた二人目が誰なのか、答えはあきらかだ。

相変わらず、クローゼット内の気配に気づいていないらしい、武藤の話は続いている。

〈川上の酔っぱらい爺さんにメインキャスターを御勇退いただいたあと、三条さんにバトンタッチしたらどうだろうと意見したのは、ほかでもない、ぼくだよ〉

川上はもとは新聞記者だったが、フリーになったあと、文筆だけでなくテレビやラジオにも出まくり、歯に衣着せぬ発言が人気を呼び、長いキャリアとその人脈から、政治家にも一目置かれている。しかし無類の酒好きで、最近、ろれつがよくまわらなくなったり、本番中に居眠りをしたりと、失態続きで、さすがに引退がささやかれている。

その後任候補の筆頭が、現在は週三回のゲストコメンテーターである、三条なのだ。

これまで、三条名義で出版した三部作の累計販売部数は、公称で百万部を超えたが、テレビの影響力にはやはり及ばない。深夜帯とはいえ、数百万の人間が観る。知名度の浸透という意味において、比較にならない。

その三条の抜擢を天秤《てんびん》の片方に載せるとは、武藤もやり口がせこい。そんなことを聞かされた女が、「素敵。権力をお持ちなんですね」となびくとでも思っているのだろうか。あるいは、そもそもどう思われようと関係ないのか。

〈三条さんのことは――〉

菊井の発言が途中で止まり、こんどはあきらかに部屋の中からの、もみあうような気配の音と、やや荒い呼吸が聞こえた。

〈――めて、やめてください〉

〈乱暴はしないって言ってるだろう。好きなんだよ。わかるだろ〉

武藤の口調と息が荒くなった。がたん、と何かが床に落ちる音がした。続いて、パチンと何かを叩く音。

〈すみません、今夜は失礼します〉

菊井の毅然《きぜん》とした声が響く。間をあけずに、ドアが開き、閉まる、派手な音が聞こえた。足音がリビングのほうへ去って行く。ジ・エンドだ——。

堤の顔からはさきほどまでの笑いは消えて、渋い表情になっている。

「まずいなあ」

小声で言い、首の脇のあたりを、人差し指の先でぽりぽりと搔いた。

「——もう少し柔らかく応対してくれると思ったがなあ。ちょっとやり過ぎたな。さすが『レディK』だ」

「変な感心しないでください。だから無理だといったじゃないですか。彼女はそういう駆け引きで落とせる女性じゃありません」

そのあと、盗聴器がなくとも聞こえるほど大きな武藤の毒づく声と、それに続くドアの開閉音が響いた。

堤が肩をすくめ、盗聴セットをショルダーバッグの中に放り込む。

「そんなこと、おれだってわかってるよ。——しかし、この内容じゃ武藤の弱みを握ったと言えるほどの醜態じゃないし、あのおやじにフラストレーションを溜めさせただけだ。ますますなんとかしろって言ってくるぞ。どうせなら、やっちまえばよかったのに」

「やめてください。でも、今ので諦めるんじゃありませんか」

「いや、諦めないな。もっとシンプルで確実な方法を求めて来る。――この次は、薬でも飲ませるか。合法的なやつ」

「菊井早紀にですか？」

「そうだよ。毒を食らわば皿まで。中途半端が一番危険で無能な選択だ。ほら見ろ。さっそくかかってきた――」

堤はぼやきながらスマートフォンを片手に持ち、ドアを薄く開けて外の気配をうかがい、素早い身のこなしで廊下に出ていった。会話は聞こえなくなったが、武藤の叱責《しっせき》に謝っているに違いない。

それにしても、あの小松崎という記者は、どこでこのことを嗅ぎつけたのか。〝あと始末〟がめんどくさいと思ったが、もしかするとこれ以上堤にいいようにされないために、利用できるかもしれないと思い直した。

克典は、三条たちを探しに部屋を出た。

13　宮下真人

朝の会議が長引いて、宮下と小野田がようやく外へ出たときは、すでに昼近かった。もちろん、今日もバスと電車と自分の足で動く予定だ。ゴールデンウィークが明けて二日、まさに初夏と呼びたい陽気が続いている。

署の建物を出て、まずはバス停へ向かう。スマートフォンで気温をチェックすると、すでに二十五度近くまで上がっている。予報通りなら、今日はこのあともう少し上がるらしい。

「あまり暑くならないといいですね」

「そうね」

相変わらず小野田の答えはそっけない。愚痴をこぼしたところでどうにもならないことは、口にする意味がないと思っているようだ。

次の便まで五分ほど待つ間も、バスに乗って後方の二人掛けのシートに座ってからも、会話はほとんどない。閑散とした車内に、妙に弛緩《しかん》した空気が漂っている。

重大事件が起きたわけでもないのに、会議にこんなに時間を食ったのは、いくつか案件が重なったせいだ。このところ管内で、二人乗りバイクによるひったくりや、戸建ての高齢者を狙った恐喝商法、路地での強盗事件などが相次いでいる。同一犯の可能性は低い。つまり複数の犯罪者がうろついているということだ。

幸いこれまでのところ、金銭以外には被害者も軽傷で済んでいる。しかし、いずれもひとつ間違えば大怪我や致死事件にも発展しかねない。何よりほとんどが未解決というのでは、署の幹部の面子は丸つぶれだ。刑事課のミーティングでは、橋口係長の感情的な叱咤《しった》が繰り返されて時間が無為に流れた。

宮下たちに課せられたノルマも、三日前に管内で起きた空き巣狙いの捜査だ。犯人が持ち去った貴金属類を、愚かしくもどこかの質店に持ち込んでいないか、一軒ずつつぶしていく。実際のところ、ほとんど空振りが約束されているような捜査だが、無駄足を怖れては――いや嘆いていてはこの仕事はできない。

「昼、どうします?」

バスが、西武新宿線野方駅に近づいたところで、宮下は小野田に訊いた。

具体的には、このあと沿線の質店のリストをつぶしていくのだ。店舗が一か所にかたまっている業種ではないから、効率は悪い。しかも、質店は繁華街から少し外れたところにあることが多い。もちろん、訪問者が人目につくのを嫌がるからだ。つまり、近くに飲食店が都合よく見つからない可能性も高い。

それに、これは小野田には言えない理由だが、一旦聞き込みが始まると、小野田は昼食のことなど頭から飛んでしまうのだ。これまでに、何回、昼食を取り損ねただろう。

「きみはとても有能だと思うけど、唯一の弱点がその食欲だね」

バスの揺れに身をまかせ、小野田はにこりともせずに答えた。だが小野田としては、これは機嫌がいいほうだ。

「恐縮です」

窓の外を眺めて何か考え事をしている小野田の横顔をちらりと盗み見た。また、左の後頭部あたりに手を当てている。ぶっきらぼうな口の利き方以外には、あまりこれという特性のない小野田だが、その彼女がほとんど唯一見せる日常の癖だ。そしておそらく、小野田自身も気づいていないようだが、いらいらしたり、考え事をするときに出るらしいと、最近わかった。もしかすると、例の事故に関係があるのかもしれない――。

高円寺北署では、いまだにそう呼ばれている〝例の事故〟が起きたのは、今から三年半ほど前のことだ。

当時、まだ巡査長だった小野田と、同じくまだ警部補で係長職にあった現刑事課長の米田は、ともに江東《こうとう》区のある所轄署に属していた。つまり二人は、前の署でも上司と部下だったのだ。

刑事に抜擢されて日の浅い小野田は、たまたまその日、米田を乗せてある聞き込み対象のところへ向かっていた。当然、小野田が運転手役である。

向かう途中で緊急配備《キンパイ》手配の連絡が入った。ATMの現金回収車を狙った乱暴な強盗犯が、その現金の一部を奪い、車両で逃走中であるという。小野田たちのいる場所に近かった。

米田警部補は即座に「行け」と命じた。小野田の性格からして、命じられる前にハンドルを切っていたかもしれない。

江東地区の路上で、警察車両と犯人たちの車とでカーチェイスが始まった。逃走犯の運転手役はかなりの手練《てだ》れのようで、なかなか捕まらない。米田の指示で、小野田の運転する車はその逃走経路を予測し、先回りすることになった。

無線から入ってくる連絡によれば、その狙いは的中しそうだった。ただし目的は逃走車の進路を塞ぐことで、その後に起きた映画のような派手な顚末までは望んでいなかっただろう。

丁字路で両車は猛スピードのまま鉢合わせした。犯人たちの車は電柱にぶち当たって大破、運転手役が死亡、共犯二名が重軽傷を負って逮捕された。

一方、小野田たちの車は半回転し、近くにあった神社のコンクリートの大鳥居に激突した。まずは、米田が脱出したが、小野田が出てこない。見れば、シートベルトで宙づりになったまま、失神している。下側になった天井が押しつぶされて、窓は原形をとどめていない。米田は手を伸ばし、小野田に声をかけ、体をゆするが覚醒しない。やむなく、まだしも窓が広い助手席側から身を入れ、カッターでシートベルトを切断した。重力で落ちた小野田が、ようやく気がつき、動転したように、狭いほうのドアから逃げ出そうとした。なんとか半分ほど這い出したが、ズボンの裾が何かに引っかかって、動けないようだ。

米田はさらに身を入れ、その引っかかり部分も切り取ってやった。小野田はそのまま、車外へ這い出した。米田があとから這いずって出たとき、流れ出していたガソリンに火がつき、爆発的に炎上した。

小野田は吹き飛ばされ、米田は焼かれた。両名とも重症だったが、小野田は打撲と数針縫う裂傷を負い、米田は皮膚移植が必要な火傷《やけど》を負った。

いまでも、米田刑事課長の顔の三分の一ほどに、そのときの火傷の痕《あと》が残っている。

この事故を、警視庁としては「失態」ではなく「功績」と認めた。事実上これを事由として、米田は警部に、小野田は巡査部長に昇格したことがその証左だ。もちろん、制度的にこの階級の昇格には試験が必要だが、〝上〟が絡めば裁量で何とでもなる。

ここまでは、めずらしくないとまではいわないが、なるほどと、うなずいて終わる案件である。

しかし、現場での小野田に対する評価は、上層部とは違った。

すなわち、小野田の運転が未熟だったうえに、米田の「慎重に行け」の指示を無視して強行し、事故後、危険を顧みずに救出にあたった米田が顔の三分の一に傷痕を残すことになった。その事実に対するバッシングだ。小野田にとって不運だったのは、面倒見のいい米田が、部下に慕われていたことだ。

昇格と同時に、米田は現在の高円寺北署へ転任になった。前任地にひとり取り残された小野田は、周囲から「なぜ潔く辞めないんだ」という、露骨な嫌がらせを受け続けていた。それを知った米田が、小野田を自分のもとへ引っ張った。米田の株はさらに上がり、相対的に小野田の評価は落ちた。

事故に直接関係がないはずの、ここの署員たちの小野田に対する毛嫌いも、基本的にそこからきているのだろう。つまり「未熟な運転で米田さんに大怪我を負わせた」「その責任をとるどころか寵愛《ちょうあい》されている」「しかも女のくせに」という、憎しみのための理論とでも呼ぶべきものが根底にあると宮下は感じている。

とりわけ露骨なのは橋口で、公然と「そもそも女が刑事になんかなるから」「一人前の顔をしているが、いよいよとなれば男に頼る」などと口にする。この職でなければ録音しておいて、いつかどこかで公開したいぐらいだ。気の弱い宮下は、自分ならこんな扱いは三日と耐えられないと断言できる。

しかし、小野田はひとことも弁明せず、やり返しもせず、黙々と仕事をこなしている。少なくとも宮下と組んでから、有給も生理休暇もとったことはない。何かを「重いから持てない」と難色を示したこともない。それをいうなら橋口のほうが「腰痛持ちでな」が口癖で、資料の段ボール箱すら持ったことがない。

周囲の人間も、橋口に睨まれたくなくて同調している面もあるだろう。つまり、いわれなき差別でありバッシングである。

もうひとつ宮下の主観的な要素を加えるならば、小野田がうとまれるのは——これは個人的な好みもあるだろうが——近寄りがたさを感じさせる雰囲気を持っているからではないか。あえてたとえるなら、硬質ガラスのような無機質な印象を与えるのだ。それがどこから来ているのかわからない。小野田生来の性格なのか、例の事故のせいなのか——。

プシューというバスのブレーキ音が、宮下の思考を現実に引き戻した。

歩道に下りた小野田は、春秋用の生地とはいえ黒色に近いスーツの上着を脱ぎもせず、しかもほとんど汗も浮かべていない。

「たしかにちょうどいい時間だから、昼食にしようか」

「了解です」反対する理由がない。

「そうすれば、午後は雑念に邪魔されずに捜査に集中できる」

駅から続く商店街にあるそば屋へ入ることになった。

この店には、一人のときはもちろん、小野田ともすでに何度か入った。宮下お気に入りの店のひとつだ。

「いらっしゃいませ」

三角巾《きん》をかぶった、なじみの女性店員に席に案内される。

時計の針は、十二時にまだ少し間がある。正午を回るとほとんどのテーブルが埋まる店内も、半分ほど空いている。四人掛けのテーブルに向かい合って座った。

小野田は野菜天ざるセットを、宮下はカツ丼とざるそばを頼んだ。もし小野田がいなければ、ざるそばは大盛りを頼むところだ。

「そういえば主任は、いつもほとんどメニューを見ませんよね」

何の含みもひねりもない発言だ。今朝は少し冷えましたね、というのと変わりはない。

だからもちろん返事は期待していなかった。ところが小野田は、湯飲み茶わんに注がれた冷たいほうじ茶で喉を湿してから答えた。

「だって、ここはもう何度も入ったでしょう」

驚いた。こんな〝あたりまえ〟のことを小野田が口にするのは、きわめてめずらしい。この冬、どんなに寒い日でも「今日は寒いね」と、ただの一度も口にしなかった。言ってみてもしかたないからだ。一方宮下は、あたりまえのことを再確認するのは大好きだ。

「たしかにこの店はそうですが、たとえば、聞き込み途中とかで初めて入るお店でも、メニューはちらっと見るか、まったく見ないか。自分に合わせてくださるケースも多いですし」

「あまり食に興味がないのよ」

それは納得がいく。初めて入った店でも、まず宮下に決めさせ、宮下が「生姜《しょうが》焼きの大盛り」を頼むと「同じものを。ライス少な目で」と頼む。そのほうが出てくるのが早いという合理性だろう。

「食」を「生活」と置き換えてもいいかも知れない。小野田のこの、あえて楽しみを排除しようとするストイックな性向は、以前ついた上司にどこか似たところがある。

「そういえば、新田文菜、どうしたでしょうね」

宮下は、冷たいほうじ茶を一気に飲んでお代わりを頼み、これもまたどうでもいいことのように切り出した。食事のときぐらい、今日これからの無駄足のことを考えたくないから――。

そう思わせるためだったが、胸の内では今日の地取り捜査よりずっと気になっている。両親のもとへ話を聞きに行って、今日で九日目になる。つまり、行方不明になってから三週間以上が過ぎた。

四日前に、その後に変化はないか、小野田と手分けして電話をかけた。宮下は両親へ、小野田は夫へ。直接訪問したい気持ちもあったが、係長の許可がまず下りないだろう。非番の日に行くという選択もあるが、指示を無視すれば服務規程違反になる怖れもある。

「どうもこうも、何も動きがないなら進展のしようがない」

小野田は、脱いだ上着を軽く畳み、脇の椅子の上に置きながら、感情のこもらない口調で答えた。しかし、そのそっけない言葉とは裏腹に、視線が少しだけ揺れて、左の後頭部に軽く手を当てたのを見逃さなかった。

やはり、主任も気になっているのか――。

聞き取りに行ったあの日、二人の感触としては、単なる家出ではなく、事件か少なくとも事故にまきこまれた可能性が高いとみた。わざわざ瓶に詰めた、我が子の遺骨を置きっぱなしにしてあったことが、一番大きな理由だ。

「失踪時から数えると、すでに三週間以上経ちます。『届け』も出ていることですし、少し本腰を入れて捜査してもいいような気もします。ただ、今のところ」さすがに場所を考えて、やや声をひそめる。「――彼女と年恰好が近い変死体の話は出ていませんね」

四日前に小野田が夫の洋行から聞きだしたところでは、文菜のスマートフォンの電源は、あれ以来入っていないらしい。洋行が通信業者に問い合わせた結果だ。それ以外も同様だ。カード類も使われていないし、銀行口座から預金が引き出されてもいない。ないないづくしで、手の打ちようがない。

小野田は、背もたれの低い木製の椅子に軽く背をあずけ、両手で湯飲みを包み、静かに問う。

「残されていた小瓶の遺骨以外に、何か気になることは？」

「少なくとも、気持ちの整理をつけた上での家出や、自殺ではなさそうに思います」

「根拠は？」

「部屋は片付いていましたが、あの部屋の様子からするともともと整理整頓好きのようです。わざわざ『ことを起こす前』に実家に戻ったなら、何かメッセージのようなものを残したのではないかと」

「つまり、失踪や自殺の意図があったなら、親に『最後の挨拶』をするために実家に戻ったと考えるべきである。ならばその痕跡を残したはずである、と」

「はい。両親の証言を信じるなら、その程度には仲の良い親子関係のようでしたし」

その気になれば、ほかの客に聞き耳を立てられそうだが、幸い、テレビのバラエティ番組の音が消してくれている。

「帰省するまではその気はなかったけど発作的に、という考え方もある。つまり、いつもと同じように帰省したが、何かのきっかけで発作的に行動を起こした。発作的だったから、遺骨も置いてあった」

「お言葉ですが、賛成しかねます。発作的であったなら、これほど長く行方をくらませられるでしょうか。生きているなら、〝発作〟が落ち着いたところで連絡ぐらいするでしょうし、自殺だとしたら遺体はどこでしょう」

反論というよりは、反証しながら論点を絞っていく手法だ。示し合わせたわけではないが、小野田とはよくこういうやりとりをする。

「簡単に見つからない場所は、いくらでもある」

「たとえば樹海とか、山奥の深い滝壺《たきつぼ》とかでしょうか。――しかし、発作的にそんなところまで行くでしょうか？　発作的といえば、もっと手近な……」

「その先は言わなくていい」

小野田が髪に触っている。

「実は、お叱りを覚悟で勝手なことをしたのですが、昨日も、両親と夫の洋行に連絡をとりました」

小野田は黙って聞いている。そんなことだろうと思ったと、表情に出ている。

「まず、両親ですが――」

「お待たせしました」

二人の注文の品が、テーブルに並ぶ。宮下の前はカツ丼とざるそばでほとんど空きスペースがなくなる。毎度のことながら、これを食べながら話を続ける。

「文菜の両親ですが、電話で済ませようとしたのを申し訳なく思うぐらい、あれこれ話してくれました。声からしても、憔悴しているのが伝わってきて、つらくなりました。

――失礼します」

一応は断りを入れて、まずそばに箸《はし》をつける。

「個人的な感想は飛ばして、事実を」

小野田も同様に食べ始める。

「結論を言いますと、進展はなしです。いまだ文菜から何の連絡も来ていません。無言電話だとか、それらしい人影を見るとかもないそうです」

「夫は？」

「こちらは、少し引っかかります。あきらかに『またですか』という反応でした。いえ、印象だけでなく『何かあればこちらから連絡します』と言われました。つまりもう電話してこないでくれ、という意味です」

「それは、四日前にわたしが連絡したときにも感じた。淡々として、あまり心配している風ではなかった」

「夫が何かしたと思いますか？」

調査の年によって割合は若干変動するが、日本で起きる殺人事件のうち、親族が犯人と認識されるものが一位で、全体に占める割合は半数を超えているのだ。訊いておきながら自分が先に意見を言う。

「自分は、可能性は低いと思います」

「理由は?」

「頭は良さそうですし、もし犯人であれば、もう少し心配するふりをすると思います。あのそっけなさは、ただ単に心配してないだけという気がしました。このまま帰ってこなくても、それならそれでいい。そんなふうに思っているのではないでしょうか」

「同感ね」

「発作的である可能性が低く、親族にも不審がないとなれば、やはりなんらかの事件にまきこまれたと考えたいですね」

なんらかの事件、といえば、白骨遺体で見つかったパン屋の妻、宮崎璃名子との関連も視野に入れなければならない。あの一件も、もはやマスコミを抑えきれずに、殺人死体遺棄事件として捜査本部が立った。だが、いまのところこれという進展はないと聞いている。当然ながら、夫や浮気相手を任意で調べた。一年近く前のことなので明確なアリバイはないようだが、クロと判断する決め手もないようだ。

「宮下君。箸を付ける前に、わたしの天ぷら少し取って。食べられるでしょ」

「主任、いつも同じことを申し上げますが、もう少し食べたほうがいいんじゃないでしょうか」

「わたしはきみと違って燃費がいいから大丈夫」

たしかに、食事の量の割に、痩せすぎている印象もない。

「では、遠慮なくいただきます」

茄子《なす》と舞茸《まいたけ》の天ぷらを自分のそばの上に載せた。いつもこうなるので、小野田と一緒のときは、そばを大盛りにしない。

「スマホはともかく、金はどうしたんでしょう。手持ちはすぐに底をついたはず」

宮下は自問する形で、疑問点を並べてゆく。

「――夫や両親が嘘をついているのでない限り、文菜本人は多額の現金や資産を持っていない。知人宅に身を寄せている可能性については、両親がしつこいぐらいにあたったと言っている……」

軽くそばをすすった小野田が箸を止め、宮下を見る。

「きみがいくら現金を持っているか、泊めてくれる友人が何人いるか、きみのご両親は全部把握している？」

「そう言われると反論できませんが」

先日の訪問のときに、文菜宛ての郵便物を両親の許可を得て借りた。

文菜の部屋の机の引き出しに、きちんと整理してしまわれていたものだ。ほとんどははがきの類いで、全部で五十枚ほどだった。中身は年賀状や結婚式招待状、引っ越しやベビー誕生のお知らせなど、ありきたりのものばかりだ。そして、すでにそのすべてに両親が問い合わせている。先方が嘘をついているのでない限り、文菜はどこにもいない。

立ち寄るどころか連絡もしていない。ただ、誰かが嘘をついている可能性もゼロではない。

文菜の本棚のことも思い出す。

やはり気になるのは、ここ二、三年のノンフィクション系の本だ。

人生に勇気を与えるような方向性のものと、不妊治療に関する医学入門書と、きれいにふたつに分かれていた。そこから、文菜の心理構造がなんとなく浮かんでくるのだ。

つまり、一人娘の未祐を不慮の事故で亡くし、人生の意義を見失い、苦悩した。生きる目的を模索した結果、新たな命を宿すことに希望の光を見た。しかし、なかなかその機会に恵まれなかった——。

気になるのはずばり、新田夫妻が二度目の妊娠についてどう考えていたか、だ。

夫と両親との証言には温度差がある。

まず夫の洋行は、きっぱりと否定した。

「夫婦間で、二人目が欲しいという話題を出したことはありません」

そんな会話もなかったし、文菜が強く望んでいるようには思えなかった。洋行もその気にはなれなかった。未祐を亡くしたその代替を求めるような気がする、と言うのだ。

妊娠に関する本も、マンションには一冊もないという。

一方の両親、特に母親の竹村恵子の証言から浮かぶのは、まるで別人のイメージだ。

文菜は、食事の際に料理を見て「これは未祐の好物だった。こっちは絶対に食べなかった」などと漏らすことがしばしばあった。公園やスーパーなどで、楽しそうな親子連れを見ると「いいなあ、赤ちゃん欲しいな」とつぶやいたりしたという。

その声を聞くたびに涙ぐんでしまうので、聞かない、聞こえないふりを通したそうだ。

つまり、本当は二人目を希望していたのに、夫にはその気持ちを打ち明けていなかったということになる。言えなかった、という表現のほうが近いだろうか。

妊娠に関する本をあえて実家に置いた理由も、それなら納得がいく。

「もし生きているなら、どうやって――」

そこまで話して、小野田の箸がまた止まっていることに気づいた。視線を中空に向けている。その先をたどると、営業中はずっとつけっぱなしらしいテレビがあった。小野田が会話の途中でテレビに気をとられることなどめずらしい。

「何か気になることでも？」

「あの人ね――」

民放の番組が映っている。昼の時間帯にありそうな、ワイドショーとか情報番組といったものだろう。宮下もよく知っている、有名な男性フリーアナウンサーが進行役のようだ。横に長いゲストコメンテーターの席があって、見慣れた顔が何人か座っている。

「あの司会者のことですか？」

小野田はとうとう箸を置き、左の後頭部を触りながら「違う」と答えた。

「一番右端に座っている男性」

そう言われて目を凝らす。見覚えはある。ごく最近も見た。誰だったろう。そうか——。

「思い出した。三条公彦だ」

小野田がにこりともせず、うなずく。文菜の本棚に彼の著書が三冊ほどあった。

「彼の本がありましたね。著者が読字障害を克服していろいろ成し遂げる話ですね」

「まあ、ごく簡単にいえばそんなところ」

「しかし主任、よく覚えていましたね。あのとき、ちらっと見ただけだったのに」

言ってしまってから、嫌みに聞こえただろうかと反省した。普通に考えて、あそこで見たから覚えていたのではないだろう。以前から知っていたのだ。テレビ番組にちらりと映った顔を見てすぐにわかるほどに。そして、ついぽろりと「あの人ね」と漏らしてしまう程度に。

だとすれば、ならばなぜあのときあえて「名前だけは」などと答えたのだろう。理由があって隠していたのだろうか。

その疑問がまたしても顔に出たらしい。小野田が事務的に説明する。

「わたし、どうして新田文菜のことがいまでも気になるのか、自分でもよくわからなかったけど、納得した。この三条っていう人の本があったから気になっていたんだ」

やはり以前から知っていたのだ。ならば率直に訊く。

「もしかして、新田文菜の本棚で見る前から、三条氏の本を読んだことがあったんですか？」

「読んだというか――まあ、そんなところね」

　小野田が口ごもった――。

　こんなことも初めてだ。何かを隠している。それも、捜査上の秘匿というより、個人的な事情のようだ。過去に何かあったのだろうか。なぜ隠す？

「本も持っているんですか」

　小野田ははっきりと答えず、苦笑し、あいまいにうなずいた。初めて見る小野田のそんな表情に、心の奥で小さな炎が点《とも》った。

「まあ、かなりのイケメンですからね」

　また皮肉を口に出してしまった。今日の自分はどうかしている。宮下は猛烈に自分を責めた。本当に嫌なやつだ。小野田が個人的に誰に関心を持とうが関係ないではないか。

「そういうことじゃないんだけど。まあ、弁解はしない。――何か怒ってる？」

　さすがに、宮下の口ぶりが気に障ったのか、左の髪に触れた。この癖が出るときの心情はいくつかに分類できる。考えに集中しているとき、迷っているとき、そして腹を立てたときだ。

「いえ、べつに」

「プライベートな事情よ。気に障ったなら謝る。――もう、この話はやめよう」

「わかりました」

　しばらく、二人とも無言でそれぞれの食事に取り組んだ。

　そろそろ店内が混み始めている。

「さて、あんまり油を売ってると係長に叱られるから、腰を上げようか」

「了解です」

　立ち上がろうとしたとき、宮下のスマートフォンにメールが届いた。内勤職員からだ。小野田に断って、文面を確認する。

　宮下が転任後にまずやるのは、内勤にコネをつくることだ。

　宮下も、小野田とはまた違った理由で先輩や管理職の受けがよくない。最大の理由は、こちらから近寄って行くのが苦手だからだろうと思っている。国立大学を出て、昇任試験も受けず、集団に溶けこもうともしない——。

　敬遠されるのも無理はないかもしれないと、自分でも思う。

　その状態を寂しいと思わないが、あまりに孤立しては業務に支障を来す。捜査の遂行にとって不利益になることは避けたい。その対策として、内勤に味方を作っておいて、最低限の情報だけでも教えてもらう方法を選んだ。もちろん、職務規程違反にならない範囲で。この、同期と内勤の味方が『F』と名付けた友人たちだ。

　といってもたいしたことはしていない。代替の情報をこちらから提供することもあるし、職場が同じであれば、貰《もら》い物をしたとか親が旅行に行ったからなどと方便を使って、少し値の張る缶詰や、話題の菓子を差し入れたりしている。

「いつもお疲れさま」のひと声をかけるだけでも、人の態度は違ってくる。今連絡が来たのも、その『F』のひとり、刑事課庶務の採用二年目の若い女性職員だ。

「どうかした？」

宮下の表情を見て、小野田が質す。

「はい。署の内勤から連絡をもらったのですが、上井草《かみいぐさ》で事件があったみたいです」

文面を確認しながら説明する。

「だったら、うちの案件？」

小野田の声もわずかに興奮気味だ。無理もない。ここしばらく殺人事件のヤマはない。

「それが、残念ながら区境を越えて、住所は練馬《ねりま》区です。南大泉《みなみおおいずみ》署の管轄ですね」

「それで？」

「性別女性、氏名年齢詳細不詳、着衣なし、大きな損壊はないものの一部腐敗。速報なのでそんなところです」

短い沈黙――。小野田がぼそっともらす。

「女性の全裸死体ね。マスコミが騒ぐね」

「お隣さんは大変ですね。お呼びがかかりますね」

近隣署への応援要請のことだ。

二人とも、頭に浮かんだことはおそらく同じだが、あえて口には出さない。

「そろそろ行こうか」

それぞれ財布を取り出した。

＊＊＊

質店のことを、以前は警察隠語で「グニヤ」と呼んだらしい。

宮下がまだ新人で交番勤務をしていたころ、パトロールなどでよく組まされた相手は、五十歳をひとつかふたつ超えた巡査部長だった。

その彼が、やたらと警察隠語を使った。宮下に向かって指示を出すときも同様だ。とっさに意味が理解できず、宮下が困った顔をするとにやにやしながら解説してくれる。

警察学校でも、略語はいくつか教わったが、隠語までは指導してくれない。必要に応じて覚えるしかない。たとえば、「ゲソ」が足跡だとか「ハコ」が交番のことだとかは、すぐに想像がついたが、「ノビ」や「グニヤ」は首をかしげた。前者は「しのびこみ」が詰まったもので、後者は「九引く二は七（質）だから九二屋《グニヤ》」という駄洒落のような語源だと知った。

隠語に罪はないが、その巡査部長のしたり顔を思い出してしまうので、刑事の世界に身を置くようになっても、極力隠語は使わず、世間一般で通用する言葉を使うようにしている。それもまた「なんだ。国立出だと思ってすかしやがって」という印象を与えているのかもしれない。

宮下は普通に「質屋」と呼ぶのだが、幸いなことに小野田も同様だった。以前、聞き込みをしていて「質屋」という呼び方を「差別的だ」と指摘されたこともあるが、「質屋営業法」という法律に基づく正規の呼称だ。

今日は午後から、先日の空き巣狙いの盗品が持ち込まれていないか、リストにしたがって、その質屋や古物商を一軒ずつあたっていくのだ。

もちろん、この種の盗品に関する聞き込みを、宮下はすでに何回も経験している。最初に想像したほど実際は簡単ではない。

一番の理由は密度が低いからだ。美容院や理髪店のように、百メートル歩くあいだに三軒、四軒とあったりするのも、それはそれで面倒だが、一軒ごとに離れていると移動に時間がかかる。

縄張りがあるのかどうかまで宮下は知らないが、地図で調べてもぽつりぽつりと点在する印象だ。車がないと非常に効率が悪い。さらに、時勢の影響もあるのだろうが、店の絶対数が減っている。したがって、古物商やリサイクルショップ、骨董品店なども同時にあたる。

あらかじめ用意してきた盗品のリストを、店主あるいは責任者に渡し、該当するものが持ち込まれていないか確認し、もし持ち込まれたらすみやかに連絡するよう要請する。

ただし、口には出さないが、宮下だけでなくおそらく小野田も、ほぼ百パーセント無駄足だろうと覚悟している。

なぜなら、盗品をそれと知って買うのは、ときに盗んだ犯人よりも重い罪に問われることがあるからだ。もちろん、古物商としての許可は取り消しだ。割に合わない。老舗《しにせ》の質店はそんな危険を冒さない。目も利くから、うっかり見逃しもしない。たちまち通報される。大手のリサイクルショップも同様だろう。犯人側もそれを知っているから、はなから持ち込まない、という図式だ。

可能性があるとすれば、それと知って買い取る店だが、その場合は店先に並べたりはしない。裏のルートに流す。もちろん警察に本当のことなど言わない。

さらにもっとやっかいなのは、ここ数年で爆発的に広まった、ネットの通販サイトを経由した個人間の売買だ。それこそ、無数といってもいいほどの品が出品されている。ごみとしか思えない使用済みのペットボトルのキャップから、百万円を超える貴金属まで。完全なチェックは事実上不可能だ。

無駄足であることへの覚悟はあるが、手ぶらで帰れば、上司に嫌みのひとつも言われる。いい気分ではない。特に、橋口係長の手ごろな憂さ晴らしの対象にされるのは避けたい。

気苦労ばかりでほとんど収穫の見込みなし。

さらにいえば、これは本来は生活安全課の領域だ。人手が足りないからという応援要請に充てられたのは、刑事課では小野田・宮下組だけだ。今回に限らず、貧乏くじのときだけは一番手だ。

ここからわずか数キロの南大泉署では、今ごろ「全裸女性死体遺棄事件捜査本部」の立ち上げで大忙しだろう。

油が切れかかったような異音を立てて、自動ドアが宮下たちの背後で閉まった。

商品にうっすらとほこりがかぶった個人経営のリサイクルショップの前で、宮下はリストにチェックを入れながら、わかりきっていることを口にした。

「これで、この界隈《かいわい》の割り当ては終わりです」

もう、近くに該当する店はない。このあとどういう行動をとるにせよ、ここから五分ほどのバス停まで歩き、十数分揺られて、最寄り駅まで一度戻る必要がある。

どちらも口には出さないが、気持ちは倦《う》んでいる。足取りは軽くない。

五月上旬にしては、湿度が高く蒸し暑い。日はほとんど沈みかかっているが、余熱があたりに漂っている。時刻を確認すると、午後六時三十分少し前だった。

駅周辺は徒歩で、少し離れた場所の店にはバスを使った。タクシーなど使えない。使うのは自由だが、料金は自腹だ。予想していたとおりに効率は悪く、これまで回れたのは全部で十二軒だ。移動距離を考えれば決してサボったとは思えないが、成果はまったくない。つまり、橋口係長の口癖である「タコ」だ。

「またタコか」

つい、口に出してしまった。

「え？」

「いえ、なんでもありません」

ハンカチで汗を拭い訊き返す。

「――このあと、どうしましょう」

脱いだ上着とバッグを左腕にかけ、携帯用の汗拭きシートで首筋から胸元あたりの汗をぬぐっていた小野田が、そうね、と短く答えた。

「もう少し回ろうか」

そう答えるだろうと思っていた。やはり出発前に昼食を取ったのは正解だった。ただし、すでにエンプティが近づいてきている。

「了解です」

一度駅まで戻り、ひとつ都心寄りの駅に移動し、再び周辺の店舗をつぶしてゆくことになる。

バスに揺られているあいだ、二人ともほぼ無言だった。小野田が何を考えているのかわからなかったが、宮下は頭の芯がしびれたようになって、まとまりのあることを考えられなかった。

バス停に着き、ステップを下りて、駅に向かおうとしたところで、小野田が声をかけてきた。めずらしく笑みが浮いている。

「ひと休みしていこうか」

「了解です」

駅前商店街にある、古い喫茶店に入った。ここも小野田と一緒に何度か入った店だ。間違ってもコーヒーショップとは呼ばれなそうな店構えだ。店主には申し訳ないが、アンティークの味があるというより、単に老朽化しているといったほうが近い。そのおかげでタウン誌にも紹介されず、タピオカもスムージーも出さないので、店内は閑散としている。

少し長めの白髪を、これだけは妙に真新しいバンダナキャップでつつんだ店主に、宮下はアイスコーヒーを、小野田はブレンドのホットを頼んだ。

「そういえば、宮下君は一橋大学の出だったね」

疲れたねとも言わず、小野田はいきなりそう切り出した。あえて仕事の話題を避けたのか、本当に関心があってのことなのか、これも表情からは読めない。

「はい。社会学部です」

身の上話とは、小野田にしてはめずらしい話題だ。もしかすると、と思った。上井草の死体のことを、頭から追い払いたいのかもしれない。

「親戚《しんせき》の子が来春、大学受験なの。一応、国立大学を狙っているらしい」

「そうなんですか」

「知ってると思うけど、わたしはごく普通ランクの私大を出ていまのこの仕事をしているから、学歴格差とか偏差値とか気にしたことはないけど——いや、正直に言わないとまた叱られるね。気にしてもしかたないレベルだったけど、やっぱり一般社会では大きい意味を持つのかしらね」

「その前に『叱られる』というのはやめてください。——この仕事が一般的でないかどうかはひとまずおきまして、根強く残っている業界もあるようですね。まあ、官僚なんてその最たるものみたいですが」

小野田が顔をしかめる。

「ずばりそれ。彼はその官僚になりたいらしい」

「なるほど。優秀なんですね」

なりたいと思って簡単になれるものでもないが、余計なことは言わない。その「彼」がどの程度の能力を有するのか知らないからだ。

「しかも、わたしを見て何か思うところがあったのか、警察官僚になりたいらしい」

「それはまた奇特なことで」

「きみが言うと嫌みに聞こえないね」

「嫌みじゃありませんよ」

「じゃあこちらも嫌みでなく、素直な疑問として訊くけど、きみはどうして警官になった？　別な問いをすれば、なぜ『キャリア』を目指さなかった？　あるいは、法曹界がいいなら司法試験という選択肢もあったはずだけど」

小野田がここまで私的な領域に踏み込んでくるのはめずらしい——いや、おそらく初めてのことだった。少しのあいだ逡巡《しゅんじゅん》し、答えを選んだ。

「他人の例を持ち出すのは失礼かもしれませんが、まあ彼らなら許してくれるでしょう。学生時代の友人のひとりは、卒業後も学校に残って、講師の仕事に就きました。順調にいけば、助教、いずれは教授になると思われていましたが、結局、過疎村の跡取りがいない農家に、妻と二人で半ば養子のように住み込んで、無農薬農法に人生を懸けています。もうひとりも、自分よりはるかに学業成績は優秀でしたが、こちらはまったく勤労の意欲がなく、有能な妻に……」

小野田が苦笑しながら軽く手を振る。

「わかった。わかった。だけど、そういうことが聞きたかったんじゃない」

宮下も、本当はわかっていた。

「もしかすると、小野田さんは伯父のことを言っていますか」

「正直にいえば、それもある」

やはりな、と思うが腹も立たない。たとえば家族に有名なサッカー選手がいれば、家でボールの扱いかたを教えてもらうのかと訊きたくなるのは、ごく普通の心理だ。ただ、小野田にもそういう関心があったことが意外だった。

宮下の「伯父」というのは、もと警視庁の刑事、富岡鉄郎《とみおかてつろう》のことだ。退職間際に恒例の特進で警視になったが、長く警部の職にあり、現場を率いていた。

歳は宮下とかなり離れていて、むしろ祖父に近い世代だ。直接話した記憶は二、三度、それもごく短い会話だ。しかし、それでも圧倒的な存在感があった。

昭和末期から平成にかけ「捜一にその人あり」と言われた名物警部、という評判が納得のいく雰囲気を持っていた。

薫陶というほど大げさでもないが、あの伯父の影響を受けていないといえば嘘になる。

だが、それがすべてではないことも本当だ。極悪人を追い詰めて、逮捕し、取調室で絞り上げる、という趣味はない。

ただ、自分の推理を裏付けるために警察権が行使できるというのは、金銭に代えがたい魅力があった。

そんなふうなことを、あたりさわりなく説明した。

「なるほどね」

コーヒーをちびちびすすりながら宮下の話を聞いていた小野田は、どこまで納得したのかわからないが、そう言ってうなずいた。

「まあ、聞いていたとおりかな」

「どんなふうにでしょう。もしよければ参考までに」

小野田は値踏みするような視線をちらりと宮下に向け、レースのカーテン越しに窓の外の景色へと移した。

「本人の資質はあまり組織捜査に向かないが、本人が希望しない限り、現場からはずすな。かつての『富岡学校』の生徒でもある、警視庁の某大物幹部から、そんな指示が出ているとか、いないとか」

そんなゴシップ的な話題もめずらしい。三条への関心といい、今日は日頃見ない小野田を見せてもらった。

「ありがとうございます。参考にさせていただきます」

「だけどそれは本質じゃない。きみの内面は、はたから見るよりずっと――いや、余計なことを言ったね。それじゃ、行こうか」

「はい」

立ち上がろうとしたちょうどそのとき、小野田のバッグの中で音がした。

小野田は、かなり使い込んだ感のある二つ折りの携帯電話を、素早く取り出し、相手を確認して耳に当てた。

「はい、小野田です。――いえ、まだ途中です。――はい。はい」

小野田は素早く店内を見回したが、マナーを気遣うほどの客は入っていない。

どうやら、署からの電話のようだ。小野田の眉間の皺の深さからみて、相手は橋口係長だろう。

「いえ、その後は――。そういうわけではありませんが――」

時間にして、二分ほどだったろうか。耳に当てた携帯電話から、橋口係長の怒声がもれ聞こえる。小野田が短く弁明しながら受けている。

最後に「わかりました」と答えながら通話を終えるときの小野田の表情が、苦く歪《ゆが》んでいた。ぱたんと音を立てて携帯電話を折り、テーブルにやや乱暴に置いた。宮下に向けた表情が、まだ強張っている。こんなに引きずるのはめずらしい。

黙って、小野田の言葉を待つ。

「昼食のときに、お隣でコロシがあったって言ったね」

宮下が、『F』から得た情報だ。

「はい。南大泉署管内のアパートで身元不明の……」

「その部屋の借主の氏名がわかった」

電話のあとの小野田の態度から、その先言わんとする内容の想像はついたが、あえて「誰ですか」と訊いた。

「新田文菜」

背中あたりの肌が粟《あわ》立つ感覚があった。午後の聞き込みのあいだ、ずっとそのことばかり考えていたのに、はっきり聞かされると頭を思い切り殴られたような衝撃だった。

「同一人物ですか」

「可能性はある」

「たしかに、上井草駅の北側なら、彼女の実家に近いですが、しかし――」

例によって、確信するための反論だ。同姓同名の別人という可能性もある。しかし

「一部腐敗」という状態が「失踪三週間余」という背景と重なる。

「契約の際に提出された住民票は川口市、保証人は夫の洋行。わたしが話した限りでは洋行がとぼけている気配はなかったから、夫に無断で名前を使ったのかもしれない」

「それで、死体は本人ですか」

「まだ特定はできていないらしい」

「それじゃ今の電話は、ご両親のところへ確認に行けということですか」

これまで、事件性をうかがわせる要素は限りなく少なかった。直接両親から、文菜失踪の詳細を聞いた警察関係者は、今のところおそらく宮下たちだけのはずだ。捜査会議でいきなり指名されたときのように、緊張して脈が速くなる気がしたが、小野田は面白くなさそうに首を左右に振った。

「南大泉署が両親を呼んで、確認してもらう手はずらしい」腕時計をちらりと見る。

「そろそろ終わるころかもしれない」

「一部腐敗」の四文字が再び浮かぶ。あのただひたすら娘の安否だけを気にしていた両親に、その姿を見せるのかと思うと、呼吸が苦しくなる。パン屋の妻の白骨遺体と重なる。

ぽろんと音がして、宮下のスマートフォンにもメールが届いた。署内の『F』からだ。小野田に断りを入れて、中身にさっと目を通す。思ったとおり、アパート死体遺棄事件の続報だ。小野田が語った内容と同じことが、もう少し詳しく記されている。これ、という新発見はない。

小野田が再び伝票を持って立ち上がったので、あわててそれに続く。

「もし、洋行が隠していたのだとしたら、相当な役者だし、一転、この事件のかなりの重要参考人ですね」

聞こえたはずだが、小野田は足を止めない。

「どうします。質屋は」

「署に戻る。係長が話を聞きたいそうだ。いやなことは早く終わらせよう」

「主任――」

振り返った小野田は宮下の表情を見て、言いたいことがわかったようだ。首を左右に振る。

「やめておいたほうがいいと思う」

「まだ何も言っていません」

「想像はつく」

「でもやっぱり、見たくありませんか？」

小野田が腰に手を当て、嘆息した。

「どのみち、叱られるのは決まりだからね」

現場となったアパートは、行政区域でみれば、わずか百数十メートルほど練馬区に入った場所にあった。

西武新宿線上井草駅の北口、新青梅《しんおうめ》街道が近い割に、騒音も排気ガスも感じられない、閑静な住宅街の中だ。そこを貫くいわゆる生活道路に、見慣れた黄色いテープが張られ、制服警官が立っている。

宮下たちは、少し手前でタクシーを降りた。運転手は宮下たちの正体に感づいたらしく、何か訊きたそうだったが、小野田が有無を言わせぬ雰囲気で料金を支払い、さっさと歩きだした。

うっかり、身分証を提示してテープの内側に入りそうになり、あやうく踏み留まった。そう、ここでは部外者だ。正面切って筋を通すか、野次馬として見物するしかない。もちろん、後者だ。

青い制服姿の鑑識係員たちが路上に散っている。問題のアパートらしき建物の入り口付近に、制服警官と私服の刑事が入り交じっている。雰囲気からすると、検視官による検視も済み、遺体は運ばれたあとだろう。ここで両親と鉢合わせすることだけが怖かったが、その心配はなくなったようだ。

見知った顔を見つけた。前にいた署で同じ刑事課だった、亀村《かめむら》という刑事だ。癖はあるし口も悪いが、不思議に悪い関係ではなかった。橋口の百倍ほど紳士的だ。

「亀村さん」

「おお、なんだ宮下じゃねえか。なにやってんだ」

相変わらず、目は笑っておらず、何か探ろうとしている。いや、得ようとしている。

有形無形問わずに。宮下はあえてどうでもいいような顔を作った。

「あの道の向こうは、うちらの管轄なんです。グニヤ回りをやっていたら、サイレンが聞こえたもので」

「ふうん」

好奇心の半分ぐらいは埋まったようだ。そして、残り半分で小野田のことを好色な目で見た。

「いま一緒に組ませていただいている、小野田主任です」

「小野田です」

小野田がいつもどおり淡々と名乗り、会釈した。亀村も、酒焼けで赤い顔で小さくうなずく。

「どうも」

「お隣さんだったんですね」宮下から話題を振る。

「そうだな」目は小野田に向けたまま応じる。

「また、こんど一杯いきましょうよ」

前の署にいたころ、二度ほど酒をおごったことがある。酒飲みは、そういう義理は忘れないと聞いた。

「まあな」ようやく宮下を見た。

「コロシですか」

答えるのに少し迷ったようだが、まあいいかという顔をした。

「めんどくせえもんが出やがった」

「というと、きれいな筋じゃないんですか」

小野田は余計な口出しをせずに聞いている。

「詳しいことはこれからだが、隣の部屋の住人が、なんだか臭いと管理会社に連絡したのが発端らしい」

「部屋の名義人は？」

もちろん何も知らないふりをする。

「割れてる。いま、親を呼んで面通ししてる。だけどなあ──」

そこで一旦言葉を切って、腐りかけの魚でも口にしたように、すぐ脇の民家の生け垣に向かって唾を吐いた。

「遺体がひどいとか？」

宮下が水を向けると、亀村はああとうなずいて、もう一度唾を吐いた。

「でかくて丈夫なビニール袋に入ってた。ホームセンターなんかで売ってるやつだ。半年ぐらい前にも、似たようなヤマが江東のほうであっただろう。掃除機かなんかで空気を吸い出して半真空状態にして、テープでがっちり止める。そのまま押し入れにごろりだ。ただ、密閉したつもりだろうが、しょせん素人がやったんじゃ完璧は無理だ」

小野田が口を挟んだ。

「すみません。遺体はひとつですか」

亀村はぎろっと小野田を睨んだが、そのままうなずく。

「あんなもんがふたつもあったら、たまったもんじゃない」

代わって宮下が訊く。

「親の確認はまだですか」

「医務院のほうに呼んだらしいが、あれを見たら、親は耐えられんだろう。身に着けている物はない。身長その他で、ざっとあたりはつけられるだろうが、特定するには、歯型かＤＮＡってことになるかもしれん。——おまえ、なんでそんなに熱心なんだ」

ようやく亀村も不審に感じたらしい。

「お隣さんだと、本部《チョウバ》が立ったら、応援に駆り出されるかと思いまして」

すかさず小野田がうまい言い訳をした。亀村もうなずく。

「まあ、そんときはよろしく」

小野田の胸のあたりを見てうなずいた。

バスに乗るほどでもなかったので、歩いて駅に戻ることにした。

もうすぐ駅の改札というところで、『F』からの追伸が届いた。急いで目を通し、すでに数歩先をゆく小野田に小走りで追いつく。

「主任、死体は新田文菜ではありませんでした」

小野田が立ち止まる。

「両親が確認した？」

内心をあまり表に出さない小野田も、苦いものでも嚙んだような顔をした。宮下にもその気持ちはわかる。文菜でなかったことにはどこかほっとしたが、あの亀村でさえ吐きそうな様子だった死体を、両親はどんな気持ちで見たのか。

「文菜は実家に戻ったその日、美容院へ行って髪を切ったそうです。両親曰く『おかっぱみたいに短かった』らしいんですが、見つかった死体は充分肩に届くぐらい長かったとかで」

その逆はあり得ても、急に伸びることはない。遺体は別の女性だ。

「これで、文菜も被害者候補から被疑者候補になりましたね」

つまり、追われる身だ。

「それにしても、あれだけ『何か変わったことはなかったか』と訊いたのに、そんな大事なことを言ってくれませんでしたね」

つい、不平が出る。

「そんなものね。一般の人にとって髪を切るなんて行為は、わざわざ『朝起きてトイレに行きました』と言わないのと同じ」

「女性にとっては大きな意味があると聞きますが」

「でも、自殺とは関係ないと思う」

「逃走用の変装では？」

小野田はこんどは即答しなかった。少し考えて、質問とはまったく違うことを口にした。

「ますます、係長の説教が長くなりそうね」

「たしかに」

――二人も揃って話を聞きに行って、収穫まるきりゼロだったな。

――あのとき何かつかんでりゃ、今ごろはこっちのヤマだったかもしれん。それも、死体が見つかったんじゃなく、死体を見つけた案件としてな。

目に浮かぶ、いや耳に聞こえてきそうだった。


午後八時を回っていた。署に戻るなり、係長の席に呼ばれた。

「おまえら、すぐに戻ってこいと言っただろうが」

「すみません。あと二軒ばかり回りたかったので」

小野田が適当な言い訳をする。橋口はそれ以上、帰着が遅れたことには触れなかった。

そのかわり、予想したとおりの説教が始まった。

応接セットや会議室にも移動せず、その場で立ったまま嫌みを聞かされた。

署内がざわついている。理由は明白だ。アパートの一件で、南大泉署に捜査本部が立つからだ。となれば、隣接したこの署に応援要請が来る可能性は高い。刑事課ばかりとは限らない。生活安全課や少年課からも駆り出されたりする。周辺の聞き込みなどに、いくらでも人員が欲しいからだ。駆り出されれば、しばらくこちらに戻れない可能性もある。浮足立つのも無理はない。みな、余計な仕事にはかかわりたくない。今抱えている仕事で精いっぱいだ。応援リストに載らないように、どの職員も急に忙しそうに電話をかけたり、書類整理を始めたりしている。

橋口係長は、途中で説教に飽きたのか、長丁場になりそうだと踏んだのか、気心の知れた部下をつれて、遅めの夕食か早めの夜食に出てしまった。

「自分らも駆り出されますかね」

「あるかも」

それぞれ席に戻って報告書類にとりかかる。

作業を始めてすぐに、ふと思いついたことがあって、タブレットPCを操作した。画像検索をかけ、いくつかキーワードを入れて検索しなおしたところで、考えをまとめ、隣席の小野田に話しかけた。

「よろしいでしょうか。昼食のときの件なんですが」

周囲の耳が気になったので、あえて名は出さない。

「新田文菜のこと？」

あっさり普通の声で訊き返され、あわてて見回す。しかし、ほかの署員たちはみな落ち着かない雰囲気で、二人のやりとりに注視しているものはいない。

「はい」

それでもまだ声を落としてうなずく。

「どうぞ。でも簡潔に」

「実は、だんだん三条公彦が気になりだしまして」

「どうして？」

「やはり、本棚に三冊も著書があったので」

「さっきまでは、テレビを見てもすぐには思い出せなかったのに、急に気になり始めた？」

顔が熱を持つのを感じた。昼食のそば屋で、宮下が皮肉を言ったことへの反撃かもしれない。

そして、小野田は勘が鋭い。宮下の感情に気づいているのかもしれない。もやもやしていた感情が、今日の午後歩き回るうちに、宮下の胸ではっきりとした塊になった。それは、小野田が三条に向けた視線に対する嫉妬だ。認めたくはなかったが、もはや自力では溶かすことができない。可能な限り感情を殺して、自問するように答える。

「彼女は、どうして三条公彦の本を三冊も買ったのか」

小野田は、書類をがさがさやっていた手を止めて、宮下のほうを見た。宮下は再度周囲を見回す。小声で話す限りは、誰かに聞かれる心配はないだろう。小野田は無言で続きを待っている。

「最初は、もしかしたら身近に読字障害《ディスレクシア》の人がいるからかと思いました。しかし、それなら彼の著書以外にもその関係の本があってもよかったはず。それに、ほかの本は本文に付箋が貼ってあったり、傍線が引いてあったのに、彼の本はほとんどなくて、一冊だけ著者紹介のところに貼ってありました」

「それで？」

「つまり、中身にはあまり関心がなかった。だとすると、やはり単なる〝ファン〟だったのか。しかし、前後の状況から考えて、多少イケメンだからファンになって本を三冊も買う、という心境にはなかったと思います。となれば、もしかすると個人的な知り合いだったのではないか。そう考えました」

「『グニヤ詣《もうで》』をしながら考えていたわけね」

「申し訳ありません」

その表情を見る限り、小野田も昼食のときに、テレビを見てそこまでは考えたのだ。

ただ、小野田の場合、それ以上深く立ち入る理由はなかった。宮下の場合、嫉妬という動機付けがあった。

「次に、その接点の可能性を考えました。『グニヤ詣』をしながらです。──捜査中だったので、三条氏の経歴についてネットで調べることはできませんでした」

小野田の反応はない。

「いま、署に戻ってから大至急で調べましたが、三条氏が渡米する前の経歴はかなりもやがかかっています。ただ、秋田県出身のようなので、新田文菜と接触があったとすれば、成人以降かと考えました」

小野田が小さくうなずく。

「三条氏の人生の転換点といえば、なんといっても『UCB』への留学と、その後の州知事選のブレーンを務めたことです。これ以降に関しては、ネットにそこそこ詳細な経歴が出ています。それを見ると、渡米したのは十六年ほど前、翌年『UCB』に入学したので、少なくともさらに四、五年は現地にいたはずです。これは、新田文菜が大学生だった時期と重なります。となると、文菜の部屋の写真コーナーにあった一枚を思い出しませんか？　あの集合写真です」

「うん」

小野田の視線は揺れない。もしかすると、気づいていたのかもしれない。ならば、なぜ言わなかったのか。宮下が気にしたので、妙に意識したのだろうか。だとすれば、それもやはり小野田らしくない。そんな気兼ねなどしないはずだ。

「例のパン屋の妻、宮崎璃名子も一緒に行った短期留学の写真です。念のため写真に撮ってここに保存してあります。――さっきそれを〝画像検索〟にかけてみました。――少々お待ちください」

タブレット画面を操作して、二枚の画像を並べた。

「これです」

小野田が身を乗り出すようにして、覗き込む。かすかに小野田の体臭が漂う。一瞬息を止めて、説明を続ける。

「左は例の集合写真です。右はネットで検索してダウンロードしたものです」

「これが？」

「はい。同じ建物です」

新しく入手した写真は、絵はがき風のそつのないアングルだ。写っている建物が同一なのはわかる。

「たしかに」小野田の声がわずかに興奮気味だ。「写した位置は違うけど、あきらかに同じ建物ね」

「実はこれは『UCB』の写真です。つまり、この集合写真は『UCB』の敷地で撮られたものです。主任のお話だと、両親も学校名までは覚えていなかったということでしたし、そもそも今回の失踪にあまり関係がないと思って、それ以上追及しませんでしたが、新田文菜たちが十三年前に短期留学したのは、カリフォルニア大学バークレー校《UCB》だったんです」

宮下がこれから言おうとしていることがわかったらしく、小野田の目が見開かれた。さすがにこれは意外だったようだ。たしかに「留学」という共通キーワードはあったが、まさか新田文菜と三条公彦が、同時期に外国の同じ大学に――コースは別にせよ――留学していたとは思い至らなかった。宮下はようやく得点を挙げたような気分になって、胸の内で小さく拳《こぶし》を握った。

「少々お待ちください」

指先を広げて、新田文菜たちが写っている集合写真の一部分を拡大した。

「――ここを見てください。この、一番端に写っている男性です」

宮下が指さした先に、小野田がさらに目を近づける。横顔が近い。

「見るからに若くて、まだオーラのようなものが出ていませんし、着ているTシャツもなんだかくたびれてはいますが、いまをときめく三条公彦の無名時代に間違いないと思います。――少し考えれば思いついたはずなのに、まさかそんなつながりがあるとは思いませんでした」

小野田が苦い表情になった。

「正直に言うと、わたしは誤った読みをしていた。途中までの推理はきみと同じだけど、三冊も買ったのは、やはり一度人生のどん底に落ちた人間が、希望を捨てずに日の当たる場所に出てきた。その事実に新田文菜は心動かされたのだと。――それと、弁解になるけど、深く考えるのを避けた別の理由もある。きみのせい」

「えっ、自分のですか」

「うん。わたしが三条公彦に関心を持つのは、きみが想像するような理由じゃない。警察捜査とも関係ない。完全に思慕や好意とは別の理由。きみが誤解して皮肉みたいなことを言うので、めんどくさくなって避けたのは事実。──でも、そんな邪念があったから判断を誤った。一緒に写真に写っていたとまでは気づかなかった。うかつだった」

出会ってから、もっとも長い演説だった。いや、そんなことよりも、やはりすべて見透かされていた。

一分ほどの沈黙を破ったのは宮下だ。

「自分こそ、職務と関係のない感情を持ち込んでしまい、申し訳ありませんでした。自分から言うのもなんですが、その邪念云々に関しましては、別の機会にゆずるということでお願いします。今は、この案件に絞りましょう」

「賛成」

小野田の表情がほんの少し柔らかくなった。左後頭部の髪を触っているが、機嫌がいいときにもするのだろうかなどと早くも邪推した。

「で、このつながり、もう少し掘り下げてもいいと思いませんか。三条氏は、何か知っているかもしれません。一パーセントも可能性はないかもしれませんが、『グニヤ詣』よりは可能性があると思います。

いまは、SNSのおかげで著名人とごく普通の人が、方法は限定的であるにしても、わりと簡単に接点を持てる時代になりました。文菜が〝昔のよしみ〟で連絡をとろうとした可能性はないでしょうか」

「SNSか」

小野田はそうつぶやいて、自分の椅子に背をあずけ、天井を仰いでいる。何を考えているかは読み取れない。

そのとき、刑事課長の米田警部が外出先から戻ってきた。

それに気づいた小野田が迷わず「ちょっと行ってくる」と席を立った。その背を目で追っていると、一直線に課長席へ行く。

小野田が何か声をかけると、米田課長が顔を上げた。ふたことみこと会話し、課長が立ち上がって二人してミーティング室のほうへ向かう。

何度か見かけた光景だが、やはり不思議な関係だ。係長以下の同僚のほとんどは、良くて無視、悪ければあからさまな嫌みな扱いをするのに、課長はきちんと小野田の発言に耳を傾ける。だから「前任地から連れてきた愛人」などと揶揄《やゆ》されてしまうのだ。

ぼうっとしていてもしかたないので、さらに三条について調べていると、意外に早く小野田が戻ってきた。課長はすでに自席に戻り、別の部下と打ち合わせしている。

「了解とった」

やはり小野田のせりふは、すべてを理解するには短すぎる。

「なんの了解でしょうか」

「少なくとも明日は応援部隊には入らない。一日だけ遊軍として活動する」

「えっ。――それはつまり」

「自由行動」

驚いて小野田の顔を見たが、いつもどおりのポーカーフェイスだ。

「どんな魔法を使ったんですか？」

思い切り声をひそめて訊く。例によって小野田は、宮下の配慮などまったく斟酌《しんしゃく》ない声量で答える。

「べつに。ただ口頭で申請しただけ」

警察というのは、そんなわがままが通る組織ではない。過去にそういう人物と二人ほど相方を組んだ経験があるが、彼らは職を失うどころか、自己の命もあまり重視していない、異端児だった。

小野田は、多少癖はあるが、常軌を逸しているとまでは思えない。課長はよほど小野田の資質を買っているのか、それとも何か弱みでも握られているのか、あるいは本当に愛人なのか。

いずれにせよ、これでまたほかの職員の恨みを買いそうだと思った。

14　小松崎真由子

浮遊感に、ずっと吐き気を覚えている。

自分がいま、液体の中にいるのか空中に浮いているのか、それすらも判然としない。もういい加減にしてくれと声にならない叫び声をあげたとき、漂泊していた魂が肉体に戻って来た。そのとたんに覚醒した。

「たすけて」

思わず絞り出した声だったが、何かでふさがれた口の中で、ただもごもごとぼやけて言葉にならない。

目隠しをされている。少なくとも腕と足の自由が利かない。縛られているだけでなく、そもそも体に力が入らない。頭がぼんやりしている。ひどい寝不足のあとに、わずかな睡眠で起こされてしまったようなめまいがする。

寝かされている場所は狭く、床は硬い。ゴムのような機械のような臭いもする。聞こえているのはエンジン音とタイヤが路面をこする音だろう。

車の中に拉致《らち》されている。

そう認識したとき、こま切れの記憶が紙吹雪のように頭の中を舞った。

『ヘスティア』の実質的な支配者、武藤寛の豪華マンションのバルコニーで開かれたバーベキューパーティーに潜り込んだこと。その目的は、武藤寛が菊井早紀という若い女に手を出す瞬間の、スキャンダルをつかむためであったこと。その現場と薄い扉一枚隔てたクローゼットの中に潜んだこと。九十九パーセント成功しかけていたのに、邪魔が入ったこと。その邪魔をした相手が、ほかでもない、三条公彦であったこと——。

そんなことが、ぼんやりとあちこちに飛びながら思い出される。

あのとき、思わず声を上げそうになった口を、三条のひんやりした左手がふさいだ。同時に右手の人差し指を立てて声を出すなと合図された。真由子がうなずくと、三条は口に当てた手を静かに離した。

ばつの悪い思いでクローゼットから出はしたが、三条はすぐに部屋から出る様子もない。

「すみません、これは……」

隣室には聞こえない程度の小声で謝罪しようとした。三条がもう一度唇に指を立てた。その意味がすぐにわかった。

隣室から、まず菊井早紀のものと思われる声がして、ドアが開きすぐに閉まった。間をおかず、こんどは武藤寛のものと思われる、誰かを電話で怒鳴りつけている声が響き、やがて部屋から出て行った。騒ぎの始まりから終わりまで、二分か三分ほどだったろう。

隣りから人の気配が消えると、三条は真由子と目を合わせ、いたずらっ子のように微笑んだ。

「御大はだいぶお怒りですね。残念ながら特ダネはものにできませんでしたね」

三条の声の音量が少し戻った。もう聞かれる心配がないのだろう。

「すみません。ほんとに、こんなことして」

「ぼくに謝ってもしかたないですよ。——たしか小松崎さんでしたね。取材はしないはずでは?」

強い口調ではないが、詰問されている。当然だ。大失態だ。なんとか口実を見つけてこの場をしのがなければ——。

「取材というわけではなくて、あくまで個人的な興味なんです」

「個人的な興味?」

「はい。以前から、三条さんの秘書をされているレディKさんにものすごく憧《あこが》れていまして、なんとかお話しできる機会を、とあとをつけたら……」

「そういうの、やめましょうよ」

「はい?」

「嘘をつくなら、関係者を呼びますよ」

三条がポケットからスマートフォンを出した。まずい。なんの手札もないのに、ヘスティア側に知られるのは最悪にまずい。拝むように両手を合わせた。

「あ、すみません。ごめんなさい。正直に言います。だから、ほかの人には内緒にしていただけませんか」

三条の笑った目が、ショルダーバッグとカメラを行き来している。

「それで、本当の目的は?」

万事休すだ。やけくそだ。背に腹は代えられない。どのみちなんの保証もないフリーランスだ。

「隙を見て、こっそり何かのスクープネタを拾ってくるように、指示されてきました」

「もう少し具体的に」

そう言いながら、三条はスマートフォンを操作し、誰かにメッセージらしきものを送った。このことだろうか。あるいは別件か。力ずくで止めることはできない。心拍数が上がる。

「その、ええと、著名人が多く集まるので、なにかハプニングが起きないか、目を光らせていろと」

「ほらまた嘘をつく。そうじゃないでしょ。ピンポイントに武藤寛さんのスキャンダルを狙ってたんでしょ。あるいは、ぼくか」

もう無理だ。鹿倉さんごめんなさい。

「正直に白状します。たしかに、武藤さん狙いです。もしかしたら熱愛写真が撮れるかも、と言われて来たのですが、結果はご存じのとおり大失敗の零点です」

三条が小さく噴き出した。

「そもそも『熱愛』に進展しませんでしたからね」

「あの、怒っていませんか」

「ぼく？　ぼくが怒る理由はないでしょう。なんのかかわりもないんだから」

よかった。ほっとした。

「ほかのかた――特に『ヘスティア』のかたには、どうか内緒にしていただけませんか」

「わかってますよ。言いません。貸しひとつということで」

「ありがとうございます。ご恩は……」

「それより、武藤さんのことはどうでもいいですが、自分のことは多少気になります。ぼくのことも探りにきたのでは？」

迷った。普通なら「対象外です」と言えばいいのだろうが、著名人にとって「無視は悪口よりひどい」というのは常識だ。ここは方便だ。

「指示されてきたのは武藤さんですが、わたし個人としては断然三条さんに興味があります」

「それはありがとうと言うべきかな」

「それと、せっかくなので逆にうかがいたいのですが、やはり以前にどこかでお目にかかっていますか？」

「どういう意味ですか」

「ほら、わたしの名前をフルネームで呼んでくださったじゃないですか。わたし、苗字しか名乗っていないのに。だから……」

三条がさえぎった。

「いつまでもここで立ち話もなんですから、ちょっと出ましょうか」

通路に人気がないのを確かめて、三条にエスコートされる形で部屋を出たが、そのままバルコニーへ戻るのではなかった。玄関へ向かった。

「靴もちゃんとあるようですね」

目立たぬように隅に置いた真由子の靴をあごで指す。

「えっ、どうしてわかるんですか」

また笑われた。

「失礼ながら、あなた以外にその靴が似合う服装の客は見当たりませんから」

三条にエスコートされる形でエレベーターホールに向かう。そこで待つあいだ、三条が「ああそうだった」と言った。

「すみません。ちょっと声をかけないといけない人がいたので、先に下りていてください」

三条はドアが開いたエレベーターに真由子だけ乗せ、《1階》と《閉じる》のボタンを素早く押し、戻っていった。下りてゆく箱の中で、この隙に逃げようかという衝動が湧いたが、すぐに思い直した。もはや無かったことにできる段階ではない。

しかたなく、あとで何かの足しになればと、さっき取り出し損ねたICレコーダーを音声起動モードにして、シャツの胸ポケットに落とした。

数分ほど一階ロビーで待っていると、スマートフォンに着信があった。ショートメッセージだ。送信者の番号に覚えはない。

《いま、マンション前の歩道にいます》

顔を上げると、いつのまにどこから出たのか、三条がマンション前の植え込みの陰に立っており、軽く手を挙げた。

今にして思えば、防犯カメラに映るのを避けるため、エレベーターを使わず、非常階段か裏口のようなところから出たのかもしれない。

しかしまさかそんな企《たくら》みがあるとは気づかず、あわててエントランスを出た。

「こちらへ」

すぐ近くに小さいが洒落たコーヒーショップが見えたので、そこにでも入るのかと思ったが違った。三条に導かれるまま、二、三分ほど路地を歩いた。道路ぎわに設けられた、小さな緑地のような薄暗がりに、白いハリアーが停まっていた。周囲は高級そうな邸宅の高い塀で、見える限り人の気配がない。

「どうぞ」

車のドアを開けて後部シートに招き入れられた。少し抵抗を感じた。三条ともあろうものが、コーヒー代をけちるとは思えない。なんとなくそこに引っかかったが、それでもまさかこんなことをされるとは想像もしなかった。

「少し待って」

スライドドアが閉まり、車内にひとり残された。その隙に考えをめぐらせた。

ここまでのやりとりからして、武藤と菊井のスキャンダル以上に気になることがあるようだ。だとすれば、自身のことだろう。何か、知られてはまずいことがあるのか。それが何かつかめないだろうか。

それを手に入れた上でなんとか放免してもらい、無事帰還できれば、開けた穴を多少は埋められる。

鹿倉の言葉も思い出した。以前、三条に突撃取材を試みたことがあったが、だめだったらしい。「けんもほろろどころか、もう少しで轢かれそうになった」とぼやいていた。

詳しい内容は教えてもらえなかったが、アメリカ時代の選挙運動の不正にかかわることのようだ。もしかすると、三条のほうでも『週刊潮流』がどこまで知っているのか知りたいのかもしれない。

だとすれば、とぼけながら「逆逆取材」という手もある。菊井早紀の件はもう絶望的だが、三条から何か聞き出せれば、それはそれで成果といえるかもしれない。

そこまで考えると、腹が据わった。

スライドドアが開いて、三条がトレーを手に乗り込んできた。上には、テイクアウト用の紙カップがふたつ載っている。それをシートに置き、三条自身も乗った。三人掛けシートに、トレーを挟んで並んで座った恰好になる。

「アイスでいいですか。今日は少し暑いですよね」

「あ、すみません」

さっきのコーヒーショップまで戻ったにしては早いが、そんなことをいちいち訊けない。

「ガムとミルクもあります」

「あ、ブラックで大丈夫です」

「ではどうぞ」

礼を言って、すぐにストローを突き挿し、ふたくちほど飲んだ。実は、クローゼットに忍び込んだときから、ひりつくほど喉が渇いていた。三条が口を開く。

「では、さっそく本題といきましょうか。まだパーティーの途中ですし。――もう一度訊きます。今日はぼくのことも調べに来たのですか」

いきなり直球を投げてきた。これだけしつこく訊くということは、探られてはまずいことがあるのはもはや間違いないだろう。そして、ここで気づくべきだった。探られたくないことがある人間が、わざわざ週刊誌記者と二人きりになるのには理由があると。

「そもそもは……」

「武藤さんの件は、もうわかりました。嘘とは言いません。それも目的のひとつだったでしょう。訊きたいのは、ぼくに関することです。最近、『週刊潮流』がぼくにつきまとっている本当の理由です」

女性関係の問題だと直感した。これはいいぞ。自分から語らせるようにするのだ。ならば警戒させないよう、細心の注意を払って言葉を選ばなければならない。質問内容を考える時間を稼ぐため、アイスコーヒーをごくごくと飲んだ。

「もちろん、すごく関心はあります。ただし『週刊潮流』の指示ではなくて、あくまで個人的なものです。わたし個人の意見ですが、お年を召した男性の下半身問題より、三条さんに関する話題のほうが、記事にする価値も高いと思います」

三条の表情はまんざらでもなさそうだ。そのまま続ける。

「ですから、もし何か面白いお話が聞けたら、編集部にかけあって記事にさせていただけたらいいなと思っています。もちろん、三条さんの了解はいただいた上で。たとえば――」

たとえば、の続きに少し迷った。いきなり女性問題はまずい。そうだ。まずは、共通の体験である「留学」がいいかもしれない。少し前の会話でも関心を示していた。

「たとえば、わたしもあの時期に留学していたことは、さきほどお話ししました。大学は夏季休暇中でしたけど、三条さんが大学周辺にお住まいだったとしたら、すれちがっていたかもしれないですよね。だから、なおさら親しみを感じます」

「またその話ですか」

三条の目つきが変わった。好きな話題と不愉快な話題とが、はっきりわかる人だと気づいた。三条が気にしているのは、現在のスキャンダルではなくて、留学時代のことのようだ。だとすると、経歴を少し〝盛って〟いるのだろうか。それは面白そうだ。

しかしこちらは何も気づいていないふりをして探りを入れよう。さすがに、その程度のテクニックは身についている。

「読者も関心があると思いますよ。在学中から、知事選の選挙事務所でブレーンをされていたときに、具体的にご苦労されたお話とか。あるいはもっと私生活的な、たとえば、現地でお付き合いされていた女性との秘めたロマンスとか」

「ロマンスですか」三条がくっと笑う。「それはないですね。それより、留学制度が最後になったのには理由があったのですか」

強引な話題の切り替えが気になったが、話を先に進める。

「はい。女子学生がひとり失踪して、そのまま行方がわからず、ええと、両親が騒いで、それでたしか、ええと、問題になったみたいで。三――三条先生は、はあ、ご存じでしたか」

急にあくびが出そうになったのを、とっさにこらえた。どうしたのだろう。

「いいえ。まったく」

「はい――ええと。なんでしたっけ」

なんだか、急にぼうっとなってきた。昔、インフルエンザにかかったときのように、ふわふわした気分だ。

「名前がどうかしたとか」

「名前、ですか？」

「苗字しか名乗っていないのに、下の名前がどうとか言ってましたね」

「それは――ええと、それで――なんでしたっけ」

目の焦点が合わなくなった。酔ったのか？　いや、ビールをコップに一杯、いや、二杯？　まあ、どうでもいいが――なんだか。ぼんやりする。

　それで、なんの話をしていたのだろう。

「だいたいわかりました」

　三条がそう言って何か不自然な動きをすると、彼の手がコーヒーのカップに当たって、中身が足の上にこぼれた。

「あっ、冷たい――」

　パーティーではあるが、取引関係ということで、スーツを着ている。ハイブランドではないが、持っている中では一番見栄えのするパンツスーツだった。その太もものあたりにアイスコーヒーがこぼれた。バッグにも少しかかった。カメラが――。

「おっと失敬」

「あ、ああ」

　やけにぼんやりとした声が出た。反射的に、まずは落ちたカップを拾おうかと前かがみになったとき、胸ポケットから何か落ちた。なんだろうと思った瞬間、首の後ろを殴られたようなショックを受けた。激しいめまい、痛みというよりしびれを感じた。バチバチという音も耳にした。

「なにを……」

　緩慢な動きながらも抵抗しようとすると、もう一度同じ箇所に衝撃を受けた。それで目の前が暗くなった。

気がつくと、暗くて硬くてゴムくさい、狭いところに寝転がっていた。首の真後ろと右耳の下あたりがじんじんとしびれて痛い。初めての体験だが、これがスタンガンというものなのかもしれない。こんなにも強力なのかと驚く。

起き上がろうとしたが起きられない。だがそれはしびれのせいではなく、足が縛られているからだ。手も後方に回されたまま、動かせない。無理に動かそうとすれば食い込んで痛い。結束バンドのようだ。わめこうとしたが、口もテープ状のもので塞がれて「うう」というくぐもった声が漏れるばかりだ。

何もできず、ただ横たわっている。頭もまだぼんやりとしている。

こんなことが我が身に現実に起きたことも、その犯人が三条公彦だということも、まだ現実のこととは思えない。

なぜこんな目に遭ったのか、自分はこれからどうなるのか、ここから逃れるにはどうしたらいいのか。何もわからない。助けを乞《こ》いたくても声も出せない。

車はまだ走っている。どこへ連れ去られていくのだろう。いや、何をされるのだろう。混乱と不安が大きすぎて、まとまったことが考えられない。

やはり、車に誘われたときに、直感どおりに怪しむべきだった。拒絶するべきだった。せめてメールの一本も打つふりをすればよかった。しかし、心のどこかに「まさかあの三条が」という考えがあった。鹿倉でさえ言ったように「地味で目立たない。誰も注意を払わない」自分が、こんなことの対象にされるとは思わなかった。

車はさらにしばらく走った。周囲の音や停止の頻度からすると、都心部は抜けたようだ。ただ、依然としてほかの車やバイクの音もするので、まるきりの郊外ではなさそうだ。

三条が自分で運転しているのだろうか。誰か共犯がいるのか。共犯――そうだ、これは犯罪だ。三条のような著名人が、自分が三条であることがばれているのに、こんな違法なことをするだろうか。

ぼんやりした頭でも、その疑問が行き着く先の答えは想像がつく。誘拐、拉致をしても、誰が犯人か世間にばれない方法が、ひとつだけある。だがその可能性は考えたくない。

やがて車が停まった。進行方向からすると、運転席側のドアが開き、すぐに閉まった。誰か乗り込んでくるのかと身を硬くしたが、誰も入ってこない。わずかに金属のきしむような音が聞こえ、再び運転席側のドアが開き、閉まる。また車が進む。ああ、門を開けてどこかの敷地に入ったのだ、と考える程度に脳は働いた。

音のこもった感じからすると、ガレージのようなところに入ったようだ。案の定、シャッターの下りる音がした。これで周囲から隔離されたようだ。

頭がある側のドアが開く。誰かの手が伸びてくる。男のものらしい手が、真由子の両わきで体を抱えるようにして、車から引きずり下ろした。あちこちこすれたり、足がコンクリートらしき床に当たったりしたが、緊張のせいかあまり痛くない。どさりと床に投げ出された。頭が床に当たったときは、さすがに痛みにうめいた。

目隠しの隙間から、電灯の光のようなものが差し込んでくる。やはり、屋内にいる。絶望的な気分になる。

間を置かず、みぞおちのあたりに猛烈な衝撃を受けた。

「ぐっ」

拳にしては硬かった。たぶん、靴の先で蹴ったのだ。息が詰まり、体を折った。わめき声をあげたいが声にならない。涙が出た。どうしてこんな目に遭わなければならないのか。

やめて、という声が、ごごご、と漏れるだけだ。

「うぐっ」

また蹴られた。一度目よりも正確に胃に命中した。吐瀉物《としゃ》が猛烈な勢いで胃からせりあがる。口は塞がれているので、鼻腔《びこう》を抜け、鼻から噴き出す。気管支に入る。むせる。猛烈に咳き込む。呼吸困難だ。窒息しそうで、意識が遠のきかける。

それに気づいたのか、口を塞いでいたテープを乱暴に引き剝《は》がされた。このチャンスに言いたいことは山ほどあったが、咳き込んでしまってそれどころではなかった。両手首、両足首を縛られたまま、体を折り曲げ、激しく咳き込み、その勢いでまた吐く。

その途中で、またしても蹴りが入った。

「おおっ」というような、獣の吠《ほ》え声じみたうめきが漏れた。自分の声だ。

相手は無言のまま、こんどは顔を蹴った。いや、踏まれた。前歯が折れた。唇が切れた。吐いたものが喉につまってむせた。あわてて息を吸い込むと、折れた歯と一緒に血を呑《の》み込んだ。これは本当にあの三条がやっていることなのだろうか。いつもテレビ画面から微笑みかけるあの爽やかな顔で、こんなことをしているのか。

今度は顔を蹴られた。再び意識が遠のきかける。

蹴っている人物が何か言ったようだが、聞き取れない。もはや、それが三条の声であるかどうか確信は持てない。パニックの状態は一瞬で通りすぎて、頭はぼうっとしている。

「許して」と叫びたいが、言葉にならない。次々に、蹴りが腹に胸に、そして顔にも襲い掛かる。

相手がまた何かしゃべった。

まるで呪文《じゅもん》のように繰り返し吐き出される言葉が、しだいに遠のいていった。

15　宮下真人

お隣の南大泉署に、練馬区内のアパートにおける、死体遺棄事件の捜査本部が立った。宮下たちが所属する高円寺北署も、応援要請に応じることになった。もちろん、宮下と小野田もそのメンバーに入る可能性は大だったが、一日だけ「遊軍」という名目で、自由行動する許可を得た。小野田が課長に交渉した結果だ。しかし、と釘も刺された。翌日から応援部隊に組み込まれるだろうから、自由行動の朝も会議には出席しておけとの命令だ。

「一日とはいえ、わがままを聞いてもらったから、しかたないね」

小野田が右の眉を上げた。宮下も反対意見はない。むしろ情報を得ておいて損はない。

翌朝八時に、直行した南大泉署の会議室に入ると、すでに小野田の姿があった。後方三分の一あたりに座っている。

「おはようございます」

短く挨拶して、隣の席に腰を下ろす。小野田の前の机には、例によってICレコーダーが載っている。

本庁捜査一課から、理事官、管理官などの役職者が顔を揃えている。宮下はあまり面識がないが、南大泉署の署長や課長クラスも並んでいる。聞いたところでは、昨夜の会議は開始時刻も午後九時を回っており、初回ということもあって、概要の説明と今後の捜査方針の説明程度で終わったらしい。

一課の刑事たちも十名ほどが来ているはずだ。宮下は、顔だけでは所轄も本庁も見分けがつかないが、おそらく前のほうに固まって座っている一群が一課だ。背中から「気」のようなものが発散されているし、振り返った男の上着の襟元に、例の赤バッジらしきものが見えた。

今は「死体遺棄事件」だが、いずれ間をおかずして「殺人死体遺棄事件」に変わるだろうという意気込みのようなものが、会議場に満ちている。

溝田《みぞた》という名の本庁一課の管理官が進行役を務めた。場合によっては、一課長が臨場するときもあるが、このところ都内で未解決の凶悪事件が続いており、そちらで手一杯なのかもしれない。

会議冒頭、溝田管理官によって概略が説明されたが、宮下たちもすでに知識として得ている内容がほとんどだった。

部屋の借り主である新田文菜は、三週間以上前から行方がわからなくなっており、行方不明者届が出されている。その届けを出したのが、夫ではなく実家の両親であるという事実に、最初の小さなざわめきが起きた。

もちろん、夫が臭いぞ、という反応だ。

ちなみに、賃貸借契約を交わしたのは文菜自身で、失踪する約二か月前だったが、その目的は不明だ。

宮下は、その情報源は誰、あるいはどこだろうと思った。もちろん文菜の両親にも訊いただろうが、高円寺北署からも裏をとったはずだ。まるで自分が調べたように、橋口が電話口でしゃべっている姿が目に浮かぶ。「調査に本腰を入れようとした矢先だった」ぐらいのことは言いそうだ。

遺体について――。

都内で不審死が続いたこともあって、遺体の解剖は今日に回された。とりあえず、血液型など最低限の予備的な検査が行われたが、昨日の両親による「娘ではない」という証言を裏付ける結果となった。

発見された遺体の血液型はB型、一方、新田文菜がO型であることは確認がとれている。

「現時点で、遺体がどこの誰のものか、わかっていない。付近で該当する行方不明者届は出ていない」

管理官が渋い顔で言うと、また小さなざわめきが広がった。公表していないだけで、あたりぐらいはついていると思っていたのだろう。

その後、今後の大まかな捜査方針などの発表があったが、なにしろまだわかっていることが少ないので、お定まりの内容にとどまった。「沽券《こけん》」とか「意地」という抽象的な単語がいくつか出て、結局は敷鑑と地取りの聞き込みに、全力をあげて臨むというものだ。

ちなみに、「敷鑑」は被害者の遺族、友人、知人などに聞き込みを行い、人間関係を洗い出していく作業で、犯人特定のきっかけになる確率が高い。したがって、一課にしろ所轄にしろ、古参やエース級があたる。一方「地取り」は犯行現場周辺の地域を歩きまわって、事件に関連する情報を集める作業だ。徒労に終わる率も高い。宮下たちのような応援組はこちらに回る可能性が高い。

とにもかくにも、新田文菜の周辺を徹底的に洗う。特に夫関係は重要だ。いなくなって三日も経つのに、警察に届け出なかったというのは、やはり怪しいとの見解だ。

小野田と宮下が洋行に抱いた感想とは違うが、訊かれもしないのに意見を述べることはできない。

惨殺された東村山のパン店の妻と知人であることも、あっさりと告げられた。上層部は関係性が薄いと考えているらしく、話題はすぐに切り替わった。なんといっても、あれは埼玉県警の事件《ヤマ》だ。

また、新田文菜が三週間も前から行方がわからなくなっているという事情に、最初に接触したのは宮下と小野田だったが、その点についても会議ではひとことも言及はなかった。もっとも、単に「知っていた」というだけでは手柄ともいえないから、不服はない。

もちろん、三条の名などひとかけらも出ない。

その後、すでに地取りや敷鑑の捜査を始めている所轄の刑事から、いくつか報告があった。こちらにも特筆すべきことはない。近所で怪しい人物を見たという証言はない、という程度だ。

「班割りは、のちほど一課の仲根《なかね》係長から発表してもらう。気合いを入れてがんばってくれ」

管理官の定型の締めで、朝の会議は終わった。

班割りのメンバーは、隅に模造紙に書かれて張り出された。昔ながらの方法だ。念のため近くによって確認する。

本当に宮下たちの名はなかった。

＊＊＊

鋭い眼光の警備員に睨まれながら、曇りひとつないガラスの自動ドアを抜ける。

都心、赤坂にそびえたつ、キーテレビ局NBT本社ビルの一階ロビーだ。

宮下は、規模の大小にかかわらず、テレビ局の建物に入るのはこれが初めての体験だった。

ビルの正面側は総ガラス張りといっても大げさではなく、明るく、華やいだ雰囲気が眩しいほどだ。

ドラマの巨大なポスターがロビーのあちこちに貼られ、吹き抜けの中空からは垂れ幕も下がっている。紙吹雪が舞っていないのが不思議なほどだ。

微笑みを崩さないまま、宮下たちをしっかり視線でロックオンしている受付の女性に用件を告げ、手続きを済ませた。

控室にいるらしい三条の助手、久保川に連絡はすぐについた。局内で会おうと指定してきたのは三条側だから、予定は空けてあったのだろう。

ロビー奥の一段高くなったあたりがラウンジ風の造りになっていて、樹脂製の椅子や円形のテーブルが置かれている。そこの、人の流れから一番遠そうな席に、宮下と小野田は座った。レストランで見るようなドリンクカウンターがあり、ソフトドリンクだけでなく、アルコール類も揃っているようだ。

小野田が、きょろきょろしている宮下に気づき、小さく咳払いをした。宮下も謝罪の意味の咳払いを返し、しかたなく手帳を眺めるふりをする。

この面談の話をつけたのは小野田だ。「助手」という呼称らしいが、事実上のマネージャー役の久保川という男に話を通した。

どういう交渉をしたのか、宮下は詳しく聞いていない。ただ「だめもとであたったら、了承してもらえた」と説明されただけだ。そんなに簡単にいくものだろうかと思うが、それ以上訊いてもおそらく話さないだろう。これまでの小野田との付き合いから想像するに、単に懇願しただけとは思えない。「すんなり済ませたほうが、面倒くさくない」「あとになると、やり手のうるさいのが出てくる」というような駆け引きをしたかもしれない。

しかも、彼が出演するのは深夜番組なので、面会時刻が夜遅くなるのを覚悟していたら、今日は夕方の番組にゲスト出演するので、午後二時ごろ来てくれという。それだけで幸先がよいような気分になる。

訊きたいことはほとんど一点だ。新田文菜と面識があったか、あるいはなんらかの接触があったか。それを、できれば本人の口から語らせたい。

ほどなく、三つの人影が近づいてくるのに気づいた。

三条本人はすぐにわかるが、事前に得た知識からすると、付き添うように立つ、地味な感じの男が「助手」の久保川克典で、少し後ろからついてくる若い女性が「秘書」の菊井早紀のはずだ。

「お仕事中に申し訳ありません。高円寺北署のものです」

小野田が口上を述べて、身分証を見せる。宮下もそれに倣った。

向こうの三人も、揃って軽く頭を下げ、それぞれ短く挨拶の言葉を口にした。

久保川は三人の中では一番、というよりほとんどひとりだけ愛想がいい。素早くにこやかに名刺を差し出した。三条は無表情に近く、菊井は硬い。三条は名刺を出さず、菊井はぎこちない動作で差し出した。小野田に続いて宮下も受け取り、相手の人となりを素早く観察する。

これもまた、今回のことで得た知識なのだが、この菊井は『レディK』というニックネームで呼ばれ、「クールビューティ」だとかで人気急上昇中らしい。たしかに、すこしきつい感じの整った顔といい、控えめなのに威圧感を与える雰囲気といい、印象に残るタイプだ。

こちらも名刺を渡し、挨拶の儀式は終わった。

「お仕事ご苦労様です。――あ、何もないんですね。コーヒーでも頼みましょうか」

久保川が気配りを見せると、菊井が「では、わたしが」と全員のオーダーを訊き、ドリンクカウンターへ向かった。セルフ式らしい。

菊井以外が円形のテーブルを囲むように座る。もう一度、久保川の名刺を見る。会社の公称は「Office 3J」、その上にやや小さめの片仮名で『オフィス　スリージェイ』とルビがふってある。事前に調べたとおりだ。

面会が午後二時ということもあって、小野田と手分けして、いくつか事前調査をすませてきた。そのひとつ、宮下は登記所へ行き、三条たちの会社の登記事項を調べた。個人事業主かと思ったが、会社組織にしているとわかったからだ。将来を見据えたコンサルティングをしている者がいるのかもしれない。

「お忙しい時間にすみません」

あらためて宮下が頭を下げる。

「なるべくご協力させていただきたく思いますが、本番前でして、手短にお願いします」

久保川が申し訳なさそうに言って、スマートフォンをテーブルに置いた。「録音します」という表明のつもりだろう。

小野田も、バッグかどこかのポケットに忍ばせた、ＩＣレコーダーの録音をすでに始めているはずだが、例によって許可を得るつもりはなさそうだ。

三条が長い足を組んで椅子の背もたれによりかかった。

「それで、久保川にお電話いただいたところでは、アメリカへ留学していたころの話をお聞きになりたいとか」

三条が、宮下と小野田を交互に見た。小野田が答える。

「はい。ある事件の関係者の過去について、少し調べたいことがありまして、いろいろな方にお話を伺っています」

「ある事件とはなんでしょう？」脇から久保川が口を挟む。

「申し訳ありません。事件そのものに関する内容は、今はまだ具体的には申し上げられません。ご理解ください」

三条がふっと息を漏らした。出会って初めての笑みだ。優しく柔らかい笑顔だったが、発言の内容はバーベキュー用のステンレスの串《くし》のように尖っていた。

「具体的にお話しいただけないなら、残念ですが、こちらも答えようがないと思います」

たったそれだけだが、この三条という男に対する印象が固まった。爽やかな笑顔は仮面だ。

「お待たせしました」

トレーに飲み物を載せた菊井が戻ってきたので、会話が中断した。金を払う払わないで少しやりとりして、結局、双方自分持ち、ということで決着した。菊井は隣のテーブルから椅子を引き、三条の斜め後方に控える。

アイスコーヒーにストローを挿しながら、宮下が三条の指摘に答える。

「もちろん、お訊きしたい点に関しては具体的に説明します。くどいようですが、お答えいただける範囲で結構です」

いきなり居丈高になるより、むしろ下手に出ておいたほうが、あとあとやりやすい。それほど多くない経験から学んだことだ。

「わかりました。字は読めなくても、話すほうはなんとかなります」

三条の表情がほとんど変わらないので、真面目に言っているのか、軽い冗談なのか判断がつかない。小野田が質問を始める。

「三条さんは、十三年ほど前、アメリカの大学に留学されていたそうですが、まずその事実に間違いありませんか？」

表情も変えずに三条が答える。

「ありません。事情があって少し遠回りしましたが、十三年前にUCBの『障害者コース』に入学して学んでいました。履修内容も説明しますか？」

そのなめらかな語り口と、左の眉を上げて問う表情に、慣れた印象を受けた。飽きるほど同じ質問を受けたに違いない。

それに対し、小野田が「いまは結構です」と答えた。続く自然な動きで、宮下からタブレットPCを受け取り、宮下が準備しておいた画面を見せる。新田文菜の部屋にあった集合写真を写したものだ。個別の顔の識別は、充分可能なはずだ。

「この写真は、そのとき撮られたものでしょうか？」

「へえ、なつかしいな」

三条が、画面に表示された写真を覗き込んで、軽くうなずく。

「――こんな写真、どこで入手しました？」

「それより、いかがですか。ここに写っているのは三条さんに間違いありませんか」

三条とあたりをつけた若者を、小野田が指で示す。三条は答える前に、ほんの一瞬、久保川と視線を交わした。そしてうなずく。

「たしかに、間違いないと思います。どこでこんなものを探してきました？」

やはり入手先が気になるようだ。それなりに古い写真だし、そもそも「どうして警察が」と疑問を抱くのも無理はない。アパートの変死体事件で、新田文菜の名は、まだマスコミに流していない。

「ここに写っている人物の関係者が持っていたものです」嘘ではない。「――たぶん、大事な思い出だったのでしょう。――ところで三条さんは、この顔ぶれの中で、特別親しくされていたとか、名前だけでも知っているとか、どんな関係でもよいので、記憶にあるかたはいませんか」

三条はあごに手を当て、少し眺めてから一度うなずき、結局否定した。

「申し訳ないですが、覚えていません。ただ、これを撮ったときの事情は思い出しましたよ。こう言ってはなんですが、わたしは正規の学生でしたが、彼らはたしか夏期の講習会のメンバーかなにかだったと思いますよ。たまたまあのとき、彼らが日本人集団特有のはしゃぎっぷりで、記念写真を撮ろうとしていて、近くを通りかかったわたしまで引っ張られたんです。個人的な知り合いはいませんね」

「短期とはいえ、同じキャンパスにいたのですから、挨拶ぐらいは交わしたとか」

食い下がる宮下に、三条が軽く笑って答える。

「ご自分に置き換えてみてください。高校でもいい、大学でもいい。たとえば文化祭かなんかで、たまたま写真に一緒に写っていたからって、知り合いとは限らないでしょう。しかも、あっちは夏休み中の観光旅行みたいなものです。ぼくは、ほかに行くところもないのでサマースクールを履修していましたが」

宮下は「なるほど」とうなずき、三条が補足する。

「それと、顔を覚えていないというのは、もうひとつ理由があるのです」

三条が、無言の聞き役に回っている小野田に問いかける。

「そういえば、あなたはメモをとらないんですね。こちらの――宮下さんは、しきりに細かい字でノートに記入されていますが」

小野田が簡潔に答える。

「聞き取りしながらメモをとる、という器用なことができませんので」

「わかります、わかります」どこか嬉しそうにうなずいた。「ぼくの持つ特性をご存じですか？」

「読字障害のことでしょうか」

「そうです。ただ、ぼくは『障害』だとは思っていないんですけどね。まあそれはともかくとして、文字を認識するのが苦手なんです。じつはこの特性は、単に『漢字が読み書きできない』という単純なものではないのです。言語に関する記憶自体が、全般的に苦手なんです。

たとえ話をしますと、ぼくは今では山手線《やまのて》に乗っていて、上野《うえの》駅で降りることも東京駅で降りることもできます。ちなみに、アナウンスを聞いて、ではありませんよ」

三条が少し間をとった。そのおかげで、冗談を言ったのだと理解できた。

「ぼくが言うのは、駅名の表示を見て、という意味です。――文字としての駅名は、いまだにどちらかといえば『読む』のではなく、『図柄』として覚えています。それに『ここが上野駅だ』と言語的に認識するからでもありません。この風景があの駅だ、と総合的に記憶するからです。意味がおわかりですか？」

宮下がうなずくと同時に小野田も首を上下させた。

三条が、一度胸ポケットにしまった宮下たちの名刺を取り出して、テーブルに並べた。

「お二人は、たとえば誰かの顔を思い出すとき、いちいち名前の文字とセットで頭に浮かべますか。『また、叱られるな』と、口うるさい上司の顔が浮かんできても、名前や役職まできちんと言語化して思い出していますか？」

宮下の頭に、反射的に橋口係長の顔が浮かんだ。たしかに彼を思い出すとき、名前でも役職でもなく、あえて表現するなら唾を飛ばしながら説教するその光景としてイメージする。

小野田が質問を返す。

「それでは、今でも駅名やビル名などは、名前とセットではなく絵的に覚えていらっしゃるということですか」

三条が笑って、組んでいた足をほどき、やや前かがみになった。話に興が乗ってきたのかもしれない。

「わかりやすい例を挙げたまでで、さすがにこれだけ社会生活をしていれば、大きな駅の名前やビル名ぐらいは覚えます。たとえばこの放送局『NBT』は、正式には『Nihon Broadcasting Televisionsystem』という名称であるとか。――しかし、初対面の人の名前はいまでも覚えるのが苦手です。まして、十数年前ともなると、当時覚えたとしても忘れているでしょうね」

情報番組にコメンテーターとして呼ばれ、しかもその期待に応えているようだから、もともと話し好きなのだろう。思わぬ寄り道をしたが、小野田が軌道修正した。

「さきほどの質問に戻ります。もう一度見ていただけませんか。この中に見知った顔、どこかで出会ったことのある顔はありませんか。名前は覚えていらっしゃらなくても結構です」

一度否定している相手に同じ質問をぶつけると、往々にして不機嫌になることが多い。「知らないって言ってるだろう」とはっきり怒り出すものもいる。しかし三条は嫌がることなくもう一度覗き込んだ。数秒間睨んでいたが、答えは同じくノーだった。

「やはり、ひとりもいませんね」

ここで小野田が、宮下も予期しなかった行動に出た。タブレットPCを自分で操作して、新田文菜の顔を拡大させた。

「この女性は三条さんのファンのようで、本棚にこれまでのご著書が三冊ともありました」

作戦変更で、対象を特定するらしい。証言を得るときには、あまり使いたくない手だ。先入観を与えてしまう。

「あ、そうなんですか。——しかし、答えは同じです」

三条は、べつにめずらしいことじゃない、とでも言いたげに小野田を見た。小野田はタブレットPCを宮下に渡し、話題を変える。

「質問を変えます。たとえば、熱烈なファンのかたが、しつこくSNSで接触してきたというような記憶はありませんか」

「残念ながら、ぼく自身はやっていません」

それも確認しておきたいところだった。三条名義でしばしばSNSに発信されているが、おそらくスタッフが代理でこなしているのだろうと思っていた。ただ、スタッフといっても目の前にいる二名だけのようだ。久保川が補足する。

「先生が、ご自身で文字的な発信をできない事情は、おわかりいただけますね。ただ、新著発売の予定ですとか、テレビ出演などの情報を欲しているファンのかたもいますので、わたしと菊井が代行して、アップしています。最近はわたしが指示して、菊井が作業するケースがほとんどです」

名が出たのに便乗して、宮下は『レディK』こと菊井早紀にも声をかけた。ただ、警戒されたくないので、予備知識があることは言わない。

「ええと、菊井さんとおっしゃいましたね。さきほど、三条さんにした質問そのままです。この中のどなたか、見覚えのある顔はありませんか」

菊井は少し下がった位置に座っていたので、宮下は立ち上がってそばに寄った。急に話を振られた菊井は驚いたようだが、すぐに身を乗り出すようにして、タブレットPCの画面を覗き込んだ。

菊井は、きれいに手入れされた眉の間に皺を寄せて睨んでいたが、やがて顔を上げ、宮下に向かって首を左右に振った。

「見覚えのあるかたはいません」

嘘をついているようには見えないし、期待はしていなかった。この写真の日から十三年の時が流れている。菊井早紀が「秘書」になってまだ一年も経たない。仮に、この中の人物に最近会ったことがあっても、同一人物と特定できるか疑問だ。

「そうですか。ありがとうございます」

「それではこのあたりでよろしいでしょうか。そろそろ時間も迫ってきましたので」

そう言って、久保川が立ち上がりそうなそぶりを見せた。宮下は小野田と目を合わせ、代表して答える。

「もし何か思い出されたことがあったら、ささいなことでもいいのでご連絡いただけると助かります」

そろって椅子から立ち上がりかけたところで、タブレットPCをショルダーバッグにしまおうとした宮下が、バッグの中身をごそごそやるうち、カバーをしていない本が一冊落ちた。

「お」と声を出して反応したのは三条だった。それは、三条が世に出るきっかけとなった、最初の著書だった。

宮下がしゃがんで拾い上げようとするのと同時に、三条と菊井も身をかがめ、結局三条が手に取った。

「今日の聴取の下調べですか」

三条がそう訊いたのは、嫌みというよりは好奇心からのようだ。宮下に断りなく、ぱらぱらとめくっている。いかにも、嬉しくてつい、という雰囲気だ。宮下も、いいえ、とさりげなく答える。

「以前から読ませていただいています。今日のことがあったので、あらためて本棚から引っ張り出してきました」

ところどころ付箋がついたり折り目があったりするのを、三条は嬉しそうに見ている。

きっちり最後の奥付まで見て、宮下に返した。

「もしよろしければ、ほかの本を献本させますが」

「いえ。自腹で買わせていただきます」

「先生、そろそろ時間が――」

促す久保川に、「あと三分」と言い、宮下たちに向き直った。

「宮下さんは、カラオケには行かれますか？」

真意を測りかねながらも、首を左右に振る。

「いえ。無理に誘われたときぐらいしか」

「歌は上手ですか？」

「残念ながら、いわゆる音痴です」

「実はぼくもあまり上手くはありません。ところで宮下さんはそのことを、ハンディキャップだとか障害だとか思いますか」

「いえ。うまくなりたいと思うときはありますが、さすがに障害とまでは」

「小野田さんは、料理は――お得意ですか」

質問ではあるが、あまり好きではなさそうですね、というニュアンスだ。

「いえ、ほとんどしません」

三条が、そうですよね、という表情でうなずく。

「それは料理が嫌いだから？　苦手だから？　差支えなければその理由を」

小野田にはめずらしく、とまどっているのが脇にいて感じられた。

「味音痴なんです」小野田はそう言ってから一拍置いて、つけ加えた。「食事をあまり味わって食べたことがなく、そのせいかもしれません」

三条は満足げに微笑んだ。

「人は誰でも、なにかどこか他人とは違う資質を持っています。ぼくの場合、交通事故が原因で、字を読み解くのに苦労する。書くことも苦手。でも、それが障害だとか他人より劣っているとか考えたことはありません。生まれながらにこの特性を持っている人もいますし、ノーベル賞受賞者やハリウッドの大物俳優にも、何人もいると聞いていますす」

宮下が同意する。

「今日はとても勉強になりました。日常生活に不便を感じないと、なかなかあらたまって考える機会はないですが、誰もが不便さを感じず暮らせる社会が理想かもしれないですね」

三条はそれを聞いてうなずき、今日一番大きな笑みを浮かべた。

「同感です。たとえば、会ったことがないと言っているのに、『特性』があるからという理由で、なかなか信用してもらえないようなことのない社会が」

最後に強烈なパンチを食らった。

三人に見送られて正面ドアを抜けながら、宮下は、三条と話しているときも小野田がずっと不機嫌そうだった理由について考えていた。

三条たちと別れ、局の自動ドアを出ながら時刻を見れば、午後三時少し前だ。

このまま、次の目的地へ行くことになった。新田文菜が卒業した、恭和《きょうわ》大学に寄る予定になっている。それはつまり、白骨遺体の宮崎璃名子の出身校でもある。

小野田が課長に「せっかく都心へ出るなら、新田文菜が卒業した年の名簿を閲覧に行きたい」と打診したところ、あっさり許可された。それどころか、課長みずから大学に電話を入れておくと言ってくれた。少なくとも宮下は、あまりあてにはしていなかったが、昼少し前に本当に小野田の携帯に連絡が来て「貸し出しやコピーは不可だが、閲覧ならできる」という回答があったそうだ。警察といえども、令状がなければそのあたりが限界だろう。

それより、後方支援はもちろん嬉しいが、ほかの署員たちからまた「特別扱いされている」とやっかみを受けないか、そちらも気がかりだ。

気になることがもうひとつ。今朝の会議で、三条の名が欠片《かけら》も出なかった。留学と写真のことは報告してある。米田課長が止めてくれた可能性がある。相手が有名人だと、スタンドプレイしたがる人間が出てくるかもしれない。小野田と宮下が三条から聴取す

か。

る前に、捜査本部の主力組に〝横取り〟されないよう気を回してくれたのではないか。そんなことを勘ぐりたくなる。

課長がどうしてそこまで面倒見がいいのかが、やはり気になる。

午後には資料の準備ができていると聞いたので、まっすぐ恭和大学の庶務課へ向かう。この学校は、〝学校銀座〟とでも呼びたくなる『神田』の一角にある。交通手段にいくつか選択肢はあるが、地下鉄の神保町《じんぼうちょう》駅が最寄りだろう。

地下鉄駅の改札を抜けながら、三条たちとのやりとりを話題に出した。

「さっきの面談、率直にどう感じました？　三人それぞれに癖のある印象でしたね」

「そうね。いろいろ感じるところはあった」

空いている階段を並んで下りながら会話を続ける。

「まず、三条はどうです？」

「神経質でプライドが高い。過去に何か傷をかかえている。それが読字障害由来なのか、もっとほかの事情なのか、そこまではわからない」

「しきりに足を組み替えていましたね。落ち着かない感じでした。——自分が驚いたのは、音痴を見抜かれたことです」

電車が到着し、人の少なそうなドアから乗り込む。シートがほぼ埋まる程度の混み具合だ。人影の少ないあたりに立つ。

「わたしも少し驚いた。料理嫌いを見抜かれて」

その点は自分も気づいていましたと、あやうく口にしそうになった。小野田の飲食のしかたを見ればわかる。まったく無感動に咀嚼《そしやく》し、飲み下すのだ。食を楽しまない人間は、料理も楽しくないだろう。だが、もちろん三条はそんなことは知らない。『特性』があると、勘がするどくなるのだろうか。

「さすがに、下調べしたとは考えられないですからね」

「コールドリーディングの一種かもしれない」

「それは、自分も考えました」

『コールドリーディング』とは、「あなたは、自分が正しく評価されていないと感じていますね」とか「日頃、他人に弱みは見せないようにしているが、内面は意外にもろいですね」などの、ほとんどの人にあてはまることから入っていき、しだいに家族構成や仕事などを、本人に気づかれないように探り出す会話手法だ。

「どこまで科学的裏付けがあるかわかりませんが、男の半数以上は音痴だという説を、以前読んだことがあります」

「あれは彼の趣味というか特技なんじゃないかな。何度も繰り返すうちに上達した。──たとえば『料理』と口にした瞬間の相手の顔に浮かんだ表情を観て、好悪どちらの感情を抱いているかとっさに判断する」

「それに、もし『得意です』と答えたら、『だからといって、不得意な人を哀れみますか』とでも切り返せばいいですからね」

小野田がめずらしくぷっと小さく噴いたのを合図に、少しのあいだ二人でくすくすと笑った。

「そんなことより、ちょっとさっきの本を見せて」

「はい」

面談の最後に落とした、三条の著書を差し出す。受け取った小野田は、ぱらぱらとめくって、奥付を見た。たしか三条もそんなことをしていた。

「きみがこれを落とすところを見ていた。落としかたが少しわざとらしかった」

「お見通しでしたか。次回の——あったとすればですが——ために、印象づけておこうかと思って」

「わたしは、きみが賢いのか抜けているのか、いまだによくわからない」

「あえて分類すれば後者だとは思っていますが」

「その本の奥付見てごらん」

なぜだろう。三条も見ていた。ここに書き込みなどしていないが——。

「あっ、そうか」

「発行日が三か月前だね。『あらためて本棚から引っ張り出した』というほど古くはないよね」

「人気で書店に見当たらなくてネットで買ったのですが——というのは言い訳ですね。

まさか、そんなところまでチェックされるとは思っていませんでした」

「チェックというほどでもない」

小野田が自分のバッグの中から、一冊の本を取り出した。同じ本だ。ただし——。

「あ、カバーのデザインが違いますね」

印象としてはほぼ一緒だが、メインの三条の写真が違っている。いや、元はまったく同じ写真だが、宮下のもののほうが、より顔のアップになっている。

「きみが持ってるその版から、カバーが変わったんだよ。彼がすぐに気づいたのも、そして笑ったのも、そういう意味だね」

「そうでしたか」

「でも、当初の『印象づける』という目的は達成できたんじゃない」

済んでしまったことをくよくよしてもしかたない。あの程度の〝方便〟が今後に大きな影響を及ぼすとも思えない。それより、またしても「どうして小野田は古い版の本を持っていたのか。わざわざ古本屋で買ってきたのだろうか。それとも、やはり昔からのファンなのか」そんな疑問が湧いた。

「ところで、久保川についてはどうですか」

「彼は苦労人ね。人当たりはいいけど、内心を見せていない。表向き、三条の助手ということになってるけど、あらゆる面でマネジメントしているのは久保川じゃないかな。三条という荒削りの原石を見つけ出して、ここまで光らせた才能は認めてもいいと思う。

さっきの話術なんかも、彼の伝授かもしれない。――そんなところ」

「あの短時間に、よくそれだけ観察しましたね」

「三条が何か発言するたびに、ほんの一瞬だけど、久保川とアイコンタクトをとる。ほとんど必ず。確認、了解、保証、いろいろな意味が込められている印象を持った」

「そこは自分も気づきましたが、だとすれば、あの二人の意気投合ぶりは相当ですね」

「ビジネス以上のつながりね」

「恋愛関係にあると思いますか」

ここまで即答していた小野田が少し考えたので、その横顔を見た。判断を迷っているように感じた。

「残念ながら、わたしは実証的にあまり詳しくない。ただ、違うような気がする。それを言うなら、むしろ信頼とか――いや、それも違う。なんだろ、うまくいえない」

確かに、つかみどころがない、という評価は同感だ。

「最後のひとり、菊井早紀はどう思います」

「彼女が一番、ポーカーフェイスが苦手ね」

「そのようですね」

「強い意志とすぐに迷う不安定さが同居している」

「目つきと、瞳の動きで感じますね」

さきほどの三人組に関する話題はそこで終わった。宮下の感想としては、新田文菜の一件と三条たちは関係なさそうに思えた。ただし、このことに限らず小野田は内心を表に出さないので、どう思っているのかは測れない。

恭和大学の門に着いた。

「行きましょうか」

小野田は立ち止まったまま、返事をしない。

「主任。どうかしましたか？」

「三条なんだけど、彼はあの集合写真を見たことがあるか、少なくとも存在を知っていたと思う」

「どうしてですか」

「あのときの会話を思い出してみて。文化祭がどうしたとか、そんなふうなたとえ話がずいぶんすんなり出てきた。あの反応はスムーズすぎる。準備していたか、過去にも似たようなことを答えた可能性がある。それと、写真を『どこで入手したのか』ばかりを気にしていた。だけど普通、警察がたずねてきて古い写真に見覚えがあるかと訊かれたら、まずは『この写真がどんな意味を持つのか』を気にするんじゃないかな」

＊＊＊

新田文菜は四年間で卒業している。同期の卒業生の名簿を閲覧することだけはできた。

しかし恭和大学は学生数の多い大学だ。したがって、この間、一緒に机を並べた可能性のある学生数はゆうに千を超える。ひとりひとり当たるのは不可能だ。絞り込むなら、短期留学というフィルターがあると思ったが、そう簡単にはいかないことがわかった。

文菜たちが参加した短期留学コースは、学校単位ではなく、業者が募ったものだったのだ。授業における単位にも加算されない。偶然か知ってか、三条が皮肉に言い放ったように、限りなく「観光旅行」に近いものだった。

したがって、恭和大学から誰が参加したか、正確にはわからない。単位に関係ないから、学校はまったく関与していないのだ。大学が教えてくれたのは「関与していません」という事実だけだった。しかも、このとき主催した業者は五年も前に倒産している。

「例によって、ほぼ無駄足でしたね」

署に戻る電車の中で、宮下がぼやくと、小野田が軽く笑った。

「そうでもないかもしれない」

本心なのか、負けず嫌いの性格が口にさせたのか、わからない。

本音をいえば、文菜の夫の新田洋行にも会ってみたかったが、朝一番で本庁のエース級が行っている。大きな声では言えないが、いまのところマスコミが好んで使う「重要参考人」扱いだ。任意という建前ながら、かなり突っ込んだ事情聴取を受けているだろう。邪魔者コンビの出る幕はない。

文菜が誰かを殺して、証拠隠滅のために衣類を剝ぎ、死体を遺棄し、行方をくらました。今のところ状況証拠ばかりだが、捜査本部の感触としては、ほぼその線で決め打ちだろう。

夫も「まったく気づきませんでした」と言い逃れするのはむずかしいかもしれない。その最大の理由は、やはり行方不明者届を出したのが、夫ではなく実家の両親だったという点だ。別居ならともかく、一緒に暮らしていながらどうして放っておいたのか――。単に、行方不明になっても気づかないほど、お互い不干渉、無関心なまでに、夫婦仲が冷え切っていたのか――宮下たちはこの考えだが――あるいはほかに何か理由があるのか。そのあたりをみっちりと訊かれているはずだ。そもそも、妻が犯罪に手を染めた場合、夫は協力者か被害者になる可能性が高い。

今後、本部の発表があれば、マスコミはその意図を汲《く》んで、言外に「新田文菜犯人、逃亡説」を臭わせるであろうことは見えている。メディアによっては一歩踏み込んで「夫共犯説」も飛び出すかもしれない。


夜の会議は、八時に溝田管理官の発言から始まった。

「まだ当該遺体の解剖結果がすべて出そろっていない。毛髪や血液中の薬物成分の検査、既往歴等についての所見は、明日以降になる見込みである。現在わかっているところを発表する。被害者《マルガイ》は全裸の状態で、厚手のビニール袋に収納され、クローゼット内に押し込まれていた。このところの陽気のせいもあり、一部腐敗が進んでいる。袋の口は粘着テープで塞がれ密閉状態に近かったが、わずかな隙間から体液その他が漏れ出し、それが臭気を放って発覚に至ったものと思われる。

死因は鈍器で頭部を強打されたことによるクモ膜下出血ないし脳挫傷《ざしょう》と思われるが、確定的ではない。部屋からこれに合致する凶器類は見つかっていない。身長百五十八センチプラスマイナス二センチ程度。体重約五十五キロ、推定年齢三十歳から四十五歳、出産経験なし。刺青《いれずみ》なし。左右の耳たぶにそれぞれ一か所ピアス痕。主だった肉体的欠損なし。被害者のものと断定できる遺留品なし。氏名不詳」

捜査員の誰かが、小声で「なし、なし、なし、不詳」とつぶやいたが、管理官には聞こえなかったようだ。

また、遺体の状態から死因を殺人と断定し、捜査本部名――いわゆる戒名――が、「死体遺棄事件」から「殺人および死体遺棄事件」に変更されることも付け加えられた。

続けて、今回捜査一課から出張ってきた、殺人捜査第五係の係長、仲根警部が、各担当捜査員たちによる具体的な捜査結果発表の司会を務める。

「まずは新田文菜の夫、新田洋行」

はい、と元気のいい声をあげて起立したのは、三十代後半あたりと思われる捜査員だった。その物腰からして捜査一課の刑事だろうと踏む。

「本人がどうしても仕事の都合で三時間ほどしか割けないというので、こちらから川口市の自宅マンションを訪問し、聴取しました」

ごくわずかだが、がやがやというざわめきが広がる。彼らが何を言いたいのか、宮下にはすぐわかった。仕事の都合などと言わせておかないで、引っ張ってでも出頭させればいいという強硬派だ。しかし、仲根係長は腕組みしたまま続きを待っている。

「妻である新田文菜と最後に顔を合わせたのは、四月十二日の朝。出勤前の朝食時に『今日、実家に帰ろうと思う。ひと晩泊まってくるかもしれない』という意味のことを告げられた。昼少し前に実家に現れたことは両親も証言しています。その日の夜、《やはりこちらに泊まります》というメッセージを受け取ったのが連絡の最後と言っています」

そして翌朝、両親に買い物に行くと告げて家を出たまま、行方がわからなくなった。

「夫の証言によれば、夫婦仲は悪くなく、ここ一年ほどはほとんど喧嘩をしたこともないとのことです。裏はとれていません」

その後、夫婦間の日常生活様式などについて報告があったが、特に注目すべき事項はなかった。

「つぎ、マンション内住人の証言はどうか」

夫への聞き取りとは別の組が担当だったようで、今度は宮下も顔を見知っている、南大泉署の四十代半ばの刑事が立ち上がった。

「新田家と隣接の住人、および同じ棟内の何軒かに話を訊きました。留守宅があり、話を訊けたのは四割ほどです。ただしあまり住人同士の交流がないマンションのようで、新田夫婦をまったく知らないか、顔見知りであってもたまに顔を合わせたときに挨拶する程度、ということでした」

具体的な聞き取り内容からも、たしかに怒声や大喧嘩の気配はないが、夫婦仲がよいからなのか、喧嘩もしないほど冷え切っていたのかは判然としなかった。

いくつか出る証言の中で、強く印象に残ったのは、管理人の言葉だ。

この管理人は、土日を含め週のうち五日詰めている。彼の話では、夫婦はときどき連れ立って買い物などに出かけ、これといって特徴のないごく普通の夫婦に見えた。管理人が甘いものが好きなことを知って、月に一度ほど頂き物のおすそ分けといった口実で、和菓子などをもらったという。

「有名な和菓子店のもので、わざわざ買ってきてくれたのではないかとは、当の管理人の意見です」

「それに何か意味があるのか」

「もしかするとですが――」

管理人の証言を続ける。新田文菜に関することでほかに記憶にあるのは、月に一度ほどの割合で四十代あたりの女が訪ねて来たことだ。

「身長も、おそらく百六十センチ弱ではないかと言っています」

「根拠は？」

「管理人室から見ると、通路の背景に掲示板があります。通る人の身長を、なんとなくそれと比較する癖がついているとのことでした。自分も見せてもらいましたが、たしかにかなりの精度で測れます」

誰かが「体重計もあればよかった」とぼそっとつぶやき、所轄の課長に咳払いされた。

「条件は合うな。その女の訪問はいつごろからだ」

仲根の質問に、起立した刑事は手帳も見ずに即答した。

「断言はできないが、ここ半年ほどだということです。さらに、その女にはほぼ毎回連れの男がいたそうです」

「男？　どんな男だ」

「それがですね。毎回違う男だったと証言しています」

「半年ほど前から月に一度といえば、五、六回ということになるが、毎回女は同一人物で男は違ったというんだな」

溝田管理官が口を挟む。

「管理人はそのように言っていました。さらに、文菜の姿を見なくなったころから、来訪者もいないと証言していますが、具体的な最終訪問日時は不明です」

「防犯カメラは？」

「正面出入り口に一台。あまり最新の設備でなく、常時録画タイプで、保存期間は約十四日。順次上書きされていきます」

また抑えきれないざわめきが波のように広がる。溝田管理官が無駄を承知で、という口調で問う。

「新田文菜の失踪前後は無理か」

担当した捜査員が悔しそうに、はい、と答える。

「確認しましたが、上書きされていました。ただ、失踪後にその女ないし男の誰かが訪問していないか、署員を二名派遣し、管理組合の了解を得て確認してもらっています」

宮下は小さく嘆息した。防犯カメラによる録画映像の再生は、何度か立ち会ったことがある。四倍速で見たとしても、二週間分なら八十時間以上だ。二人がかりで一日八時間見ても、五日かかる。しかも四倍速で確認してどの程度の精度があるのか、疑問符はつく。

「その管理人は、彼らの関係をどう見ていた」

「どうやら、さきほどの和菓子が口止め料がわりだったらしく、管理人もはじめ言葉を濁していたのですが、ひょっとすると、毎回顔ぶれが違った男たちは、新田文菜の浮気相手ではなかったかと」

「浮気相手？」

「はい。いつもその女が先に帰り、同行してきた男だけが一時間半から二時間ほどあとに帰るそうです。男のタイプはいずれも、たとえば不動産会社や生命保険の営業のように見えなかった。むしろ公務員や学校の先生風であったり、先日来た若いのはどう見ても学生だったと」

目を閉じ、テーブルに肘《ひじ》をついた右手のこぶしで、自分の額のあたりを叩いていた仲根が、顔を上げた。

「つまりこういうことか。新田文菜は自宅で不特定多数の男と浮気をし、来訪の女は仲介役だった。そして夫への口止めのために管理人に和菓子を渡していた」

「可能性はあると思います」

「感触としてはどうだ。単なる浮気ではなく売春か?」

「仲介者がいる以上、金品ないしそれに代わる報酬があったことは想像されます」

「アパートを借りたのは、浮気にせよ売春にせよ、夫にばれそうになったからか」

仲根の問いに別の捜査員が起立して答えた。

「アパートの部屋を見ましたが、かなりくたびれた印象です。それらの目的で借りるなら、その都度ラブホテルなりを使うほうが妥当かと思料いたします」

その意見に、苦笑まじりの同意するざわめきが起きた。

月に一度、自宅マンションで売春をし、実家近くには1DKのアパートを借りた——。動機というべきか目的と呼ぶべきか、いったい何がしたかったのか。

「その売春斡旋の女が、当該死体だと思うか」

仲根警部がずばり訊いた。会議のときは、遠回しな表現はしない。発言していた刑事は隣の相方らしき刑事と視線を合わせると、決心したようにうなずいた。

「断定するには材料が少なすぎますが、可能性は高いと思います」

「わかった。次に、携帯会社に情報開示を求めている件だが、契約者が夫で、死体が名義の当人ではなかったので、少しもたついた。令状がとれたので、明日にも入手できる。その斡旋の女の正体もわかるだろう」

次に、当該アパートを管理している地元不動産会社から、文菜の筆跡と指紋が残った契約書の提供を受けたという報告がなされた。

さらに次、実家の両親からの証言で、ちょっとした新事実が報告された。

「文菜の母親は、夫、つまり文菜の父親に内緒で、文菜に不定期に小遣いを渡していたそうです。頻度と金額はあいまいなのですが、聞いた印象では、二、三か月に三万程度、というところだと思います」

自身も思い当たるところがあるのか、五十がらみに見える仲根がうなずく。

「まあ、親にとって子どもは何歳になっても子どもだからな」

後ろ姿なので表情はわからないが、報告している捜査員も苦笑しているようだ。

「実は、父親もまったく同じことをしていました」

「妻に内緒で小遣いをやっていた？」

「はい」

捜査会議にしてはめずらしく小さな笑いが聞こえたが、仲根係長は睨まなかった。

さらにつぎつぎと、実家近隣での聞き込み、知人の証言などが続いたが、ほとんどはこれまでこま切れに漏れてすでに知っている内容ばかりで、さきほどの自宅売春ほどのインパクトはなかった。

捜査員たちの顔に疲れと脂が浮き、そろそろ会議も終わりかという雰囲気になったころ、宮下たちの順番が回ってきた。進行役である、仲根係長から、唐突な発言があった。

「本案件発生以前に、新田文菜の行方不明にかかわっていた捜査員がこの場にいると聞いたのですが、それは本当ですか」

「ええと、それは——」

南大泉署の刑事課長が、唐突な質問に困って職員を眺め回した。職員たちもきょろきょろしている。

「はい」

小野田が挙手した。直後に、素早く宮下だけに聞こえる声で「宮崎の件、振る」とささやいた。

「そこ」

指名され、小野田がすっと起立する。

「自分たち二名です」

抑えたざわめきの中、仲根係長の右の眉が上がる。

「まず所属と氏名を」

「高円寺北署、刑事課小野田静、こちらは同じく宮下真人であります」

宮下もすっと立ち、素早く十五度の敬礼をし、着席した。人が大勢集まった場所になると、まだ警察学校時代の癖が抜けない。

「どういうことか簡潔に説明して欲しい」

仲根が質問をぶつける。

小野田が起立したまま、宮下と訪問した際のいきさつなどを説明する。上司から指示を受けて向かったこと、両親から聞いた話、違和感はあったが事件性までは感じられなかったこと、などを簡潔にしかも要点の漏れなく述べる。

「当時は、事件性が感じられなかったということかな」

「そのとおりであります」

「上司に報告し、判断を仰いだか」

「はい」

小野田が短く答えた。前方に陣取った上層部から署の〝失態〟としての追及はなかった。橋口の根回しか、あるいは米田課長の人望か。

さらにいくつか、小野田に対して質問がなされた。南大泉署員のいるあたりからは、絶え間なくざわめきが聞こえるが、本庁組の座るあたりからは咳《しわぶき》ひとつ聞こえない。関心をもって聞いている。

小野田が最後に付け加えた。

「もう一点、すでに今朝の会議で告知された事実ですが、重ねて報告したい案件があります。東村山市在住、埼玉県所沢市の山林で遺体が発見された、宮崎璃名子との関係であります。宮下巡査長から報告させます」

宮下は、喉がつまりそうになったが、なんとか立ち上がった。直前に耳打ちされただけで、ほとんど心の準備などできていない。だが、そんなことは言っていられない。

新田、宮崎、両名が知人関係にあったことは、今朝の会議であっさりと報告され、あまり関心を抱いたものはいないようだった。「友人」というほどのニュアンスではなかったし、あれは他県の事件だ。ひとまず文菜の身辺を洗ったあとの、次段階の捜査対象という位置づけに感じた。

それには、写真の存在を公表しなかったことも影響しているだろう。宮下たちの判断で秘匿したわけではなく、橋口には報告してあるし、当然米田課長も知っていたはずだ。それを発言させなかった理由は当人たちに訊いてみないとわからないが、少なくとも米田は、宮下たちが恭和大学へ行きたいと言っていたので、時間稼ぎをしてくれたという気がしている。

あるいは、もっと単純に、手柄をすべて南大泉署に持っていかれては面白くないという心理が働いたかもしれない。

いずれにせよ、米田の顔を潰すわけにはいかないから、写真の存在を知った時期については、多少脚色をする。

「ええ、これは本日、それもついさきほど気づいたことであり、詳細な裏はとっておりません。先日新田文菜の『行方不明者届』の聴取に行った際、当人の部屋にあった学生時代の集合写真を複写してきました。このときは気づかなかったのでありますが、当該写真をさきほどあらためて拡大し確認しましたところ、所沢市の殺人死体遺棄事件の被害者である、宮崎璃名子によく似た人物が写っていることに気づきました。至急確認しましたところ、両名は同じ大学の卒業生であることがわかりました」

会議場内がざわついた雰囲気になる。所轄の年配の刑事が発言した。

「しかし、あそこはマンモス大学だろ。たまたま顔見知りが事件の被害者になることもあるんじゃないか」

仲根の声が響く。

「誰かに確認を取ったか?」

「はい。ええ、新田文菜の両親に取りました」

「電話か直接か」

「電話であります」

まずこっちに報告しろと、おそらく南大泉署の刑事から声が上がった。

「まあいいでしょう」と仲根がとりなす。「それで?」

「『たしかに宮崎璃名子さんは学生時代からの親しい友人だ』との証言を得ました。『だから、あんなひどい姿でみつかったことを悲しんでいた』とも。さらには『それを気に病んで発作的に自殺するとまでは考えられない』とも言っていました」

「自殺に至らないと考える根拠は?」

「自分も訊いたのでありますが『親の勘』とのことです」

悔しまぎれだろう。やはり「友人だからって、なんなんだ」などという声が聞こえる。

「いや、あたってみる価値はある」

仲根警部が腕組みをした。

「――しかし、埼玉県警の案件だからな。攻め口は考えないと。ああ、座っていい」

ようやく着席した。夕立に遭ったみたいにびっしょり汗をかいていた。

南大泉署員は、宮下たちがまだ何か隠していると疑っているのか、こちらに向けた目がきつい。

ひとまず、小野田宮下組の報告もそれで終わった。

ほかの人間に聞かれない廊下の陰で、小野田に泣きついた。

「あせりました。あれでよかったでしょうか」

「よかったと思う」

まだ出てくる汗を拭う。小野田はほとんど汗ばんでもいない。

「『ついさきほど気づいた』なんて、両親に日程的な裏をとられたら、懲戒ものです」

「まあ、過ぎたことを悔やんでもしかたないよ。真相をつかめば帳消しになる」

16　菊井早紀

「今の経緯をご覧になって、三条さん、どう思われます？」

　メインキャスターの川上天伸が、わずかに体をひねるようにして、左隣に座る三条公彦に話を振った。まずは相手にしゃべらせ、結末近くで急に相手の話の腰を折って「いや、それはどうかなあ」と論理の隙を突くのが、川上流の話術だ。

　その流れはいつものとおりなのだが、早紀が聞いていても少し危なっかしく感じるほど、今夜の川上の舌は滑らかさがない。三条が初めてゲストに呼ばれたころから、「滑舌が悪い」と世間では評判になっていたらしいが、特にここ最近はそれが顕著になってきたようだ。

　早紀のところからも見える、出演者用モニターの隅に表示された時刻は、午後十一時三十七分。今日もまた『ミッドナイトJ』の本番真っ最中だ。終了まであと二十分ほどあるが、川上の滑舌以外は好調だ。

　川上のろれつが怪しいのは、この時間帯のせいなのか、年齢のせいなのか、あるいはこれもまた噂されるように、本番前にグラスに半分ほど一気にひっかける五十度のウォッカのせいなのか、早紀にはわからない。

川上は相当に飲んでいても、酔いを顔に出さない。しかも、マウスウォッシュを常用し、男性用化粧品の匂いをきつめに漂わせているので、よほど近くで話さなければ酒臭いかどうかの判断もつかない。

しかし、スタッフも含めて通してきた「いつでもどこでも川上天伸」の仮面は、そのメッキが剝がれつつある。最盛期には「川上王国」とまで呼ばれた彼の天下も、終焉《しゅうえん》が近いのかもしれない。堤はその後継者を三条に絞っているらしい。しかし、仕事の成果に人柄は関係ないというが——。

ひとの心配をしている余裕はないと、早紀は意識を三条に戻した。川上のろれつは相変わらずいまひとつだったが、番組は淀《よど》みなく進んでゆく。

今日の主だったニュースを紹介し終えて、ひとつのテーマに絞った『ミニ特集コーナー』の時間だ。

CMのあいだざわついているスタジオを見回して、そういえば、今日も堤の姿を見かけないなと思う。これまではたいてい、番組前に三条のほか、久保川や早紀などにも気さくに声をかけてきたが、あのパーティー以来、顔を見ていない。番組が始まれば、フロアの隅でしばらく進行を眺めていたりもしたが、それもない。

早紀は視線だけを上向けて、番組進行の事実上の「指令室」である、副調整室の窓をちらりと見た。こちらから中の様子はわからない。もしかすると、堤はあのガラスの向こうから、トレードマークの細身の眼鏡越しに見下ろしているのかもしれない。

姿を見せないのは、早紀をなかば強引に『ヘスティア』の武藤寛に引き合わせたことに、負い目を感じているからだろうか。

あるいは、危険な流れになったり五分経っても出てこなかったら助けに入るなどと、嘘をついたことを恥じているのだろうか。

いや、それはないだろうと否定する。堤という人物を深く知っているわけではないが、そんな繊細な神経をしているようには見えない。むしろ、早紀が期待通りに動かなかったので、腹を立てて顔も見たくないと考えるほうが、まだ腑《ふ》に落ちる。

噂には聞いていたが、あんな〝枕営業〟みたいなことが、現実に行われているとは、しかもよりによってそれが我が身に降りかかるとは、意外だしショックだった。

いくらNBTにとって屈指の大口クライアントだとしても、局が費用を持つにしては少し贅沢《ぜいたく》が過ぎるパーティーだとは、あの会場へついた瞬間に思った。最近は、ますます予算が厳しいらしくて、そのしわ寄せが自分たちに来て、生活するのも大変だ。スタジオの隅で、大道具の裏にガムテープを貼りながら、ADたちがそんな愚痴をこぼすのを幾度となく聞いた。

どうやら実態は、武藤の豪華マンションを関係者に誇示しつつ「武藤の金を使って」「武藤を祝う」パーティーだったようだ。そしてうぬぼれるわけではないが、主たる目的のひとつが、早紀と二人きりになることではなかったのか。「局主催」ということにして三条を呼び、その付き添いとしてなら、早紀も同行せざるを得ない。金と力のあるところを見せつければ、しなだれかかると思ったのだろうか——。

武藤の見た目は、かなり若い——というより若作りだが、自分の父親と変わらない年齢であるし、社会的立場のある人物だからと、油断していた。手を握られ、半ば脅しのように関係を迫られ、拒絶しているのにもう少しでキスをされそうになった。

気がついたら、武藤のほおを叩いていた。

何が起きたのか、という顔をしている武藤を置きざりにして部屋を飛び出したが、武藤はすぐに後を追ってはこなかった。それで助かった。

堤だけでなく久保川も「何かあれば助けに入る」と言っていたのに、結局は来なかった。彼もまた、最悪の展開を承知していたのか、あるいは〝びびって〟出てこられなかったのか。

いずれにしても、やはり誰も信じてはいけない、頼ってはいけない世界なのだ。ならばそう覚悟を決めて、これ以上のことが起きない限りは胸にしまっておこうと決めた。

しかし、さらにひどくなるようなら考える。いくら夢につながっているとはいえ、しょせんは仕事だ。体を犠牲にするつもりはない。

胃のあたりが重い。今朝も起きるなり胃薬を飲んだ。いまこうしていても唇を噛み千切りたいほど悔しいが、彼らを赦《ゆる》すことにした。

ほとんど代償を払わずに学習できたことが幸運だったと、受け止めればいい。

今回のことで覚悟ができた。もしも、久保川が承知していたのなら、三条もまったく知らなかったはずはない。つまり、そういう人たちに囲まれているのだ。

ならば、こちらも腹をくくらねば、と思う。危険を冒すならその代償を求めるのは当然だ。知らぬ顔で三条についていて、ステップアップの機を狙わせてもらう。

「だから今回もわたしが言いたいのはね――」川上のやや興奮気味の、そして棘《とげ》のある声に我に返った。「なんで泣き寝入りするのか、ということなんですよ。三条さんは、ご苦労なさっているわりに相変わらずピュアだ。弱者に寄り添いすぎると、それは本人たちのためにもよくない」

川上の発言の前に、三条はなんと答えたのだろう。聞き逃してしまった。余計なことを考えていて、すっかり進行から気持ちが離れてしまっていた。こんな失態は秘書に採用されてから初めてのことだ。

さすがに、本番中に自分のほおを叩いたり頭を振ったりするわけにいかないが、傍《はた》からはわからないように居住まいを正した。

今日のミニ特集は、大手病院で起きた看護師どうしのパワハラ、いじめ問題だ。いじめの対象となった三十三歳の男性看護師が、弁護士に相談して訴訟を起こし表沙汰になった。

その実態は、〝いじめ〟と片付けるには苛烈《かれつ》だ。嫌な仕事を割り振る、仲間外れにする、などというレベルではない。実際に針がついた注射の練習台にしたり、結膜炎の消毒と称して目にアルコールを噴霧したりといった、立派な傷害罪にあたる悪質な行為だったというのだ。事実、警察に告訴もしているのだが、周囲が口裏を合わせ、かつ注射痕なども消えてしまい、確たる物証がない。民事はともかく、刑事事件として立件できるのか、先行きは不透明だ。

番組では、ひと通りの経緯をパネルや再現映像などで説明し、識者の意見や街中でのインタビューを流して、スタジオに画面が戻ったところだった。

日頃からタカ派的な意見を口にすることが多い川上は、今回も賛否を呼びそうな発言を連発する。ろれつの怪しさと比例して、しだいにその傾向が濃くなっていくように、早紀には感じられる。

「今のが本当だとしたら、これはもう犯罪だ。立派な傷害罪だ。加害者連中が悪いのは、論をまたない。しかしですよ」ここで声のトーンが上がる。口調もいつしか滑らかになっている。「こういう問題が起きるたびに、ぼくは『しかし』と思うんだ。やられていたほうも三十を超えた大人でしょ。どうしてこれほど長い期間、唯々諾々とやられっぱなしになっていたのか。犯罪的であるなら、なおさらだ。抵抗ができないまでも、なぜこれほどエスカレートする前に訴えるなりしなかったのか。極端な話、強盗に遭って泣き寝入りしたからまた襲われた、みたいなことじゃないかな。——そこのところ、三条さんどう思います？」

《できれば、ヒガイ者をかばって》

チーフディレクターに指示を受けたらしいフロア《F》担当ディレクター《D》が見せたカンペには、少し乱暴な字でそう書いてあった。あせったときは「かな率」が高くなる。三条は読まずとも意図を察したらしく、早紀が通訳する前に、静かな口調で応じた。

「ご存じのように、ぼくは学生のころアメリカで暮らしていた時期があります。その後も、何度か取材で訪れて、現地の〝生《なま》〟の生活をこの目で見ています。それも、セレブと呼ばれる人たちではなく、低所得層、貧困層の人たちです。ここから先は職場ではなく家庭内暴力、いわゆる『DV』の例になりますが、さきほど川上さんがおっしゃった『泣き寝入り』に共通する部分があるのではないかと思います。

アメリカにおけるDVは、あらゆる層に起きているのが特徴ですが、特に貧困層、低所得層のそれは、質的にも量的にも、日本の比ではありません。論拠となる統計の引用に関しては、長くなるので別の機会に譲りますが、とにかく悲惨というべき現状です」

川上が「ほう」とうなずく。その横顔には「強引にお得意のアメリカ話に飛躍させて、どう着地させる気なのだ」と書いてある。

「もちろん、行政や教会が運営する、駆け込み寺のような救護施設はあります。暴力を受けた女性や子ども、まれに成人男性なども保護を求めてやってきます。しかし」ここまで淡々と語っていた三条の口調が、やや強くなる。「一定の割合で、殴られても蹴られても、逃げ出そうとしない人たちがいるのです」

「逃げない？　それはつまり、経済的に自立できないとか？」

「いえ、そこが不思議なところなのですが、むしろDVを受けている側が、家庭経済を実質的に支えているケースが多いように感じました。とりわけ女性に。つまり、一日の勤労を終えて帰宅すると、自分が働いている間ずっと家でテレビを見ながら酒を飲んでいた夫に、『メシが遅い』などと言って暴力を振るわれるのです」

「うへえ」

川上が日頃から苦手だと公言している毛虫でも見たような顔をする。三条が続ける。

「——彼女たちは顔が腫《は》れ上がるほど殴られても、逃げようとしません。その理由は、一部都市伝説的に言われている『殴ったあとで男が優しくするから』という構造が、実際にあるのです」

「精神的依存？　共依存とかいいましたっけ？」

三条がわずかに苦笑するのが、斜め後方からもわかった。

「まあ、そういう側面もあるかもしれません。しかし、ぼくがもっと強く感じたのは『慣れ』ですね」

「慣れ？　殴られることに慣れてしまう？」

三条が、はい、と答える。

「殴られることが日常化していく、とでも言えばいいでしょうか。肉体的には苦痛であっても、精神に耐性が形成されていくんです。殴られることが、毎日の決まった習慣になっていく」

しかし、と反論しかけた川上の言葉に、三条が素早くかぶせる。

「もちろん、普通の神経では考えられません。しかし、これはぼく自身、身に覚えのあることなのですが、人間の心は極限状態になると、抵抗することを諦めて、目の前の現実を受け入れようとすることがあります。かつて人類がまだ原人だったころ、寒さに耐え、渇きに耐え、飢えに耐えたように、殴られる苦痛に耐えることが生き抜く手段だと、脳のどこかが勝手に判断するのかもしれません」

「ほう」

早紀の側からは見えないが、川上はお得意の右の眉を持ち上げる表情を作ったはずだと思った。

「すると、今回のこの被害者も逃げれば逃げられたのに、あえて逃げずにいたと――」

三条が、うーん、と考え込んだ。

ほとんどの問題で、返答によどみのない三条だが、ドメスティックバイオレンスや幼児虐待の問題を取り上げるとき、その端整な顔がわがことのように苦しげに歪む。それがまた三条人気の一因でもある。

「これは、気軽に第三者が類推してよい問題ではないと思います。あくまで可能性として、とっていただけたらと思います」

「わかりました。なんだか、職場のいじめから原人の話まで広がりました。まあいずれにせよ、司法の判断を待つことになるでしょうが、周囲の人間がもっと早く気づいてやれていればと思いますね。――では次、スポーツかな？」

いきなりスタジオ内に流れる、明るくアップテンポな曲に乗って、スポーツ担当の若いアナウンサーが小走りで画面に飛び込んで来た。

「はい、みなさん。お待たせしました――」

三条はあまりスポーツに詳しくない。最初のころはその素人くささを面白がって川上も話を振ったりしたが、「受け狙いの素人っぽさ」を三条が演出しようとしないので、最近はこの時間帯は出番がない。退席はしないが、カメラの画角には入らない。

いつになく熱く語ったので、三条もほっとひと息ついているところだろう。

肩の力が抜けるというほどではないが、早紀もいくらか緊張が解ける時間帯だ。

野球やサッカーの試合結果を虚《うつ》ろに聞きながら、早紀は三条の左手の甲を見つめている。

そこには、撮影時などによく使うらしい、目立たないタイプの救急絆創膏《ばんそうこう》が貼ってある。収録前に気づいた早紀が、深い意味もなく「どうかしましたか」と訊いたとき、きわめて短い時間だったが、三条の眉根が寄ったような気がした。

どうして気になったかといえば、久保川が右手に薄手の手袋をしていたからだ。今は手袋が欲しい時期ではない。皮膚炎や怪我の治療痕を隠していると考えるのが一般的ではないか。

はっきりした根拠はないのだが、あの二人からは、いまだに秘密の匂いがする。意図的に隠しているというよりは、ただ黙しているという印象だが、それが何なのかはまったく見当もつかない。

そもそも、テレビなどで見せる人柄よりも、実際の三条は気難しく、気分に波がある。向かい合って話をしていても、そして目を合わせていても、三条の瞳はどこか遠くに向けられている。何度もそんな気分になった。後遺症が残った、例の中学生のときの事故を引きずっているのか。それとも、本来的な気質なのだろうか――。

十分ほどでスポーツコーナーが終わり、天気予報を経て、いよいよエンディングだ。サブキャスターの的場梢の出番だ。

「今日の主だったニュースのおさらいです。――その前に、速報が入ってきました」臨場感を出すため、あえて手もとに紙の原稿をちらつかせて読み上げる。「杉並区のアパートの一室から遺体で見つかった女性の身元が判明しました。警視庁の調べによりますと、この女性は江東区東陽町《とうよう》在住の桑村朔美さん、四十六歳とのことです。歯の治療痕から本人と確認され、今後さらにDNA鑑定などの裏付け調査を進める方針です。なお、遺体の発見現場となったアパートの借主である女性は依然行方が知れず、警察はこの女性がなんらかの事情を知っているものと見て、行方を捜しています。続きまして――」

驚いた。

本番中なのに、思わず声をもらしそうになった。口に手を当てそうになって、それもかろうじてこらえた。

桑村朔美──。

知った名だ。いや、知っている人だ。速報テロップに出た字も、一字一句同じだ。入手が間に合わなかったのか、顔写真は出なかった。

あの桑村朔美なのだろうか。何度か顔を合わせたし、二、三回は挨拶の言葉も交わした。三条たちは、仕事の関係者を、自宅や事務所、ないしその近くへは呼ばない。ほとんど唯一の例外がこの桑村朔美だった。いつもマンション近くの喫茶店で会っていたのを知っている。一度、久保川に言われて、事務所に置き忘れた書類を届けに行って正式に紹介された。

素早く三条に目を向ける。顔の表情はほとんど見えないが、動揺している様子はない。スタジオの隅に立っている久保川に視線を向ける。こちらは三条と違って顔は見えるが、遠くて細かい表情まではわからない。だがやはり、あまり動揺しているようには見えない。聞こえなかったのだろうか。

いや、そんなはずはない。久保川は神経質で、テロップの誤字や誤用をしょっちゅう見つけては「三条先生まで安っぽく見られる」と憤慨している。三条は読字が苦手なかわりに、耳がいい。複数人が話すことを聞き分けられると、久保川から説明されたことがある。

同姓同名の別人なのだろうか。

そうだとしても、なぜ瞬時にそれがわかったのだろう――。

早紀の動揺におかまいなく、番組は進行してゆく。政治家の失言問題で、せっかく召集された臨時国会が空転している件、大物タレントの離婚などのニュースが続く。ほどなくエンディングテーマ曲が流れ、視聴者が見ているものとほぼ同内容が映るモニターには、提供スポンサーのテロップが流れていく。もちろん『ヘスティア』は筆頭だ。

「それにしても、陰惨な事件が続きますね」

まもなくタイムアップ、という解放感直前の独特な緊張が漂う中、川上が三条に話を振る。しかし、時間に余裕がないためか三条が口を開く前に言葉を継いだ。

「警察にはがんばってもらわないと。ねえ」

そこで時間切れとなり、ジングルが流れ、画面はCMに切り替わった。

「アップでーす。オッケーでーす」

「お疲れさまでしたー」

「お疲れさまでーす」

本番中は静まり返っていたスタジオ内に、ざわついたそしてどこか弛緩した空気が流れる。川上は片手をポケットに突っ込み、挨拶するスタッフたちに鷹揚《おうよう》にうなずき返しながら、スタジオを出て行く。三条には声もかけない。

「お疲れさまでした。先に車を用意しておきます」

いつもどおりに三条に声をかけると、三条のほうでも何かを口にしかけたように見えた。立ち止まってそれを待ったが、先がなかったので、足早にスタジオを抜けようとした。

今日は少し駐車場が混んでいて、奥まった場所に停めた。こんなときは早めに始動して、車を寄せておかないと混み合ってしまう。地下の出入り口前に車の列ができてしまうのだ。

急いでスタジオを出ようとしたところで、久保川に名を呼ばれた。

「菊井さん」

「あ、いま急いで車を……」

断りを入れようと思ったら、久保川から返ってきたのは意外な答えだった。

「今日はひとりで帰ってください」

「え。どうして——」

その先の言葉に詰まる。何か失態を犯しただろうかと、不安が湧き上がる。まさか武藤の一件で？　その先を続けて「今日だけじゃなく、明日からずっと来なくていいから」とあっさり宣言されないだろうか。しがみつく気持ちはないが、不本意な理由でくびになるのは、また別の問題だ。

「三条先生は、CPの堤さんと食事に行くことになりました。ぼくも付き添う。帰りはタクシーにするので、車だけ乗って帰ってくれますか」

「ああ、はい」

ほっとしたのが顔に出たのだろう。久保川が笑う。

「一度お役御免になったぐらいで、そんなに嬉しそうにしなくてもいいでしょう」

「あ、いえ違うんです」

手を振って軽く頭を下げた。姿勢を戻したときには、久保川はすでに背を向けていた。

17　宮下真人

帰宅後、手洗いとうがいを終えるなり、テレビをオンにしようとして、今日は三条公彦の出る日ではないことを思い出した。そのままリモコンをダイニングテーブルに置く。

昨日、三条と面談してさらに興味を抱いたので、いまさらだが、出演番組の『ミッドナイトJ』を録画することにしたのだ。そういえば、昨夜録画した番組もまだ見ていない。結局、帰宅が深夜になり、関心はあったが気力がなかった。

疲れた――。

ひとりきりの部屋に愚痴がこぼれそうになる。

今夜も、捜査会議の解散時刻が遅かった上にあまり食欲もなかったので、帰宅途中、目にとまった牛丼店で大盛りと豚汁を食べただけだ。

冷たい水でも飲もうかと冷蔵庫を開ける。ふと、缶ビールに目が留まる。毎日飲む習慣はないが、ストックは常に何本かある。予定外だったが、ミネラルウォーターはやめて、ビールのプルタブを引き、その場に立ったまま、レギュラー缶の半分ほどを一気に流し込む。きつめの刺激が、喉を押し広げるようにして落ちてゆく。

飲みかけの缶を持って移動する。それをローテーブル代わりの収納ボックスの上に置き、リビングの主役然としているモスグリーンの二人掛けソファに身を沈める。

部屋には、ほかにこれといった調度品はない。というよりも、あとはベッド以外に家具らしい家具もない。平均より異動のサイクルが短いので、引っ越しの利便を考えてのことだ。

このソファは、自分で購入したものではない。少し前に、田舎の署で相方を組んでいた風変わりな上司に、「世話になった」と言われて贈られたものだ。一度、一緒に家具店に聞き込みに言ったことがあり、宮下が「これ、いいですね」と言ったのを覚えていたのだ。

真壁という名のその上司は、周囲には冷血漢と思われているが、実はその内に、びっくりするほど熱い血と温かい優しさを秘めた男だった。とにかくこのソファは、宮下にとっては唯一の宝物と呼べる存在だ。ひじ掛けがないのでごろりと横になりやすい。そのまま足を投げ出して寝てしまうこともある。

そのお気に入りのソファに身を投げ出し、とりとめもないことを考えているのには理由がある。

小野田静巡査部長の安否が気になるのだ。そう、安否と呼んで大げさではないだろう。いったい、どこへ行ってしまったのだ？

小野田とは、今日の昼に別れて以来、連絡がとれなくなっている。音信不通にして行方不明なのだ。もちろん、こんなことは初めてだ。

あらためてスマートフォンの画面を見るが、やはり着歴はない。

ロックを解除し、電話モードにする。《小野田主任》という見出しの脇に、（9）と数字が表示されている。すでに九回、こちらから掛けたということだ。もちろん、一度もつながっていない。返信もない。ショートメッセージも送っているが同様だ。

今回もまた結果は同じだった。電波の届かないところにいるか電源が入っていない、という意味のアナウンスがむなしく流れるだけだ。


昨夜の捜査会議で、新田文菜と宮崎璃名子に学生時代から面識があったと報告したときは、多少の耳目を集めたが、重要視されるほどの要件ではなかったようだ。

その後、翌日以降の割り振りが指示された。新田文菜と宮崎璃名子の関係を洗う、いわゆる「敷鑑」については、宮下たちではなく、本庁組があたるよう命じられた。

宮下たちは、新田文菜案件にかかわっていたことから「土地勘がある」ことにされてしまい、近隣の商店などを主に、新田文菜の足跡を追うことを命じられた。「地取り」

である。

そうなるだろうと予想していた。だからこそ、三条のことはおくびにも出さなかった。

これは、手柄を独り占めしたいとか、冷遇の意趣返しに寝かせておく、という意図ではない。純粋に自分が追ってみたいのだ。決定的な証拠でもない限り、一定の成果を手にするまで情報を独り占めにしておくのは、よくあることだ。職務倫理に反するというほど大げさなものではない。

それに、相手があのクラスの有名人になると、慎重に動く必要がある。

三条は、ひとかたならぬ苦境を乗り越えたというストーリーを背負っており、さらにその容姿から、年齢を問わず圧倒的に女性のファンが多いと聞く。

不用意に警察が有名人の事情聴取をしたりすれば、すぐに話題になる時代だ。

小野田は、三条が留学時代の集合写真に示した態度に興味を持ったようだ。つまり、三条はもともとあの写真の存在を意識しており、その理由は三条にとってあまり愉快でないものが写っているからだと。

宮下も基本的にその考えには賛成だが「何かある」のだとすれば、それはあの写真の中にあるのではなく、あの時期にあったのではないかと思っている。

なぜなら、あれだけの大人数が写った写真だ、相当数出回っているだろう。何か問題があったとしても、この十三年のあいだに何らかの対処をするなり覚悟を決めるなりしていると思うからだ。つまり、単なる記念写真として見られる分にはかまわないが、あの時代のことを掘り返されたくない、それが本音ではないだろうか。

　誰にもその程度の過去はある。自分など、思い出したくないことだらけだ。したがって、新田文菜と宮崎璃名子が留学時代からの友人だったことには意味があると思うが、そこに三条が写っていたことが今回の事件にかかわっていると、単純に結びつけるのは少し強引な気もする。

　仮に任意同行などしてニュースになることによって、もしかすると隠しておきたかったかもしれない、ほかの〝特性〟を暴くことにもなるかもしれない。本人は「障害とは思わない」と言っていたが、一般的には『読字障害』と呼ばれている。へたな接触のしかたをすれば、ファンからのバッシングだけではすまず、社会問題化する可能性もある。その場合、不本意に注目を浴びるかもしれない人たちに思いがゆく。

　そもそも、テレビ局まで足を運んで直接会って話した限りでは、三条をはじめあのメンバーは、多少癖はあると思うが、これという怪しい点は感じなかった。

　宮下としては、直接会って、話をして、気が済んだ。これ以上深入りしないほうがいいと思うのだが、小野田の考えは少し違うようだ。何をどうするとははっきり言わなかったが、再度の接触を考えているように感じた。

　もちろん刑事という職業は、怪しいどころかわずかでも可能性があれば、なんでも誰でも疑うのが習性であり使命であるといえる。だから、関係者二名と接点がある三条に関心を持つのはいい。しかし、少し引きずり過ぎではないか。

やはり、あの三条だからか——。

いや、もうやめよう。その問題は決着がついたではないか。いまのはただの嫉妬だ。そして、嫉妬を抱くということは、その相手に好意を持っているということだ。ああ、そうだ。認める。小野田の存在は、すでに自分の頭の中を占領しそうなほどに大きくなっている——。

ちびちび飲んでいたビールの残りを一気にあおった。

ふと、電源を落としたままのテレビモニターに視線を向けた。

幽霊のようにぼんやりとした自分の顔が映っている。

あれこれ邪推はしたが、小野田が今どこで何をしているのか。その問題は少しも解決していない。

昨夜の会議のあとも、今日の午前中の聞き込みのときも、小野田に普段と変わったところはなかった。いや、正確には、きわめて個人的な込み入った事情はあった。彼女の父親が危篤なのだ。

今朝の捜査会議の前に、小野田に通路の隅に呼ばれ、告げられた。「父が危篤らしい」と。

小野田の父親が末期がんで、緩和ケア病棟——いわゆるホスピスに入院していることは聞いていた。奇《く》しくも、母親も同じ病で五年前に亡くしているそうだ。父親の入院先は、高田馬場《たかだのばば》駅から歩いて十分ほどの場所にある、『修治会《しゅうじかい》病院』だ。

そこから、今朝早くに小野田宛に電話があって「そろそろ時間の問題と思われる」と説明されたという。

「だから、午後に一時間だけ自由にさせて欲しい」

そう頼まれた。昼の休憩時間は、ごくあたりまえに労働者の権利だが、捜査本部が立てば、そんなことも言えない雰囲気になる。

小野田に私的な頼みごと、それも自由な時間が欲しいなどと要求されたことはない。もちろん、是非もなく了解した。

「一時間といわず、どうか今すぐ行ってずっと一緒にいて、そのまま直帰してください」

今日一日の地取り捜査ぐらい自分一人でできるから、と言ったのだが、小野田は首を左右に振った。

「別れの挨拶なら、すでに充分に済ませた。それにさっきの電話の様子だと、意識も混濁しているらしい。わたしが行って助かる命でもないし、後始末の手続きの確認をしにいくだけ。──ではお言葉に甘えて、昼過ぎに一時間か場合によってもう少し自由にさせてもらう」

本心と違うということは、目つきでわかった。そしてその瞳の中に意地らしきものを見た。橋口や署の連中に疎外されるたびに累積してゆく反抗心が、彼女を支えているのだ。

橋口があれほど小野田を嫌っているのは、米田刑事課長の贔屓もあるかもしれないが、そもそもの発端は「女なんて」「女のくせに」の感情だったのはあきらかだ。

この病院行きのことも、もし橋口の耳に入れれば何を言われるか、聞こえてきそうだ。

「結局、身内が危ないとなれば、冷血女も捜査をほっぽりだすんだな」

そんなことに男も女もないと思うし、誹謗《ひぼう》など放っておけばよいと宮下は考えるのだが、中傷を浴び続けた小野田にしかわからない意地もあるのだろう。


結局小野田は宮下の進言に耳を貸さず、午前中は二人で聞き込みを行った。受け持ち区域は、遺体発見アパートから直線で二百から三百メートルほど離れた一画をあてがわれた。このあたりは住宅が密集した地域なので、人海戦術だ。

まったく成果がないまま、小野田とは、正午過ぎ、昼食を取る前に西武新宿線上井草駅近くで別れた。そこから高田馬場までは一本、乗車時間はせいぜい十五、六分だ。宮下はその後、カツ丼と力そばを食べ、もちろん食休みする間もなく、聞き込みを再開した。

さすがに一時間では無理だとしつこく言ったので、とうとう小野田も折れて、午後三時に同じく上井草駅の改札近辺で待ち合わせた。

しかし、定刻を五分過ぎても十分経っても、小野田は来ない。連絡もない。行き違いになったり、探すのに苦労したりするような改札周辺ではない。まして、小野田が連絡もなしに待ち合わせに遅れることなど、これまでに一度もなかった。

宮下のほうから電話もメールも送ってみたが、反応がない。なにかトラブルがあったとしか考えられない。あるいは連絡できないほどの精神状態にあるか――。

胸騒ぎに負けて、小野田の父親が入院している『修治会病院』の電話番号を調べ、電話をかけた。

話を手早く進めるため、自身も小野田も警官であることを説明し、小野田の入退出記録について訊いた。秘匿する個人情報でもないと判断したのか、少し待たされはしたがすんなり教えてくれた。

受付リストによれば、小野田静は午後一時二分に受け付けをし、一時二十二分に退出している。再来訪の記録はない、とのことだった。

その時点で、宮下が強く不安に感じたことはふたつ。

ひとつは、高田馬場駅から徒歩十分ほどの病院を一時二十二分に出ているのに、一時間半以上経っても姿を現さないこと。つまり、携帯電話の故障などではないということ。

もうひとつは「父親の顔を見るのはこれが最後かもしれない」と言っていたのに、そしてそのために午後三時に待ち合わせたのに、わずか二十分で退出したことだ。

小野田のことだ。勤務中だからと必要最低限で切り上げた可能性はある。しかし、ならばなおさらそのまま連絡を絶つのは不自然だ。それとも、宮下にも秘密の別な行動をとったのか。

たとえば、ひとりで三条公彦に会いにいくとか――。

中学生みたいなことを考えるなと自分を叱った。

未熟な嫉妬心はともかく、いつまでもぼうっと改札口で待っているわけにもいかない。

宮下はやむを得ず、午後の予定をひとりで回る旨のメッセージを小野田宛に送り、そのとおりにした。返信はなかった。結果的に、それ以降、まったく連絡がつかなくなっている。

途中、『F』のメンバーに連絡をとった。今日の午後、特に新宿から中野《なかの》、杉並あたりで、三十代の女性を巻き込む事件は起きていないか。犯罪に限定しない。急病、交通事故、その他の理由で緊急搬送されていないか、特に女性警官に該当者はいないか。

その年代の女性が被害者の交通事故が二件ほどあったが、いずれも警官でも小野田でもなかった。

ノルマの地取り捜査もし、そんな確認も挟みながら、一時間おきぐらいに小野田宛に電話してみたが、変化はなかった。

そして、夜の捜査会議の時刻になってしまった。今夜は午後七時開始だ。

会議の少し前に、署に電話を入れ、橋口係長に事実を報告した。さすがに、職員一人の行方がわからなくなっているのに、自分だけの胸に納めておくわけにはいかない。相談すべきかどうか、正直なところぎりぎりまで迷った。連絡がとれないなどと報告したら、鬼の首でも取ったように、どんな嫌みを言われるかわからない。下手をすると、あれこれ付録がついて、懲戒処分にもなりかねない。

しかし、万が一のことが小野田の身に起きていないとは限らない。もし結果的に無事であれば、自分が寝ぼけていたことにでもして、笑い話で済ませればよい。今さら笑われるぐらいなんでもない。

〈応援だとかいって、よそへ行ったから羽を伸ばしてんだろ〉

それが、宮下から報告を受けた、橋口係長の返答第一声だった。やや勝ち誇ったような、露骨なほどの嫌悪感が、声ににじんでいる。

「小野田主任が連絡もせずに職場を離れるとは思えません。いえ、それよりこの数時間、電話にも出ません。そもそも、電源が入っていない状態です。何かあったのではないかと思います」

〈死にかけた父親の姿を見て、なんだか乙女心が感傷的になって、海でも見に行ったんじゃないのか。だからとっとと結婚してりゃよかったんだ。おまえなんかどうだ宮下。仲よさそうじゃないか。手ぐらい握ったのか〉

もう少しで逆上するところだった。そこまで言われてはいはい聞いていなければならない理由はない。しかし、感情にまかせてしまってはこいつの思うつぼだ。それに、今は小野田の安否確認が最優先だ。

電話口から聞こえないように深呼吸し、もっときつい試練を乗り越えた、過去の相方たちを思い返して、どうにかこらえた。

「万が一ということがあります。課長に報告を……」

〈わかった、わかった〉めんどくさそうに遮った。〈あとで言っておく。連絡がついたら、おれに電話をよこせと言っておけ〉

何も理解していない。しようともしていない。

午後七時からの捜査会議では、最後方に座った。

腹は立ったが、今回だけは橋口が毒づいたように、小野田の個人的な理由からくる失踪であってくれればと願った。

「父親の顔を見たら感傷的になっちゃって、連絡もとれずにごめん、ごめん」

そんなことを言いながら現れてくれないかと願った。絶対にありえないが。

小野田のことが気がかりで、捜査会議の内容などほとんど耳に入ってこないだろうと思っていたが、さすがに、桑村朔美の件には耳を傾けた。職業慣れというのは恐ろしい。

進行役の仲根警部が指示する。

「では最初。被害者《マルガイ》と想定される桑村朔美について、順に報告してもらおうか。まず──

──」

指名を受けた捜査一課の刑事が、立ち上がって声を張り上げる。

歯科医院へ行った組だ。通報内容の裏をとり、カルテの写しを入手したという程度で注目すべき内容はなかった。ただ、携帯電話の番号がわかったので、さっそく通信記録を開示させる令状を申請しているという。

次に、このカルテに記載されたマンションへ聞き込みに行った捜査員が報告した。やはりこちらも令状がないので、あくまで「厚意」で聞き取りをした。

その結果──。

八〇五号室には、たしかに桑村朔美という住人がいる。顔も見知っている。独身で、来客があった覚えはないが、自分の勤務時間外である夜間や早朝のことまでは関知していない。

急ぎ管理組合長に連絡をとってもらい、立ち会いのもと、住人が自主的に管理組合に提出する「台帳」を閲覧した。その記載によれば、緊急の連絡先は両親で、千葉県佐倉《さくら》市の住所になっている。とりあえずは記載された番号に、電話で連絡をとった。記載から計算するとことし七十二歳になる母親が出たが、途中からどうやらただごとでないという気配を察し、夫、つまり同七十四歳の朔美の父親に電話を替わってしまった。担当の刑事は、もう一度説明しなおすはめになった。

その結果判明したこと。娘、つまり朔美とはここしばらく連絡をとっていない。もちろん、安否のことなどわからない。仕事は、「出版関係」とだけ説明を受けたが、具体的にどんな業務なのか、ほとんど理解していない。大学卒業後、大手の出版社に十年弱勤務し、フリーになったらしい。たまに、家電製品を買ってくれたり、小遣いをくれたりしたので、本人が生活に困っていたとは思えない。ただし、借金があったかどうかはわからない。遺体を確認に行こうと考えている……。

報告の途中だったが、管理官が苦い表情で割り込んだ。

「その遺体だが、腐敗も進んでおり、一般人が、それも肉親が正視できる状態ではないので、対応を検討している」

担当刑事が軽く会釈して先を続ける。

この父親の許可を得て、桑村朔美の部屋に立ち入り、仕事や交友関係の割り出しに使えそうな資料を何点か借りてきてある。すでに解析に入っているが、明日にも、浮上した関係者から聞き取りをする予定である。

被害者と思われる桑村朔美に関する捜査は、そこそこに順調だった一方、依然として新田文菜の行方はわからない。今夜は宮下も出番がなく、会議は終わった。

ざわめきの会議室の回想から、一転して、音もない孤独の部屋の現実へ戻る。

日付が変わって三十分ほどが経つ。捜査本部が立っているのだから、所轄の職員や一課の連中には泊まり込み組もいる。しかし、応援である宮下は帰宅の許可をもらっている。もっとも、黙って消えても誰もとがめないだろうが。

もう一本缶ビールを飲もうか。いや、めずらしいことだがもっと強い酒が欲しくなった。しかしストックはない。

近くのコンビニまで買いに出ようか。だが酒を飲んだところで、むしろ目が冴《さ》えそうな気がする。とにかく小野田のことが気になり、眠れそうにない。

結局、タクシーを呼んだ。支度をしてマンション前に出ると、ほとんど待たずにやってきた。小野田のマンションがある地名、番地を告げる。京王井《けいおうい》の頭《かしら》線と五日市《いつかいち》街道の中間あたりだ。職員寮ではないのだが、賃借人は警察官や消防吏員などの公務員ばかりだ。それも全員が女性だ。一般に募集はかけていない。そういった「特殊」な職業に就いている女性に、相場よりも安く提供されている。

オーナーがもともと警察庁の職員だったこともあり、彼女たちの不規則で激しい職を応援したいという気持ちもあるのは事実だろう。しかし、多少うがった見方をすれば、これほど身元が堅い賃借人はほかにいないし、警察や消防に対して若干の「貸し」もつくれるという計算もあるかもしれない。

宮下は、タクシーをその場に待たせ、小野田の部屋があるワンルームマンションの前に立った。

以前にも一度、資料を届けに寄ったことがある。見た目だけでは内情などわかりようもない、ごく普通の構えだ。原則男子禁制とはいえ、オートロックでもないし、夜中だから管理人もいない。入ろうと思えば入れるだろうが、ひとまずそれは控えた。

道路から、小野田の部屋を見上げる。灯りはついていない。やはり、帰宅していないようだ。無駄と思いつつこの場から電話をかける。変わらない。入り口脇の集合ポストだけ確認させてもらう。はみ出すほどの郵便や新聞などは見当たらない。フラップをペンの先で押す。天井のライトで中がうっすら見えたが、回収していないはがきやチラシが何点か見えただけだった。

建物の近辺を少し見てまわるとすることがなくなった。待たせていたタクシーに乗り、自分のマンションに帰る。途中で買ったウォッカの瓶からグラスに三分の一ほど注ぎ、オレンジジュースで満たす。一気に半分ほどあおると、じんわりと腹が熱を持った。

いまの自分の行動を思い出し、まるで、ふられた男子学生が思いを断ち切れなくて、夜中に彼女の家の前に立つのと変わらないなと苦笑する。

同僚という範疇を超えて心配だった。これまでもつきあった女性はいたが、こんな思いを抱いたのは初めてだった。

どうしても眠れそうにないので、少し目先のかわったことをすることにした。

タブレットPCで三条のことを検索してみる。すでに何回かやったが、必要最低限の情報を得ただけで、多くは読んでいなかった。

五十万件以上の項目がヒットする。といっても、この数字自体は著名人としては驚くほどのものではないだろう。その中から、まだ目を通していない《web人名録》と名のついたサイトを開いてみる。

最初に《この項目には、出典があきらかにされていない記述が複数存在します——》という、警告なのか注釈なのか、あるいは単なる責任回避なのかわからない表示が目にとまった。

やはり三条公彦という名が、本名なのかペンネームなのかについての記述は、ここにもない。これはあえて秘匿しているのか、知る人間が限られているためなのか、はっきりとしない。

その先を読むが、すでに得ている知識がほとんどだ。

秋田県出身、三十五歳。父祖をたどると、平安期に興隆した藤原氏四家のひとつ藤原北家の末裔である。

応仁の乱の混乱期に陸奥に落ち、江戸時代までは代々、名主（あるいは肝煎《きもいり》）の地位にあり、維新後も戦前までは農地や広大な山林を所有する名家だったが、戦中戦後の国策や農地改革など不運が重なって没落した。

本人が三歳になる前に、両親はあいついで病死した。母方の伯母の家にあずけられたが、伯父に嫌われ、本人曰く「人には語りたくない」ような仕打ちを受けた。

伯母夫婦からは「中学を卒業したら働くように」と言われていたが、成績が優秀だったこともあり、中学の担任教師が熱心に説得するなどして、高校進学をしぶしぶ認めてもらえる。ただし、学費はアルバイトをして自分で稼ぐという約束だった。

高校入試を目前にした十二月の早朝、新聞配達の途中、雪道でスリップした飲酒運転の車にはねられて大怪我を負う。肉体的な怪我はほぼ完治したが「ディスレクシア（読字障害）」という後遺症が残る。このため高校進学は諦める。その後は小学生程度の読書にも苦労するようになったため、知識の吸収に人の数倍も苦労することになった。同時に、全般的に記憶力にも障害が出る。

一年後の高校受験再挑戦は許してもらえず、就職する。一時は不遇を恨んで自棄になったが、アルバイトで働いて金を貯め、十九歳で渡米する。

このあたりまで、ほぼ三条の著作物に書いてある内容を簡略にまとめたものだ。

その後のアメリカでの生活や州知事選での活躍も、書籍で読んだものと大差ない。出版物がベストセラーになり、最近ではコメンテーターとしてテレビにもしばしば登場している。

「貴族の末裔」を思わせる甘いマスクと、ときに歯に衣着せぬ鋭い舌鋒のギャップもあって、女性を中心に人気は急上昇中である――。

タブレットPCをテーブルに置く。あらためてこの手のサイトの情報の危うさを実感する。

こういったものはほとんどそうなのだろうが、三条のファンか本人に近い人間が記述しているように感じる。

ここに書かれている内容に、どれだけの真実が含まれているのだろう。そして、かりに虚偽や誇張があったとしても、しだいにそれが世間にとって〝真実〟になっていく。

内容の精度はともかく、小野田の身の上を案じ続ける時間の、短い気休めにはなった。

18　久保川克典

ビルの隙間から差した最後の西日が、車内のほこりを浮かび上がらせている。時計は午後六時を少し回っている。『J』出演の曜日なら、そろそろ〝出勤〟態勢に入る頃合いだ。

今日は、三条が他局の夕方の情報番組にゲスト出演したが、菊井は呼ばなかった。「秘書」つまりカンペ読み上げの出番はなさそうだったことも理由のひとつだが、できれば菊井を呼びたくない理由があった。

急速に〝事態〟が切迫しているのだ。

最初に目をかけてもらった縁もあって、これまでほとんどNBT関係の出演だったが、最近こうして他局の出演も増えた。桑村朔美の言葉を借りるなら、いよいよロケットの第二段噴射の時期だろう。機を逃してはならないし、粗探しをされてもつまらない。これまで以上に慎重さが要求される時期だ。

まさにそのタイミングで、この始末だ。どうしてこうなるのだ。

三条と二人で、タクシーの後部座席に座っている。会話はほとんどない。話す気にもなれない。

「テレビ関係のお仕事ですか。移動が多くて大変ですね」

テレビ局前で捕まえた車だったためか、乗ってすぐに運転手がそんな愛想を言ってきた。しかし、二人とも応じないので、それ以降何も言わなくなった。二人のあいだの会話もない。車内に沈黙が満ちる。

運転手に余計なことを聞かれたくない、というのももちろんあるが、少なくとも克典にとっては、口を開きたくない気分のほうが大きい。見えるもの、見えないものを含めて、想定外のトラブルが重層的に増えていく。

正念場だ、腹を据えろ。頭の中はそのことばかりがぐるぐる回っている。

新田文菜のアパートから出た変死体が桑村朔美のものだと判明したようだ。そこまでは計算に入っていたが、面白くないのは、この不祥事の号砲を鳴らしたのが自分たちではない、ということだ。桑村を手にかけたのは、三条でも克典でもなく文菜なのだ。

あの女、最初から疫病神だと思っていた――。

何度も胸の内で毒づく。そのうち「あの女」というのが、桑村朔美のことなのか新田文菜のことなのかわからなくなる。

いや、両方だ。いや、全員だ。三条とかかわりあった「あの女たち」全員が疫病神だ。死んだ女たちも、もうすぐ死ぬ女たちも、ひとりのこらず全員だ。

そもそも、アメリカ時代に火遊びした、野沢秋乃《のざわあきの》という女が一番手だ。最初にして最悪の疫病神だ。

あのころは若く未熟だったし、直接手にかけたわけではない。アメリカの法律的に自分たちがどういう立場にあるのか、知りたくもないし考えたくもない。しかし、少なくとも日本において世間に知られたら、一発退場のとんでもないスキャンダルだ。

帰国後十年ほどが経つが、あの一件は向こうでも表沙汰にすらなっていない。そのまま枯れ葉の下に埋もれていてくれるものと信じていた。

デビューも果たし、売れっ子になり、いよいよこれから上昇気流に乗るというときに、二番手の疫病神が現れた。パン屋の女房に収まっていた宮崎璃名子だ。

三条が書籍デビューして間もないころ、そして今ほど克典のガードが堅くなかったころ、するすると近づいてきて、直接三条と接触を持った。克典も知らぬ間にだ。

三条は留学時代にこの宮崎璃名子と多少の面識はあったらしいが、ただそれだけで、深い関係にはなかったという。それが、久しぶりに再会して火がついた。

まずかったのは、二人がおかれた状況だ。三条は三十を超えてますます〝イケメン〟ぶりが充実してきた。しかも、人気が急上昇して輝きはじめた時期だ。おれに惚《ほ》れない女などいないと本人も豪語していた時期だ。宮崎璃名子がだめもとで接触してきたのは理解できる。許しがたいのは、三条がそれに応じたことだ。理由は単純、彼女には夫がいたからだ。

三条の「他人のもの好き」は、克典が気づいたときには手がつけられなくなっていた。だが、デビュー前は金も知名度もなかった。好き勝手はできなかったし、かりに遊んでもリスクは少なかった。三条を「あの三条公彦」と認識して肉体関係を持ったのは、宮崎璃名子が最初だった。

この女はまずいことに妊娠した。三条の子かどうかわからないが、可能性があるというだけでアウトだ。しかも要求がひどい。金ならまだしも、認知を求めてきた。夫とも離婚せず、三条の子を産んで育てたいという、理不尽な要求だ。

あとになって思ったのだが、もしかすると困らせたくてあえて呑めない要求をしたのかもしれない。三条がやんわり断ると、野沢秋乃の名を出してきた。例の集合写真も持っていた。三条はそこであっさりギブアップした。なんと愚かな。

番組の中では、克典のアドバイスをイヤホンで受けて、相手をやり込めることも多い三条だが、素のままなら中学生相手にも交渉できない男だ。

結局克典に泣きついてきて、途中から克典が交渉役に立ったが、そこまで深みにはまっていては、埒が明かなかった。なかでもひどかったのは、璃名子は野沢秋乃との真相を知っていたわけではなく、当時の記憶をほじくりかえして、冗談半分にかまをかけたら三条が真剣になり、事実だと認める形になったことだ。

そこまで知られてしまっては、もうほかに選択肢はない。

ひょっとすると、疫病神というのは本当にいて、宿主を失うと次々憑依《ひょうい》を繰り返すのではないかとさえ思う。

このパン屋の女房との交渉や、後始末に克典が苦労しているときに、三条はあろうことか「秘書」に手を出していた。菊井の前任者だ。第三の疫病神だ。独身を条件に雇ったのに、履歴書の中身はでたらめで、実は結婚していた。

それを知ったとたん、三条はくびにするどころか手を出した。もちろん、最初のきっかけは向こうから誘ったのだろうが。

璃名子に負けず劣らずしたたかな本性を隠していた前秘書は、一度関係を持っただけで、金を要求してきた。璃名子の不始末を克典に指摘された三条は、こんどこそ自分一人で対処しようと、愚かなことに金を渡した。案の定、二度目を要求された。街金から借金して百万ほど支払ったところで、克典にすがりついた。

否応なしに、璃名子と同じ道を歩んでもらうことになった。幸い、夫には愛人がいて別居状態だったらしく、家出だろうぐらいに考えたようだ。事務所へも、二度ほど給与の残りの支払いについて問い合わせが来ただけで、ほとんど騒ぎにはならなかった。

次に現れたのが新田文菜だ。第四の疫病神だ。あの女も、夫との関係が破綻《はたん》していた。そして、夫以外の男の精子を〝買って〟いたらしい。その仲介をしていたのが桑村朔美だ。三条にあの女を紹介したのも桑村だ。

さらに、少しあとになって知ったことだが、新田文菜は、宮崎璃名子の学生時代からの友人だという。それだけでなく、奇しくも例の〝短期留学ツアー〟のメンバーだったらしい。どうやら、璃名子と三条が関係を持っていることにも、感づいていたようだ。

どういう事情があるのか知らないが、最初はそれらのことを隠して、出版社気付で三条あてに手書きの手紙を送ってきた。ファンレターというよりは、人生の悩みだ。《子どもが欲しいが不妊ではないので、解決法がない。絶望している》という趣旨だったらしい。

それを読んだのが桑村朔美だった。桑村曰く「絶望した人間は金に対する執着心がなくなる」、つまり簡単に金を出す。だから手紙を三条に渡さず、自分が会いに行った。自分でも放言していたとおり、とにかく嗅覚の利く女だった。

そして新田文菜の相談にのり、〝逆売春〟斡旋のようなことをする一方で、これはいろいろな使い道があると踏んだ。三条の人妻好き――それも心を病んでいる相手ほど燃える――嗜好に気づいた桑村は、三条に文菜を紹介した。三条は「夫以外の精子を欲しがっている」という悪魔のささやきに堪えられず、紹介されたその日に文菜と関係を持った。いつもながら、克典が知らされるのは、関係を持ったあとだ。

「やっちゃったんだけど、どうしようか」

「あんた、馬鹿か」

告白を受けた第一声はそれだった。

幸い、文菜は「赤ん坊を授かる」こと以外の人生を投げていたので、三条にしつこくすることはなかった。

問題がややこしくなったのは、文菜のメンタルをある意味支配していた桑村が噛んでいたことだ。

桑村も災厄をもたらしたが、あれは疫病神などという生やさしいものではない。いわば魔物だ。克典も桑村と応対するときは細心の注意を払っていた。

桑村はいくつもの仮面を持っていた。利のみで動く出版ブローカー、体のいい売春斡旋人、訴訟がらみの脅し屋。だから、顔も利いた。文菜に精子提供者を紹介して、文菜から手数料を取るのと二重で、相手からも紹介料を取っていた。浮気や普通の風俗には二の足を踏む、人目をはばかる立場の教育関係者や医者、公務員などだ。

とにかくこのことで、桑村はますます三条との関係を密接にした。プロデュース役は自分だと考えていた克典としては、腹が立つ。しかし桑村には実績がある。なんといっても、克典があれほど苦労しても、出版にさえ漕ぎ着けることができなかったのに、桑村はあっさりと数十万部のベストセラーにしてしまった。

この景色は望んだものではあるが、予定していた道ではない。だが三条にしてみれば、口うるさい克典より、簡単に次の女を紹介してくれそうな桑村のほうが、居心地がいいのかもしれない。

なんとかしなければならない。そう思って焦っていたが、破綻のきっかけは意外なことにあった。文菜の〝妊娠〟だ。

桑村朔美は、文菜の夫が大手の証券会社に勤め、大金を動かしていることは知っていた。そして、文菜から妊娠したと聞いて、強請《ゆす》ることを考え、それを文菜に臭わせた。つまり、文菜のスキャンダラスな生活を、会社や場合によってはネットで拡散するぞと夫を脅し、上客限定の美味しい投資にひと口乗らせるか、株の損失補填でもさせようとしたのだろう。

しかし文菜は、まずは子を産み、機を見て離婚し、洋行から養育費をもらいながら、幼いうちは子を両親に預け、将来的には自立するという、どこまで現実味があるのかわからない計画を立てていた。精子提供者の血液型にまで神経を使ったのに、その相手を自宅マンションに呼ぶという大胆さをみても、すでに常軌を逸していたと考えざるを得ない。

妊娠に気づいたかどうか微妙な時期だが、文菜はすでに実家近くにアパートまで借りていた。そこまで決意の固かった彼女は、何より夫に知られて計画が頓挫することを怖れた。そして短絡的に桑村に牙をむくことになった。

桑村の最期を知ったのは、三週間ほど前だ。

「なんだか、文菜から深刻な相談があると言ってきた。やばいことみたいだ」

三条に泣きつかれ、付き添ってくれと言われて同席した。他人に聞かれてはまずそうだったので、その日のうちに実家近くまで迎えに行き、車の中で話した。

文菜の壊れ方は、生卵がぐしゃっと潰れるような様ではなかった。いってみれば、半熟卵がだんだん腐っていくような、まだらな壊れ方だった。

何があったのか訊いてみると、アパートに桑村を呼んで話している最中、衝動的に、前日買ったばかりの土鍋を後頭部に叩きつけたら死んでしまったと言う。

文菜は、車のシートに静かに座って、その後の経緯も淡々と報告した。

「桑村さんは、きちんと大きめのビニール袋に詰めて、封もしてあります。子どもが生まれたら、おいおい処理を考えます」

やはりすでにまともではない。手にしていた大きめの紙袋には、洋菓子でも入っているのかと思ったが違った。

「きれいに洗ってあります。わたしはもう見たくないのですが、未使用ですのでよろしかったら使って下さい」

そう言って差し出したのは、凶器に使った土鍋だった。

それを受け取りながら思った。

『アトリエ』があってよかった——。

文菜を車に乗せたまま、『アトリエ』に向かった。


ゲスト出演を終えて、今もその『アトリエ』に向かっている。このところ、その頻度が増した。

NBTビルの前で拾ったタクシーで、ひとまず四ツ谷駅近くまで乗った。そこで一度コンビニに寄り、別のタクシーに乗り換える。

これでずいぶんと足跡を消す効果はある。意図的に後を追うのでなければ、偶然に行先をつきとめられる可能性はほとんどなくなる。

他者に行動を探られないためには、タクシーを使うのが便利だ。二十年ほど前までなら、自分の車で移動したほうが自由はきいただろうが、この監視社会では、むしろリスクが大きい。

幹線道路にはNシステムが配備され、いたるところに録画機能付きの監視カメラが設置されている。有料パーキングでは、AIがナンバーの数字を読み取る。車ごとにドライブレコーダーが搭載され、いまは解像度が上がって、後方車の運転手の顔も識別できるらしい。

「個」を消すためには、むしろ公共交通機関を使ったほうがいい。

幸いなことに、多少人気が出たといっても、タクシー乗り場にいただけで「あ、三条公彦だ」と騒がれるほどには、まだ顔を知られてはいない。一度乗り込んでしまえば、詮索好きの運転手でない限り、秘匿性は高い。何より、何度でも乗り換えることもできる。

昨日の本番中、ニュースのコーナーでいきなり桑村の名が出たが、心の準備ができていたので、動揺を見せずに済んだ。三条もなんとかやり過ごした。

それに比べて菊井早紀の狼狽《ろうばい》ぶりには、事態の深刻さを忘れて噴き出しそうになった。

目を白黒させて、とはあの表情のことだろう。だが、すぐににやにや気分は消えて現実に戻った。笑っている場合ではない。

それでもまだ計算のうちだった。

文菜が桑村朔美を殺してしまった以上、桑村の死体があいう形で見つかることが最善だった。

死体の始末が完璧すぎて、永遠に見つからなくては困るのだ。あるいは、文菜にできそうもない手の込んだ遺棄方法はもっと悪い。もっとも、本当に文菜がやったことだから、その点ではぬかりはないのだが。

警察はまず、桑村の交友関係を調べて、驚くだろう。その広さといかがわしさに。容疑者のリストだけで、何十行になることか。

だが、警察の捜査活動は人海戦術だと聞く。ひとつずつつぶしていくうち、必ず三条のことが浮かび上がる。そうすれば、どこで宮崎璃名子や、前の秘書との関係が浮かび上がらないとも限らない。下手をすれば野沢秋乃の一件も蒸し返されるかもしれない。

だからそれまでに、「桑村朔美殺害犯」を特定させなければならない。

桑村の死体を、いかにも素人くさい隠しかたをした上で発見させ、しかも容疑者の新田文菜は行方不明のまま。これなら誰が考えても、「浮気を夫にばらす」と脅された文菜が桑村を殺し、失踪した、そういう筋になる。三条まで捜査の手が伸びない。伸びてもとぼけていられる。

だからこそ、桑村の死体はわざと放置し、文菜のことは完璧に始末した。文字通り、髪の毛一本残さずに。

想定外のトラブルとはいえ、ここまでは計画通りに運んでいた。むしろ、魔物と疫病神、両方同時に始末できて、気分的にはせいせいしていた——。

ところがそこへ、あのでこぼこコンビのような刑事二人組が現れた。

小野田という取り澄ました女の刑事と、宮下と名乗ったすっとぼけの若造刑事だ。

だが、あの間が抜けたようなやりとりも、油断させるためのおとぼけだと、こちらは気づいている。それにしても、桑村ではなく、まさか新田文菜側から、警察のアプローチがあるとは思わなかった。連絡に使っているスマートフォンは、プリペイド式の足がつかないものだ。お互い痕跡が残らないよう、路上で売買しているものを使った。

文菜は、「見栄えがよくて優秀で血液型が一致」という条件に合った、遺伝子提供者のひとりとして三条を見ていたので、嫉妬や脅迫のような感情はなかった。「三条さんとのことは、誰にも話してない」というのは真実だろう。どうしてこんなに早くわかったのか不思議だった。だからこそ、三条から「警察が会いたがっている」と相談を受けたとき、逃げずに堂々と会うよう助言したのだ。

驚いた——。

なんと、アメリカ時代の写真を持って来た。

あいつらは、最初は新田文菜の名も出さず、例の集合写真を見せただけだった。こちらがどういう態度に出るか、顔色を変えるかどうか、そんなことを試したつもりだろう。三条と克典がしらを切ると、ようやく新田文菜の顔を拡大して見せたが、それでもとうとう、向こうから個人名は出さなかった。尻尾《しっぽ》を出すのを辛抱強く待っていたのだ。

それにしても、あんな写真をよくも見つけたものだ。おそらく、新田文菜が持っていたのだろうが、うかつだった。

桑村との関係だけなら、多くのビジネスパートナーの一人にすぎない。しかし、新田文菜との関係まで知れれば、命取りだ。桑村朔美殺人の犯人と肉体関係があったとなれば、有罪判決を受けたも同然だ。

それに、あの小野田とかいう女刑事の三条を見る目だ。あの目には、あきらかに関心の深さが見えた。当初は三条のファンなのだろうと思った。それならむしろ納得がいくし、そうあって欲しいと願った。もともと三条にあこがれていたのが、思わぬことで面会する口実ができた。それで職権を利用して、はるばる会いにやってきたのだと——。

だがそうではなかった。最初から三条を疑って来たようだ。

彼らは——いや、ほかの警察の連中は、どこまで気づいているのだろうか。新田文菜と三条の関係に。

いきなり、危険水域どころか断崖《だんがい》の際に立たされたという感がある。せっかくここまで苦労してきたのに。そして、ようやくこれから本格的に飛翔《ひしょう》の段階にはいるところだったのに——。

窓の外を眺める恰好のまま、ウィンドーに映った三条の横顔を見る。克典の不機嫌をどこまで察しているのか、相変わらずのポーカーフェイスだ。そのすまし顔に言ってやりたい。尻拭いをするのは、いつもこのおれなんだぞと。今夜これから向かう先で待ち受けていることについても、気が乗らないどころではない。

このまま三条を連れてマンションへ帰り、なかったことにしたい。しかし、はじまってしまった以上、放り出すわけにはいかない。堤も口にした、かびの生えたような諺だが「毒を食らわば皿まで」というやつだ。いや、そんな恰好のいいものではない。すでにぬかるみに足首まで——もっとずっと上の腰や胸まで、はまっている。いまさら引き返せない。無理にでも進んで泥沼の向こう岸へたどり着くしかない。たったひとつの脱出口は、百メートル先の針の穴のように、小さく狭い。しかし、自分には、はっきりと見えている。

そして——これが肝心なところだが、どうせやるなら楽しまねばならない。

途中で一度タクシーを乗り換え、多摩川を越え、川崎《かわさき》市に入った。市街地を抜け、丘陵部に差しかかれば目的地は近い。都会をやや離れたあたりでよく見かける、住宅街と小さな町工場が混在する風景だ。

さらに用心をして、二百メートルほど離れた場所でタクシーを降りる。すっかり日は落ち街灯が照らすゆるい上り坂の道を、さりげなく周囲に注意を払いつつ進む。

相続税対策で地主が畑でも手放したのか、最近開発したばかりらしい一帯に、こぢんまりとした、しかし多少小洒落たデザインの戸建ての一群が並ぶ。道を挟んで、建物も庭も古くさいが敷地はややゆとりがある旧住宅街の黒い影が並ぶ。

夜になれば、このあたりの人通りは少ない。たまにすれ違う人があっても、きちんとした身なりの三条と克典をいぶかしむ様子はない。怖いのは警官による職務質問だが、こんな効率の悪い場所を警邏する警官もいないだろう。

さらに人通りがまばらになり、畑やいまだ残る雑木林などの割合が多くなる地帯に、その建物はある。

ところどころ黒カビが生えたブロック塀の中に、廃業した町工場の建物がある。工場というのすら正確ではないかもしれない。家族経営で小規模な漬物製造卸をしていたらしい。

向かって左隣は、長く空き家になったままらしい戸建ての民家、反対側は、つぶれた運送会社の敷地に誰かが産廃のようなものを持ち込んで小高い山にしている。裏手も道を挟んだ向かい側も、ほとんど作物が植わっているのを見たことがない畑だ。要するに、四方に人の気配はない。

近隣の住人がのんびり散歩するような場所ではないし、ましてこんな夜中なら人里離れた山奥にいるのも同然だ。

この物件は、克典が見つけたものだ。今住んでいる、事務所兼用のマンションとはまったく別の、誰にも知られていない〝聖域〟が必要になったからだ。都心や住宅密集地帯では問題外だし、逆に過疎地も不可だ。どちらも目立ってしまうからだ。郊外の住宅街のさらに外れに建つ、半ば廃屋化している工場跡のような建造物が最適だ。

条件はほかにもいくつかあった。合格点をつけられる物件を見つけるのに、一年近くかかった。仕事のない日や三条の面倒をみなくていい時間のほとんどを割いて探した。

それがこの『アトリエ』だ。

外形的には、少し広めの戸建てとあまり変わらない。百坪足らずの土地に、住居棟である母屋と元は工場だった建物が、狭い内庭を挟んで建っている。築四十年以上経っており、母屋はごく普通の木造だ。

正直なところ、この母屋できちんと暮らそうとするなら、相当手を入れないとならないだろう。それほど、あちこち傷んでいる。

元工場だった建物は、平屋造りで床面積が十五坪、「工場」というよりは「作業場」と呼ぶほうが似合っている。

だが、基礎部分に鉄筋の入ったコンクリート構造で、思ったよりもしっかりとした造りになっている。克典が探した目的に広さはあまり必要ない。

周囲に臭いが漏れないよう気遣ったのか、気密性は高い。壁も厚く、防音仕様になっている。コンクリートの床がむき出しだ。おそらく漬物工場のさらに前身があって、それはまったく別の加工場――たとえば戦時中の兵器の部品などを製造していたのではないかと考えている。

堅牢《けんろう》な造りのせいで、古ぼけた今となっては、換気の悪い地味なセメント製の箱のようなものだ。よほどの騒音か悪臭でもしない限り、近隣の人が興味をいだくこともないだろう。

窓は、壁の上のほうに明かり取りの小さな窓枠があるだけで、もともと外から中をのぞくことはできない。克典はさらにそこへ、内側から遮光シートを貼り付けた。よほど注意深く見なければ、たとえ夜でも中で灯《つ》りが点いていることはわからない。

ここへ三条をつれてきて見せたとき、ただひとこと「まあ、いいんじゃない」と言った。相変わらず他人ごとだが、気に入ったようだ。

母屋の二階にある八畳ほどある洋室が、家の中でもっともましな部屋だったので、自分たちで掃除をした。その後、折り畳みのマットレスなどを持ち込んで、寝泊まりできる程度にはしてある。外に漏れるのを嫌って、母屋内ではほとんど灯りも点けないが、一応は電気も水道も通っている。

三条がなにかの折りに、ここを冗談で「アトリエ」と呼んだのがきっかけで、それ以来『アトリエ』と呼ぶようになった。ただし、狭義で使う場合は、〝母屋〟ではなく〝工場跡〟の建物を指す。

克典は、三条が世に認められて収入が安定するまで、いくつもの職を経験した。業態としては、人を相手にするより物や機械を相手にするほうが多かった。何かを作ったり、壊したりの仕事だ。

母屋も『アトリエ』も、その経験を生かしてほとんど克典ひとりで手を入れた。

ただガラスだけは、怪しまれないように、内部に手をつける前に業者を呼び補修した。

その後、たとえば照明器具類がほぼ壊滅状態だったのを、使えるようにしたのも克典だ。特に工場のほうは、天井に開いた穴からむき出しの電線が垂れ下がっている状態だったが、必要な機材をホームセンターで購入し、自分でシーリングコンセントを取りつけ、もちろん配線もし、照明器具をはめ込んだ。そのほか、水回りも一部張り替えた床材や壁紙もドアの金具類も、すべて克典の手による。

宮崎璃名子の一件があって、今後のためにと始めたことではあったが、本来の目的を忘れるほど、作業に没頭し、二か月ほど前に『アトリエ』は完成した。転居先のマンションを探せなかった一番の理由は、金銭的なことよりも、『アトリエ』に時間を取られていた点にある。

克典が先に立って、コンクリート塀に囲まれた鉄門を閉める、鎖の南京錠《ナンキン》を開ける。

この門もまた、かなり手を入れた。近所の興味を引きたくなかったので、見た目は錆《さ》びついたままだ。しかし、外から見えない蝶番《ちょうつがい》などを新品に交換してある。いかにも耳障りな音がしそうだが、可動部分にはたっぷり潤滑オイルがしみこませてあって、軽く押しただけで、新品のように音もなくすっと開く。

今は母屋へは寄らず、まっすぐ工場棟——『アトリエ』に向かう。

この建物のドアが二重になっているのはもとからの造りだが、やはり克典が内側の鉄製のドアに、外からだけ開閉できる暗証番号式の鍵をつけた。つまり、中からは開けられない。もちろん、この番号は克典と三条以外には知らない。

その鍵に伸ばした克典の手首を、三条が握った。何か、という顔で克典は見返す。

「どうするつもりだ」

周囲に人の気配はないが、三条がぎりぎり聞こえるかどうかという低い声で問う。

「どうもこうもないですよ」

克典は、番組前の打ち合わせと変わらぬ口調で返す。

敷地内に灯りはなく、道路の街灯からも少し離れているので、三条の表情ははっきりとはわからない。それでも、瞳が小さく光るのを見た。

「刑事に手を出すのは、少し意味合いが違うぞ」

「同じですよ。みな同じ人間です」

もちろん、そういう意味で言ったのではないことはわかっているが、あえてとぼけてみせた。番組の最中、場が硬くなりすぎたときなどに見せる、三条の十八番だ。だが実際は三条にそんなセンスはない。克典が必要に応じて無線でアドバイスしている。

「桑村の人間関係から、こっちの存在が浮かぶのは時間の問題だと思うけど」

「だから、やつらがどこまでつかんでるのか、それを確かめるんですよ。どのみち、もう引き返すことはできない。ほかの誰でもない。あなたのせいです」

克典は感情を殺して言い、握った三条の手を軽く振り払い、内側のドアロックを開錠した。

一歩入ると、いまだに、漬物の臭いの名残りが、かすかに鼻をつく。明度を落としたライトを点ける。新聞記事がぎりぎり読める程度に暗く調整してある。

『アトリエ』の内部はがらんどうだ。ほとんど何もない。

まずは、厚手のゴムの手袋をはめる。入り口脇の傘立てに無造作に差した、ほうきやデッキブラシの中から、直径四センチほどの樫《かし》の木の太い棒を一本抜き取り、それを左手に握った。右手には、壁に立てかけてある脚立を持ち、肩にひっかける。

「なあ、久保川」

しつこく声をかけられ、三条に向き直る。

「いまさら、ぐずぐず言わないでください」

口調が荒くなる。

「たのむ、もうやめよう。これ以上殺さないでくれ」

脚立を肩から下ろし、床に立てたそれに手を載せる。

「何、言ってるんです。先生のためでしょうが。三条公彦というブランドを守るためにやったことでしょう。そもそも、先生が『他人の持ち物の味は格別だ』とかわけのわからないことを言って、人妻に手を出したりしなければ、こんなことにはならなかった」

「目の前にぶら下げられると、我慢できなくなるんだ。病気だと思ってもらっていい。でもさ、菊井には手を出していない。あれもけっこういい女だよ」

「単に独身だからでしょ。それにいまさらそれが何ですか。そもそも、あの性悪のパン屋の女房に手を出したことが間違いだ。いやそれを言うなら十三年前、野沢秋乃と……」

「その話はもういいじゃないか。あれは事故だったんだから。おれはただ……」

興奮してくると、お互いに相手の話を途中で遮るのが常だ。感情が昂ぶるせいもあるが、これまでも幾度となく繰り返されたやりとりだからだ。夫婦喧嘩のように、あるいは兄弟喧嘩のように――。

「野沢秋乃のことも、それこそ何度も言いましたが、普通に生活していれば巻き込まれずに済んだ〝事故〟でしょ。アルコール、ドラッグ、セックス。金持ちの娘が短期留学とか称して、羽目を外しに来てるその遊び相手役にあなたは乗っかった。日本にいたころは手を出せなかった女が、簡単に落とせたので有頂天になった。一種の〝無いものねだり〟の癖はあのころからだ。人に後始末を頼む性格も……」

「わかった。そのことはわかったよ。感謝してるし、悪いとも思ってる。――だけど、璃名子は、殺してくれなんて頼んでないぞ。あの女が……」

「殺すしかないでしょう。あなたが、すっとぼければよかったんだ。テレビに出てるときみたいに、クールで知的な仮面を脱がずにね。宮崎璃名子が、留学時代の〝危ない遊び〟の思い出話をはじめたときに、話題を変えればよかった。妙に懐かしがって調子にのって話すうちに『そういえばたしか行方不明になった子がいた。現地の日本人の男と付き合ってるとかいう噂があった。まさか三条さん』とか言われて、あなたは動揺してしまい、感づかれた。

そこまでならなんとかなったけど、宮崎を妊娠させたんじゃどうにもならない。無理に堕胎はさせられないですからね。産んでDNA鑑定されたら終わりです。いや、疑惑の時点で終わりだ……」

「あれはおれの子じゃないかもしれない……」

「だから、疑惑だけで終わりなんですよ。人妻と妊娠するようなことをしただけで……」

「でも、殺すことは……」

「驚いたのは、そのパン屋の女房の始末に困っているときに、秘書に手を出していたことです。あなたは懲りるということがないんですか……」

「寂しかったんだよ。それに、普通の女と知り合う機会がなかったんだよ。知り合いの数も少ないのに、いきなり有名人になった。どうやったら普通の女と知り合える？」

「そんなもの、金で買えばいいでしょうが。なんで一番めんどくさい人妻になんか手を出すんです。女も女だ。まったくどいつもこいつも。——幸い、あの秘書の死体はまだ見つかっていない。しかし、こんなことばかり続けられない。だから、この『アトリエ』

を……」

「もういい、わかったよ。久保川」

「よくありません。もう、うんざりだ。『アトリエ』が完成するのを待ちかねたように、こんどは新田文菜だ」

「あれは桑村が連れてきた」

「先生の下半身には鍵がないんですか。よりによって、わたしが桑村と手を切ろうと画策してるときに、その信者みたいな女に手を出すなんて」

「久保川。いいか、聞いてくれ。たしかに、人妻と知れば手を出したくなるおれも、どこかおかしいんだと思う。だけど、弱みを握られた相手をすぐに殺すのはもっとおかしいぞ。──おまえのことだよ」

「おかしいかもしれないが、何度も言うけど、先生、あんたのためですよ。先週のミニ特集でも取り上げたじゃないですか。今は、先生が名付けた、考えたのはおれですけど『モラルストーム』──道徳の嵐の時代なんです。売れっ子のタレントですら一回の浮気で芸能人生命を絶たれる時代なんです。三条公彦は、まだこんなところで消えるわけにいかない」ひと息ついて、三条の目をじっと見た「もう、こんな議論は終わりだ」

克典は再度脚立を肩にかけ、床の中心あたりまで進んだ。

そこの一部分、畳半分ほどのスペースだけ、コンクリートではなく厚い木の板が嵌《は》め込まれている。板の周囲は鉄で補強され、やや中心からずれたあたりに、直径五センチほどの丸い金属の輪が留められている。

つまり、地下空間への入り口を覆う蓋だ。この蓋一式も克典の手作りだ。元の板は朽ちかけていたので、作り直した。

しかし、さすがに地下室は克典が掘ったわけではない。もとからあったものだ。この存在を知ったときは、小躍りしたいほど感激した。

しかも、ここが高台である利点が生かされていて、地下室でありながら、ポンプも使わずに排水ができるのだ。水道も引いてある。つまり、ここで水を使った作業もできるし、食料さえあればしばらく生活することも可能だ。簡易型のトイレも作った。水洗方式になっている。

さらには、もとからシンプルだがしっかりした造りのシンクがあった。漬物の洗浄などに使ったのだろう。家庭用ディスポーザーの、かなり高性能のものを購入し、このシンクに自分で取り付けた。目的を考えて業務用も検討したのだが、さすがに大げさになる。購入履歴も目立つし、万が一に別件で見つかったとき、説明に困る。家庭用なら「ここで料理をするため。上まで生ゴミを運ぶのが面倒くさい」と言えばいい。

そして、水道管から自分で枝を出し、簡易型シャワーも立てた。真冬はつらいが、さすがに給湯設備までつけては、大げさになりすぎる。

克典が、この物件に決めた最大の理由が、この排水条件が整った地下室の存在だった。

地上部分のそっけなさと違い、地下室の環境には手を入れた。もとからあった古い梯《はし》子《ご》段を取り外し、かわりに脚立に手を加えたはしご状のものを上から下ろして使う仕組みに変えた。地下室の床から天井までは二メートル半近くある。つまり、このはしごを引き上げてしまえば、普通の人間なら自力で脱出するのは不可能ということだ。

床は元からコンクリートが打ってあり、ひび割れを補修する程度で済んだ。壁はコンクリートの上にカビの生えたベニヤの板が張ってあったが、これをはがし、珪藻《けいそう》土《ど》を塗り込んだ。消臭と湿気の調整が目的だ。

賃貸契約に、この地下室に手を加える条項は入っていなかったはずだが、貸主も関心はないだろう。この先、克典たちのあとに借りる人間がいるとも思えない。建物は壊し、アパートでも建てるか、駐車場にするぐらいしか活用方法はないはずだ。

克典は地下室を塞ぐ蓋に固定された鉄製の輪に、樫の木の棒を突っ込み、床の一点を支点にして、ぐいっと力を入れた。三条に手伝ってくれとは頼まない。三条も自発的に手伝わない。いつも、ただそばに立って見ている。

蓋には蝶番がついている。反対側に倒せば、ひとりでに閉じてしまう心配はない。

蓋が開いたことにより、真っ暗な地下室の中に天井のライトが差し込んだ。地下室にも灯りはあるが、普段は電源を切ってある。多少の光が差したぐらいでは、隅まで見渡せないほどに暗い。

粗相をされるとあとが面倒なので、簡易トイレにだけは、目印に蛍光シールが貼ってある。数時間もすれば蛍光の効果は消えるらしいが、真の闇ではそれでもぼんやりと見えるかもしれない。

その暗闇にいま、どうにか人相がわかる程度の光が差し込んでいる。

その程度でも、中にいた人物には突然の光が眩しかったようで、両腕で目を覆った。両手を同時に動かさなければならないのは、手錠が嵌められているからだ。

この手錠は、克典が新宿にある嗜虐性愛者用の道具を扱っている専門店に行って、購入してきたものだ。一緒に、実用的な猿ぐつわや『縛りやすくてほどけにくいロープ』も買った。しかし、このロープは、値段は相場の二倍もしたのに、ホームセンターで売っている普通のロープと変わりはなかった。両足首も手錠でつないでいる。そんなことをしなくても逃げられはしないだろうが、屈辱感を与え、諦めの気持ちを芽生えさせるためだ。

「刑事さん、お腹がすいたでしょ」

声をかけ、小さな白い袋を投げ入れる。ここへ来る途中、タクシーを乗り換えたとき、近くにあったコンビニで買ったものだ。中に入っているのは、ミックスサンドがひとつと、コーヒー味の豆乳だ。一人分で足りるだろう。

小野田刑事は、投げ落とされたレジ袋をちらりと見ただけで、すぐに顔を上げた。まだ眩しいらしく、両手を使って目の上にひさしをつくっている。

もごもごと何かを発声した。

「こんなことして、どうするつもり」

たぶん、そう言ったのだろうが、ほとんどまともには聞き取れない。

昼間、ずいぶん叫んだらしく、小野田の声はがらがらに嗄《か》れている。それでなくとも、口の中も唇も切れているし、歯も何本か折れている。飴をしゃぶっているように不明瞭だ。

克典はふんと鼻を鳴らし、顔を穴に近づける。

「昨日訊いたことに答えなよ」

もごもごもご――。

「捜査の情報なんて漏らせるわけがない」

これもまた、半分ぐらいは推量で変換する。

「頑固だね。でも、人間の心はそんなに強くないよ」

「知らないことは――もごもご」

「そうやって、とぼけていな」

反抗されると、嗜虐的な衝動が湧き上がってくる。むずかゆいようなこの気分をどうやってなだめるのか、結論はひとつしかない。

下りて行くため、スライド式のはしご代わりの脚立を伸ばす。伸ばしながらぼんやりと考える。

実は、三条の人妻好きのことを、責められる立場にはない。克典もまた、自分の偏好をコントロールできないたちなのだ。方向はまったく違うが、そんなところは似ていると思っている。

パン屋の女房は生意気な女だった。手切れの交渉をしているときに、三条がベッドでどんなことをするか、あからさまに語った。しかも、偶然なのかもしれないが、克典のこの偏好の中身を言い当てた。野沢秋乃の一件といい、妙に勘のするどい、あるいは発想力の豊かな女だった。

それが命取りになった。嗜虐癖を言い当てられた克典の一瞬の動揺を見逃さず、さげすんだ笑いを漏らした。克典が嗜虐に快楽の出口を見いだす、その理由についてもだ。これを知られて見逃すことはできない。だから簡単には殺さず、顔だけでは本人かどうか判別できないほど殴りつけた。もちろん、革の手袋をはめて。

人相をわからなくすることが目的だったのではない。結果論ではあるが、骨になってしまったので、関係なかった。

三条は人妻でなければ燃えない。克典は、無抵抗な相手を殴ることがほとんど唯一の快楽だ。歪んだコンビだなと自嘲する。やはり兄弟だ。

「頼む。久保川、もうやめろ」

三条が、脚立を下ろそうとした克典の手首を再び握る。その手の甲にはやや大ぶりの救急絆創膏が貼ってある。昨日、さすがに一人では小野田を地下室に押し込めることができず、三条に手を貸してもらった。そのときに、地下室の入り口ですりむいた傷だ。

青黒く腫れた手を隠すための克典の手袋と合わせて、菊井が不審げな視線を向けていたが、まさかこんな理由だとは思いもしないだろう。もしも気づいたら、一目散に逃げ出している。いや、そんなそぶりを見せた時点で、地下室の住人になっている。

克典は三条をにらみ返した。その腕を引き、下に声が聞こえないよう、少し離れた場所へ移動する。スイッチが切り替わり、口調も変わる。

「言っただろう、公彦。この『アトリエ』はおれの城だ。ここにいるときは、スターと助手の関係じゃない。血のつながった兄と弟だ」

「わかったよ、兄さん。だけどそんなことより、もし桑村のことがばれたら、あの刑事をどうにかしてみても、結果は変わらないよ」

「そんなことはわかってる。理由はそれだけじゃない」

「ディスレクシアのこと?」

うなずく。

「そうだ。なぜそこに気づいたのか。ほかに誰が知っているのか。それを聞きださないとな。——それだけじゃない。昨日、殴っているときのやりとりで判明した。あの女は、おれと公彦の関係にも気づいていたんだよ」

「兄弟ってことをか?」

深くうなずく。

「そういうことだ。たぶん出身地のことも。その気になれば、ほかにもいくらでも出てくるぞ」

「まいったな――」

「おまえはそこに突っ立ったまま、一人でまいってろ。おれが、ほかに誰が何を知っているのかを確認したあとで、最後の始末をするから。――それとも一緒に下りてやるか？」

「いや」

吐き気を堪《こら》える表情で三条は首を左右に振り、背を向けた。出口に向かって歩いていく。

「おれは、見たくない」

「昔から、少しも変わっちゃいない」

三条の背に声をかけたが、もう反応はない。三条がドアから出て行き、あとには克典と小野田と、ほとんど死にかけている記者の女だけが残った。

19　宮下真人

翌朝の会議は、正直なところ半分ほど上の空で聞いていた。

隣に小野田静の姿がない。それはそうだ。深夜まで音信不通だったのに、朝、普通に出勤してきたらそのほうが変な話だ。

応援部隊として隣署へ来てはいるが、本来の上司が橋口係長であることに変わりはない。ひとまず高円寺北署へ電話連絡を入れ、今朝も小野田の姿がないことを報告した。後悔するはめになった。なんの指示もアドバイスもないばかりか、ただ罵倒されただけだ。

〈ものを知らないだろうから教えておくが、そっちの署や、まして本庁の連中には絶対に言うな。どうせ戦力外で誰も気にしていない。わざわざそんなことを報告して、うちの恥をさらすな〉

言い分もわからなくはない。そもそもが、昼休みという名目を勝手につけたとはいえ、捜査活動を一時離脱しての不始末ということになる。下手をすると小野田のペナルティだけで済まなくなるかもしれない。米田刑事課長の耳には入っているだろうか。ほとんど唯一小野田に好意的な課長は、どう思っているだろう。

思えば、この「応援部隊」というどっちつかずの立場が、ますます小野田の行方に霞をかけているようだ。

無事でいてくれればいい。今、宮下の胸にあるのはそのことだけだ。小野田とて人間だから、橋口が言うように父親の末期《まつご》に立ち会い動揺したのかもしれない。ふっとひとりになりたくなったかもしれない。しかし、これほど長時間連絡もとれないのは尋常でない。何かあったと考えるべきだ。それも、自分の意思ではなく巻き込まれた形で。

だが、自分になにができるだろう。捜査本部の指示を無視して小野田を探しまわり、叱責なり懲戒処分を受けることはやぶさかではない。しかし、勝手な行動をとったからといって、光が差すとも思えない。

そんなもやもやした気分で臨んだ会議だから、内容はほとんど頭に入ってこなかった。ただ、やはり桑村朔美に関する進展には興味を引かれた。

仕事については、自称「出版ブローカー」だったという。交際関係もかなり広いようだ。出版社と作家を取り持っていたのだから当然だろうが、それ以外にも「人と人を結びつける」仕事をしていたらしい。そのあたりにこの事件の鍵がありそうだ。

桑村朔美の携帯電話もパソコン類も見つからなかったが、今日にも通話履歴は開示されるだろう。そうすれば、交友関係や仕事の詳細なども割れる可能性がある――。

その結果が知りたい。いったい、桑村朔美とは何者なのか。新田文菜とはどんなつながりがあったのか。

そして、「新田文菜」「出版物」というふたつのキーワードに共通する人物となれば、たまたま二日前に会った。三条公彦だ。ここまでくると、さすがに偶然とは思えない。あの集合写真は、やはり何かを示唆していたのだろうか。

宮下は、彼らの留学時期が一緒だったことに意味はなく、一方的に新田文菜が親近感を覚えて本を買い揃えたのだと受け止めた。小野田は少し違った考えをしたようだが、詳しいことは何も語ってくれなかった。それは単にまだ推理がはっきりした形になっていなかったからなのか、宮下が嫉妬のような気配を見せたからなのか、判断ができない。

もう一度、三条に話を訊きに行くべきか。それともここまで知り得たことをすべて、会議で公表すべき時期に来ているのか。誰よりも相談したい、その小野田がいない。

結局、捜査会議での大筋の指示は「特段の指示がない限りは昨日までの任務を継続する」だった。宮下たちは、アパートからやや離れた住宅街でしらみつぶしの聞き込みだ。

もちろん、それをやるつもりではいるが、その前に高円寺北署へ立ち寄った。時間が惜しいのでタクシーを使う。行く理由は、直談判だ。

事情を知らない交通課の職員などが、ごく普通に挨拶してくる。『F』の仲間もいる。宮下も挨拶を返しながら二階まで階段を駆け上り、橋口係長の机の前に立った。

こちらの署では、それほど大きな案件は抱えていないはずだが、橋口の顔には疲労と倦怠《けんたい》の色があった。応援部隊をとられての人手不足で仕事が増えたせいかもしれない。あるいは、口ではああ言っても、多少は小野田の身を案じているのか。いや、それはないだろう――。

「よろしいでしょうか」

宮下のかけた声に、橋口は驚いた様子もなく、かといって「なんだ」と言うこともなく、ただ黙って宮下を視界の隅でちらりと見た。

「その後、こちらに小野田主任から連絡はあったでしょうか」

訊くまでもないとわかっていたが、順序としてまず質問した。橋口は手にした書類を裏返しながら、めんどうくさそうに「ない」と答えた。態度まで含めて予測したとおりだ。

「そんなことを訊きに、わざわざ来たのか」

「あきらかに、小野田主任の身に何かあったものと思われます」

ようやく橋口は顔全体を宮下に向けた。感情が抜け落ちたような黒目が宮下をとらえる。

「その前に、言うことがあるだろう。小野田は誰の命令で、あるいは誰の許可を取って、持ち場を離れ捜査に関係のない病院に行った？」

そこまで話を戻すのかとうんざりしたが、先へ進めるために、小野田に代わって頭を下げた。

「申し訳ありませんでした」

父親が危篤で、などと言っても無意味だ。

意外なことに、続く橋口の口調は静かだった。ただ、聞こえよがしの大きなため息はついた。

「あの女を捜せ」

ぼそっとひとりごとのように漏らしたのでよく聞き取れなかった。

「は？」

橋口が、はっきり聞こえるように舌打ちをした。

「あの女を、捜せ。小野田のことは副署長の耳に入った。本庁に対する面子もある。マスコミにつまらんことで突っつかれたくない。こんな不祥事が表沙汰になれば、おまえらを辞めさせたところで、くその役にも立たん。それより一刻も早く『秘密裏にすみやかに捜し出せ』との命令だ。そして異動だ。もう刑事などやらせん」

「それでは……」

やや前のめりになった宮下を、橋口の言葉が遮った。

「うちの米田課長は一課の仲根さんと顔見知りだ」

「仲根警部と――」

今回の捜査本部で陣頭指揮をとっている、仲根係長のことだ。融通を利かせてもらえたのは、そんな事情があったのだ。

「そうだ。応援組から抜けるよう、話をつけてくれた。もちろん別な口実だ。どうしてもおまえと小野田が必要な案件が生じたから、しばらく返して欲しい、ってな。つい今しがたのことだ」

そんな話までついていたのか。

「感謝しろ。そして、早いところ捜し出せ。ただし、おまえ一人でだ。そんなことに割ける人員はいない」

もう行け、というように手を振った。

「了解いたしました」

礼をして、一度自分の机に戻りかけたが、その背に橋口の声がかかった。

「それからついでに言っとくがな、あっちの本部《チョウバ》で、おまえたちは新田文菜のしっぽをつかんだと得意げな顔をしてるようだが、それは思い違いだぞ」

振り返り、否定しかけたが、どうせどう答えても突っ込まれるのだと思い直した。橋口係長は議論をしたいのではない。罵倒したいのだ。何かを言えば、ただ事態をこじらせるだけだ。黙って立ち、続きを待つ。

「おまえたちが、最初にあの整骨院の両親に会いにいったとき、もう少しはっきり事件性に気づいてさえいれば、こんなに騒ぎは大きくならなかったはずだ。本部なんて立てずに解決していただろうよ」

そう言われるだろうと、ずっと思っていたことを、ようやく本人の口から聞けた。

「おれの耳にも概要は入ってる。――このヤマの筋ははっきりしてる。新田夫婦のマンションでの聞き込みで浮かんだ『とっかえひっかえ男を連れて来た女』ってのが、アパートで死んでた桑村朔美であることは間違いない。新田文菜は桑村に売春の斡旋を頼んでいたが、報酬の額かなにかで揉めて、喧嘩のあげくはずみで殺しちまった。それであわてて雲隠れした。今ごろ東北あたりの温泉宿か、関西にでも飛んでるだろう。本部なんて立てるほどのこともない、単純なヤマだ」

それで気が済んだらしく、また書類仕事に戻った。宮下は再度軽く頭を下げ、机に戻り、さっさと身支度を終えて通路に出た。

　顔見知りが向こうからやってくる。柳井《やない》という刑事で、署内でも比較的宮下や小野田に柔らかい態度をとる男だ。足を止めて、宮下に声をかけてきた。

「よう、宮下。小野田くん、行方がわからないんだって？」

「はい。昨日の午後からです」

　あまり余計なことは言わない。柳井は手にしていた書類で、宮下の腕を軽く叩いた。

「まあ、彼女のことだ。心配はいらんと思うがね」

「そう願っています」

　去ろうとする柳井の背中に声をかけた。

「あの、柳井さん」

　柳井が立ち止まり、半身振り返って、何か、という顔をした。宮下はさっと周囲を見回し、人影がないのを確認し、さらに柱の陰に誘う。

「なんだ、どうした」

「教えていただけませんか。米田課長はどうして小野田主任にああいう扱いをされるのでしょう」

　柳井が片方の口角を上げた。

「ああいう、ってのは、つまり『贔屓』ってことか」

「自分は、『しごくあたりまえ』と思っていますが」

柳井は苦笑しながらごく短い時間考えて、答えた。

「それはやっぱり、例の事故のことで小野田くんに申し訳ないと思ってるからだろう」

「でも、事故は小野田さんの運転ミスで、同乗していた課長はいわば被害者ですよね。だからこそみなさん、小野田主任にきつく当たると聞きましたが」

「まあ、そういうことだろう」

視線がわずかに泳いだ。何か隠していると思ったが、柳井ほどのベテランが言わないと決めていることなら、宮下が食い下がったところで簡単には言わないだろう。

「お時間をとらせてすみませんでした。ありがとうございます」

「ま、小野田くんのことだから、大丈夫だろ」

柳井はさっきと同じようなことを言い、同じように書類で宮下の腕を叩いて、歩き去った。


署の前で流しのタクシーを捕まえた。目的地は小野田のマンションだ。橋口の許可が出た。錦《にしき》の御旗《みはた》を立てたような気分だ。この場合はあまり嬉しくもないが。

すでに管理人が出勤していた。窓口で身分証を提示し、用件を告げる。

「小野田さんの部屋を確認させてください。立ち会っていただいて結構です。異常がないことがわかれば、退去します」

管理人は一瞬だけ、好奇心と困惑が混じった表情を見せたが、このマンションの特殊性を思い出したようだった。つまり、オーナーの知人などの例外を除いて、住人のほとんどが警察、消防などの職員であることだ。

「本社に確認をとりますので少しお待ちください」

管理会社経由でオーナーに確認をとるという意味だろう。これは時間がかかるかもしれないと覚悟した。明るいグレーの作業服を着た管理人は、奥の事務机にある固定電話で数分話していたが、窓越しに声をかけてきた。

「オーナーさんから許可が出ました。荒らさない、何も持ち出さないということでお願いいたします」

早い対応に驚き、感謝する。

「よろしくお願いします」

管理人は合い鍵の束らしきものを取り出し、ドアから出てきた。

「それじゃ、ご一緒しましょう」

エレベーターの動きがもどかしく感じられたが、管理人に従って小野田の部屋の前に立つ。

ドアの鍵は、ピッキングが困難と言われている、ディンプル式だった。合い鍵を差し込んで、管理人がドアを開ける。

「お待ちください」

宮下を制して先に玄関に入り、廊下のライトを点けた。

「どうぞ。靴は脱いでください」

宮下を先に上げ、あとから続きそうな雰囲気だ。宮下は礼を言ってから、でも、と続けた。

「あとはひとりで見られます。できれば、管理人さんも何も触らないでください」

管理人は怪訝《けげん》そうな表情を浮かべたが、宮下が言わんとすることをすぐに理解したようで、それではここで待ちますと答えた。

靴下の上から、捜査時に使う足のカバーをはめて、宮下一人が廊下を進む。途中立ち止まり、ゆっくりと鼻で呼吸する。わずかに生活臭はするが、生ごみやペットの臭いはしない。小野田は料理をしないし、ペットも飼っていないと聞いている。一番恐れていた、あの臭いはしない。

白手袋をはめた手で、まず右手の洗面所のドアを開ける。これといって変わったところはない。ついノックしてからトイレを覗いた。ここも異常はない。続く風呂場は少し緊張した。何かが、あるいは何かの痕跡が残っている可能性がある。

息を詰めて折り畳みの扉を引き開ける。やはり、不自然なものは見当たらない。わずかに湿った臭いがするが、異常性はない。ひとまず深呼吸してしゃがみ、床に顔を近づけた。これ以上のことは鑑識でないとなんとも言えないが、何かが行われた痕跡は、肉眼では見つからない。

廊下に戻り、廊下を挟んで洗面所の向かいのドアを開ける。洋室だった。おそらく六畳に満たない小ぶりの部屋で、小野田は寝室として使っているようだ。中は、特別乱れた様子はない。ベッドに近づき、いつも持ち歩いている金属製の指示棒の、畳んだままの先で掛布団をはぐった。ここにも異常はない。皺の寄ったシーツが、たしかに使われていたことを物語るだけだ。

部屋の隅のバスケットに、部屋着や寝間着と思われる衣類が、若干放り込んである。寝室から出ると、玄関に立って待っている管理人と目が合った。「もう少し」という意味で会釈すると、向こうでも返してきた。

残るはリビングダイニングだ。といっても、八畳ほどのリビングに三畳ほどのキッチンがついた、かなりこぢんまりしたものだ。

素早く室内を見回す。やはり異常は感じられない。シンクを覗いたが、三角コーナーもきれいなものだ。

冷蔵庫のドアを開ける。ペットボトルや缶入りの飲料が何種類かと、調味料が数本収納されているだけだ。料理をほとんどしないというのは本当らしい。起き抜けの無防備な顔をうっかり見てしまったような気分になって、そっとドアを閉めた。

ダイニングセットはなく、テレビ機材の向かいに、二人掛けソファとローテーブルが置いてある。これで充分なのだろう。

そのテーブルの上に、Ｂ５サイズのリングノートが開いたままになっている。ノートの上には三色ボールペンが載っている。メモ用のセットらしい。ここで電話を受けたり、思いついたりしたことを書き留めたのだろうか。

ソファに尻を置き、ノートに目を落とす。転がったボールペンの下に文字が見える。白手袋をはめた手でボールペンをそっと動かし、そこに書かれている内容を見た。

いわゆる「文章」は書いていない。

記号というべきか略号と呼ぶべきか、英字や片仮名、さらには漢字に数字を絡み合わせたような文字列を、丸で囲んだり、ぐしゃぐしゃに消したりしてある。

初めて見る、というわけでもない。これは、小野田が考え事をするときの癖だ。署の小野田の机の上に置かれたメモパッドにも、似たような〝落書き〟がある。ただ、少し異様に感じるのは、それがノート全般にわたっている点だ。どこか一部分ではなく、すべてのページが、記号、あるいはせいぜい数文字の英字か仮名で埋まっている。よほどのめんどくさがり屋らしい。

一番新しいページは、比較的なぐり書きの量が少ないので、まだ判読しやすかった。中央付近の歪んだ囲みの中にある文字を判読する。

《SHJI.HP.1300》

どういう意味だろう。人名のイニシャルか、場所か、建物か。そのすぐ脇に片仮名で《キトク》の文字があるので、想像がついた。

HPはホスピタル、つまり病院だろう。病院に十三時ならば、SHJIとあるのは、『修治会』と考えるとつじつまが合う。危篤だった彼女の父親が入院していた病院だ。

　しかしそれだけでは、病院から連絡を受けたとき、つまり昨日の早朝、この部屋にいて十三時に見舞おうと決めた、という事実しか示していない。

　同じ見開きの中に書かれたほかの文字を読む。《ニッタ》《アパート》などのわかりやすいものもあるが、アルファベットと数字の組み合わせが多く、まるで暗号のようだ。

　しかも、お世辞にもきれいな字とはいえない。定規で引いたような、昔、手書きの脅迫状に使ったようなひどい筆跡だ。それでもなんとか読解しようと試みる。《3T》と《KK》《DL》とはなんだろう。そしてその双方向に向けた矢印が書かれている。《3T》はもう一か所あって、それは《MNT/3T》となっている。これらの英文字が何を意味するのか。すぐには見当がつかない。まさか、新型爆弾の略称でもないだろう。

　他人のノートを覗き見るのは、マナー違反を超えて、違法行為すれすれだが、ここまで来たのだからと、再び胸の内で詫びを言って、ノートを手にとりぱらぱらとめくった。

　特に、ここ数日と思われる書き込みに注意してみるが、これはというものはない。

　やはり、小学生がふざけて書いたような《ニッタ》の文字が多く登場する。そのそばに、補足のように記号や数字が並ぶ。

　数日前に書かれたと思われるあたりに《6/18》という数字があり、アンダーラインが引いてある。その下側には《M/BD》となっている。これもやはり暗号のようだが、ながめているうちに、書かれた時期とその数字から、ふいに意味がわかった。

ちょうど五日前ごろ、何かの会話のついでに、小野田に誕生日を訊かれた。六月十八日です、と答えた。おそらくそれだ。だとすれば、《M/BD》とは、《宮下／バースディ》を意味するのではないか。かすかにむず痒いような感覚を保留にしたままノートを閉じた。

結局、本人の同意もなく家探しのようなことをしてノートまで盗み見た結果の収穫は、小野田はおそらく昨日の朝この部屋を出てから、戻ってきていない、という想像の裏付けだけだった。

どうせ、ここまで手を汚したのだ――。

そう自分に言い訳をし、管理人から死角になるように背を向け、ノートをバッグにしまった。

忘れ物はないかと最後に部屋を見回した時、コンセントから充電コードが延びているのを見つけた。形状を確認すると、小野田が普段使っているスマートフォンのものとは別種だ。もしかすると私的にタブレットPCを使っているのかもしれない。だが、本体は見当たらない。今回に限って持ち出したのだろうか。その理由が少し気になったが、これ以上の家探しもできず、部屋を後にした。

「ありがとうございました」

玄関に戻り、管理人に作業が終わったことを告げる。管理人は何か問いたげな顔をしている。当然ながら「成果はあったのか」と訊きたいのだろう。ほとんどなかったし、あったとしても言えない。そんなふうに、どうとでもとれるような、申し訳なさそうな表情を作って苦笑すると、意図がわかったのか笑みを返してきた。

マンションを後にして、さてどうしたものかと悩む。いくつか選択肢はあるが、ひとまず小野田の父親を見舞うことにした。もし本当に生死の境にあるなら、病院のほうでも小野田に連絡がつかなくて困っているはずだ。それに、緊急連絡先を聞いているかもしれない。

アプリでタクシーを呼ぶまでもなく、空車を捕まえることができた。最寄りのＪＲ駅まで指示する。高田馬場へは電車で向かうことにした。

駅までの短い時間に、借りてきた小野田のノートを開く。

《SHJI》が『修治会』ならば、《3T》や《KK》《DL》は、どんな意味があるのか。略語であることは間違いないだろう。新田文菜がらみだとは思うが、想像がつかない。

やはりだめかと諦めかけたとき、緩んだ頭にふと、ある可能性が浮かんだ。

再度ノートに視線を落とす。

いまさらだが、小野田の文字はかなり癖が強い。上手、下手、というより、短く切った針金を並べたような文字だ。たとえば《SHJI》も、〝状況証拠〟から『修治会』のことかと推察したのであって、何気なく読めば、《5HT1》にも見える。

そうだ。たしかにそうだ。小野田は、大文字のＪの縦の線をまっすぐ伸ばす癖がある。

つまり、《T》の文字は《J》である可能性もある。

「あっ」

　思わず声に出してしまい、運転手に「なにか？」と訊かれた。

　なんでもありませんと答え、急ぎ名刺入れを探し出す。あわてて中身をシートにばら撒《ま》いてしまったが、ちょうどよいのでその中から目的の一枚を探し出した。久保川にもらった名刺だ。

「これだ」聞こえないように小声でつぶやく。

「Office 3J」、その上にやや小さめの片仮名で『オフィススリージェイ』とルビが振ってある。もちろん、『スリージェイ』とは『三条』のことだろう。しかし今問題なのはそこではない。

　これを「小野田の書き癖」というフィルターにかければ、《3T》は《3J》であり、《MNT/3T》は《MNJ/3J》の可能性がある。つまりこれは《ミッドナイトJ／三条》の意味ではないだろうか。ならば、《KK》は《Kubokawa Katsunori》の可能性があるし、《DL》はディ《D》スレ《L》クシアだ。

20　菊井早紀

《明日は出社の必要ありません。明後日の予定は追って》

　本当に久保川が送ったのかと疑いたくなるほど、愛想のないメールが届いた。よほど忙しいのだろうか。何か気がかりなことでもあるのか。

　もともと、土曜、日曜はレギュラー出演の日ではない。しかし、週末はテレビにゲストで呼ばれる機会が増えてきた。だから早紀も、平日のレギュラーがない日に、スケジュールに合わせて飛び飛びで休日を取っている。毎週決まった曜日に休むことなど、望めないと覚悟していたので不満はない。

　むしろ、こうして理由も言わずに「出社に及ばず」の通知をもらうほうが不安になる。そして最近、こういう事例が増えてきた。おそらく、早紀に聞かせたくない話があるか、早紀に会わせたくない人物に会うなどの理由があるのだろう。仕事だから「来るな」と言われれば、従うまでだ。しかし、たった三人しかいないスタッフの中でのけ者にされたようで、正直にいえば少し寂しい。

　しかも、雇われて日数を重ねるにつれ信頼が増していくのではなく、ある意味〝のけ者〟にされる回数が増えるだけなのだ。気のせいではない。

　もちろん、この程度では指示の理由をたずねたりはできない。しかも、出社免除のときは好きにしていいと言われている。似たようなことはこれまでにも何度かあった。最初のころ、それでは申し訳ないから自宅でできる仕事を、と要求したら、その場にいた三条に「くどいですね」と叱られた。もちろん月給制なので、仕事に行かなくとも給与はもらえる。

「通訳」や「運転」の役がない日も、「秘書」としての仕事はいくらでもある。三条は、世間ではテレビのコメンテーターとしての認知度が高いが、本業は文筆業だ。資料整理や郵送物の発送、受け取りなど、細かな事務仕事は多い。

だから半ば意地で、事務所、つまり神楽坂近くにあるマンションに出社しようかと思った。このところ、三条のテレビ出演が増えたので、当然ながら早紀も外にいる時間が増えた。内勤の仕事がたまっているのでちょうどよいかもしれない。

関係者への礼状や連絡——メールと手紙の双方——や、外部での仕事の記録、領収書類の整理と会計ソフトへの入力作業など、意外に細かくて手間のかかる仕事が多い。

そんな雑務をこなそうかと、一旦は思ったのだが、考え直した。わざわざ、出社しなくていいと連絡してきたということは、マンションで何か早紀に見せたくない、知られたくない作業をしている可能性もある。ひょっとすると、新しい「秘書」の面接かもしれない。パーティーの日に、『ヘスティア』の武藤寛を怒らせた。それはつまり、堤の顔をつぶしたことになる。もしかすると堤から「今後、菊井は画面に出すな」という指示でも出たのかもしれない。

出社しようという気持ちが萎《な》えた。こんなときは、観たかった映画のはしごでもすればいいのかもしれないが、あいにくそんな気分でもない。

昨夜の『ミッドナイトJ』の終盤で飛び込んできたニュースにも、ずっと引っかかっている。練馬区のアパートで、桑村朔美という女性の他殺死体が見つかった件だ。

今朝も気になって、起き抜けにチェックしてみたところ、少なくとも漢字は同じだ。「江東区東陽町」というのも一致する。請求書の処理などをしたから知っている。年齢も、会ったときの印象とほぼ一致している。やはり、あの桑村朔美と同一人物ではないのか。

実際、早紀は彼女と何度か挨拶を交わしたことがあるだけだ。名刺交換すらしていない。

三条の本を出すにあたって、日本の出版界ではめずらしいエージェント制を採用したのだと、久保川から聞かされたことがある。そのおかげで、無名に近かった三条の本が書店に並ぶようになり、やがて火が付いた、とも。

それが本当なら、三条を日の当たる場所へ導き出した、陰の立役者、というより恩人の一人ともいえるのではないのか。しかし、昨夜は本番中あのニュースに接しても、二人ともほとんど顔色も変えなかった。同姓同名の別人だと即断したのだろうか——。

いや、それはない。まだ顔写真は出回っていない。名前も住所も一致するのに、別人だと判断する材料がない。しかもこのところ世間を騒がせていた事件だったのに、知らんぷりというのはどう考えても不自然だ。もし、自分のよく知った人物とまったく同じ名が、大きな事件のニュースで読み上げられたら、とっさに反応してしまうはずだ。

あまり考えたくないが、可能性は絞られる。

つまり、「速報」が流れる前から、あの二人は「桑村朔美」という女性が殺されたことを知っていた、ということだ。それが、同一人物であろうとなかろうと。だから平静を保てたのだ。

実は、刑事が訪ねて来たことも、まだ気になっている。十年以上前のアメリカ留学のときに、同じ記念写真に写ったという理由で、そんなことで、わざわざアポイントを取って話を聞きに来るだろうか。

ひとりは女性の刑事だった。帰りの車の中で久保川がちらりと漏らしていたように「どうせ、三条公彦に公務で会える口実を見つけて、喜んでやってきた」という解釈でいいのだろうか。

ならば、あの集合写真にはどういう意味があったのか。刑事たちが帰ったあと、三条も久保川も、あの写真についてはまったく何も触れなかった。これもまた普通の感覚なら「あの写真は、何かの事件の証拠だろうか」とか「犯人でも写っているのか」などという会話があってもおかしくない。ところが、刑事たちに対する皮肉は言ったが、写真については一切触れなかった。

あれこれ考えると、桑村朔美の変死だけでなく、もっといろいろなことに関係しているのではないか——。

「ひゃっ」

これという理由もなく手に持っていたスマートフォンが、いきなり着信音をたてぶるぶる震えたので、驚きの声を上げてしまった。

そこに表示された番号に覚えはない。

「誰？」

いや、覚えがあるような気がする――。

まだ鳴っている。仕事で持ち歩くバッグをあさり、名刺入れを取り出す。毎日交換する名刺の数など限られている。すぐに見つかった。

《宮下真人》と書かれた刑事の名刺に載った番号だった。

21　刑事：小野田静

目がほとんど開かない。

いいように殴られたからだ。あの久保川という男は、人を、特に女を、それも無抵抗な女を殴ることに、快感を覚えるようだ。

あの男が地下室にいるあいだ、天井にあいた出入り用の四角い穴の蓋は持ち上げられている。だから、そのあいだだけは光が差している。といっても、かなり光量を絞ったものだ。

そしてそのわずかな光の中でも、殴る瞬間に久保川の目に浮かんだ、恍惚《こうこつ》の光が印象に残っている。

今はその穴の蓋は閉じられ、真の闇だ。これほど、まったく光の差さない世界というのは、記憶にない。

闇の中では時は止まる。最初にここへ落とされてから、どれぐらいの時間が経っただろう。半覚醒であったり、完全に失神していたりしたので、はっきりとはわからない。傷の痛みかたや顔にへばりついた血液の状態からすると、数時間ということはなさそうだ。少なくとも半日、もしかすると丸一日ほど経っているかもしれない。今は夜中か、明け方か。見当もつかない。

待ち合わせをすっぽかされた宮下は、どう思っているだろう。捜してくれているだろうか。捜査活動中ならともかく、私用で抜け出した時間帯のことだ。病院に問い合わせぐらいはしたかもしれない。しかし、退出手続きに怪しいところはないはずだ。同行者もいない。糸口としては駐車場の防犯カメラぐらいしかないが、拉致犯たちは、主犯が三条にしろ久保川にしろ、レンズの向きぐらいはチェックしただろう。

宮下のことだから、腹など立てずにただ心配し、彼なりにできる限りのことはしてくれていると思う。

しかし、宮下ひとりでは限界がある。警察は組織だから力があるのだ。警官一人はただの人間だ。まして橋口あたりは、心配するどころかいなくなってせいせいしたと、退職の手続きでも始めそうだ。

それにしても、時間の経過がまったくわからないことが、不安を増大させる。

一時間経ったのかまだ十分なのか、昼なのか夜なのか、それすらわからない。わずかな空気の流れ以外に、まったく外部と遮断されたこの地下室は別の世界だ。

古い漬物のような、しめった臭いがする。それ以上に、アンモニア臭がする。最初に落とされたとき、部屋の隅にあるトイレを示された。がまんできないときはそこでしろという意味だろう。暗闇でも、便器に貼られた蛍光シールがぼんやりと光る。

見えたのは一瞬だったが、花見シーズンに観光地に置かれる簡易トイレのような安っぽさがあった。しかも、便器が見えたということは周囲に囲みがない。こんな地下室にぽつんと置いてある、素人が手作りしたようなトイレの意味を考える。

「ここから一歩も出すつもりはない」ということだろう。「収容所」という単語が浮かぶ。

その脇にシャワーのようなものも見えたが、さすがにそれは気のせいかもしれない。むき出しのシャワーとトイレという組み合わせは、不吉すぎる。

もうひとつ見えたのは、この殺風景な地下室に不釣り合いなシンク台だ。この臭いといい、漬物かなにかの加工場だったのかもしれない。それに、運び込まれたときの感触からすれば、ここは地下室なのに、排水設備がある。つまり高台にあるか、近くのもっと低いところに下水溝があるということだ。それらのことを、脱出できたときのために、記憶しておく。

いま、彼らはどこで何をしているのか。小野田に面会を申し込んだのは三条だ。拉致の実行と暴力は久保川だった。どちらが主でどちらが従なのか。あるいはまったく同格の共犯なのか。

思考するしかやることがない。いっそ考えることをやめたいが、どうどうめぐりが頭の中から出ていかない。

すぐには死なせないつもりであることは確かなようだ。だからといって安堵する類いのものでもない。

あまり考えたくはないが、わずかでも計画性があるならば、警察官を拉致した時点で、二度と解放するつもりはないだろう。まだ殺さずにいるのは、期待どおりの答えを聞き出せていないか、いたぶることに満足できていないか、どちらかに違いない。いずれにしても気は重い。

解放を期待できないなら、そして死にたくないなら、脱出の道は自分で切り開かねばならない。しかし、どうやってこの状態から抜け出すことができるだろう――。

ほお骨の周辺が熱を持って、激しく痛む。体中痛むが、脳に近いせいか顔の痛みは神経に刺さる。意識の外に出せない。手錠につながれた手の甲でそっと触れただけで、悲鳴をあげそうになるほどの激痛だ。間違いなく骨折している。ただ、それをいうなら、肋骨も数本、指も何か所かダメージを受けている。内臓まではわからない。

「どこまで知ってる」

殴られ蹴られ、そう問われ続けた。臭いと感触からすると、革の手袋をはめた拳でなぐっていたようだ。

久保川の言う「知ってる」とは、つまり、捜査の進展状況のことだろうと最初は思った。何も答えなかった。「答えない」とも答えなかった。取り調べで黙秘権を使われたことはあるが、自分がその立場になるとは考えたこともなかった。

まさかこの二人が、特に著名人である三条が、関係者どころか犯人だとは考えなかった。油断していた。小野田が興味を抱いたのは、三条の読字障害についてだ。新田文菜と三条が、無名の主婦といまをときめく著名人という垣根を越えて接触があったのだとしたら、失踪の手掛かりになるかもしれないと思ったのだ。

そして、正直にいえば、宮下が想像したように、捜査の範囲を超えて〝個人的な興味〟を抱いたのだ――。

痛いっ。ほんのわずか体の向きを変えるだけで、全身に激痛が走る。

久保川は殴りながら、どこか楽しそうな口調で「しぶといね」としきりに感心していた。そしてその「しぶとさ」が、彼の嗜虐性を一層強めてしまったようだが、話したくても話すことがなかったのも事実だ。小野田たちは捜査の主線から外れていたし、そもそも本格的な捜査は始まったばかりだ。知る限り、具体的な進捗《しんちょく》はほとんどない。

何か知っていても簡単に口を割ったとは思いたくないが、これほど直接的な肉体的苦痛を受け続けると、自信がなくなる。そう考えると、知らなかったおかげで命を長らえているともいえる。吐いてしまっていたら、あっさりとどめをさされていた可能性がある。

しかしやがて、久保川の質問のしかたから、訊きたいのは捜査内容全般ではなさそうだと気づいた。三条や久保川の個人の秘密に関することらしい。だが具体的には何を指すのかわからない。やはり最初に小野田が興味を持った「障害」に関することだろうか。

「うう」

自分のものか他人のものかわからない、こもったうめき声が、思考を止めた。

「うう、うう」

また聞こえた。空耳でも自分の声でもない。事情を知らなければいびきにも聞こえる。もらしたのはこの部屋の先客だ。フリーの記者でおそらく「コマツザキ」という名だ。まともにしゃべれないほど殴られているうえに、ほとんど瀕死《ひんし》といってもいいほど衰弱している。「オマファキ」と聞こえていたが、何度目かに、「コマツザキ？」と訊き返したら「うう」と肯定したようだ。そのうめき声も、時間を追うごとに減ってゆき、ほとんど聞こえなくなっていた。

週刊誌系の記者だと知ったのは久保川の口からだ。小野田をさんざん痛めつけたあとで、すでにほとんど身動《みじろ》ぎもしなくなっていたこのコマツザキを、ついでのように蹴った。

「おまえら記者連中も、ハイエナみたいに嗅ぎ回りやがって」

もはや、悲鳴すら出ず、空気が漏れるようなうめき声が聞こえただけだった。

「水、飲む？」

コマツザキに対してそう訊いてみたつもりだが、小野田自身も歯は三本折れ、頰の内側がかなり傷ついている。不明瞭な発言が通じたかどうかわからない。

「うう」

肯定の意味だ。それだけは意思の疎通ができるようになった。

ゆっくり体を起こし、久保川が投げつけた水のペットボトルのあるあたりに、そっと手を伸ばす。注意しながら動かないと、自分自身が大きな悲鳴を上げることになる。

ペットボトルに指先が触れる。一度だけ口をつけたあと蓋をした覚えがないので、倒れないようにそっとつかみ、まだしも痛くないほうの左側を下にして、声のほうへゆっくり這い寄る。

意図が通じたのか、偶然か、また「うう」と聞こえたので、顔の位置がわかった。ペットボトルをつかみなおし、あぐらをかくように座る。左手で相手の顔を探る。後頭部に手を差し込み、全エネルギーを集めて持ち上げる。

「ぐう」

漏れたのは自分の声だ。彼女の唇とおぼしきあたりに、ペットボトルの口をそっと当てる。

「みふ」

かすかにうなずいたように思えたので、中身を少し注ぐ。コマツザキがとたんに激しくむせる。ささえていた手から頭が滑り落ちる。ごんという小さな音が響いて、コマツザキの頭蓋が、コンクリートの床に当たる。声を立てる元気もないようだ。

自分の右目から、液体が流れ落ちるのを感じた。血か汗かと思ったが、涙であることに気づいて驚いた。

涙を流したのは、何年ぶりだろう。


自分も床に横たわり、真っ暗な虚空を見上げる。

宮下の厚意に甘え、危篤の父親を見舞いに病院へ行った。確証はないが、あれからおそらく丸一日以上は経っているだろう。

正確にいえば、厚意に甘えると同時に宮下を裏切った。秘密を持ったというより、嘘をついた。実はその前日、つまり三条たちをテレビ局に訪問した日の夜、三条自身から電話をもらっていたのだ。

〈あ、三条です。さきほどはご苦労様でした。ところで——〉

人違いではない。少し前に聞いたばかりの、本人の声だった。

用件は、あの留学時代の集合写真をもう一度見せてもらえないか、ということだった。

ちょっと思い出したことがある、お忙しいでしょうからメールでもかまいません、と言う。

まず、メールで送ることはできないと断った。では直接会って、と話はすぐに進んだ。願ってもないことだ。しかし原本は、今は捜査本部の証拠品として、保管されているはずだ。あとは、宮下のタブレットの中にしかない。

宮下に指示してメールで送ってもらえばいい。だが、宮下もばかではないから、そんなことを頼めば、「何に使うのか」と勘ぐるだろう。三条と会うぎりぎりまで伏せておくことにした。仕事中は使っていないが、小野田もタブレットPCを持っている。調べものなどに使うことが多い。それを持って行くことにした。さすがにスマートフォンの画面では小さすぎる。

三条に会って、話を聞いて納得がいったら、宮下に連絡して送ってくれるよう頼めばいい。

そう、最初から宮下とは同行するつもりはなかった。三条と二人きりで、余人を排した環境で聞き出したいことがあった。

三条に対し、会うのも写真を見せるのもかまわないが、そのときにこちらももう少しお訊きしたいことがある、と付け加えた。それは何かと問われたので、詳しくは会って話すが、読字障害に関することだと答えた。「デリケートな問題なので、可能であれば二人きりで話せないか、十分間でいい」とも。わかりましたと返答があるまで、ごく短い間があった。

時刻や場所について、お互いの希望を出し合った結果、翌日の午後一時半に『修治会病院』で会うことになった。父を見舞うと告げたら、その時間帯なら空いているから三条のほうから来てくれるという。

人間に貴賤《きせん》はないというが、そして小野田もそう信じているが、さすがに著名人の三条がわざわざ足を運んでくれることには感謝した。

〈宮下さんは、ご一緒ですか〉と訊かれた。

「いいえ。プライベートな用件もあるので、わたしひとりで行きます」と答えた。

父を見舞うことに嘘はなかったが、そのついでに三条に会うのではなく、三条に会うついでに父を見舞う、という気持ちになっていた。

宮下にひとことも残さなかったのは、大きな失態だった——。

今ではそう反省している。やはり、個人的なことになると、完全な客観視はできなくなる。三条にとって個人的であると同時に、小野田にとっても個人的なことであった。

そしてそれは、宮下が想像したような、三条に対するあこがれや淡い思いなどではない。

宮下を連れていかないもうひとつの理由は、まさにそこにあった。宮下が小野田に対して抱いている感情だ。そしてその反射として、三条に抱いている感情だ。捜査の邪魔になる。

宮下が転任してきて相方を組まされ、最初は「お荷物」を預けられたと思った。しかし、時をおかずして、宮下の、ほかの職員にひけをとらないどころか、純粋とすら呼んでもいい真摯《しんし》な態度に、好感を抱いた。久しぶりに「男」という人種に対して、好意を持った。

同時に、宮下のほうでも、自分に対して単なる相方以上の感情を抱いていることに気づいた。

宮下がときおり眩しそうに見る視線に気づかないふりをしていたが、心は温かくむずがゆかった。自分にはめずらしく、私生活や誕生日のことなど訊いたりもした。これまで一切化粧などしなかったのに、「日焼け止め」とわざわざ言い訳をして、薄くファンデーションやリップクリームを塗る自分に驚きもした。

しかし、そこで自分にストップをかけた。嬉しくないと言えば嘘になる。もちろん、これまでの人生で恋愛の経験は何度かある。だからわかる。自分が少しでもドアを開ければ、宮下は一気になだれ込んでくる。二人の性格からして、もとからひとつだった岩のように固まってしまうかもしれない。

だからだめなのだ。自分などと一緒にいては、宮下の将来に絶対的に不利になる。深みにはまってはいけないのだ。

二人の今後のことは別にしても、宮下が三条に対して嫉妬していることはあきらかだ。うぬぼれるつもりもないが、そんな感情を抱いて、事件関係者に会ってほしくなかった。誰より、宮下のために。

だから嘘をついて、ひとりで三条に会うことにした――。

それが間違いだった。迷信じみたことはあまり信じないほうだが、宮下に嘘をつき、父をだしにした、ばちがあたったのかもしれない。

なにはともあれ、まずは父を見舞った。父親にとって、親族は自分しかいない。死に水ぐらいはとりたいという気持ちに嘘はない。

一週間ぶりに見る父の寝姿だった。酸素マスクをつけられ、何本も管が挿さり、呼びかけても触ってもほとんど反応しない。前回と変わったところは、また腕や首のあたりが痩せたことと、眉毛が少し伸びたように見えることか。

「髭は剃《そ》ってもらってるんだね」

そんなような言葉を少し父に語りかけたあと、ナースステーションへ行き、今後の手続きについて説明を受けた。終末医療も手がけている病院だけあって、いたずらに感傷的にならず、事務的に接してくれたのは、小野田の性格としては救われた。

その後再び病室へ戻ろうとしたとき、スマートフォンに電話の着信があった。三条からだ。

すぐ近くに休憩室があったので、そこへ入ってつないだ。

「小野田です」

〈駐車場にいます〉

三条の声で短くそう言った。

正面入り口のドアを抜けると、駐車場の奥のほうに立つ三条が軽く手を挙げるのが見えた。

小走りで近寄った。白いハリアーを自分で運転してやってきたようだ。世間では誤解されている部分もあるようだが、読字障害を含めた発達障害があっても、運転免許は取れるし更新もできる。

問題はその駐車のしかただった。もっとも人目につきにくそうな駐車場の隅の、あまり手入れがされていない植え込みに向かって頭から突っ込んで停めてあった。思えば、この停めかたにもっと警戒するべきだった。しかし、まさかテレビにあれだけ出ている著名人が、という油断があった。

三条が白い歯を見せて口にした「人目につきたくないから」という説明を信じようと思った。たしかに、そのあたりの喫茶店などで、ひそひそ話をしていては、人目につくだろう。なにしろ三条には華がある。黙っていても人目を引く。

それに、多少のリスクは承知の上で、どうしても本人に確かめたいことがあった。

車は、フロントと前席以外のウィンドーには色の濃いシートが貼られていて、外から中がほとんどうかがえないようになっていた。今にして思えば、ナンバーも上手く細工してあったかもしれない。

頭をもたげようとする警戒心を抑え込んで、助手席に乗り込んだ。

「宮下さんは？」

どうしても気になるらしい。心を開いてもらうため、正直に話した。

「昨日も言いましたが、これは捜査の一環であると同時に、プライベートなことも含むのでわたしひとりで来ました」

「そうですか」

ようやく信じたようだ。

「それで、思い出したこととはなんでしょう」

三条は手をひらひらと振った。

「お忙しい上に、今はお取り込みみたいですから、まずは、刑事さんのほうのご用件をうかがいましょう」

「わかりました。実はわたしは、刑事という職に向いていないのです」

そう切り出して三条の関心を引き、小野田はバッグから普段使っているメモ用の小さなノートを取り出した。それを開いて見せた。そして、そのメモの書き方について補足説明をした。

「なるほど」

どう答えようかと迷っているようだった。その短い時間に、こちらはつなぎ程度の話題のつもりで口にした。「三条さんは、たしか東北地方のご出身でしたね」

考え込んでいた三条が顔を上げた。

「はい。秋田県です」

「そうですか。──失礼ですが、静岡のほうで過ごされたことは？」

三条の目が光ったように感じた。

「いえ、どうしてそう思われます？」

「実はわたし、静岡の出身なんです。あのあたりは、あまり特徴的な方言がなさそうですが、土地の人間にはわかる、独特のイントネーションがあります。それを三条さんには感じます」

「ほう」

「それと、久保川さんにも」

「ほう」

「たしか、お二人はUCB留学中にお知り合いになったとうかがいましたが、もしかすると同郷だったからでしょうか」

「そんなこともないと思いますが」

あいまいな返答とともに、何事にも動じない雰囲気の三条の視線がふらふらと揺れた。動揺している。ここは押しどころだ。聴取の際なら落としどころだ。空振りを承知で、大胆な見立てを口にしてみた。

「同郷というより、もしかしてご親戚ではないですか？　お二人は、全体の雰囲気はかなり違いますが、耳の形と爪の形がそっくりです」

三条の顔色がわずかに変わったのを見逃さなかった。

図星だ――。

「ちょっとだけ失礼します」

三条はしずかにそう答えて、車から降りた。どうするつもりかと見ていると、後ろを振り向きもせず、去っていく。病院の入り口とはむしろ反対方向だ。どこへ行く気だろう。そう思った瞬間、後部座席で気配がした。もう一人、息を殺して隠れていたのだ。油断していた。まさか白昼堂々こんな場所で、そしてまさか、捜査に当たっている刑事を、力ずくでどうにかするとは思わなかった。

振り向く間もなく、首筋に何かが押し当てられ、はじかれたような衝撃を受けた。独特の音と衝撃から、強力なスタンガンを押し当てられたのだとわかった。体全体が正座のあとのふくらはぎのような痺《しび》れた感じになり、動くことができない。日本でこれほど強力なスタンガンは販売されていないはずだ。密輸したか、闇サイトで買ったか、自作したか、そのいずれかだろう。

痛みと痺れに耐え、なんとか車から脱出しようとドアに手を伸ばしかけたとき、二度目の衝撃を受けた。失神はしなかったが、体が硬直して動けなくなった。すぐさま後部座席にひきずられてうつぶせに転がされ、両手足を結束バンドで縛られ、口に布のようなものを押し込まれ、粘着テープを貼られた。目の周囲も同様だ。あっという間だった。気づいたときには、身動きも発声もできない、ただの肉の塊になっていた。

体全体を覆う布のようなものをかけられ、車は動き出した。これはかなりまずい状況だと、その時点で確信したが、もはやどうにもならなかった。

どれほど走っただろうか。しばらく、信号機のある市街地を走っていたが、やがて停まった。ドアが開き、布を体に巻き付けられたまま引きずり下ろされそうになった。体全体をゆさぶって、断末魔の芋虫のように暴れた。布が引き剝がされ、三たびスタンガンが押しつけられた。頸《けい》動脈のあたりだ。

意識が半分ほど飛びかけた。今度こそドアから引きずりだされ、重力にまかせて地面に落ちた。幸い肩がクッションになったが、頭も打った。こんな状態でも痛みを感じた。そのまま、上半身と両足を持たれ、運ばれていく。犯人は少なくとも二人いる。だとすれば、もう一人は助手の久保川だろう。ときおり、彼らの息づかいは聞こえるが会話はない。ただ、三条と久保川は微妙に匂いが違っていた。それはテレビ局で会ったときにも感じた。コロンや香水ほどではない、コンディショナーや乳液などのかすかな香りだ。

脇の下に手を入れて上半身を持っているのが久保川、足を持っているのが三条らしい。空気と音の感じから、建物の中に入ったことがわかった。自分がそれほど臆病《おくびょう》だと思ったことはないが、肌が粟立つのを感じた。ここから二度と出られないという予感がしたからだ。誰かに目撃でもされていない限り、建物内に監禁されたら、救出される可能性は低くなる。これまでに何度か見た、無残な死体の写真を思い出す。

そのままずるずると引きずられ、今いるこの地下室に、はしごに沿うように落とされた。

ここに来るまで、階段やエレベーターを使っていないこと、階段でなくはしごのようなものを使っているらしいこと、そして何より部屋にこもった湿気と臭いで、地下室だろうと察しはついた。

病院の駐車場で三条が降車してから、そして小野田を襲ってから、犯人たちはひとことも発していない。拉致犯が、何を考え、何をしようとしているのか、まったくわからない。

床に落とされたあと、床に打った腰の痛みにうめいていると、自分のものとは別なうめき声が聞こえてきた。

「うう」

再び肌が粟立つ。

「誰？」

そう訊いたつもりだったが、口を塞がれているので、くぐもった音が漏れただけだった。

「うう」

相手がはっきりしゃべれないのは、猿ぐつわのせいではなさそうだ。無駄と知りつつ、話しかけてみる。ほごほごほご。

「うう」

弱り切った女性だということは察しがついた。だとすれば、真っ先に頭に浮かぶのは新田文菜だ。まだ、自分自身は暴行を受ける前だったことと、その暗さのせいで、死にかけているとは思わなかった。

結果的に新田文菜ではなかった。その後、粘着テープをはずされ、暴行を受けたあと、放置され、話す時間はいくらでもあった。お互い、まともに発声ができなかったが。

何度もやりとりをしてようやく「コマツザキ」という名だとわかった。地下室に、ほかに人の気配はない。だとすると、新田の命はもうないのかもしれない。コマツザキも、このままではそう長くなさそうに感じた。

自分も、このコマツザキとかいう女の状態を経て死ぬのだろうか。

どうにかして手錠を外せないか。もがいているとき、頭上で音がした。

この地下室の入り口の蓋を持ち上げたようだ。

どっしりとした足音が、はしごらしきものを下りてくる気配を感じた。

下りてきたのは、橋口のいびりなど小学生の悪口にも感じないほどの、憎悪と暴力だった。

これまでに三回、久保川は下りてきて、殴り蹴った。そのたびに「コマツザキ」のこともついでのようにいたぶったが、かすかなうめき声が漏れる程度に衰弱しており、もはや嗜虐対象としての関心はなさそうだった。

自力で逃げ出すことも、外部と連絡をとることも無理そうだとすでに悟った。次に久保川が下りてきたときに乾坤一擲《けんこんいってき》、反転攻勢に出るほうがまだしもチャンスがある気もするが、その体力は残っていそうもない。

無傷のときに対峙《たいじ》したなら勝てたかもしれないが、この満身創痍《そうい》では無理だ。

ひとつ疑問がある。この監禁と暴力に、三条はどこまでかかわっているのだろうか。

肉体的な苦痛が限界に近づき、すでに「死」を身近に感じつつある。しかし、「死」以上に受け入れることができないのが、このまま三条や久保川を思い通りにさせておくことだ。

宮下はどうした——？

自力の脱出が無理なら、誰かが気づいてくれることが望みだが、「誰か」といっても、それは宮下しかいないだろう。

しかし、その望みは薄い。

父はどうしただろう——？

考えがあちらこちらに飛ぶ。

面会したときすでに、時間の問題だと告げられていた。もう、旅立っただろうか。まだだとすれば、自分のほうが先に行くかもしれない。数日前には、考えもしなかったことだ。

笑いかけて、顔の傷の痛みにうめいたとき、頭上から物音が聞こえた。

来た——。いよいよとどめを刺しに来た。そんな直感がする。唾を飲みこもうとしたが、からからに渇いて、粘膜が痛むだけだった。

がちっという音がして、蓋が持ち上げられる。闇の裂け目から照明の光が差し込む。つい見てしまうが、目を射られ、手をかざす。天国から差す光にも見えるが、下りてくるのは悪魔だ。

そんなことを考えているうちに、固定された蓋の隙間から、男の顔がぬっとのぞいた。

22 久保川克典

カーテンから日光が差し込んでいる。

『アトリエ』とは別棟の、母屋の二階、ベッド以外にほとんど何もない部屋が、居住空間になっている。

久保川克典は、床に敷いた厚手のマットレスの上で寝た。ベッドは三条に譲った。

遠くからは街全体の低い騒音が、近くからはたまに車やオートバイが走り抜けて行く音が聞こえる。ただ、都心に比べれば静寂といってもいいかもしれない。人通りは少ない立地だ。

スマートフォンの時刻を見る。もう午前十一時を回っている。こんな時刻まで寝たのは久しぶりだ。

あたりが静かなのと、昨日少しがんばりすぎたので疲れが出たのかもしれない。少しめんどうだったが、一度オフィスに戻り、ハリアーを取ってきた。そのあと、小野田をじっくりいたぶった。そのせいで多少筋肉痛だ。人間を殴るというのは、意外に疲れる。革の手袋をはめてはいるが、やはり怪我をすることもあるし、注意しないと手首を捻挫《ねんざ》したりもする。

あくびをしていると、三条も起きたようだ。今日はレギュラーを含め出演はないし、締め切りが近い原稿もないので、『アトリエ』での作業に集中できる。

「あの女刑事も、どうやらはったりをかましただけで、たいしたこともつかんでいないようですね」

克典がそう声をかけると、三条はテレビに映っているときとは別人のように虚ろな目で、克典を見た。

「いまからでも考えなおす気はないか。兄さん」

「『アトリエ』以外では、いままでどおり久保川と呼んでください。どこに人の耳や目があるかわからないし」

「もう、どっちでもいいよ。なんだか疲れた」

「弱音は聞きたくないですね」

刑事を拉致し、その上拷問するなど破滅行為だ。そんな説教を、夕べからさんざん聞かされ、飽きた。そのたびに、誰が撒いた種だ、ともう何回繰り返したかわからない反論を胸の中でつぶやいていた。

「考えてもみてください。もしもあの女が、先生に接触することを、誰かに告げていたなら、とっくに警察から何かのアクションがあるはずです。それがいまだにないということは、この先もないということです。あとは、桑村との関係を『ビジネスオンリーであった』と主張して、ボロを出さなけりゃ大丈夫」

警察はそれほど甘くないんじゃないだろうかなどと、ぼそぼそ言いながら、三条はベッドから起き上がった。着替えも置いてあるのだがそのまま寝たようだ。キャップと、薄めの色がついたサングラスをかけると、多少皺も寄っているが外出する恰好になった。

「どちらへ？」

「ちょっと外の空気を吸ってくる」

一緒に『アトリエ』へ行かないかと水を向けたら嫌そうな顔をした。

「今日は日曜ですからね。あまりぶらついて、人に顔を見られないように」

克典の忠告に、三条は手を挙げて応えドアから去った。

「さて」

スイッチを入れるために声に出し、まずは上半身を起こした。マットレスのせいか、寝相のせいか、背中の筋肉がぴりっと痛んだ。ほこりを吸ったらしく、少し咳き込んだので、ペットボトルの麦茶で喉を湿した。

枕元に置いたスマートフォンを手に取る。三条の次作を出す予定の、丸佐和書店の編集者からメールが来ている。いつものように桑村朔美経由でなく、ダイレクトに連絡したことを詫び、その事情にも触れている。ニュースで流れている『桑村朔美』の事件は知っていたようだが、まさかあの女と同一人物だとは思わなかったらしく、今さらながら驚いている。

《——わたしではなく別な人間が応対しましたが、弊社にも警察から問い合わせがあったそうです。ただ、間違いなく同一人物かどうかの特定には至っていないようで、午後にもこちらに確認に来るとのことです。ただこのことに関係なくお原稿は——》

警察もまんざら無能ではないと思った。この編集者のところへ現れたなら、克典や三条にたどりつくのも時間の問題だろう。三条が、犠牲者たちとの連絡用に使っていたのは、プリペイドSIM使用の機器だが、桑村とは普通の仕事用を使っていた。今日明日にも連絡してくるかもしれない。ここまであの女刑事をいたぶって受けた印象では、スタンドプレイに近い行動だったようだ。しかも、一緒に来た宮下とかいう間抜け面の刑事との連携は悪く、病院で三条と会うのも単独行動だったし、宮下に話してもいないようだ。

ならば話は早い。小松崎とかいう女の記者と一緒に始末する。跡形もなく——。

「跡形もなく、ね」

もう一度声に出し、残りの麦茶を飲み干し、よし行こう、と自分に声をかけて立ち上がった。本当に『アトリエ』が完成していてよかった。一時は最悪の結末も覚悟したが、まだ運命の女神は見放していないようだ。

まずは身仕度だ。下着も脱ぎ、肌に直接スウェットの上下を着る。塀で囲まれた私有地だが、それでも万が一、人目についたときのためだ。仮に汚れがついたら、強めの塩素系漂白剤を使って洗濯すればいい。

『アトリエ』の地下で作業する直前にそれも脱ぐ。最初はカッパを着ることも考えたのだが、血のついた衣類は始末に困る。いっそ全裸のほうがシャワーを浴びるだけで済む。

次に、母屋一階の物置部屋に寄る。ここに、自分で改築したときの工具類がわざと雑多に置いてある。その中から和式の鉈《なた》を手にとる。洋風の斧《おの》よりも刃渡りが長く力加減も利くので、このほうが使い勝手がいい。ほかに剪定《せんてい》用の目の粗い鋸《のこぎり》、大型の万能鋏《ばさみ》、毎回新品に替える肘まであるゴム手袋なども一緒にトートバッグに入れ、玄関を出る。

周囲の気配に注意しながら、『アトリエ』のドアを開けて中に入る。異常はない。スマートフォンが震えた。菊井早紀からだ。迷ったが、仕事の件なら出たほうがいい。トートバッグを下ろし、応答する。

「もしもし」

〈今、よろしいでしょうか〉

「少しなら大丈夫です」

〈実は、先日来訪された刑事さんから、内密で頼まれごとをされました〉

少し困惑したような声だ。それはつまり、あの宮下という刑事のことだろう。首の後ろあたりがざわつく。

「頼まれごととは？」

〈それが――〉

菊井が説明を始めたが、警察から連絡が来たことで困惑しているのか、いつもの彼女らしくなく、話が要領を得ない。イライラを隠しながら聞き出しわかったことは、要するに、次回の本番中にわざとカンペを読み間違えて欲しい、という依頼をされたということだ。

「わざと読み間違える？　なぜそんなことを」

〈もちろん、すぐにお断りしました。そんなことできるわけありませんって〉

しかし宮下は引き下がらず、しまいには脅すようなことを言い出したらしい。

〈警察には協力したほうがいいとか、事件性があったときに、わたしも巻き添えを食うとか〉

首の後ろのざわざわが強くなる。

「事件性とはどういう意味？」

〈それが、訊いても教えてくれないんです。人の命がかかっているとか〉

「わかりました。で、菊井さんは今どこに？」

〈念のため仕事場に向かおうかと思っているところです〉

「わかりました。では、仕事場で詳しく聞きましょう。こちらは、一時間ほどで戻ります。そちらはＯＫ？――了解。それでは、よろしく」

通話を終え、一旦母屋へ戻ることにした。そこへ、三条がコンビニの袋を下げて戻ってきた。

「これからオフィスに戻ります。一時間後に菊井に会います」

口調が、ビジネス仕様に戻った。

「どういうこと？」

いまの通話の内容を、簡潔に説明する。

「なんだそれ？　わざとカンペを読み間違えるってどういう意味だろう？」

「もしかすると、あれを疑っているのかもしれません」

「だとしたら、なんだかやばくない？」

「それを確認しに行きます。ただ、この『アトリエ』のことは気づいていないでしょう。気づいていれば、そんな暢気《のんき》なことは言っていないはずだ」

「で、どうする？」

「菊井に話を聞いて決めます。もしかすると、言われたとおりにするのが良策かもしれ

「読み間違えをそのまま喋ったら、ばかっぽく見えないだろうか」

こいつはいまさらなにを言っている。

「菊井にかぶってもらえばいい。あの女がカンペを読み間違えて責任をとって辞める。願ってもないチャンスだ」

「菊井をくびにするの?」

「あの女は勘がいい。ひょっとすると、多少感づいているかもしれない。そのことも確かめます。これから行って話をして、たとえ砂粒ひとつでも怪しいところがあったら、ここへ連れてきます」

「ここへ?」三条の声が裏返った。「そんな、まさか、あの子も?」

「しょうがないでしょう。このまま前へ進むしかない。幸い、『アトリエ』は完成しています。二人も三人もほとんど一緒です。始末するまえに、先生に楽しませてあげますよ。人妻以外の味も覚えて下さい」

「いらない」

性根の座っていないやつだ。人生とはすなわち行動することだ。行動できないやつは人生がないのと同じだ。

三条があとに続こうとしないことに気づき、振り返った。

「何か?」

「ない」

「あの二人はどうする？」

地下室の、死にかけの二人のことだ。

「間を空けると怪しまれます。先に菊井の問題を解決し、情況によっては今も言ったように一緒に処理します。先生、よかったら始末しておいてください。道具はトートバッグの中に入っています。刃は研いであります」

三条は、心底ぎょっとしたような表情になった。

「いや、遠慮しとくよ。それより、こんなところに置いていかないでくれよ」

「なんだ、三条先生らしくもない。とにかく、菊井もその宮下とかいう刑事もここへ連れてきて、始末できるかもしれない。そうしたら、みんなまとめてディスポーザーにかければいいでしょ」

「四人同時に？　あんまり一度に大量だと詰まらないかな」

「ほかに心配することがあるでしょう。さあ、行くならぐずぐず言っていないで出発ですよ」

23　菊井早紀

オフィス兼用である、久保川の部屋の合い鍵は預かっている。

相変わらず装飾や生活臭のするものがほとんどないリビングの、ダイニングセットの椅子に座って待つ。ダイニングセットといってもここで食事をしたらしい形跡を見たことはない。載っているのはノートパソコンとプリンター、それに、Ｗｉ－Ｆｉターミナル端末など、事実上の作業机だ。

喉が渇いていたので、途中で買ってきたペットボトルの緑茶を飲み干した。デジタル時計が示す時刻を見る。久保川と電話で話してからまもなく五十分ほどが経つ。昼食の時刻をまたいだが、食欲はない。

三条たちが「隠れ家」的な拠点を持っているらしいことは気づいている。

しかし、どこにあるのか教えてもらっていないし、推測したこともない。早紀が扱う経理用の書類の中にも、それを示すものは一切ない。

これまで二度ほど、その隠れ家にいるらしいときに連絡をしたことがある。どちらの場合も、一時間弱でここへやってきた。つまり、その程度の距離だということだ。たった一度だけだが、「アトリエ」と聞こえた気がする。三条も久保川も絵を描きそうには見えないが、そんな趣味があるのだろうか。そういえば、さっき部屋に入る前にハリアーが停めてある駐車場をのぞいてみたが、車はなかった。「使わないときは知人に貸すことがある」と久保川が言っていた。二人とも運転をしないと言っていたから、今日も誰かに貸したのだろうか。

いまだに謎が多い二人だ。暴露本を書くならそのあたりを探っておいたほうがいいかもしれない。

すでに心は決まりかけている。長くはあの二人のもとにはいられないだろう。しかも、「円満退社」とはいかない可能性も出てきた。ならば、自分の身の振り方は自分で考えなければならない。それに、あんな目にあわされて、すごすごと立ち去りはしない。

宮下という刑事にこの話を持ちかけられた瞬間は、困ったことになったと思った。しかし、すぐに思い直した。早紀がどういう態度に出ようと、事態は変えようがないらしい。もしも――まだ想像もつかないが、もしもあの二人に何か起きるのだとしたら、ここは警察に協力しておき、事情を知り得る立場にいたほうが得策だ。

流れから考えると、やはり桑村朔美の変死体事件にかかわりがあるのかもしれない。三条は、無名の存在から、一躍脚光を浴びるスターになった。その彼が、一夜にして泥にまみれることがあるとすれば、それをこれほど近くで見られるのは、運が巡ってきたといえるだろう。まさに、ジャーナリストとして世に問う作品がものにできるかもしれない。そしてそれは、自分にしかできない。

気分が高揚してきた。

ベランダに面した窓を見やる。カーテンが半分ほど閉まっている。あそこから外を見ていようか。しかし、三階だから、光の反射具合ではこちらの顔も見えてしまうかもしれない。見張っていたと思われたくない。

また時計に目をやる。もう、いつ到着してもおかしくない。さらに喉が渇いてきた。コーヒーを飲み過ぎたときのように、心臓が少し苦しい感じだ。

玄関のドアが、がちゃりと音をたてる。戻って来た――。ますます心臓が苦しくなる。過呼吸になりそうだ。落ち着いて。大丈夫。問題ない――。自分に言い聞かせながら深呼吸し、もう一度息を吸いかけたとき、まずは久保川の姿が、続いて三条が入ってきた。

三条も来たのか。相変わらずいつも一緒だ。

「来る途中で、三条先生にはざっとお話ししました。先生の前でもう一度話してください」

久保川が、椅子に座るのももどかしげに、訊いてきた。はいとうなずき、慎重に説明する。

「最初は、三条先生と久保川さんに関することで、何を知っているか、訊いてきました」

「それでなんと？」

久保川が目の奥を覗き込むような視線を向けてくる。

「何というか、ごく普通のことです。収録のある日の送り迎えのルールとか、お二人の日常生活の様子とか」

「その中で、特に興味を示したことは？」

「さあ、あまり興味はなさそうでした。なんとなく、ぼんやりした感じで」

「ぼんやりねえ」

久保川は自分に言い聞かせるように言って、二、三度うなずいた。

「問題の、そのカンペを間違えて読めとかいう指示を、もっと正確に話してください」

「はい。――月曜に『ミッドナイトＪ』の生放送があるのはご存じで、いつものように『通訳』をするのか、と訊かれました」

「それで？」

「いつもどおりですと答えると、『一度か二度でよいので、カンペを読み間違えてください。たとえば、《感想を言って》という指示のときに、《無言でうなずく》と誤訳するとか』というようなことを頼まれました。ですから『本番中にそんなことはできません』と拒否しました」

三条が、いつもと変わらぬ笑みでうなずき、どこか気楽な調子で言う。

「当然だね。素人は考えが浅くて困る」

久保川がそんな三条をちらりと見て、再び質問をする。

「そうしたら、警察には協力したほうがいいと言ったんですね？」

「はい。――わたしが『それでは、先生に内緒で、せめて久保川さんに相談します』と答えたら、それもやめてくださいと言うんです。でも、それだとわたしがくびになりますと言うと、あっさり引き下がりました」

「引き下がった？」久保川の目が、わずかに細くなった。警戒しているときに見せる表情だ。「あっさりと？」

「はい。宮下さん自身のお考えではなかったみたいです。どういうことか訊いたら簡単に教えてくださって、先日一緒に来た小野田さんという刑事さんが行方不明なんだそうです。お父様が危篤なので、もしかすると少し平常心を欠いてしまっているかも、とか。それで、その小野田さんが残したメモに『三条氏にカンペ読み間違えを依頼』と書いてあったとかで、『ぼくもよく意味がわからないんですけど』と苦笑されてました」

「小野田刑事のメモに書いてあった？」

「はい。これから小野田さんの日誌とかを、全部読み返してみるそうです」

「それで？」

「それだけです。何かあったら連絡くださいとお決まりのようなことを言って帰られました」

久保川は黙って数分考え込んでいたが、やがて顔を上げた。

「菊井さん、ちょっと一緒に来ていただけますか」

「は？」

「実は、こんど出す本の企画を練ってるんですけど、二人では手が足りなくて、手伝って欲しいんですよ」

「このオフィスじゃだめなんですか」

「カバー撮影用のスタジオを兼ねてるんです」

「でも、急には……」

「たのみます」とそれまで脇で聞いていた三条が頭を下げた。「ぜひ、菊井さんの意見を聞きたいんです」

「三条先生がおっしゃるなら」

行きますと答えた。久保川が「よかった、たすかります」と喜んだ。

「じゃあ、さっそく行きましょう。そうだ、現地の近くに美味しい寿司屋《すし》があるんですよ。着いたらまず、そこで前途を祝してささやかに食事会でもしましょう」

すでに出かける空気になっている。

「あ、その前に、ちょっとだけトイレに行かせてください」

「もちろん、どうぞ」

久保川がにこやかに、手のひらを振った。軽く頭を下げて、個室に入る。すぐさまスマートフォンを出し、念のため水を流しながら、ショートメッセージを打った。

《行くことになりました。これからすぐです》

そのまま返信を待つ。すぐ近くで待っている、すぐに返信する、と言っていた。

五秒、十秒、来ない――。

どうしよう。行くと言ってしまった。行って大丈夫なのか。宮下はどうしたのだろう。

「菊井さん、大丈夫ですか?」

久保川の声だ。怪しまれたのだろうか。久保川は、見かけによらず、いろいろなことに敏感なのだ。

「大丈夫です」

再び水を流す。もう限界だ。行くしかない。とりあえず同行して、最悪の場合は、途中の食事中にでも逃げよう。

「あっ」

「どうかしましたか」

ドアの向こうで久保川が気配をうかがっているらしい。

「スマホをトイレに落としてしまいました。防水仕様じゃないんです」

24　久保川克典

菊井早紀を連れて『アトリエ』に戻ったときには、日も傾きかけていた。

克典が運転できることに、菊井は最初驚いたが、「できないことになっているほうが、便利なことが多い」と説明すると、どう理解したのかしらないが納得していた。

それよりも、ここへ来るまで、菊井の気をまぎらわせるのに苦労した。特に、出がけにあわててトイレに入って、スマートフォンを水没させたのがショックだったようだ。悲鳴がしたと思ったら、びしょびしょのスマートフォンをハンカチで拭きながら出てきた。

防水仕様ではないらしく、使えなくなったとしょんぼりしている。慰めるのにひと苦労だった。

それはそれとして、これで万が一、菊井が何か感づいても連絡できなくなった。念のため、途中で様子見をしたり、迂回したりする必要もなくなって、こちらは楽になった。もっとも、『アトリエ』にさえ入ってしまえば、そんなことは関係なくなるが。

近隣の目がないことを確認しつつ、ハリアーを停める。

「菊井さん、お寿司の前に、ちょっとだけ中を見てもらえますか?」

「わかりました」

ここへ来る途中で、菊井には、次の著作のカバーは廃工場のようなところで撮影すると説明した。三条が、廃墟《はいきょ》から立ち上がるイメージを出したいからと。

菊井は信じたようだ。信号待ちのときに、後部シートに座る三条にメッセージを送った。

《着いたら、先に菊井と二人でアトリエに入って、間を持たせてください。すぐに行きます》

《了解》

ガレージに車を停め、三条と菊井はそのまま『アトリエ』へ向かわせ、久保川は単身母屋に入った。

鉈や鋸などを入れたトートバッグは、万が一を考えて、オフィスへ向かう前に母屋の物置部屋に戻しておいた。処理する人数が増えたので、さすがに三条にも手伝わせなければならない。予備のゴム手袋や大判ビニール袋なども準備する。

ため息をつき、額にうっすら浮いた汗を袖で拭う。喉が渇いたので、小型の冷蔵庫からペットボトルを出して、がぶ飲みした。ほおに流れた分を、これも袖で拭う。少し気分が落ち着いた。

殺してしまう前に、もう一度小野田に確認しようとも思っている。

ただあの調子では、少し訊きかたを変えないと無理だ。たとえば、最初に小松崎真由子の頭に金槌《かなづち》でもめりこませて、死ぬところを見せる。それでもだめなら、こんどは獲《と》れたてで活《い》きのいい菊井の指の二、三本も切り落とす。そうすれば、仮にまだ話していないことがあるにしても、残らず吐くだろう。それでも何も出なければ、安心だ。

三条にはああ言ったが、宮下とかいう刑事は様子見だ。菊井の話では、まだ警戒レベルではなさそうだ。一度に二人も刑事を殺してはさすがにリスクが大きい。保留にできるなら、それが望ましい。

荷物を持ち、玄関へ向かう。

それにしても、あの小生意気な『レディK』をいたぶれるのは楽しみだ。ここへ来る途中、指を一本ずつ落として行く場面を想像したら、ひさしぶりに昂ぶりを感じた。十本全部落とせば、もしかしたらまた使い物になるかもしれない。楽しみだ。せめてこのぐらいの役得がなければやっていられない。

玄関ドアを出る。

「――――」

驚きで足が止まる。

あれは、あいつらは何だ？

門のところに、あきらかにこのあたりの雰囲気にそぐわない男が二人立っている。まさか、警察か？　どういうことだ。偶然か。別件なのか。とっさに、可能性を探る。

しかし、そのうちの一人が久保川を見て、にやっと笑いながら二本の指だけで小馬鹿にしたような敬礼をした。

それで事態のすべてを察した。ばれたのだ。何故かはわからないが。

どうする？　裏口から逃げるか。今なら逃げ切れるかもしれない。一瞬だけそんなことを考えたが、三条を置いていくわけにもいかない。

救い出す手はあるか？　脳が、猛烈な速度で逃げるための計算をして、結局「不可」

の結論を出した。

ここが突き止められたなら、もう終わりだ。地下室に気づかないはずがない。

本当に終わりなのか――？

終わりだ。本当に終わりだ。自分に問いかけ、自分で答える。しかし何故だ。どうしてだ。

「久保川さん、手にしたものをそっと下に置いて、そのまま少し待ってください」

男たちのうちひとりが言った。〝解体道具〟の入ったトートバッグを地面に落とす。

何があったのかを推理する思考が、頭の中を駆け巡っている。

おそらくは、菊井早紀のあの電話の時点から、すでに罠《わな》が始まっていたのだ。わざわざオフィスまで呼び寄せ、再びここへ戻るようにしむけた。そうして後をつけてきたのだろう。トイレにスマートフォンを落として壊れたと言ったのも嘘だろう。取り上げられるのを防ぐため、タンクの水かなにかで濡らし、油断させたのだ。

それに、警察の連中が直接尾行もしただろうが、万が一のためにGPS機能で追跡もしただろう。いや、発信機ぐらい持たせたはずだ。

事情はわかったが、菊井はなぜ裏切ったのか。警察に脅されたからと考えるのがもっとも妥当だが、菊井の性格を考えると、それだけではない気がする。

あの成金趣味のパーティーで、武藤オヤジの餌にされそうになったことを恨んでいたのかもしれない。もしくは、桑村朔美の事件は知っただろうから、次は自分かと察知したのかもしれない。そしてあるいは、シンプルな打算かもしれない。

三条が失脚すれば、菊井も職を失う。それどころか、三条の『一味』のレッテルが貼られることになる。まだ正式にデビューもしていないのに、社会的に抹殺されることになる。

そうなれば、彼女が夢だと語っていた、ジャーナリストへの道は閉ざされたも同然だ。しかし、もしいま三条の逮捕、検挙に協力したとなれば、事態は一転する。『レディK』は正義の味方になるのだ。

そんなことが、ほんの数秒のあいだに頭の中を去来した。

トートバッグの中をのぞいた刑事が、驚いたような声を上げるのが聞こえた。

それと同時に『アトリエ』の二重扉が開き、三条の品のない悪態が聞こえてきた。

「放せって言ってるだろうが。放せよ、訴えるからな。アホども」

やはり刑事らしき男二人に、両側からがっしりと押さえ込まれ、わめいている三条が引きずられるように出てきた。

克典と目があった。助けてくれと懇願している。

「何もかも終わったんだよ」

こちらも目でそう返す。せめて三条に、菊井ぐらいの冷静さと計算高さがあれば、もう少し違った結末になっていたかもしれない——。

いや、ひとのせいにするのはやめよう。

実際に手を汚したのは、この自分なのだから。

続いて、菊井早紀が出てきた。肩をすくめ、申し訳なさそうにうなだれている。罵倒しようとしたとき、菊井が顔を上げて、克典を見た。

いたずらっ子のように、にこっと笑った。見せつけるように、スマートフォンをいじって、またにこりと笑った。もっと早く、指を落としてやればよかった。生まれ変わって再会したら、まず真っ先にそうしてやると誓った。

姿が見えないが、あの宮下とかいう若造もここへ来ているに違いない。どこにいるのかも、想像がつく。

今ごろは地下室の蓋を開けて、小野田や小松崎を救出しているところだろう。

まだ生きていればの話だが。

25　宮下真人

救出された小野田は、ちょっと見ただけでは本人とわからないほど変貌していた。

少なくとも前歯が二本抜け、口から流れ出た血が、首や胸元にべったりと染みついている。顔は、野菜室の奥から見つかった古いトマトのように、赤くそして青黒く腫れあがっている。

ほとんどふさがった上下まぶたの細い裂け目から、それでも生命の輝きを失っていない瞳を見たときは、ほっと安堵の息が漏れた。

鼻は整形しても完全にまっすぐにはならないかもしれない。体は見ただけではわからなかったが、無傷なわけがなかった。

結局、搬送先での検査で、肋骨が四本折れ、そのほか少なくとも三本にひびが入っていることがわかった。歯も二本ではなく三本折れていた。

ほとんど全身といっていいほどに筋肉は傷つき、内臓のうち、腎臓《じんぞう》と脾臓《ひぞう》のダメージが大きかった。ただ、摘出にまでは至らなかった。

集中治療室で二日間手当を受け、三日目には一般病棟の個室に移った。

当分、面会謝絶だろうと覚悟していたが、意識のあるときに短時間ならかまわないという診断だそうだ。

宮下はすぐにでも会いに行きたかったが、ものには順番がある。まずは警察関係筋の聴取が先だった。小野田の病室の出入り口が見通せる長椅子に座って待っていると、宮下が想像していたよりずいぶん短く済んだ。彼らが、不満げな表情で出ていくのと入れ替わりに、病室へ入った。

見舞うにあたって「休暇だと思ってゆっくり休んで治してください」という、ほとんどひねりもない慰めを用意していた。しかし、ベッドに横たわった包帯だらけの小野田を見たとたん、鼻の奥が熱くなって、そんなことは口にできなくなった。小野田が花粉症だと言っていたのを思い出して、花も買わずに来たので、自分が世界で一番気の利かない男に思えた。

それでも、混濁しているかと思った小野田の意識が、意外にしっかりしていることは明るい兆しに思えた。何より、宮下を見て軽くうなずいたのだ。

宮下が入室するのと入れ替わりに出て行こうとする看護師が教えてくれた。

「ずっと眠っていらしたんですけど、ちょうど今お目覚めになったみたいです」

あとになって知ったのだが、宮下より先に来ていた警察関係者が不機嫌そうだった理由もそれだ。運び込まれた直後から、署の幹部だの、本庁の職員だのが、入れ替わり立ち替わり聞き取りに訪れたが、そのたび小野田が寝たふりをしてまともに応対しなかったらしい。

宮下も、話しかけては負担かと、挨拶もせずにベッドの脇に置いた椅子に座っていた。起きてはいるらしいが、仰向けになってほとんど動くこともない包帯だらけの顔を見ているうちに、衝動が抑えられなくなった。点滴が刺さっていないほうの腕をとって、手を握った。熱いほどの手のひらだった。それを両手で包みながら、やさしくさすった。自然にそんなことができる自分に驚いた。

「生きていてよかったです」

話しかけないと決めたのに、そうつぶやいてしまった。小野田の顔が少しだけ動いて宮下を見た。またかすかにうなずいたように見えた。いままで言えなかった言葉が、自然に口からこぼれた。

「あなたを愛しています。どうか、死なないでください」

ぼろぼろと際限なく泣いて、初日の面会は終わった。小野田が「男のくせに」と言わない性格なので救われた。


翌日には、多少の意思疎通ができるようになった。それでもまだ警察関係者に対しては、短時間で寝てしまう芝居をして追い返していたようだ。

宮下が前日と同じくベッド脇に座ると、小野田がもごもごと何か言った。

それは「ありがとう」と聞こえた。またしても落涙しそうになったので、直前に聞いたばかりの橋口係長の嫌みを思い出して、どうにかこらえた。

そのあとも、少しずつだが、小野田は語ってくれた。途中看護師がのぞきにきて、「なるべく短めに」と注意して行ったが、看護師が去ると、また小野田がもごもごと話すのを、熱心に聞き取った。

正確には、小野田がほとんどまともに発音できないので、宮下が話を振り、小野田がわずかな頭の動きでイエスかノーかを答える。そんなことの繰り返しだった。疲れるからやめようと言わなかったのは、小野田がそうして欲しそうだったからだ。

といっても、それほど多くの情報はなかった。小野田は真相をすべて見抜いたわけではなかった。このところ犯行に拍車がかかり、自己抑制がきかなくなっていた久保川は、単なる異常者ではなく、頭の片隅で破滅に向かっていることを認識していたのかもしれない。だから、宮下や小野田の接触に、過剰に反応したのだろう。

数日様子を見て、中野の警察病院に転院することになるらしいとも、本人が説明した。

小野田は、自分のことはさておいて、危篤が続く父親の容態をしきりに気にしていた。

宮下は「病院と話をつけて、何か変化があれば自分のところへ連絡が来ることになっている」と説明した。「だから何も心配はない」と。

実は、小野田が救出される数時間前に、この父親は息を引き取っていた。身寄りがないと聞いていたので、少し手続きは面倒だったが、代理で火葬にした。遺骨はいま、宮下の部屋にある。

そんな事情を知らない小野田は、小さく、ありがとう、と口にして目を閉じた。

＊＊＊

小野田のことは気になるが、事件全体の始末も急務だ。

フリーライターの小松崎真由子も、搬送先の病院で死亡が確認された。遺品となったショルダーバッグは、まだ証拠品として署にある。使い込んであるものは、見ていてつらい。

テレビ、週刊誌、インターネット、新聞、どのマスコミも、今回の、著名人とその共犯による、前代未聞の連続殺人死体遺棄事件でもちきりだ。しばらく、ネタ探しには困らないだろう。捜査本部も高円寺北署単独では荷が重すぎて、本庁刑事部に本部を置く、特別合同捜査本部になった。

その過程でいくつもの新事実が出てきたが、宮下が関係者筋の中で興味を引かれたのは、文菜の夫、新田洋行のことだった。

警察の聞き取りに対して、最初は知らぬ存ぜぬを通そうとしたらしい。しかし、本腰を入れた警察の取り調べは甘くない。ある程度のところまで認めた。さすがに妻と三条との肉体関係は知らなかったようだが、文菜が自宅で逆売春もどきのことをしていたのはとっくに気づいていた。その目的が妊娠にあったことも。

それはそうだろうと思う。マンション内に知り合いもいるだろうし、管理人がどの程度秘密を守れたのかも疑問だ。気づかないほうがおかしい。知った上で有利に離婚話を進めようとしていたようだ。

隠していたのはそれだけではない。洋行は会社での成績不振をごまかすため、高齢の顧客の口座から勝手に資金を調達し、株に注ぎ込み、穴を開け、いずれ埋めなければならないところまで追い詰められていた。桑村朔美に脅されても、融通する金などなかったのだ。

そして、もちろんこの事件が起きる前からだが、文菜には保険金がかけられていた。

文菜のように、神経症で通院歴があると契約できないケースもあるようだが、告知しなかったらしい。そして、契約してすでに二年が経つ。その保険会社の特約では、二年過ぎれば自殺でも保険金は下りる。

文菜の自殺願望を心配するどころか、密かに期待していたようだ。「だから、あえてそっけない態度をとりました」と告白して泣き出したと聞いた。

そこから先は想像だが、失踪したときは、内心喜んだに違いない。死体で見つかることを期待していたのかもしれない。これほどの騒ぎにならなければ、妻に失踪された夫として同情され、いずれは失踪宣告を受けて保険金も受け取り、何事もない日常を送ったかもしれない。

しかし、三条と久保川の逮捕で、一躍世間に名が知れ、あっさりとその仮面が剝がされてしまった。今度は「あの事件の加害者で被害者の女の夫」というレッテルが貼られることになる。

ちなみに新田文菜は、アパートの変死体発見のニュースが流れたころには、すでに殺されていた。久保川が証言内容をころころ変えるので、死因は特定できていない。ただ、その後久保川の手によって地下室に設置されたディスポーザーで〝処理〟がなされ、『アトリエ』から〝排水〟と一緒に流された。遺体は見つかっていない。DNAが検出できる破片でも見つかればいいのだが――。

場合によっては立件できないのではないかとさえ、警察内でささやかれている。

今回の発覚がなかったら、あの『アトリエ』で、さらにいくつの〝処理〟がなされただろう。夜中に自分の部屋のライトを落とした瞬間、あの地下室の湿った臭いを思い出し、再び点灯してしまう。

文菜が凶器に使った土鍋は、久保川が持ち帰り、ときおり使っていたらしい。

予想していたとおり、文菜がどうなったかを両親に話す役は、宮下が命じられた。拒否はできない。これまでたずさわった中で、もっともつらい仕事だった。

小野田が一般病棟に移って三日目のことだ。これまでと同じく、短時間見舞うつもりが、思わぬ長居をしてしまった。小野田が、これまでになく元気そうに長く話したからだ。

「それでは、自分はそろそろ失礼します。また明日にでも来ます。何か、買ってきて欲しいものはありますか」

しかし小野田は答えない。見れば、こんどは本当に寝入ってしまったようだ。ならばそっとしておこうと思ったとき、小野田が部屋の空気を震わせるような、大きないびきをかきはじめた。宮下は小野田の顔を覗き込み、すぐにナースコールのボタンを押した。体をゆすって声をかけたい衝動をなんとか堪えた。

「小野田さん、小野田さん」

手は触れずに声だけをかけるが、反応はない。

すぐに看護師が数人かけつけ、連絡を受けた医師もやってきて、宮下は病室から追い出された。出る瞬間に包帯だらけの小野田を見たが、生きている顔色には見えなかった。外傷もひどかったが、小野田の体でもっとも損傷を受けたのは、実は脳だったようだ。奥深いところの血管から大量に出血したらしい。最初の検査で見落としがあったのか、その後新たに発症したのかわからないと病院側は説明した。もっと早くに発見できていればと悔しい思いはあるが、医療にも限界はある。

宮下は思い返す。小野田が、安静にするようにと何度諭されても、まるで寸暇を惜しむかのように、不自由なことばと体で宮下に経緯を説明したのは、この予感があったからかもしれない。最後の命の火を灯《とも》したのだ。

肉体的に、手術に耐えられるかの検討がなされたようだが、放っておけばどのみち助からないという理由で緊急手術が行われた。

長い手術が終わるのを待つあいだ、一般外来受付が終わった深夜のロビーで、なにもする気になれず放心したように座っていると、様子を見にきた米田課長と橋口係長の二名と顔を合わせた。

「おう。お疲れさん」

橋口が、ごくあたりまえの日常のように声をかけてきた。そしてにやにやしながら付け加えた。

「どのみち、服務規程違反の最中のことだから、懲戒はまぬがれないな。いっそ殉職するのはどうだ。二階級特進で小野田警部殿だぞ」

ゆっくり立ち上がり、右手の甲にタオルハンカチを巻き、何をしているのかと、にやにやしながら覗き込んでいる橋口のほおのあたりを、殴りつけた。

ぐわっというような声を立てて、橋口は尻餅をついた。

「大丈夫です。歯は折れない程度に加減しています」

橋口は驚いた顔をしていたが、ぺっと血液まじりの唾を吐き、立ち上がった。

「この野郎……」

「やめないか」

米田課長の声がしんとしたロビーに響き渡った。宮下の胸ぐらをつかみかけていた橋口の動きが止まった。

「橋口は車で待っていろ」

「しかし、課長」

「いいから行け」

顔面いっぱいに憎悪を浮かべて、橋口は近くの長椅子を蹴って、出口に向かった。

「気持ちはわかるが、そういきり立つな」

「申し訳ありません。これじゃ、久保川と同じですね」

「いや、一番悪いのはおれだ。わかってる。――まあ、座れ」

米田課長に促されて、長椅子に並んで座った。

「日頃から、よく我慢してくれている」

「いえ」

「小野田君には本当に申し訳ないと思っている」

さすがに怒りが湧いた。口先でそんなことを百万回言うより、みなの前でかばってほしかった。宮下の呼吸が荒くなったことで、その気持ちが伝わったようだ。

「宮下の気持ちは痛いほどわかる。しかし、職場のあの空気は小野田君の希望でもあったんだ」

「主任の？」

「そうだ」

うなずいた米田と目があった。後悔、憐憫《れんびん》、謝罪、そして怒り、そういった複雑な感情が浮いて見えた。

「江東での、追跡中の事故の話は聞いてるな」

「はい」

「あれは、逆なんだ」

「は？」

「きみらが聞いている話は、すべてが逆なんだ」

「どういうことでしょう」

「運転していたのはおれだった、ということだ」

「まさか――」

米田は、そうなんだ、実はそうなんだ、と自分を納得させるように何度もうなずいた。

「おれはもともと車の運転が好きでな、あの日も渋る小野田君に無理を言って、運転させてもらっていた。そのあと、逃亡犯を追ってカーチェイスがはじまったところは、伝聞のとおりだ。小野田君は、運転を変わると何度も言った。しかし、それでもまだおれが運転していた。楽しんでいたんだよ。おれがおれが、という功名心でなかったことは断言できるが、映画のような場面を楽しんでいた。――それで、事故を起こした。助け出す場面も、すべて逆だ。小野田君は自力で這い出したが、おれが気絶しているのを見て助けに戻った。おれを引きずり出した直後に車が炎上爆発した。小野田君はとっさにおれにおおいかぶさってかばってくれたんだ――」

「そうだったんですか」

「小野田君の頭の左後方に傷があるのは知っているか？」

「いいえ。よく、左後頭部あたりの髪の毛を触っていることには気づいていましたが」

「あれは、髪の毛ではなく、その下に隠れている傷痕をさわっているんだ」

「それは知りませんでした」

小野田もひとことも話してくれなかった。

「あの頭の怪我が意外にひどくてね、後遺症が残ったんだ」

「後遺症ですか。──そのようには見えませんが」

「本人がかなり努力しているからね。しかし、よく観察すれば気づいたはずだ」

「観察？　まさか──」

米田課長は、そうだ、とまたうなずいた。

「彼女はね、読字障害、ディスレクシアなんだよ──」

それに続く米田の説明は、しばらく耳に入ってこなかった。衝撃もあるが、ああそれだからかと、納得のいく事象が山のようにあったからだ。

メモでなくレコーダーに頼ること、飲食店に入ってもメニューを見ず、宮下に合わせること、勉強家に思えるのに読書している場面を見かけないこと、新田文菜の部屋で本棚にはほとんど近づかなかったこと──。

小野田とタブレットPCという組み合わせも、少し意外に感じていたが、比較的手軽に音声で検索したり記録を残せるからだったのか。

そして、ようやく納得がいった。三条公彦を前から知っていたこと。しかし、本を読んだ様子はなかったこと。ファンではないといいながら、妙に詳しかったこと。

あの日、宮下に何も言わず、あえてひとりで三条と会ったのも、そこに理由があったのだろう。

──きみが想像するような理由じゃない。

浅はかな嫉妬をした自分を、あらためて恥じる。同じ「後天的な読字障害」を持つ者という立場で、関心と疑いを持っていたのだ。

それにしても、と思う。

「読字障害なのに、よく刑事が続けられましたね」

「本人の努力と、周囲の理解だよ。もちろん、本庁の了解も得てる」

「失礼ですが『周囲の理解』には納得できません」

「橋口の態度が突出してひどいからな。しかし、そのほかの周囲の人間の態度はそれほどひどくないだろう。きみがいいたいのは、小野田君が仲間外れにされていることだな」

「まあ、そんなところです」

「わざと、仕事も書類も回さないんだよ。考えてみてくれ。小野田君はあのとおりプライドが高い。同情を嫌う。回される仕事を手加減されたりしたら、辞職してしまうかもしれない。だからみんな『小野田なんかに誰が頼むか』みたいな態度で仲間外れにしたのだ」

「それにしても、もう少しほかに……」

「小野田君の狷介《けんかい》な性格は、きみもよくわかっただろう」

「たしかに——。しかし、橋口係長は？」

何か別の理由があるのかと思って訊いた。米田課長は苦笑しながら答えた。

「あれはただの好き嫌いだ。あいつはどうしようもない」

もっといろいろ訊きたいこともあったが、そのとき、床を踏む、複数のゴム底靴の足音が聞こえてきた。そちらを見ると、悲痛な面持ちの中年の医者が、研修医らしき若手二名と看護師を伴って、こちらに歩いてくるところだった。

「手術が終わりました――」

その表情は疲れ果てていた。

26 久保川克典

部屋に入ってきたのは宮下という刑事だった。

久保川克典は、自分でも知らぬうちに顔がほころぶのを感じた。これは楽しくなりそうだ。

「今日の取り調べは、わたしが行う」

なんの装飾もない部屋に置かれた、古ぼけて愛想のない事務用机の向こうで、宮下刑事が静かに言った。

「あれ、担当が替わるんですか」

わざと馴れ馴れしく訊いた。

生真面目な人間をからかうのは面白い。黙秘する選択肢も考えたが、自分の性格を考えたとき、無言を貫くのは刑罰よりもつらいと判断した。かといって、量刑を軽減するために心神喪失や精神障害のふりをするのも性に合わない。

三条などは、その「責任能力」論争に持ち込もうとしているらしいが、相変わらずの小物だなと苦笑いが浮かぶ。

「それと、あれは？　いなくていいんですか？　記録係とかいうのは」

「記録係は今日はつけない。融通してもらった」

克典は、納得したという表情を作ってうなずく。

「そうですよね。一番の功労者であるあなたが、専属の取り調べ係官になるべきだ。手柄も独り占めにするべきだ」

宮下は克典の挑発を無視して、手もとのノートに何か書き付けている。もう少しあおってみることにした。

「それにしても、あの小野田とかいう女の刑事は残念なことをしましたよね。せっかく助け出したと思ったのに、結局死んじゃって。あなたも助け出した直後には『よし、おれもこれでヒーローだ。来月の機関誌の表紙を飾るぞ』とか思ったんじゃないですか」

聞こえないふりをしている。

「彼女、つまりあれですか、要するに犬死にですか。殴ってるとき、助けて助けてって、泣きわめいてましたけど」

そう言って少し肩をゆすって笑った。

冷静を装っているが、宮下刑事の顔が、晩秋のりんごのように真っ赤だ。もう少し怒らせてなぐりかかってくれれば、裁判のときに有利な材料になる。いや、裁判はもうどうでもいい。多少情状酌量されようと、有罪なら死刑だ。それまでに、自分をはめたこの男を相手に憂さ晴らしをさせてもらうことにする。

「わたしね、けっこう人の心を見抜くんですよ。宮下さん、あの女刑事が好きだったでしょ。手ぐらい握ったんですか？　それとももうやっちゃってました？　よく言いますよね。どうせ死ぬならその前に一発……」

がたんと音を立てて、宮下が立ち上がった。

「調子にのるなよ、久保川。あえておまえと二人きりにしてもらったのは、邪魔されないためだ。そのへらず口を、ここで永遠に黙らせることだってできるんだぞ。どうとでも口実はつけられるからな」

そう言うと、ポケットに手を入れた。ナイフでも隠し持っているのかと身構えたが、かたんと音をたてて机に置いたのは、飾り気のない小さな瓶だった。中には白い砂のようなものが入っている。

「遺骨だ。この骨に誓って、真実を語らせる」

「なんだ、脅かさないでくださいよ。あの女刑事のですか。――しかし、取り調べで遺骨を持ち出すとか、規定違反じゃないですか。あとで弁護士に相談します」

「好きにしろ。質問だ。――まずは、おまえたちの関係からだ。戸籍を調べても出ていない。つながりは見つからない。少年期までの本籍地が近いという以外はな。三条には戸籍上の父親はいない。三条の証言によれば、おまえたちは異母兄弟だそうだな。つまり、おまえの父親が浮気してできたのが公彦だ」

「まあ、そういうプライベートなことには答えたくないですねえ」

脇を向いたが、殺風景な部屋なので、眺めるものは壁しかない。

「それから、三条の出自についてだが、藤原北家の流れを汲んだ末裔で、応仁の乱の混乱期に陸奥に落ちたとか自称しているが、完全に藤原四家と奥州《おうしゅう》藤原氏をごちゃ混ぜにしている。世間を舐め切っているな。いや、単に歴史が苦手なだけか」

「さあ、三条先生のことは先生ご自身に訊いてくださいよ」

「三条は、おまえが考えた筋だといっている。三条という苗字は本名らしいが、どうせその公家風の響きから考えたでっちあげだろう。口はうまいが歴史は得意じゃないみたいだな」

「それで、さっきの仕返しをしたつもりですか？　だったらそれでいいじゃないですか。詐欺を働いたわけじゃなし」

「ほかにも嘘はたくさんあるぞ。お涙ちょうだいの、中学生のときの交通事故、あれも嘘だな。もっといえば、そもそも秋田県にいたのも嘘だ。東北に住んだことなどないだろう。小野田さんが脳出血を起こす前に教えてくれた。出身地のことを指摘したら、三条の顔色が変わったと」

「昔のことは忘れましたね」

「戸籍と居住地は必ずしも一致しないが、おまえたちは、静岡で子ども時代を過ごした。その裏も取れた。まだまだあるぞ。UCBには正式に入学も留学もしてない。あの時期、UCBの近くにいたのは事実だろう。写真に残っているからな。だが、ただそこにいただけだ。学籍などない。UCBに照会した。三条が主張する年と、さらにその前後三年まで調べたが、その名はない。そもそも、おまえたちが主張しているような、あいまいな名称のコースもない」

「そうなんですか。それって罪になりますか」

「学歴詐称はそれ自体では刑法違反ではない。しかし、死体遺棄は立派な犯罪だ」

「どういう意味ですか？」

「三条が、野沢秋乃のことをしゃべったぞ。死んだ人を悪く言うのはあまり気分のいいものじゃないが、野沢秋乃は、あの短期留学ツアー一行の中でも、図抜けた遊び人だったらしいな。アメリカに行って羽目をはずしたんじゃなくて、羽目を外すためにアメリカに行ったんだ。父親が会社の社長で、娘には大甘だった。留学に行くと言えば、ほいほい金を出してくれて――」

宮下の声が遠くなってゆく。

いまでも、十三年前の、あの夏の夜のことは忘れない。すべてはあのときから始まった。

弟の公彦とアメリカに渡って、バイトで食いつなぎながら三年近くが経っていた。場所はカリフォルニア州バークレー市、UCBの近くにあって、学生の街のような雰囲気が好きだった。あこがれていた匂いがあった。

あれは夜の十時近かった。公彦と二人で借りているアパートの部屋にいると、公彦から電話がかかってきた。

「大変なことになった」

ろれつが回っていなかった。どこにいるのか訊いた。アパートから三キロほど離れたモーテルだという。何があったかと訊いても要領を得ない。近くに住む友人のおんぼろ車を借りてそこへ向かった。

聞いていた部屋に入ると、パンツ一枚の公彦が床に座り込んで、よだれや涙で顔をぐしゃぐしゃにして泣いている。ベッドの上には、全裸の女が横たわっている。口から泡を吹いて、目は見開いたままだ。あきらかに死んでいる。

「どうしたんだ」と訊いた。

「突然、苦しみだしてこうなった」と答えた。

ほおを引っぱたきながら聞き出したところによれば、相手の女はUCBに短期留学している一行の一人だという。その二十人以上いる女子ばかりのツアーのことは、地元の〝ワル〟たちのあいだで評判になっていた。「ちょっとコーヒーに誘っただけでいい思いをした」というやつが、何人かいたのだ。

公彦も真似をして、「いい思い」をした。その相手が野沢秋乃だった。日本に彼氏がいるのだが羽を伸ばしに来たと聞いて、三条は興奮したらしい。今夜が三回目だったが、彼女はドラッグと酒を一緒にやるのが好きだということだった。前回もひどいありさまだったのだが、とうとう限界を超えたらしい。

「誰かに話したか？」

そう問い質すと、公彦は泣きながら首を左右に振った。

「ならば、死体を隠して、知らんぷりするんだ」

就労ビザもなしに、違法に働き、ドラッグで女を死なせたなどとなったら、裁判の流れによっては長期をくらう怖れもある。日本に強制送還ならまだいいが、異国の刑務所になど入りたくない。隠すしか手はない。

乗ってきた車をドアのすぐ近くまで寄せて、野沢秋乃の死体を素早くトランクに載せた。死体の隠し場所には困らなかった。近くには、日本では想像もつかないような広大な自然公園があって、奥まで車で入っていける。ちょうどひと月ほど前に、この車を借りた友人とその仲間と、キャンプをしに行ったばかりだったので、およその土地勘もあった。

死体を積んだ上に、まだラリっている公彦を乗せていて警官に見つかるとまずい。しかたなく公彦は部屋に残し、克典ひとりで捨てに行った。埋める手間が面倒だったので、適当な場所で、茂みの深そうなあたりに転がしておいた。

大急ぎで戻って、モーテルを精算し、公彦をアパートまで連れ帰った。

当然、ツアーの一名が行方不明になったと、連中のあいだでは騒ぎになったようだ。しかし、日頃から素行が悪かったという証言が相次いで、現地の警察もあまり真剣に捜査しなかった。そのまま、今日まで見つかっていないようだ。あるいは、骨ぐらいは見つかったのかもしれないが、どこの誰かもわからず、日本でいう無縁仏になったのかもしれない。

あれ以来、ただの兄弟ではなくなった。秘密を共有する一種の同志になった――。

宮下の声が戻ってきた。

「もうひとつ決定的な嘘がある」

効果を狙っているのか、宮下はそこで一度言葉を切って、克典を見た。

もうひとつ――？

たったひとつなのか？　つまらないやつだ。笑いをこらえながら、続く宮下の言葉を待つ。

「三条は読字障害なんかじゃない。やつは普通に読み書きができる。もし、三条に読めない漢字があるとすれば、それは単に学校の勉強をサボったからに過ぎない。あの『ハンディキャップを乗り越えて』という筋書きも、おまえが考えた設定だな。ただ『がんばりました』では世間の注目を浴びない。それで詐病を考えた。道義的には、学歴詐称よりもこっちの詐病のほうが重いぞ。読者を騙《だま》し、視聴者を馬鹿にし、そして何より、本当にこの障害に苦しむ人たちを冒瀆《ぼうとく》した。違うか」

「さあねえ。公彦が本当は字が読めるかどうかなんて、わたしにわかるわけないですからね」

「三条がそう認めたんだよ。久保川に言われたとおりにしゃべったとな。売名のためにそんな手を使うなんて、それだけでも許しがたい」

「個人的な恨みのあとは、社会正義ですか。忙しいですね」

「初めは軽い嘘のつもりだったが、世間は、同じでっちあげにしても、アメリカの知事選挙がどうとかいう過去の実績よりも、『障害を乗り越えて』という部分に共感した。だから、それを最大限利用することにした。

話は戻るが、正式にUCBに入学はしていないが、校内で何かの作業をするアルバイトをしていたな。そのとき、野沢秋乃をはじめ、短期留学でやってきた今回の被害者たちと知り合った――」

また宮下の声が遠のいていく。

どうでもよくなった。

茶番だなと思った。もはや真面目に答える気にもなれない。わかっているなら、訊くなよという気分だ。

宮崎璃名子、殺人、死体遺棄――あの女が不倫したあとの帰宅途中に、スーパーの駐車場で車に乗り込んだ。赤いボルボだった。三条と別れてくれと頼んだ。『何よあんた』

とばかにしたように笑いながら、絶対に別れない。子どもを認知してもらう。夫に訴訟を起こさせて慰謝料を貰う。そんな滅茶苦茶な脅しをかけてきた。それで絞殺した。あとから思うと、こちらを困らせて喜んでいた部分もあったかもしれない。しかし、この自分に対してそんな挑発をするから悪いのだ。

とにかく、気づいたら首を絞めていた。急なことだったので死体の捨て場に困って、東村山から車で十分ちょっとの所沢の森の中に捨てに行った。バークレー時代の野沢秋乃のことを思い出したからだ。そうしたら、まだ死んでおらず失神しただけだった。意識を取り戻してわめきたてたので、思い切り殴りつけたら静かになった。こちらの気分もすっきりした。しかし、まだうめいている。我に返ったときは、元の顔がわからないほど、殴ったり蹴ったりしたあとだった。

衣服をはぎ、多少枯れ枝などでカムフラージュし、そのまま放置して帰ってきた。車は適当なパチンコ屋の駐車場にキーごと置いてきた。案の定、乗り逃げしたやつがいて、いい目くらましになった。

すぐに見つかるだろうと思っていたら、結局一年ほど持ったのだから、あまり小細工しないほうがうまくいくという好例だろう。

そのあと、菊井の前の「通訳」も始末した。これは、少し足を延ばして、やや土地勘のある静岡まで行って、人が入らなそうな山の中に埋めた。

そこで考えた。三条の性向を考えたとき、この先も似たような事態にならない保証はない。そのたびに、死体を車に積んで、どこかの山中へ埋めに行くわけにはいかない。それで、あの漬物工場跡を借りて、死体処理場に改装した。自慢のアジト『アトリエ』だ。

新田文菜を殺すつもりはなかった。何も要求してこなかったからだ。しかし、その文菜がディスポーザー処理第一号になったのは皮肉だ。世の中は思い通りにいかない。せっかく計画を立てても、馬鹿どもの無計画な行動で台無しにされてしまう。

「あのディスポーザー、まさか魚の処理法から考えたんじゃないだろうな」

宮下が、真面目な顔で訊く。

「まさか」

鼻で笑ってやる。

たしかに宮下が指摘したとおり、克典と公彦は静岡県のある漁港近くの田舎町で育った。のどかではあるが、若者の夢などどこにもない、ただ磯の香に満ちた町だった。

公彦には、子どものころから人を惹き付ける不思議な魅力があった。克典は公彦より二歳年上で、公彦を可愛がった。公彦の家は貧しく、久保川の家は網元で、地元ではかなり裕福なほうだった。そして、公彦の複雑な生い立ちについても、子どもながらに理解していた。

お互いひとりっ子の二人は、なにかにつけかばったり頼ったりするうち、なまじひとつの家で喧嘩しながら暮らす兄弟よりも、かえって結びつきが強くなった。いつしか、甘えん坊で思慮の浅い公彦がわがままをいい、問題を起こし、克典が尻拭いをするという図式ができあがった。

公彦が漁に出ている漁師の妻と関係を結び、やがてそれがばれて夜道で待ち伏せされ、半殺しにされたのもこのころだ。いまだに暗い裏道を怖がるのは、菊井が想像するような交通事故のトラウマなどではなく、そのときの記憶のせいだ。ただ、人妻に手を出した背徳の愉悦は消せなかったようだ。

東京へ出たのも、そこで花開かなかったので、アメリカに渡ったのも二人一緒だ。そのころすでに、久保川の実家は近所の火事のもらい火で、全焼したあとだった。銀行を信じずに家に置いたいわゆるタンス預金や、昔から手を出していた骨董品や美術品などをほぼ失い、事実上破産状態にあった。

二人は、まずパスポートと格安航空券を用意し、出発前日にバイト先の金庫の現金を抜き、さっさと渡米した。公彦が十九歳、克典が二十一歳のときだ。

しかしたった二十万程度の金では、あっというまに底をつく。下調べしておいた安モーテルに泊まりながら、仕事先とアパートを探した。三条のhandsomeな容姿がずいぶん役に立った。

アメリカで選挙事務所のアルバイトをしたのは事実だ。まさに、あの留学生たちがやって来た年だった。

無名に近かった一州議会議員が、州知事にまでのぼりつめていくのを目の当たりにした。夢という果実は、落ちてくるのを待つのではなく、自分でもぎとるものだと知った。野沢秋乃の事件のあとも、現地に残った。下手に動くと目立つと思ったし、仮に発覚したなら、日本にいるより向こうに留まっていたほうが、身を隠せると思ったからだ。そうして四年あまりが経ち、そろそろほとぼりがさめ、これ以上アメリカにいても芽が出ないと思い知ったころ、帰国することにした。

領事館に出頭して、申請した滞在期間が過ぎていることを告白し、強制的に、つまり金をかけずに帰国した。出国前に盗んだ二十万の件は覚悟していたが、指名手配されていなかったせいなのか、逮捕すらされなかった。

そうして過去を塗り替え、久保川の描いたシナリオどおりの成功譚を歩んだ。うまくいきすぎるほどにうまくいっていた。三条の下半身が再び無分別な事件を起こすまでは。そして、あの女刑事が、三条の詐称に気づくまでは。

宮下が、まるでその久保川の胸の内の声が聞こえたかのように訊いた。

「どうして小野田巡査部長が、三条の読字障害が詐病だと気づいたかわかるか」

「さあ、刑事の勘ってやつじゃないのか。どうでもいいよ」

馬鹿にするのが飽きたら、言葉遣いは逆に粗暴になった。

「違うな。おまえたちに話を訊きに行った日のことだ。名刺を渡したよな。三条は一回胸のポケットにしまったが、手持ち無沙汰だったらしくて、また取り出して、テーブルに置いた。そのとき、サラリーマンがよくやるように、きちんと小野田主任とわたしの座る位置にあわせて置いた。つまり、字が読めたんだ。わたしは気づかなかった。ごくあたりまえの動作だからな。しかし、あの特性を持つ人にとってはかなりハードルが高いことらしい」

やはりそれか。小松崎という週刊誌記者を拉致するはめになった原因のひとつもそれだ。

クローゼットに忍び込んだ時点で、あの女を黙って帰すわけにはいかなくなった。何をどのぐらい知っているのか、もう少し詳しく聞き出さねばならないという意見では一致した。その役を三条に任せた。リスクがあるのはわかっていたが、あの短時間で外へ誘い出し、さらに話を引き出す役は、久保川では無理だ。

ただ久保川としては、純粋に武藤寛だけが狙いだったのなら、見逃すことで貸しを作って帰すのも選択肢だとは考えていた。

どんな会話なのか知るために、あの直前に堤から借りた盗聴器を三条に持たせた。おかげで、車の中でのあのばかげた会話はすべて聞いていた。すべてをぶち壊しにしたあの会話を。

三条は、表向き精神のタフさを売りにしているが、その仮面の下はひどく小心な男だ。

小松崎がなにげなく口にした「留学時代」というキーワードに三条は過剰反応した。あのやりとりで、留学時代になにかあったと完全に気づかれていた。それも、よりによって『週刊潮流』のライターに。

さらに、うっかり名刺にあった小松崎のフルネームを口にしてしまい、以前からの知り合いではないかと誤解されて、これにも──実際は見えなかったが──顔色を変えた。あの女はたいした切れ者ではなさそうだったが、まがりなりにも週刊誌系のライターだ。それに本人は気づかなくとも、嗅覚が利く上司にでも報告されたら、致命傷になる怖れもある。

決定的に、帰すわけにはいかなくなった。まさかあのライターも、あんなくだらない会話で自分の寿命が決まったとは、想像もできなかっただろう。ただ、車の床は丁寧に掃除したはずなのに、あの女のICレコーダーが落ちていたのは見落としてしまった。拉致したときに、どこかの隙間にでもはまったのだろう。そして警察が発見した。あれに録音されていた会話のせいで、三条も知らぬ存ぜぬで通せなくなった。あのつまらない女が、最後に残した怨念か──。

「おい、久保川。ぼうっとしていないでよく聞け。小野田さんこそ、読字障害だったんだ」

「え、なんだって?」

「小野田さんは、本当のディスレクシアだったんだよ。三条みたいに嘘っぱちではなく、交通事故の怪我の後遺症で、文字を認識する機能が失われた。それでも努力して、刑事という激しい職務をこなしていた。車の運転もできる。素晴らしい人だ。おまえなんか、あの人を殴るどころか、まともに顔を見る価値もない人間だ」

なるほど、あの集合写真からたどり着くとはたいした嗅覚だと思っていたが、本物の読字障害だったのか。しかし、それもまた今となってはどうでもいい。

「ここは拍手するところかね」そう言って、ゆっくり三度手を叩いた。「――だけど、そんな立派な刑事さんが死んじまって、残念だったね」

宮下がふっと笑って立ち上がった。こんどこそ殴りかかってくるのかと身構えた。しかし、宮下はやや前かがみになって静かに言った。

「そういえば久保川、どうして小野田巡査部長殺害容疑で逮捕も起訴もされていないと思う?」

「そりゃ、あれでしょ。ほかにたくさん案件があるし、警察や検察がお得意の、何段階にも分けて逮捕を重ねて勾留《こうりゅう》期限を延ばす、せこい作戦だからでしょ」

「じゃあ訊くが、そもそもおまえはどうして小野田さんが死んだと思った? 死ぬところを見たのか」

無理に笑おうとしたが、顔が強張るのを感じた。まさか、まさかおれがこんな無能に騙されたのか。

「最初に取り調べに来た刑事にそう聞かされて、おまえは簡単に信じた。いままでの経験からしても、あれほど殴れば死んでもおかしくないと思ったんだろう」

聞こえないふりをして、テーブルを睨んでいた。

「残念だったな久保川。小野田さんは生きている。脳内出血の緊急手術が成功して、回復しつつある。おまえみたいなくそ野郎に殺されるような人じゃない。さっきの遺骨は、新田文菜の娘さんのものだ」

得意げに演説を終えて外の職員を呼び入れようとした宮下に声をかけた。

「宮下さん。あんたがおれの取り調べをするのはこれが最後か？」

なんとなくそんな気がした。たぶん、こんな重大事件の取り調べは、もっとベテランの刑事がするはずだと思ったからだ。ふり返った宮下がうなずく。

「ああそうだ。もう顔を見ずに済むかと思うと、せいせいする」

「だったら最後に教えてやる。あんたが、あの小野田とかいう女刑事に惚れているのはよくわかった。だけどな、誰かに思い入れをするのは、なにも恋愛だけじゃないぞ。おれは、あの三条公彦という男に賭けた。それはあいつを尊敬しているからでも、愛しているからでも、まして腹違いの弟だからでもない。あいつが持つ、スター性に賭けたんだ」

興味が湧いたのか、黙って聞いている。

「あんたも、毎朝鏡を見るたびに思うだろう。どうしておれはぱっとしないんだろうってな。わかるだろう？　その気持ち。人間にはな、努力ではどうにもならない、煌《きら》めきだとか華やかさだとかいうものがあるんだ。スターになるには、それこそが必要なんだよ。おれを見てくれ。身長は平均より五センチも低い。いっそもっと低ければそれも売りになる。自分では頭は切れるほうだとうぬぼれているが、あんたごときにしてやられる程度だ。顔もこのとおり地味で、クラスで一番記憶に残らないタイプだ。歌がうまいわけでも、スポーツが得意なわけでもない。世に出る方法なんてないんだよ。

そのおれに、神様が与えてくれた光明が、三条公彦だったんだ。あいつは、おれが人生で手に入れたたったひとつの宝石、希望の光だったんだよ。おれは自分では果たせぬ夢を、あいつに背負ってもらおうと思った。あいつは中身はクズだが、スターの素質を持っている。だからおれが、クズの本性にスーパースターの仮面をつけさせて、日の当たる道を歩かせようとしたんだ。

今じゃ手のひらを返したみたいに、三条を詐病だ作り話だと責めるテレビが、どれだけインチキを流しているかあんた知ってるか？　ドキュメンタリー番組だって、半分以上はやらせだぞ。通りすがりにたまたま訪問したはずの家の主婦が、どうして完璧な化粧してブランドもののスーツ着て真珠のネックレスをしてるんだ？　視聴者だってなかばそれを承知で楽しんでる。娯楽なんだよ。話を作って何がいけない？　世間のやつらは感動を欲しがっている。不幸な少年時代、その結果背負ったハンディキャップ、何の後ろ盾もなしにそれを乗り越えた才能。しかも見た目も声もあのとおりのスターだ。俗人どもが憧れ渇望したものを、おれたちは与えただけだ」

「それで気が……」

宮下の言葉を遮った。

「うるさい。黙って聞け。それだけじゃない。堤だって知ってたさ。もちろん三条の詐病をな。ＣＰに就くような人間が、あれだけ一緒にいて気づかないわけがないだろう。視聴率とスターを作るために気づかないふりをしていたのさ。おれは死刑になろうと後悔はしていない。一か八かの賭けに出て、負けたんだからな。覚悟はできている。おまえに負けたんじゃない。賭けに負けたんだ」

あの、月明かりしかない真っ暗なカリフォルニアの自然公園に、泡を吹いて死んだ女を裸のまま捨てたときから、他人にも、自分にも同情したことはない。

宮下が感情を排した声で言った。

「テレビの世界のことは知らないし、関心もない。夢を見るのは自由だ。しかし、そのために人を殺していいなんていう理屈はない。絶対にな。それに、みんながみんな、日の当たる道を歩いているわけじゃない。地味で目立たない道を、必死に歩んでいる人たちで世の中は成り立っている」

出ていきかけて、一度立ち止まり振り返った。

「どんなにうわべを飾ってみても、おまえたちがつけているのは反吐が出そうなほど腐った仮面だ」

27　宮下真人

「ありがとう。ここでいいから」

署の前に停まった車のドアの前で、車椅子から立ち上がり、松葉杖《まつばづえ》に頼った小野田静が言った。

すべて手続きを終え、いよいよこの署を去るときが来た。

女性の職員に手助けされて、後部シートに乗り込む。無慈悲なようだが、このまま転任先の署へ向かう。向こうでは、こんどこそ温かい歓迎を受けて欲しいと願う。

見送るのはわずかな人数だ。内勤職員数名と、刑事課からは宮下一人だ。小野田ぐらいのキャリアになれば、署の車を使って、若手の職員が運転手を務めることもある。しかし、あえてタクシーだ。ただしこれは、冷遇の延長ではなく、小野田が望んだことだ。静かに去りたい、それが小野田の強い希望だった。

そもそも、入院中から小野田の辞意は固かった。脳内出血の手術は成功したが、後遺症は残った。久保川が右利きだったので、顔の左側はいまだにそれとわかるほど痕が残っている。左目の視力も落ちて、運転は無理かもしれない。

　もっとも深刻なのは、首や背骨を蹴られたことに起因する手足の運動機能障害だ。文字の認識に関する障害も残ったままだ。これでは現場の第一線で働けないというのがその理由だった。

　しかし、米田課長がしつこく、幾度となく説得した。

「このまま去れば負けたことになる。どうだ。全国的に見てもめずらしい、読字障害と運動機能障害を持った刑事としてやってみないか。道を切り開かないか。逃げるよりきつい道だがな」

　結局、バリアフリー構造の署へ異動し、そこで働くことで決着した。少年課だそうだ。きれいごとで済まないのは、本人も覚悟しているだろう。だが、弱者の声に耳を傾け、傲慢と横暴を憎む警官になってくれるはずだ。

「お元気で」

　シートにおさまった小野田に最後の声をかけると、小野田は軽く会釈して応えた。

「ありがとう。お世話になりました」

　宮下は背筋を伸ばし、革靴を鳴らし、敬礼した。

「言ったでしょ。堅苦しいのはやめて」

　小野田が、痛々しげな顔を歪めて睨む。

「敬礼を受けたときは、何人《なんぴと》に対しても、必ず答礼を行わなければならない」

「なにそれ」

「国家公安委員会規則第十三号『警察礼式』第八条（答礼）であります」

「それは知ってるけど。――相変わらず変わってるね」

しょうがない、という顔をして、小野田は動くほうの右手を持ち上げて敬礼を返した。シートに座ったままだが、条件反射的に背筋は伸びている。

薬指に、宮下が贈った、誕生石の指輪がはめてある。だが、残念ながら単なる友情の証しだ。まだ今は。

「これでいい？」

「充分であります」

「言いたくないけど、鼻水が出てるよ。宮下君」

「承知しております」

そばにいた内勤職員たちが、くすくすと笑う。

宮下だけに見える角度で、小野田の口がもう一度「ありがとう」と動いた。

ドアが閉められ、車はゆっくり走り出した。

その姿が見えなくなっても、宮下は敬礼し続けていた。

主要参考文献

『LD（学習障害）とディスレクシア（読み書き障害）――子供たちの「学び」と「個性」』
講談社＋α新書　上野一彦著
『ディスレクシア入門――「読み書きLD」の子どもたちを支援する』
日本評論社　加藤醇子編著
『LDは僕のID――字が読めないことで見えてくる風景』中央法規出版　南雲明彦著
『怠けてなんかない！――ディスレクシア～読む書く記憶するのが困難なLDの子どもたち』岩崎書店　品川裕香著
『読めなくても、書けなくても、勉強したい――ディスレクシアのオレなりの読み書き――』ぶどう社　井上智・井上賞子著
『読み書き障害のある子どもへのサポートQ＆A』読書工房　河野俊寛著
『内側から見たテレビ――やらせ・捏造・情報操作の構造』朝日新書　水島宏明著
『テレビ局の裏側』新潮新書　中川勇樹著
『テレビの企画書――新番組はどうやって生まれるか？』ポプラ新書　栗原美和子著
『テレビ業界で働く』なるにはBOOKS　小張アキコ・山中伊知郎著

その他、ウェブサイト、論文などを参考にしました。

尚、本文中に誤った認識などがあれば、それらはすべて著者の責に帰します。

また、快く取材に協力していただいた、テレビ局ならびに関係者の皆様にこの場を借りて深くお礼申し上げます。

最後に、本作品は、すべての障害、ハンディキャップ、特性などに対して一切の偏見、意図を持つものではありません。

本書は、二〇二一年六月に小社より刊行された単行本を加筆修正のうえ、文庫化したものです。

本書はフィクションであり、実在の個人、団体とは一切関係ありません。

仮面《かめん》

伊岡《いおか》 瞬《しゅん》

令和６年 ９月25日　初版発行

発行者●山下直久

発行●株式会社KADOKAWA
〒102-8177　東京都千代田区富士見2-13-3
電話　0570-002-301（ナビダイヤル）

角川文庫 24322

印刷所●株式会社暁印刷
製本所●本間製本株式会社

表紙画●和田三造

ISBN 978-4-04-115248-5　C0193

◇◇◇

角川文庫発刊に際して

角川源義

第二次世界大戦の敗北は、軍事力の敗北であった以上に、私たちの若い文化力の敗退であった。私たちの文化が戦争に対して如何に無力であり、単なるあだ花に過ぎなかったかを、私たちは身を以て体験し痛感した。西洋近代文化の摂取にとって、明治以後八十年の歳月は決して短かすぎたとは言えない。にもかかわらず、近代文化の伝統を確立し、自由な批判と柔軟な良識に富む文化層として自らを形成することに私たちは失敗して来た。そしてこれは、各層への文化の普及滲透を任務とする出版人の責任でもあった。

一九四五年以来、私たちは再び振出しに戻り、第一歩から踏み出すことを余儀なくされた。これは大きな不幸ではあるが、反面、これまでの混沌・未熟・歪曲の中にあった我が国の文化に秩序と確たる基礎を齎らすためには絶好の機会でもある。角川書店は、このような祖国の文化的危機にあたり、微力をも顧みず再建の礎石たるべき抱負と決意とをもって出発したが、ここに創立以来の念願を果すべく角川文庫を発刊する。これまで刊行されたあらゆる全集叢書文庫類の長所と短所とを検討し、古今東西の不朽の典籍を、良心的編集のもとに、廉価に、そして書架にふさわしい美本として、多くのひとびとに提供しようとする。しかし私たちは徒らに百科全書的な知識のジレッタントを作ることを目的とせず、あくまで祖国の文化に秩序と再建への道を示し、この文庫を角川書店の栄ある事業として、今後永久に継続発展せしめ、学芸と教養との殿堂として大成せんことを期したい。多くの読書子の愛情ある忠言と支持とによって、この希望と抱負とを完遂せしめられんことを願う。

一九四九年五月三日

角川文庫ベストセラー

ナミヤ雑貨店の奇蹟　東野圭吾

あらゆる悩み相談に乗る不思議な雑貨店。そこに集う、人生最大の岐路に立った人たち。過去と現在を超えて温かな手紙交換がはじまる……張り巡らされた伏線が奇蹟のように繋がり合う、心ふるわす物語。

ラプラスの魔女　東野圭吾

遠く離れた2つの温泉地で硫化水素中毒による死亡事故が起きた。調査に赴いた地球化学研究者・青江は、双方の現場で謎の娘を目撃する——。東野圭吾が小説の常識をくつがえして挑んだ、空想科学ミステリ！

超・殺人事件　東野圭吾

人気作家を悩ませる巨額の税金対策。思いつかない結末。褒めるところが見つからない書評の執筆……作家たちの俗すぎる悩みをブラックユーモアたっぷりに描いた切れ味抜群の8つの作品集。

魔力の胎動　東野圭吾

彼女には、物理現象を見事に言い当てる、不思議な"力"があった。彼女によって、悩める人たちが救われていく……東野圭吾が小説の常識を覆した衝撃のミステリ『ラプラスの魔女』につながる希望の物語。

今夜は眠れない　宮部みゆき

中学一年でサッカー部の僕、両親は結婚15年目、ごく普通の平和な我が家に、謎の人物が5億もの財産を母さんに遺贈したことで、生活が一変。家族の絆を取り戻すため、僕は親友の島崎と、真相究明に乗り出す。